U0781608

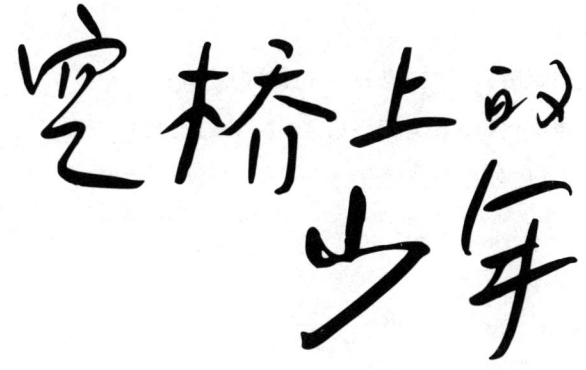

蔡伯鑫 著

台海出版社

图书在版编目（CIP）数据

空桥上的少年 / 蔡伯鑫著 . -- 北京 ：台海出版社，
2020. 11

ISBN 978-7-5168-2747-5

Ⅰ . ①空… Ⅱ . ①蔡… Ⅲ . ①长篇小说－中国－当代
Ⅳ . ① I247.5

中国版本图书馆 CIP 数据核字(2020)第178927号

北京市版权局著作合同登记号：图字 01-2020-5120

本书由心灵工坊文化事业股份有限公司正式授权，同意经由 CA-LINK International
LLC 代理正式授权。非经书面同意，不得以任何形式任意重制、转载。

空桥上的少年

著　　者：蔡伯鑫

出 版 人：蔡　旭
责任编辑：俞滟荣

出版发行：台海出版社
地　　址：北京市东城区景山东街 20 号　　邮政编码：100009
电　　话：010-64041652（发行，邮购）
传　　真：010-84045799（总编室）
网　　址：www. taimeng. org. cn/thcbs/default. htm
E - mail：thcbs@126. com

经　　销：全国各地新华书店
印　　刷：北京美图印务有限公司
本书如有破损、缺页、装订错误，请与本社联系调换

开　　本：880 毫米 ×1230 毫米　　　　1/32
字　　数：320 千字　　　　　　　　印　　张：13
版　　次：2020 年 11 月第 1 版　　印　　次：2021 年 7 月第 1 次印刷
书　　号：ISBN 978-7-5168-2747-5

定　　价：49.80 元

版权所有　　翻印必究

献给长大之前的我们

第一封回信

日期：2019 年 8 月 11 日上午 1:52
主旨：Re:Greetings from Taiwan

伯鑫：

　　从我们在拉达克相遇到现在已经过了七年？真让人讶异。你回到台湾后的生活一切都好吗？你肯定猜不到，我目前人正在法国呢，还有多杰与其他几位你在贝图寺可能见过的朋友，都受邀过来制作曼陀罗以及演出面具舞，这是为了当地穷人募款的慈善活动。相信好奇如你，这几年一定也继续去了更多地方吧。

　　很开心知道你把在拉达克的旅程写成书。再怎么说，你可是三度造访贝图寺，我猜我的戏份应该不少，哈哈。等你的书出版后，务必寄一本给我。我不懂中文，但那也是曼陀罗，不是吗？

　　记得，曼陀罗，就是**我们**。
　　期待有一天我也能造访台湾。祝愿你与你的亲友们，永远快乐、健康。代我向他们说声朱雷❶。

达瓦

---

❶ 拉达克地区常用语，多用于问候、祝福等。

日期：2019 年 8 月 23 日下午 11:18
主旨：Re: 书稿接近完成了（终于）

蔡医师：

　　我先致歉信回得太晚。其实你档案寄过来没几天，我就几乎读完了，但看到毕业典礼那段，明明后面没剩几页，还是放了好几周才继续看下去。书里的高三那年，当时跟你的谈话，还有那次毕业典礼，离我好远啊。也不只是因为时间，应该说，那真的是我的故事吗？那个主角就是我吗？

　　一边读，我一边常有"喂！当时不是这样的吧""我没这么傻吧""这样讲好像有点害羞"等吐槽，我想说，好想改掉这段啊！真是怪羞耻的。但又觉得有什么不好呢？就是一段故事啊。就像当时你说的，**我不会是一个人了**。

　　所以读完的心得，大概就是一种想发个呆，回忆过往日子的感觉。可能也是这样，所以我看完毕业典礼那段才会好一阵子不想继续看，"让时间点停在那再一阵子吧"那样。不过，"我们还是会继续往前"，我想你会这样回我？

张朋城

目 录

唰，唰，唰，唰，他一身红色袈裟连同两手飞出的长袖一起旋绕，仿佛变成一个带穗的红色陀螺。他的脚边扬起尘土，朝我越转越过来。我渐渐看不清他的脸孔……

一旁的白墙被阳光带上一层淡黄色，我的手放上去，温温的，油漆的突起处有些扎手。我顺着几条凹陷的纹路摸过去，像是探出一张隐形的地图……

—第一卷—

门后

1 /

如果说我一点儿后悔都没有肯定是骗人的。

我压住右脚想要踱步的冲动。嘎啦，嘎啦，机场里唯一一条行李输送带终于开始运转。赭红色的皮箱鼓胀、纸箱被胶带一圈一圈勒紧、横条纹的不织布袋歪斜地横躺，像是排成一支送葬的队伍，在天亮前缓缓绕行。

还没看见我的背包。

天花板就在我头顶上方不远，几支水银灯管亮着但作用不大。灯光忽然闪了一下，输送带一停顿的同时从机械深处发出咳痰般的声响。

今天，从一早就不顺。我差点儿弄丢护照。

只能说是自己不应该吧，为了衔接班机昨晚不得不在德里过夜，因为时差也没睡好，早上退房时柜台男子要我将护照交给他影印，然后就——算了。我直到要进机场安检时才发觉护照不在身上，立刻拦车回旅馆，汗水使我的 T 恤黏在身上，像是拖慢我的每一个动作。柜台男子被我问有没有看到我的护照时，又像摇头又像点头地从影印机里拿出来，向我咧起胡髭底下的嘴角。

有句话是"你要不爱死印度，要不就恨死它"，我实在说不上来自己偏向哪边多一点儿。偏偏这次又再度来到这个国家——为了这个它所谓的"小西藏"。多么奇怪的一个说法。但在我有限的时间内，这似乎是我唯一能到达的最远的地方了。

背包出现在输送带前方。我稍微往前靠，弯腰，伸手用力一提，心脏猛然多跳好几下。差点儿忘记这里的海拔已经是三千五百公尺。

应该真的够远了。

转过身，机场大门外的亮光像是紧急照明灯那么显眼。我背着背包过去，大门往左右打开，两只手臂立刻被晒得针扎般刺痛。我眯眼抬起头，天空好高，空气稀薄得仿佛根本不存在。希望一切在结束这九天之后真的会有所不同。

"Taxi?"一名男子唤回我的注意力。他的白色长袖衬衫反射整面的日光，附近另外几名男子也在打量我。他又喊一次"Taxi"。

我看回那名男子的身上："有到……中央市集？"

"当然，没问题。"他的"R"与"L"的发音像是没有区别。

"嗯，多少钱？"

"两百卢比。"

模糊的印象中不是这个数字。"一个人？"

他瞄了我身后一眼："一个人，两个人，是一样的价钱。你可以问任何人。"

"……好吧。"

他走到车子后方，打开行李厢："你的背包。"我摇摇头，双手抓住胸前的背带。他盯着我几秒，将行李厢关上。

"两百卢比到中央市集？"我再次确认。

"没问题。没问题。"他有些不耐烦，打开左后方车门手朝里头一挥。

我坐进去。砰，车门被他关上。

他坐上驾驶座，回头："第一次来这儿？"

"嗯？算是。"我正准备找出背包中的地图。

"欢迎来到拉达克。"他咧开嘴笑，露出两排整齐洁白的牙齿——我又想起早上柜台那名男子。

他油门一踩，我抱着背包往后撞上椅背。好烫，一股曝晒后的塑胶味儿扑过来。

2 /

"走吧，去下一站——"杨医师一推开门，蝉鸣夹带热气与湿气冲进来，"青少年日间病房。"

阳光带有一些重量地照下来，七月的台北才十点太阳就这么高了。眼前的小径笔直延伸进后山，两旁树木的枝叶如同一只只向天空张开的手。我像是又看见山顶上的那片五色旗海。好快，那已经是两三周前的事了……

"学弟？"

我回过神，发现杨医师已经在我前方好几公尺外。"啊，抱歉，"我小跑步过去，"学姐刚问我什么？"

"我是说，你这样来我们医院，真的不怕后悔？"

"啊？"我笑了一下，"就都来了咩。"

"也是。就算后悔，也不能说了？"

"不是这个意思啦。"我继续笑出来。

杨医师也笑了，重新迈开脚步。我在空气中的木头香底层闻到一股泥土气味儿，想了想，觉得自己简直像是稀里糊涂就来到这里的。

我说："不过，这里真的很——"

"很不像医院？"杨医师看向我。我有些愣住，想说，她是会读心术吗？"我第一次从精神楼走出来的时候，也是像你这样想的。"她稍仰起头，像在欣赏这片对她而言应该早就熟悉不过的风景。

"但今天，是学姐在这边的最后一天了？"

她停顿一下，点点头，向我又露出微笑。

一早杨医师已经带我参观过精神楼的几个病房、办公室等空间，交代我未来上半年、下半年各自的工作，我将重点摘要进笔记本，并收到医师服口袋。不像她那件医师服是西装外套的款式，我身上这件，短袖，布料偏薄，更像是理发师在穿的。学姐说她今天稍晚就要去分院报到了，正式结束在这里四年住院医师加一年 fellow 的训练，晋升为主治医师。

小径开始爬坡，泥土味儿变得更加明显而湿润。杨医师维持稳定的步伐，双手插在长裤口袋，身上的树叶影子像是一片片被她甩落在后头，我也同样跟上。

"所以你真的不怕啊？"她问。

"嗯？"

杨医师朝我转头："像你这样在这个时间点来我们医院，真的，史无前例吧。这里对你来说，就像一个完全陌生的世界不是吗？"

"是啊。所以，其实也蛮怕的。"我笑了笑。

"你刚才不是说——"

"不是啦。我刚才的意思是，我不怕后悔，不是不怕。呃，学姐懂我意思吗？"

杨医师侧着头，半扎的头发搁在利落的肩线上。"嗯，嗯。果然是旅游达人。那就这样吧。"她点个头自己笑了，伸手往右前方比，"这边右转。"

"OK。"我继续跟上。转弯后小径变得窄一些，左右的枝叶跟着在头顶交握。我忽然想到她刚叫我什么……旅游达人？

"对了蔡医师，你来我们家，应该也是袁 P ❶面试的吧？"

"嗯。怎么了吗？"

"他啊，上周在日间病房开会时说了一句话——啊，还没跟你说，我们日间病房，每个月都会在最后一周的周四开 team meeting。最近，就六月底那次，他突然说了，**太勇敢的人，或者太害怕的人，是不会来到这里的。**"

"太勇敢，或者太害怕的人，是不会来到这儿？"两旁的蝉鸣围起厚实的音墙，像是将外界完全隔绝开来，"这句话是……"

"他本来是在 comment 日间病房的病人，但我总觉得，他好像也是在讲你临时要过来的事。刚听你说了那些，终于比较懂了一点儿。蛮好的。嗯，真的，蛮好的。"她又点起头。

"呃……"

"以后有机会你再和袁 P 问吧。"她笑笑说，"当然，他一定不会直接回答你的。"

"噢，好吧。"我也皱着眉笑了。等一下干脆也把这句话写进笔记本里。我想在这里一年的时间应该足够我找出解答——又多一个要找的东西了。我不经意看向杨医师那件医师服的下摆，感觉往下继续延伸变成长袍也是那么合理。

"怎么啦，学弟？"杨医师转头看我。

我笑着摇摇头。

---

❶ 专科医师的养成过程，大略可分为住院医师（R，第一年为 R1，依此类推）、研修医师（fellow）、主治医师（VS）、教授级主治医师（P）这几个阶段。其中 fellow 通常为选修的次专科训练，非必经阶段。

"真的？"

"嗯。"那就先让那些不知道的东西继续不知道吧。

她笑一笑，看向前方。

我辨认出这条绿色隧道的尽头是列木造的阶梯，随着越走越近，开始能看见悬空的木板像是飘浮在山坡上一样，一级、一级往上。我又想起几周前的那趟旅程。我和杨医师并肩开始爬，抬头看，树林在阶梯顶端露出缺口，光线远远透进来。我真的来到这里了。我感到有点儿兴奋，也有点儿紧张。

炙热的阳光重新洒回我的整个人身上。

"就那边，"杨医师指向左前方，"未来一年，你会最常来的地方。"

路口对侧出现一栋平房，侧边由好几面大片落地窗组成，像是镜子般倒映出周围的绿树与蓝天。我往前看，往右看，几条没有绘制标线的柏油路往更深山里去。我想我们不只来到这家医院的边界，很可能也靠近台北盆地的边缘了。

我们在大门前方不远处停下来。

门旁，一张绿底儿白字的亚克力板写着"青少年日间病房"，与刚才精神楼里的急性病房招牌是同样规格。它的边缘贴上许多花朵造型的彩色剪纸，让我想起学生时代总会在布告栏一角看到的装饰。

"其实，病人们私下给这里取了另一个名字。"

我转头看向杨医师。

"俱乐部。"她简洁地说。

"什么的……俱乐部？"

她的表情像是料到我一定会这样问："就'俱乐部'这三个字而已。那个俱，是恐惧的惧。"

"……恐惧的惧？"

杨医师微笑着点点头。

一个男孩忽然从后方出现，快速绕过我们往大门走。

"朋城？"杨医师轻声说。

男孩驼着背停在大门前，背包歪斜地只挂了一肩。我注意到他后脑勺儿的发根像是两道往下延伸的疤痕——

他推门进去。

3 /

不要再想那些台北医院里的事儿了。

车子绕进圆环，中央矗立一尊巨大的像是转经筒的东西——"先生，"司机说，"市集快到了。"

我头转回来，挡风玻璃前方的屋宅亮得每栋看起来都差不多。

他从后视镜里瞄我一眼："需要旅馆吗？我可以——"

"不用，谢谢。"我把地图抓在手上。

"我知道有间旅馆很——"

"真的不用，谢谢。"

他又瞄我一眼，晃了晃头。

很快车停下来。背好背包，我从皮夹里拿出昨天在德里机场换来的新钞。他搓了一下，塞进胸前的口袋。

我看着车子开远。

我到了，终于。

身边闹哄哄的。三名红衣喇嘛迎面走过来，一名老妇人坐在墙边拿起一根萝卜，另一名妇人高举一把蔬菜，他们边笑边聊。一台白色厢型车掠过我的身旁，疾转的轮胎沿路漫起沙尘，覆盖到摊位上一排排的佛像与饰品。有名男子藏在摊位后方的阴影里。两名穿着细肩带的白人女性走过去，她们的肩膀被晒得满是斑点，像是过熟的水果。男子拿着掸子站起来："我的朋友，来看看吧。"铜制品反射出光线。丁零零——丁零零——一台脚踏车逼过来。我往侧边退退一步。"对不起。"我说。那几名喇嘛向我示意不要紧。我的背包好像撞到他们了。他们着火一般的红色袈裟离我越来越远。

我在做什么。

我抓紧手中的地图。对，先找旅馆。我感觉额头又干又烫，还有些晕。大概也是因为没睡好。我低下头，地图上从中央市集往外发散的道路，像是变成皲裂的掌纹……

我的额头滴下汗来。

刚才秘书电话中应该是要我在侧门这里等没错吧？

我擦一下汗。好热。头顶的天棚是半透明的，对进入六月的烈日基本上只有装饰性的效果。要人命的台北的夏天。撑住，等会儿必须让主任留下好印象才行。

我抓了抓领口。

"蔡医师吗？快进来吧。"

我转过身，那个人已经折回门后，要通过内侧第二道自动门。那是主任吧？我看向那件白色长袍的背影，像是一堵移动的墙。

外侧的玻璃门缓缓关上。那个人转头向我招手，门上的医院院徽恰好挡住他的脸。他好像说什么我没听见。应该是主任没错，我赶紧跟上。

他继续往里走，我通过内侧门时头顶吹下强烈的风。

"你没来过这里吧？"他稍微侧头。

"没有，是……第一次来。"

他点了下头。空气中飘着一股像是油漆还是什么有机溶剂的味道，米黄色的塑胶地面一路往前倒映出天花板上的灯光。"不好意思，刚在开会。上去再说好吗？"

"好的。谢谢主任。"

他走得好快，我感觉脚底有些打滑。午休时间这里几乎都没人，两旁一间间诊室的门都关上了，远处民众的说话声带有回音地传过来。有一面液晶荧幕广告牌亮着，整面刺眼的白。空荡荡的白色塑胶椅整齐排列着。

"这边有电梯。"主任说。

他没有减速地转弯，往墙面伸出手。我注意到他戴了一只金色腕表。

电梯门叮的一声打开。

"你请假过来的吧？"他走进去，靠向门边角落，"是很勇敢哪。"

"嗯？"我转头要看他，一名外籍看护推着轮椅进来，我往更里头走，退到主任身后，头顶又吹下冷风。

他持续按住开门钮："决定离开。"

"呃，主任的意思是……"

他似乎笑了。

主任的手移动一下，电梯门缓缓关上。

没有。什么都没有。

我往后靠在墙上，隔着背包，T恤像是砂纸在我背上摩擦。地图上标示的那几间旅馆要不是没有空房就是消失了。出发前应该做更多准备的，我再次打开地图，其他旅馆都在中央市集的另一个方向。我几乎是用揉地把它塞回口袋。

墙后传出金属碰撞声。

我转过头往大门的方向看。记得刚才经过时那里用铁栅门挡住了，背后又传出一点儿声响。我继续看，忽然发现门旁有一块木板，上头写着……旅馆？

我走过去，有些畏惧地轻推栅门。没锁。穿过阴暗的前廊，眼前出现一片绿意，杨树高耸，还有一栋三层楼高的白色建筑。我呆住几秒——右前方花圃传来一阵更清晰的金属声。

"朱雷。"一名老妇人站起来，有些驼背地向我微笑。

"……朱、雷？"我困惑地模仿着说。

妇人从毛帽底下露出两条又长又粗的马尾，胸前挂着一大串五彩玉项链。她继续微笑。

"呃，请问这里是旅馆吗？我想找一间单人房。"没反应。"一间，房间，睡觉。"我配合手势。

她的笑容像是以前就见过我的模样。

我更加疑惑地看回去。

她双手朝地面比了一下，提起青色长裙，蹲下来将铲子、叉子、剪刀捡起来，抖一抖再放进铁桶。她把水壶也放进去。"跟我来。"她拎着铁桶一步一步往那栋三层楼建筑走。

忽然她停下，回过头问："你，学生？"

我犹豫半秒，点头。

"旅行，一个人？"

我说"对"。

"一个人、一个人、一个人……"她边说边转回去，像是吟唱着三拍子的歌谣。我发现她的两条马尾在腰际被系在了一起。好怪异的装扮。

妇人走进柜台后方，把桶子搁在地上，停止歌唱。我站到柜台前，她皱眉看向我："坐。坐。"并指着一旁的木桌藤椅。我摇头说不用，她眉头皱得更紧，从柜台后方绕出来托住我的手臂——我感觉很不自在——拉我到椅子边要我坐下。她的手掌好粗糙。

她走回柜台，从抽屉拿出一大本陈旧的册子，手指沾沾口水，一页一页地翻。

只能等待。我看见一本 *Lonely Planet* 放在桌上，像是字典那么厚，被几叠报纸盖住一角。

"孩子，"她突然叫我，"背包。你的背包。"

我看向她。

她双手往后比在肩上，发出低沉的"嘿、嘿"声。

我摇摇头。她在做什么。

她头顿一下，笑了，向我摇摇手。她低下头继续翻页，纸张发出的声音像是随时有可能撕破一般。

她停下来，露出满意的笑容："孩子，来。"我立刻起身。她拿了一把与她手掌差不多大小的钥匙，绕出柜台往楼梯口走。

我跟在她身后，每踏一级，脚下的木板都发出拖长而挤压的声响。我心跳又有些加快，开始喘了起来。"孩子，"她边爬边说，"这个房间，好，非常、非常好。"我抬头看着她晃动的马尾像变成她背后的另一条项链，但喘得不想接话。应该等会儿就适应了。不会有问题的。我调整背包的位置让它更贴向身体一些。

妇人在三楼走廊的尽头停下，将钥匙插进锁头，转了转。没有动静。她回头向我使个眼色，对钥匙吹口气后再试一次。咔啦，妇人发出"啊哈"两声，锁开了。

她推开门——

好大。房间的两面墙几乎全是窗，大把的阳光塞进房内。

妇人又看着我微笑。

我连忙摇手："这个，太大了。便宜的就好。"那甚至是一张双人床。

"别担心，便宜。学生，更便宜。"光线将她脸上的每条皱纹照得一清二楚，她越笑，我却越感到不自在。"我的孩子，来，"她往窗边走，"好视野。"

我杵在门口。

"看。"她比向窗外。

外头灰灰白白的，就像刚才找旅馆途中我对这座城镇的印象，只有几丛杨树塞在屋墙的缝隙，斑驳得像是褪色的病理切片——怎么又想到这些，说好就这九天的。我将视线移往更远，下意识地往房内踏前几步，远处像是从光秃秃的山壁上凭空冒出几栋建筑物。

"那是……"我指过去。

她转头看了一眼："列城宫殿。旧的，宫殿。"

"我从这里走得到吗？"

"可以，可以，你很年轻。但孩子……"

我看向她。

"你的背包？"

4 /

我望向教室的前方，落地窗上的彩带闪出霓虹般的反光，一堆人围在讲台前踮脚、探头。

——忽然人群中爆出呼喊声。"再一次""再一次"，他们喊着。刚才在门口遇见的那名男孩把背包一丢，低头往右后方走。

"学弟进来啊？"杨医师从身后叫我。

一列长长的室内窗将办公室与教室隔开，我踏进去，注意到门旁的柜子上放了个打卡钟。

"帮你介绍一下，雅慧护理师。"

坐在斜对角的一名护理师眼神扫过来。她看起来应该还不到三十岁，头发往后扎紧，露出干净完整的额头。

"你好，"我说，"我是新来的 fellow，今天刚报到，未来一年还请——"

"你从 T 医院过来的？"她说话速度好快。

"呃，对？"

她上下打量我一会儿。"明天早上八点半，隔壁小教室，"她往后比向另一扇较小的室内窗，窗帘被从对侧拉上了，"这周轮到双数组。"

"好。是……向日葵团体，对吗？"我不确定地看向杨医师。那是稍早她交班这里的工作事项之一。

她在距离门口最近的座位旁向我笑着点头，像是要我不要在意的意思。"来，这是每年 fellow 固定的座位。最新的病人清单我放这儿，档案在那台电脑里。"她比向桌面，再比向墙边两台电脑靠左的那一台，我跟着东张西望。"然后这里双数组的病人呢，都是由雅慧负责。"

雅慧在座位上边写记录边点个头。

我点点头，走向桌边，看见清单上是个巨大的表格，其中几列用黄色的荧光笔标记起来了。"所以另外一半是……"

杨医师指向最里头唯一一面朝大教室的桌面："芳美姐。她是单数组的护理师。"

"OK。"我看过去，她不在位子上。我忍不住注意到与雅慧相对的另外那张桌面，数学参考书、英文参考书，还有一堆写满字的纸张与书本一路漫过来，像被轰炸过一样。一个巨大的卡其色粗呢包打开了放在中间的椅子上。

"芳美姐在和病人会谈？"

杨医师向雅慧问，雅慧应了一声。

"好吧。那……学弟，"她面向我，"有个病人，我想，特别再和你交代一下。"

"好啊，学姐请说。"我正要拿出笔记本却被她阻止。

"我不会说太多。"

"……嗯哼？"我有些纳闷。

"嗯，是这样的，"她比向那张病人清单，"刚好这个月底开会也轮到他，第五床。"

我把清单拿起来。是荧光笔标记的第一列，张朋城——就是那个男孩。十七岁，诊断是 major depressive disorder（抑郁症）与 social anxiety disorder（社交焦虑症）。"他最近，是有什么状况吗？"

"也不算。事实上，他可能是现在这里最 stable 的一个病人。"

"那不是很好吗？"我更加疑惑了。

杨医师笑了一下："一般，是这样没错。不过这里是日间病房，太稳定，不一定是好事。"

我点点头，看回那张清单。他的入院日期是……二〇〇八年十一月。快四年了。好久。

"简单来说，他是惧学，算是这里一个，嗯，经典的病人。"

我抬起头。

"所以我接下来要说的，也不是建议或命令什么的，算是我个人的期待吧，你就……听听就好。就是，如果你还忙得过来，等这个月底 team meeting 结束后，你再看要不要继续找他会谈，每周或者隔周都可以。你可以再想一想，或者先谈谈看再说，都好，不用特别有压力。真的。我刚说了，他目前算还蛮 stable，应该不至于有什么太大的变化。只是我也在想……怎么说呢，刚好在这个时间点，你能过来，或许对他也会是个新的机会吧。"

我迟疑几秒，点个头。从一早到现在，我第一次感觉杨医师的语气有那么一些拖沓。那个叫张朋城的男孩正好从窗外右侧走出来，光线照得他的双臂与他的脸色同样苍白，下颌的线条分明，显得喉结特别突出。

惧学。

经典的病人。

目前很稳定……

"——以璐医师！"门口传来一个雀跃的女生声音，"你还真的来了？"

"我不是说过我今天会过来交班？"杨医师笑笑说。

她们两人互相拥抱。那个女生看起来也约莫三十岁，身高、及肩的发型和杨医师差不多，乍看像是双胞胎一样。

"嗯？是伯鑫医师吧？"她们分开时她留意到站在一旁的我，"我是这里的老师谢如盈，你好。"

我点个头，也说了"你好"。

"啊对不起，"她忽然露出慌张的表情，"我是不是打断你们交班了？"

我以眼神向杨医师确认。

"还好，我们也差不多说完了。"杨医师说。

那名女老师松口气，笑了一下："天哪，还记得当年你第一次离开这边的时候，我也超舍不得的，谁知道……"她摇摇头，"不一样了。真的，不一样了。"

杨医师也笑了笑："是啊，好快，一下子三四年就这样过去了。"

"唉，好啦好啦，赶快放你走了，同学们刚好下课都在等你了。之后一定要再约哦。"

杨医师点点头。

沿着窗已经站满一整排的人，又高又瘦活像棵白桦树的男孩、厚厚的齐刘海黑框眼镜上有朵红色蝴蝶结的女孩、满脸青春痘穿着宽松棒球衣的男孩……全巴着眼望进来，我忽然有种办公室里变成动物园展示橱窗的错觉。门边也开始探进几颗高高矮矮的头，手里拿了卡片在摇晃，小小声地念着"杨医师""杨医师"。

"那……雅慧、如盈，今天，我是真的要走喽。"杨医师说完，看向我，"这边就交给你了，学弟。"

"好。"我点点头，注意到那名女老师也看向我。

人群全聚集到大教室的中央了。我靠在窗边的病历柜上，空调的风刚好吹到这里落下来。有个女孩儿在与杨医师合照，更多的男孩儿、女孩儿跑到她们后方比出各种手势，还有几个人站在外围等着要把刚做好的造型气球送给杨医师的样子。讲台上一名看起来像大学毕业没几年的男生双手在胸前交叉，同样带着笑容看过去。他亮黄色的 T 恤非常显眼，底下搭配一条牛仔裤。他发现我在看他，他远远地朝我挥手。

"那是丁大维老师。"

我转过头，那名女老师走过来。她的座位似乎是在雅慧旁边。

"不过大家都叫他丁大就是了，他说他不喜欢被人叫老师。"她继续主动为我解释。

我发现连雅慧也从病历中抬头望向大教室。好像不论窗户哪一侧，这里的每个人都很喜欢杨医师。如果她能在这里多待一个月，甚至也不用，光今天交班的时间再拉长一些，我就能更认识她是谁，也更能从她身上学到些什么吧。我轻轻笑了笑，但也就是这样。我又看向窗外，杨医师正抱着一名哭得很伤心的胖女孩儿，轻拍她的背像在安抚婴孩。整间教室只剩朋城一个人还坐在椅子上了。他动也不动，双肩拱起，头像是陷落下去。

"——杨医师！"

一个壮硕的男孩儿忽然从左侧跑出来。砰，谁的气球爆炸了。他撞倒两张椅子，把那个胖女孩儿一把推开，逼上杨医师面前咧开嘴笑，双手剧烈地晃动。好几个孩子边退边露出害怕的神情。杨医师向壮硕的男孩比着手势，他倒退半步，杨医师再比比手势，他向胖女孩儿鞠躬。杨医师给了他一个肯定的微笑，孩子们重新聚上来。忽然杨医师好像看到什么，面朝左侧鞠躬。我向前贴上窗户，在外面墙边看见另一名应该就是叫芳美姐的护理师。

杨医师慢慢地往大门走。她带着微笑，高举右手向教室里的所有人挥舞，孩子们像在比谁的手能举得更高地挥回去。她似乎往朋城坐的方向瞄了一眼，再向办公室里的我们点个头。门一拉开，外头的阳光将她的白袍照得发亮，蝉鸣声跟着溜了一些进来。

然后门关上。

凉风继续从头顶吹下来，我深吸一口气，听到出风口的纸条拍打出啪嗒啪嗒的声音。接下来就真的交给我了。我试着将杨医师刚才在教室里与孩子们互动的身影记下来。一年之后啊……

外头开始有些窸窸窣窣的声音传来，突然像是什么开关被按下，一下子变成整片的喧闹。有人在座位上揉捏气球，有人在落地窗边聊天，也有人在桌椅间嬉笑追打起来。

"伯鑫医师，"那名女老师也开口了，"晚点儿你有空儿，我再带你去认识一下单数组的孩子吧？"

"……哦，好啊。"我迟疑地说。转头看向雅慧，她已经低头继续在写记录。

"啊，我们和护理师一样啦。"她好像发觉我困惑的表情，"除了带课，我们老师也分成两组。我是单数的导师，丁大负责带双数。"

"哦，哦。"我点着头，笑出来，"这里……真的挺不像医院，我想我可能需要花点儿时间才能适应。就，尽量向杨医师看齐喽。"

她抿嘴笑了一下，然后像是想到什么，闪过有些失落的神情。

雅慧啪的一声合上病历，拿着朝我走过来。我往旁边退了两步。

"蔡医师没错吧？"那名男老师走进门，"拜托帮我签个名。"他从那个粗呢包中一把抓出个东西交给我。

"欸？"是我好几年前出的那本书，"这个……"

他扎实地拍了我的背一下："找时间签就好啦。再聊。"他摆个头立刻往外走，差点儿撞到也要出去的雅慧。

那名女老师起身追上去："丁大，筱雯期末考的数学考卷你有没有……"

当她的声音也消失了，我忽然意识到办公室里瞬间只剩我一个人了。

门外的嘈杂声持续传进来。那两名老师似乎在外头讨论什么，男老师招个手，那个胖女孩儿小跑过去——然后我还呆呆地拿着丁大塞到我手里的这本书：《没有摩托车的南美日记》。肯定是这样杨医师才会说我是旅游达人吧？我笑着摇头，他们简直像是都对我做完身家调查了。我坐下的同时把那本书随意地放在桌面。空调将湿气排除了，即使坐着还是能感觉到空气在流动。我靠上椅背往左转，芳美姐、雅慧护理师、如盈老师，以及与我同一排占了两个座位的丁大。我复习他们的名字与位置，直到最后看回被我那本书压住一角的病人清单，几列荧光笔直地画过去……

"报告。"

我往右后方转，是朋城。他站在门口，目光像落在墙边的电脑主机。

"有什么事儿吗？"我试着问。等了几秒钟。"你是……朋城吗？"

他皱一下眉。

我站起来："你好，我是新来的医师，我姓——"

"朋城，你要干吗？准备上课了。"雅慧从他的旁边走进来。

"我想去自习。"他咬字黏在一起地说。

"先上课。等芳美护理师出来再问。"

"她和吴宇睿会谈很久欸。"

"我再说一遍，"雅慧加重语气，"回去上课。"

朋城的嘴角抽动一下，闭紧。他的视线往我这边晃过来，但更像是看向我的座位。他转身往大教室走回去。

"真受不了，"雅慧摇着头，"跟他妈一个模样。"

"嗯？是怎么，会这样说？"我问。

雅慧从病历柜里抽出一本病历，继续往她的座位走去："以后你就知道了。反正，再忍一年。"

"一年？"

雅慧坐下来，几页几页地用力翻着病历。她抬头看过来："蔡医师，这里是青少年日间病房。他跟吴宇睿——就是刚才最吵的那个男生，他们今年都升高三，明年七月要不转成人日间，要不就 discharge ❶，你懂吗？"

"哦，了解。"我笑得有些尴尬，稍微低下头。以后还是小心点儿不要得罪她的好。我感觉她持续盯过来。"怎么了吗？"

"记得 order renew ❷。杨医师有跟你说今天要完成吧？"

"有，有。我马上来处理。"我赶紧站起来，目光短暂地停留在

---

❶ Discharge，在此意指出院。这个单词也有排出、卸货、释放等意思。

❷ Order renew，医嘱更新。凡是住院中的病人，医师需要定期每周或数周检视医嘱现况，确认有无需要调整。在现行电脑系统中，若没有在时限内进行此一步骤，原先开立的药品将会自动清空。

桌上我那本《没有摩托车的南美日记》的封面。

5 /

列城宫殿。建立于十七世纪的南嘉王朝，以西藏布达拉宫为模板，有九层楼之高。这里曾是皇室的居所，直到十九世纪被统治克什米尔的道格拉人攻陷后，便废弃至今，今日的皇宫也南移至斯托克宫……

我把景点介绍的单张胡乱塞进口袋。那是刚才离开前旅馆妇人拿给我的，然后她又说了朱雷。不懂，但重要的是行程可以展开了。

不可能迷路的。立在半山腰上，只要抬头，列城宫殿就在那儿。四方形的轮廓一栋栋相接，墙面是平整的黄土，没有任何装饰。只要不断朝它接近就不会有任何问题了。那会是我最理想的第一站，爬上高处，往下眺望，什么都将能看见。我感到有些兴奋——

直到它的脸孔变得清楚。

一排排的窗口像是用手术刀切割出来的那么锐利，我想望进窗里，但什么都没有。十七世纪那可是几百年前的事儿了。从那时候起，它就像只巨兽对着山下的这里张着数十双漆黑的眼睛，一眨也不眨地看过来。就像那一天……

主任坐在办公桌的对面，整个人仿佛融进那张硕大的黑色皮椅，背后的落地窗外好亮。那是十三楼的视野。

"我就开门见山地说了。"

后方秘书关上门。"是。"我应一声。

"我想呢，是这样的。"他左右稍微旋转椅子，"如果你真的决定来我们医院，作为科主任，我个人是很乐见的。我会帮你送人事聘用的签呈出去。快的话，一两周就会有结果。"

我的心里松了一口气。还好今天是穿长袖衬衫，主任办公室里冷得让人快要起鸡皮疙瘩。

他举起手，表面闪出反光："但我得先声明，这事儿，不是我一个人说了算。你也知道这家医院新开没多久，院方对于这个时间点扩充人力，可能会有别的考量。"

"我了解。"我保持挺直的坐姿。

"当然，签呈过的机会很高，一般也很快就能知道结果。我只是想让你知道，有些现实，不一定是我们个人能掌控的。你懂吗？"他的上半身微向前倾离开椅背。

"是。"

他维持几秒没动作，然后晃了一下头，把桌子上我的履历表朝他自己拉近一些。他在第一页停留许久，接着第二页，第三页，第四页。他翻回首页，抬起头。"蔡医师，你很喜欢旅行？"

我点个头。当初整理资料时，有些犹豫要不要把几年前出的那本《没有摩托车的南美日记》也写进去。

他持续点着头。"那么，最近呢？还要出国吗？"

"呃，有。"

"什么时候？"

"……这周六。"

"OK，OK。"他听起来有些不置可否，"打算趁离职前把休假放完？"

我有些心虚地笑了一下："是。"

他的手往半空比画一下，反光再度闪过我眼前。

"就……住院医师四年的训练，刚好在这个月底期满，所以我才——"

"没关系，我了解。"

我有些迟疑地点头。他似乎有什么想说。我决定还是被动一些好了。

主任把我的履历表放到一旁的文件匣的顶端，往后靠，椅背后仰的同时发出嘎的一声长音。"我想你也猜得到，你要来之前，我和你T医院的老师们稍微做了些了解。"

"是。"

"所以，"他轻叹口气，"是这样的，今天约你过来，主要也不是想和你面试什么的。"

"那是要……"我纳闷地望向对侧。

我再度抬起头。

那个一直矗立在那儿的列城宫殿……去哪儿了？

我往前走到下个路口。没有。依循日照重新定位，再绕过下一个转角，还是没有。那么一个庞然大物怎么可能这样凭空消失？是不是被什么挡住了？我一直走，一直抬头，终于路旁出现指标——一个铁桶上漆着红色字样："Way 2 Palace"（通往宫殿的路）。

就是嘛。本来就不会有错的，我刚在担心什么。

我稍微放慢脚步，才发现附近的街景变了。两旁看起来没人居住，道路变得狭窄，凹凹凸凸的房屋阴影叠上来，墙面、地面像是都覆盖上一层厚厚的黄沙，皮肤再感觉不到任何一点儿风或水汽。我忽然领悟，这里已经是它的领土了。

小心一点儿。我开始爬起阶梯。

他"嘎"的一声坐直回来。

"你怎么会想离开？"

果然问了，镇定。"没什么。就是，结束住院医师的阶段，想到一个新环境，新的开始，重新试试看。"

"是吗？"他的语气有些保留，"成为……主治医师？"

"是。"

他手肘抵在桌上，交握的手规律地一按、一按。

别急着说话。

他的手停下来："我听说，其实你是可以留在 T 医院的？"

"……嗯。"

"果然是这样吗？"他深吸一口气，然后很快地叹气。

我尝试更笃定地点头。

沉默太久了，空调似乎变得更冷起来。

他的手放回桌面，往后靠近椅背："我刚有说，我问了好几个你们 T 医院的老师。你知道吗？他们对你评价都很不错，好几个人还不约而同说了类似的话，说你……从没让他们失望过。"

"哪里。"正因为这样——

"所以你的心情我不是不能懂。"

"嗯？"

"你或许听说过，我自己也是 T 医院训练出来的，虽然是十多年前的事儿了，不过你现在所经历的，我多少也经历过。"

我反射性地皱眉。

"怎么了？"他问。

"没事儿。"我低下头。

"确定？"

"嗯。"我挤出微笑，更不敢看向主任。

我眼角的余光感觉他在点头。"没关系。我知道我这样说，你一定觉得很奇怪。但撇开主任的身份，我真心鼓励你再想一想。你要知道很多人想进 T 医院还进不去，从没有人像你这样，明明有机会留下来，反而选择离开。就算不为了自己，至少，也没必要让你 T 医院的老师们失望，不是吗？"

他的语气是那么温和，脸上似乎持续向我微笑……

旅馆妇人的面孔在我眼前浮现——还有一早德里那名柜台男子。

回来。把步伐稳住。阶梯继续往上，那一排排窗户终于再度出现，在远方盯着我。我开始越来越喘，还有些心悸。是高原反应吗？对，降落后我连午餐都没吃，但怎么一点儿都不饿？肯定是高原反应。真的要稳住。只要爬慢一点儿就不会有问题了，无论如何都会到的。但为什么这条阶梯前后一个人都没有？明明有看到路标，应该不至于走错路吧。不至于吧……

"今天你能来面谈我也很开心。这不是场面话。如果你能来我们医院任职，也是我们科的福气。但我真的要以过来人的经验跟你说，等之后哪天你想离开 T 医院，你随时都还是有机会离开的。包含我们家现在这个职缺明年也一样有机会，说不定机会还更大——"

"主任，我——"

"我先把我想说的说完。你现在可能不认同我说的，也不要紧，但我希望你多多少少把我的话听进去。你很优秀，也很勇敢，但你要知道，有时候那不一定是优点。要是你最后决定还是在 T 医院留下来，那也很好，随时告诉我，我不会介意。我是真的为你着想。不要放弃大家都认为很好的机会好吗？说离开很容易啊，但你要想清楚，这样冒险值得吗？真的值得吗？"

"我了解这不是一般人会做的选择，但只要这边有机会，我还是想努力看看——"

"学弟，我叫你学弟不介意吧？"他伸出手，表面又在反光，"听我一句，年轻人不要太天真，话不用说死，没关系。我说这些都是为你好。院方那边我还是会照你的期待往上送签呈，但如果之后你那边有什么新的决定，责任我来扛，真的、真的别担心，不用觉得那有什么大不了的，你懂吗？重点是，我不希望你因为一时冲动的决定，以后后悔。"

我的视线从主任的手表移向他的领结，双手掐住膝盖两侧："我不认为自己是冲动的决定。"

他轻轻地笑了一声。

我的视线继续往上移向主任的下巴。

"所以你敢说以后一定不会后悔？"他问。

我的心跳剧烈加速。快抓不住了，每跳一下都像战鼓打在我的胸廓上。呼气。吸气。呼气。吸气。一排排的窗户终于就在我眼前了，但为什么里面还是黑得我什么都看不见？宫殿门外的那个又是什么？金属圆锥叠在一层层白色水泥基座上，好奇怪的东西。不管了。又一个路标指往右上方，那是通往山顶的路。我不能在这里停下，那里的视野会更好的。左脚。右脚。左脚。右脚。棱线上再没有任何遮蔽，太阳晒得我全身发疼，整个人像是快要崩解开来。一定要抓住……

"更多的话我就不说了，只问你最后一个问题，但你不用现在回答。"

我紧盯向他的嘴："主任请说。"

"你是——真的想要来我们医院，还是只是想离开？"

风马旗啪嗒一声把我打回现实。

我喘着气，干燥的空气沿着鼻腔、咽喉、气管一路往下，像是直到支气管末端的每一个肺泡。我明明已经到了不是吗？山下一栋栋房屋露出土黄色的屋顶，杂乱地挤在一起。一小撮树林毗邻在城镇的边缘，更往外全是贫瘠的沙地。遥远的车流声、狗吠声与机械施工声是那么清晰，仿佛就在我耳边发出一样，几乎接近刺耳。

我继续调节呼吸，直到心跳渐渐转慢。

我向远方水平地望出去。对面那列山脉不确定叫什么名字，我想起更北、更南的外围还有喜马拉雅山与喀喇昆仑山，一层、一层像是将海洋的气息完全阻隔在外了。啪嗒啪嗒又刮起一阵强风，四面八方的风马旗系在绳子上不停地拍打。那张单张不小心从我口袋掉出来，我追过去伸手一抓——

"拉达克"的"拉"，在藏文中意指垭口。所以拉达克的原意，便是"垭口之国"。

风吹得我快站不稳了，我转身背对风向，把单张用力塞回口袋，摸到里头那张几乎没派上用场的地图。

我怎么会以为拉达克已经够远了。

这里，不过是海拔三千五百公尺上的另一块盆地。

我躲进山顶后方的楼房，里头端坐一尊两层楼高的佛像。祂双手结印，阳光从窗口照射进来，恰好照亮半边。祂的右眼目光如炬，而左眼隐藏在阴影中，一齐瞪着我。

6 /

我从精神楼走出来。好亮，我像是又看见杨医师。她看着我笑："这边就交给你了，学弟。"她的声音很快被蝉鸣覆盖。

我竟然就这样来到这儿一个多礼拜了。我嚼着刚在便利商店买来当作午餐的饭团，还是觉得不太真实。昨天下午在袁P门诊见习直到晚上快九点才结束，今天早上八点一到，我的公务手机就连响三声，是三床病房会诊——我上半年除了日间病房外最主要的工作。这几天忙碌的程度像是令我不立刻上手也不行了。还好刚才最后一位会诊的十六岁漂亮女孩只是来住院追踪肾功能，会谈在她母亲的陪伴下进行得非常顺利。"轻微焦虑，预约袁P门诊追踪即可"，我在会诊单上这样回复。终于，我可以准备今天第一次进日间病房。

我吃完最后一口饭团，开始爬阶梯。

大教室里没开灯，病人们都不在。丁大在电脑教室里，窗户对侧的办公室里雅慧正在讲电话，芳美姐在位子上注意到我，远远地向我微笑。

"爸爸，你听我说。"雅慧一手拿话筒，一手撑住额头。我看了一眼门边编号05的打卡记录纸，朋城今天迟到的时间算是还好。"我了解，我了解。所以请你先带他去看小儿科不是吗？"雅慧似乎快要失去耐心。我从病历柜里抽出这几天已经被我从头完整翻阅的朋城的病历。

"芳美姐，"我说，"等一下我要跟——"雅慧抬头以手势要我讲话小声一点儿。我放低音量："我要跟朋城会谈。"

"嗯。"

芳美姐的声音好像总是这么轻。前天早上与她一起带单数组的向日葵团体，即使吴宇睿饺起迟到的张朋城，她也是这样轻轻柔柔地开口，神奇的是，在场的人也总会安安静静地听。

芳美姐看着我像在等待我多说什么，我向她微笑摇头。

雅慧电话里在说的似乎是之前住过这里的病人，名字我没听过。我看见我那本《没有摩托车的南美日记》被夹在丁大桌上的几份数学试卷之间。上周我签好名拿给他时，他兴奋地说等明年八月调回特教学校也打算去南美，说是要追随我的脚步——他很夸张地说我是他的偶像。

我带着病历往外走。一切都等谈了之后再说吧，就像杨医师说的那样。

"蔡医师，"芳美姐叫住我，"钥匙？"

"啊，对。"我绕到芳美姐后方从墙壁取下钥匙，"谢谢芳美姐。"

她向我微笑，眼尾的纹路也像是好几条微笑的弧线。

我走出办公室门口，有两三个病人回来了，将大教室的灯一区一区地点亮。我回想前天一早团体结束的时候……

"朋城，"我起身走过去，"和你约个时间会谈好吗？"

他停在小教室的门口旁，面无表情地回头。其他病人经过他身边一个个离开，只剩两个人持续地把桌椅搬回原位。

"后天，周四下午一点半，你方便吗？"我注意到他大概只矮我一两公分。

他看向芳美姐，再看回来，视线的焦距像是落在我的身后。"为什么又要找我？"他有些含糊地说。

"没什么，一方面月底要开会，另一方面，本来这里每个人我都会找时间谈一谈，稍微认识一下大家。"我决定先简单地说就好。

"随便。"

芳美姐走到我身旁："朋城，蔡医师是接替杨——"

"我知道他是谁。"他忽然放大音量。

芳美姐保持微笑，向他点个头。

朋城的眼神左右闪动几下，低下头。"还有别的事儿吗？"他的声音有些含糊。

"没有了。"我说，"我们就后天再聊吧。在晤谈室？"

他草草地点个头，转身出去。

我转开锁，开灯，在面朝室内窗的那张单人沙发椅上坐下。这间晤谈室我已经进来过几次了，如同先前与其他病人会谈时的第一个动作，我伸出右手拨开转角立灯的开关，黄光倾斜地照出壁纸的菱形立体织纹，那张嵌在朋城病历封壳上的病人资料卡也显得更加泛黄。

他应该会记得过来吧。如盈前天听到我说和朋城约了会谈时，一开始有些惊讶，后来知道我只是先和他约这一次，反而变得比较安心的样子，不知道是为什么。如盈说她会再帮我向他提醒的——她似乎是有些过于积极地总在注意有什么可以帮上我的地方。

我抬起头，发觉窗帘忘了拉上，走到窗边刚好看见更多病人从大门那儿回来。上次杨医师离开时哭得稀里哗啦的胖女孩儿名叫筱雯，她和那个高瘦的白桦树男孩哲崴在讲话，笑得很开心。壮硕的宇睿似乎是往电脑教室冲过去，差点又撞倒椅子。我的视线往左前方穿过那一列长长的窗户，办公室里雅慧终于挂断电话，往芳美姐的方向比画双手，像在抱怨什么。

如盈推开大门进来，还有朋城。他们似乎是最后的两个人。朋城与我稍微对上眼神，我挥了个手，示意我在这里等他，然后拉上窗帘。

我坐回沙发椅，翻开病历，在杨医师最后一笔记录底下空两行，写下"On Service Note❶ 2012.7.12"几个字。

"嗨，朋城。"

他"唰"的一声把窗帘打开。

我看过去："怎么了吗？"

他在与我呈九十度角的三人沙发中间坐下："不然丁老师又说我旷课。"

"哦。"我笑了一下，"我有和芳美护理师说了，他们应该都知道你跟我在这里会谈。"

他斜眼看向我腿上摊开的病历，眉头像是直接压在眼睛的上方，往眉尾拉出两道笔直的线条。

"所以我想，我们是不是让窗帘——"

"你想知道什么？"他说道，但没有注视我。

"嗯？如果，你有什么希望我——"

"你不是说你们要开会？"

"对。"

"那你还不把该问的问一问？"

我拿笔的右手僵在半空，"哦"了一声。这个开场是怎么一回事儿。

他显出不耐烦的表情："最近过得好吗？心情怎样这类的。"

我边点头边有些尴尬地笑，想起他这本病历里每隔几页就换个字迹，除了每年不同的 fellow，偶尔还穿插几个月的住院医师。他肯定被很多医师问过了。没事儿的，不用紧张。"那些，确实也是很重要的问题。不过就像我那天说的，我也是真的想利用这个机会多认识你

❶ On Service Note，接班记录。住院病人的主要照顾医师更换时，前一位医师须将病人的过去病史、现况评估与治疗计划等，摘要做成 Off Service Note（交班记录）；接手的医师则在交班后完成 On Service Note。

们。而且，距离月底开会还有好一段时间，我们也可以另外再找时间谈一谈。所以，都可以，"我试着让语气尽可能地轻松，"今天就……我听你说。"

他看向我——甚至该说是瞪向我。这好像是他第一次这样直视我。是我说了什么吗？应该还好吧？我下意识地动了一下笔，低下头，发现自己不小心在病历上画出一条线，就在杨医师的笔迹上。

他冷笑一声。

我看回他的脸上，他再度避开我的眼神，目光沉滞得仿佛刚才的笑声是我听错了一样。

"嗯，都还好吗？朋城？"

他保持沉默。

我尝试进一步回想病历里的内容，但没有明显线索。和早期频繁出现的病房内冲突、亲子冲突相比，这一两年的他确实像杨医师说的非常稳定——除了还是回不了学校。我想学姐的观察肯定非常可靠，因为我还发现朋城三年多前住进日间病房的入院记录，就是她完成的。

朋城看起来还是没有要再开口的意思。我调整圆珠笔在指间的位置，喘口气，试着从头来过。

"朋城，因为这是我第一次和你谈，我还是说明一下，过程中，我会做一些记录。如果你介意的话，可以随时、用任何方式让我知道，譬如说你希望我什么东西不要写，或者特别要我写下来的，都可以。"我讲出像是仪式一样的固定开场白，"我想，或许你也很清楚，我们当医生的会尽量让这里是个……安全的空间。"

他眨了一下眼。

"不晓得你觉得呢？"

他稍微更往窗户那侧的墙面移动目光："随便。"

OK，至少有声音了。"然后，真的，就像我刚说的，你想先谈什么都可以。也许是你现在比较在意，或者你觉得可以帮助我多了解你一点儿的。看你想怎样运用这段时间，都好。"

他稍微皱眉。

"怎么了吗？"我问。

"时间。"

"呃，对？"

"到……两点二十？"

我第一时间没很听清楚他的咬字。"噢，也可以。我没有特别预设我们今天一定要讲多久。"

他看回我这边，但视线的焦距像落到我身后。"你没有？"

我猜不出他反问我的情绪或想法是什么，简单地"嗯"了一声。

"所以……杨医师没跟你说什么？"

"杨医师？"我回想学姐当时拖沓的语气，"她是有说……希望我可以找你谈一谈。"

"谈一谈？"

"嗯。"先说这样就好。

他左脚原地缓缓踏了几拍，整个人往后靠上沙发椅背。几秒过去，肩颈像是垮了一样又往前低下头。"你想知道什么？"他有气无力地说。

很好，我们的谈话终于比较上轨道了。"你希望……我知道什么？"

他吸一口气，然后快速呼出来："不知道。"

"不知道？"

"对。"

他隐约又有些不耐烦了。"没关系，如果你不知道，就说不知道，OK 的。如果你不想说，或者不会说，也可以直接告诉我你不想说，或者不会说，好吗？这样我会更能了解你的意思。"

他似乎咬住嘴唇。

"嗯，所以？"我向他耸肩摊手。

"不都在里面了。"

"嗯？"

"病历。你不都看过了？"

"哦。"我低头，看见一个字都还没开始写的空白页面，"我是看过你的病历，但如果可能，我还是希望能直接听你说。"

"然后呢？"

"然后，也许那样，我能对你有一些新的了解。"

"然后呢？"

"呃，然后？"怎么还有。

"了解了然后呢？"他语速加快。

"也许，有了一些新的了解，看会不会有些什么不一样……能继续发生？"

他又转向窗户那侧，摇摇头。

"还好吗？你似乎不是很……"

他再次吸气后快速呼气。

"也许试着说说看，你现在——"

"你想问什么就问。"他看回我这边。

我的腿抖了一下，差点弄掉病历。他真的不耐烦了。"嗯……"我晃着右手。

"我为什么回不了学校。你想问这个吗？"

"嗯？没有。"我反射性地否认，"我并没有预设我是要——"

"那你想问什么？"

"也许，像是……"

"你想问什么？"他更加重语气。

怎么变成他在主导了。我努力唤起有关他病史的记忆。"那个，我知道过去，你有过一些比较明显的焦虑、恐慌，现在——"

"还好。"

"那，你的心——"

"心情还好，睡眠也还好。"

"所以和之前——"

"之前怎样？"

"之前，呃，我是指，像是一开始，你去不了学校的……"

他转头往窗户那侧又在摇头。

我怎么还是讲回学校。"没有，我只是、只是想了解一下，你的感受——"

他明显冷笑了一声。

办公室的亮白光线穿过两层室内窗照进来，我像是冻住了，在这里恒温的空调之中。雅慧她们在看着吗？如果杨医师还在这里她会怎么回应。她在这里待了一整年，甚至还看过朋城刚开始转来日间病房时的样子，她应该知道的。偏偏她什么都没说。惧学。经典的病人。很稳定。病历上的大片空白开始变得更加刺眼。如果我能知道就好了，多少告诉我一点儿就好了。这边就交给你了。杨医师的声音像是从我口袋里那本笔记本传出来。

"——蔡医师，你去过急性病房了吗？"他持续地面向窗户那侧，语调里没有任何情绪。

"呃，算是有。"他想说什么。

他又沉默几秒。"我第一次住进去是四年多前，二〇〇八年元旦隔天。"

对，杨医师在病历最前面的日间病房入院记录有写，他来这里之前有先住过四次急性病房。

"那天晚上，不知道被搞到几点，好不容易终于又出电梯，有人刷什么卡吧，哔两声，头顶玻璃门哗的一下往两边打开，然后又关上。接着就听到钥匙开锁的声音，里面第二扇门打开继续进去。里面好暖，而且亮得像变回大白天一样。他们说什么 new 胚来了、new 胚来了。后来才知道胚是 patient 的意思，是在说我。我又听到另一边一个门开关的声音，一个男生说要关保护室吗，有人回复他说应该不用了，我就被送进另外一间房间。他们终于把我松开——"

"松开？"

朋城停顿一下，还是没看向我。"原来那是个男护士。我第一次知道也有男生当护士。他问我要不要自己下来，我坐起来时头有点儿晕，就直接躺上旁边那张大床。那张床很软很舒服，而且有枕头了。我看着刚才我那张铁床被推出去，好像火箭发射一样，然后才看到我妈进来。她摸着我的手腕、脸颊，我不知道她想干吗，她好像在笑，很奇怪的笑。我随口说我要吃麦当劳，她好像更开心的样子，说那她现在去买回来。但我其实根本不饿，后来也没吃完。我妈帮我把床头抬高，我坐在床上，只觉得薯条冷了真的有够恶心，油腻腻的。我在病房那台电视上看到自己的倒影，但模模糊糊的看不清楚。我跟我妈就什么话都没再说。

"没多久，房间灯就全关了，我妈还是坐在旁边。我躺着也没什么感觉，就很累吧，可是又睡不着。我转头看向门缝底下，走廊的光线从那边穿进来像是要被阴影吃掉一样。隔壁床的人都睡了，病房里很安静，我满脑子却轰隆轰隆地吵个没停，我就躺在那边想神啊，命运啊，未来啊，越来越满，脑袋都要爆炸了。我妈还是坐在旁边一动也不动，不知道是醒着还是睡着了，像个死人一样。那时候我就一个念头，我有资格疯掉啊，我有理由疯掉啊，为什么我没有？"

他保持着一个怪异的笑容，病历里我依然一个字儿都没写。到底发生什么事儿，他那个疏离的语调与表情……

"隔天早上，我妈就走了。她当然还活着。离开前，她跟隔壁床的一个中年人，应该是那个病人的爸爸说请他帮忙稍微照顾我，我就这样住下来。然后当天，就签了住院同意书。"

我等待了大概有一分钟那么久。他似乎，真的说完了。

我做了几次深呼吸，确认病历还稳妥地躺在我的大腿上。

"你说，你同意了？"我试探性地问。

他耸了耸肩。

"嗯？"

"其实有没有同意好像也没区别，反正我还没成年。"

"……谢谢你，和我说这些。"我低头想了一下，"我能感觉到，那段经历是很——"

"很怎样？你还真的以为你能了解，以为你能听到？我就是这里永远的班长，你懂不懂。我就在这里了。杨医师和我都谈了快四年——"

"你说，杨医师和你谈了，"我的喉咙好像哽住，"快四年？"

"对。每周一次，每次五十分钟。然后呢？她就这样挥挥手走啦。说得再多……"他胸口的起伏变得急促，"你以为你是谁？你以为你可以——"

他扭头往另一边看过去。我又看见他那两道像是疤痕的发根，他抖起右腿。

"朋城……"我尝试将声调放软。

他站起来拉开门就走。

我手往沙发上撑，但所有力气都陷了下去。他往大教室走进去，门半开着，我隐约看见远处落地窗顶端的彩带，像在半空中不停颤抖。

7 /

　　头顶又是风马旗，一串串悬挂在广场上空，往寺院的金色屋顶汇集。从山顶下来，我一路下坡、转弯，继续下坡、继续转弯。我拿出单张想看上头有没有记载眼前这个寺院的名字，但是没有。太阳倾斜地照射过来，风马旗变成半透明的，上头全是我看不懂的藏文与图样。

　　"朱雷。"一名老妇人向我微笑。是旅馆那名妇人吗？玉石项链、长马尾与大黑裙，好像，但我实在想不太起来旅馆妇人的相貌。我向她点了个头。妇人左手握了一大串佛珠，垂下的长度超过膝盖。她也向我点头后便走了，右脚有些跛行。我想我应该是认错了。

　　妇人走向大殿外墙那排转经筒，开始一一拨转。她发现我还在看她便向我又点了一次头。我跟上前，看见只要她经过的地方转经筒便开始旋转，侧面望过去像是波浪一样。我尝试模仿她的动作，就这样走过第一面墙，第二面墙，第三面墙……

　　忽然一声洪亮的吟唱自几个街区外响起。

　　是穆斯林的唤拜广播。

　　下山途中好像有见到一间清真寺，是从那里广播的吗？高耸的拱门，八角尖塔，亮白地立在街道底端。我回过神，发现眼前这排转经筒全停了。我赶紧走往第四面墙，但没看见妇人的身影，一整排转经筒也是静止的。唤拜广播继续一句句地传了过来。

　　这里是拉达克没错吧？唤拜声仿佛直接穿进我的头颅。就像那一年的夏天。我在旅馆，四楼，窄小的单人床，嘶嘶作响的电风扇勉强吹出热风，每天清晨都是那一声吟唱将我从睡梦中吵醒。往窗外探头，牛粪的臭味儿飘了上来，左右几处冉冉升起火葬的灰烟。那是恒河边的圣城喀喇昆仑山瓦拉纳西，也是六月，让人昏沉沉的夏天，就算醒了也好像没醒一样。我每天都在想为什么要来这里，我又为什么来这里。不该是这样的。我杵在空桥上，再过一会儿就要下雨了吧。偏偏还没。一个多小时前我站在医院侧门外不还是大晴天吗？乌云压在整个台北盆地上，空气变得好重。底下的马路满满的都是车，喇叭声、引擎声、警察的口哨声，一层层叠上来把我推向半空，但鞋底被黏住了。一辆救护车鸣着笛冲过来。我刚最后怎么会那样回话，我以为自己在吵架吗？他是主任欸，我怎么吵都只有输的份儿。我在想什么。我说得太多了，想得太多了。我会来这里当然是因为我想来，不会错的。"你再想一想。"离开前主任说，"我们保持联络。"但如果我错了呢。"快来礼拜呀！快来成功呀！"唤拜声从我的脑袋里响了出来，头好痛。没睡好真的不行，偏偏昨晚越是努力想睡着越是睡不着——和记忆一样不可靠啊，越想努力忘掉的反而越记住了。眼前的光线逐渐消失，我像被那一声又一声的吟唱带进某条长长的隧道……

三秒。

五秒。

十秒。

没有了。广播停下来了。

我静静地站在大殿前的广场，头上的风马旗失去日光照射，像是随意被捆绑在一起的寻常麻纱。

只有九天。

我终究得回去的。

天空垂下暮色，没有一点儿云彩。店家点亮一盏盏白炽灯，与车灯合力将街道映出一圈圈光晕。两旁的行人多了起来，藏人面孔，印度人，欧美游客，四处游走。"Taxi! Taxi!"出租车司机还在招揽客人，艺品店里的人也变多了。一个烤肉摊被六七名年轻人围绕，老板拿着扇子站在烟雾后方，炭火飞溅而出。我抬头看见一家旅行社的招牌，"旅行者天堂"，手写的字迹斑驳。此刻没有什么比天堂是我更需要的了。

木桌后方是一位中年印度男性，桌垫下压满地图与风景照。他抬起头。

"晚安，我的朋友。有什么我能为您效劳的？"我从他的眼镜镜片看见电脑荧幕的倒影。

我问他们有提供什么行程，什么都好。

"班公错❶。如果您没有特别期待，首选当然是班公错。您看过《三个傻瓜》吗？"他把"three"发成了"特立"的音。我点头。宝莱坞的电影只看过这一出，剧情忘得差不多了，只记得十分冗长。"这几年每个人都在问片尾那个湖在哪儿。漂亮啊，真的漂亮。我告诉您，印度这一侧的班公错比较漂亮，比中国那一侧漂亮。我不会说谎的，虽然我是印度人，但您问任何人都会告诉您印度这一侧比较漂亮。没有骗人。您从哪里来？"我说台湾。他向我确认，我又点头，重复一次是台湾，不是泰国。他抓起鼠标点开电脑打开界面，上下浏览。"很遗憾，我的朋友。台湾，不能办许可。那儿规定很严哪。您没办法去。"

他停下来，看我的表情没有变化，继续说："我亲爱的朋友，您别不满意。真的不行的。不是我为难您，我知道有人偷偷搭车过去，那很危险，真的很危险，被抓了不只是罚钱。我也想赚钱，但危险的事儿、违法的事儿，我不做，也不建议您做。"我告诉他没关系，别的行程也行，我没有特别想去哪儿。他笑了开来，两手在半空挥舞："您是真正的旅行者啊。好的也好，坏的也好，您永远不知道下一个是什么，不是吗？但都没关系，您来对地方了。我们可是'旅行者天堂'。诚心向您推荐，来拉达克一定要健行。健行才好。喜马拉雅山脉，风景美得不能更美了，除了尼泊尔以外最好的选择。我们有各种行程，各种难度的选择。您有多少时间？"我说不多，几天而已。"那么最基

---

❶ 班公错（Pangong Tso），位于西藏与拉达克边境的高原湖泊，横跨中印两国。在藏语及拉达克语中，错（Tso）为湖泊的意思。

本的，至少走个三天健行。我的朋友，坦诚地向您说，那只能算远足还称不上健行，您什么装备都不用。重点是真的美，您一定会觉得值得。我们可以帮您安排交通与住宿，您省得烦恼，交给我们就好，小事情。您如果想雇个向导也行，当然要花比较多的钱。我建议您不用的，您看起来就很有经验，而且那路线很受欢迎，不会迷路的。我不会为了多赚钱故意多卖您东西的。相信我，我们很诚实的。"

我看着他的嘴巴动个不停，我说我回去再考虑一下。他说："没问题，我的朋友，需要任何帮忙尽管告诉我。"他伸手拿了张 DM 在我面前打开，与旅馆妇人给的单张不同，是彩色铜版纸。他用圆珠笔在地图上标记几处地点，向我说明健行的接送地点与当中两晚的住宿处。全是些难以发音的地名。他折成三折后递给我："记得我们是'旅行者天堂'，您最好的朋友。欢迎随时再过来。"

我收进口袋。又多一张。"对了，这附近有网吧吗？"

"您出门后，左转到底就是了。"

"谢谢。"

网吧里，电脑沿墙面排成一个圈儿，都是白人，全盯向荧幕。我分不出是传统荧幕还是日光灯在闪烁。没有人讲话，只听见鼠标与键盘不断地被敲打。我问了价钱后坐进角落剩余的一个空位，登入网络，开启邮件信箱。都是广告信。我反复点了几次收件匣，想确认不是网络太慢，而是，真的没了。我忽然意识到今天才周日，我来到拉达克的第一天，再怎么样主任也不可能今天就回信给我的。我握着鼠标。问题是，我期待得到什么回复？

我真的……要离职吗？

将视窗关闭。登出网络。结账。

我走进旅馆。这回我没认错，那名老妇人正在收拾桌上那几叠报纸。她发现我回来，露出微笑："孩子，宫殿，你去了？"我点点头。

桌上没看到那本 *Lonely Planet*。"你看来累坏了。晚餐，吃了吗？"我看向她，摇头。她笑起的嘴角与额上的皱纹有着类似的弧线。我那时怎么会认错人。她说："在这儿吃吧。我们有面，特制的面，好吃。"

我慢了几秒，点头。

妇人托住我的手臂——我还是感觉有些粗糙。"孩子，来。"她领着我穿过门廊，"你会喜欢的。"

餐厅里有五六张桌子，桌子上都点着蜡烛，没有其他灯光。她要我在窗边坐下，弯身帮我拉椅子时玉石项链轻撞出声响，然后她就离开了。窗外的天色已经接近全黑，我勉强看见室内悬挂几幅卷轴画，画里有横亘的雪山，还有一条河，烛光忽明忽暗，照得它仿佛正在流动。远方又响起唤拜广播。可能是清真寺太远，声音来源的方位变得模糊，句与句之间都黏在了一起，像是气息绵延不绝地唱着。

"祈祷的广播，给穆斯林的。"妇人端着面进来，"我，佛教徒。我们，生活在一起。我们相信的，我们不相信的，都一起。那很好。那就是佛。"

我困惑地望着她。

她只是把面放到我面前："吃吧，孩子。你一定饿了。"

碗里铺满蛋丝，我用汤匙搅了一搅，底下还有西红柿、红萝卜、青豆、蘑菇、高丽菜与木耳。我捧起碗喝汤，有些烫口，吹两下，再喝。入喉的先是蔬菜的清甜，然后渐渐透出底味儿不知名的辛香。

8 /

我嘴里残留便当的余味，感到轻微作呕。

"这样不行啦，蔡医师。"雅慧在座位上坐下，"Team meeting
你坐在那儿，袁P问你，你一句话都不说？之前杨医师从来不会像你
这样。"

"嗯。"我低下头，桌面上还躺着上午开会讨论的五本病历。刚
不该硬把整个便当吃完的。

丁大说："也还好吧？谁规定每个人都要一样。"

"丁、大、维，"雅慧的声音转过去，"你以为这里还是学校吗？
病人可以这样一直丢在外面没人——"

"那个，"如盈打断他们，"这件事儿是我不对，我也有责任。"
我困惑地抬起头。芳美姐也同样看向如盈，然后看向我。

"呃，没事儿啦。"我感觉我好像必须说些话，"下次我会再努
力一点儿。我……先去找筱雯会谈好了。"我让语气保持听起来正向。

丁大侧头向我笑了一下，芳美姐好像也持续地看向我。

我从病历柜里抽出筱雯的病历，一踏出办公室门口，眼前便暗了
下来。病人们大多还在午睡，绵长而低沉的呼吸声与鼾声从各个角落
传出来。有人翻个身继续睡，也有两三个孩子醒来了，向我开心地大
力挥手。

你觉得你可以做什么？袁P会议中的问话在我耳里响起。那时我
仿佛从袁P诊间里观察的位置瞬间被拉到他的面前，成为那个被问诊
的病人——然后我脑袋里一片空白。自从两周前与朋城的那次会谈后，
他的迟到情形变得更加严重，今天甚至到现在都还没出现。他像在刻
意避开任何被我找去谈话的可能，我只能仰赖如盈告诉我她其他时间
的观察，如同她对其他单数组病人做的那样。还好、不用太担心，她
总是这样结论，实际上她所提供的也确实是很一般的信息。所以，你
要成为杨医师吗？袁P继续问。他为什么要这样问……

"谢谢医生，那我回教室喽。"筱雯从沙发上起身，打开门，"医生要帮你关门吗？"

"好啊，谢谢。"我说。

她胖胖的脸颊上又笑出酒窝。

隔着窗，我看见病人们陆续环山回来了——他们都这样称呼这个活动。每天下午第一节课前出去沿柏油路走一圈，十五分钟。筱雯还提到这应该会是她以后最怀念这里的时间。她已经下定决心，九月开学后就要出院。

她说她打算把那个一直被别人——包括宇睿——言语霸凌的不好的自己留在这里，然后，用全新的自己回到学校，面对九年级的生活。我想都应该是这样的。旧的不去，新的不来。那是一件多么值得开心的事儿。

我在筱雯的病历上盖上我的医师章。

我也会更适应的，用这个旅行回来后的新的自己。

叩、叩。

芳美姐站在窗外。我过去打开门，芳美姐示意我们坐下来说话。

她一贯轻柔地开口："筱雯都还好吧？"

"还不错。"我尝试也给出微笑。

"她应该……也向你提到决定回学校的事儿了？"

我点点头。

她抿着嘴笑了一下："她啊，是个很棒的孩子，和去年刚进来这里的时候相比，进步了很多。"

"我相信是。"

她点点头，停顿一会儿，视线低下来又点点头。

我也低下头，看到病历纸透出前一页杨医师的字迹。

"那，你呢？"芳美姐问。

"我？"

"你来到这儿，也快一个月了。都还好吗？"

"算……还可以。"

芳美姐再度向我点头。

我觉得自己的话有些太少，但可能是辈分还是怎样，这段时间以来其实我没真正和她聊过太多——特别是和丁大相比的话。

"你会觉得……自己做得不好？"

"嗯？"我愣了两秒，"这个，也不完全是，就……怎么说，今天上午开会真的对大家很不好意思，然后，刚才还害办公室里那样……"我有些难为情地笑了笑。

芳美姐继续点着头，像是另外在想些什么。"嗯，杨医师后来，是不是没和你说，她其实已经帮朋城做了好几年的心理治疗？"

"呃……是。"

"其实，"芳美姐淡淡地笑了一下，"她有和我讨论过这件事儿。"

我诧异地看向她。

"六月最后那个礼拜，杨医师主动来问我，要不要、或者说要怎样和你交班关于朋城的一些事儿。她想了很久都拿不定主意，甚至该说，这可能是她对这里唯一放心不下的事儿吧。毕竟三四年来，这里的每一个人，都花了很多、很多心力在朋城身上，我们这里……"她露出像是疼惜的表情，"永远的班长。"

上次和朋城会谈最后他好像也有说到这几个字。

"杨医师那时候跟我说，她很希望有人能接手她与朋城的治疗，因为再怎么说，这都是朋城还能待在这儿的最后一年了。可是她又不希望让新接手的人，让你，承受太大的压力。但说到底，杨医师是相信你的。她觉得你一定能帮到朋城，而朋城，也会需要你的帮忙。"

我苦笑着摇头："学姐她根本不认识我啊。"

"是啊，所以这正是她在思考的事儿吧。"

"嗯？芳美姐的意思是……？"

"这些年，这里发生过太多事儿，朋城自然也是。从最一开始杨医师和如盈老师也都只是新人，一路走到现在，这些过程我们都知道得太多，也太清楚了。"

"如盈老师也……"

芳美姐点了个头。

"但我不懂，那不是很好吗？我的意思是，朋城是一个已经经历这么多年治疗的个案，他和杨医师建立的关系，杨医师对他的了解，我是指，我怎么有办法，"我又想起上次和朋城会谈的最后，"我只是一个新来到这里的人而已，为什么不让我知道？我也不是真的新手了，就告诉我啊，我还是可以、可以……"我想不到说什么，皱着眉低下头。

"我不是杨医师，我没办法代替她来回答你。但我相信，她最后决定不告诉你任何细节，也许是因为在你身上看到一些你有而她没有的东西。"

我重新迎向芳美姐的目光，摇摇头。我感觉自己更不认识学姐到底是什么样的人了。

"蔡医师，真的，你可以觉得自己做得不够，但不用觉得自己做得不好。袁P上午那样问你的时候，并没有任何责备的意思。我与袁P认识很多年了，这一点，我可以向你保证。"

"我可以理解，我只是，呃，懊恼吗？我觉得我好像搞砸了。如果上次和朋城的会谈，我换个方式，换个问句，或许结果会完全不一样。要是朋城还是继续像这样不出现、不出声，那我……"

"他一直在说啊。沉默，也是一种表达。"

"沉默……也是一种表达？"

芳美姐的眼神极其和蔼："还有一件事，或许你不知道，但整个七月以来，你是第一个，也是唯一一个，让朋城谈起杨医师的人。"

"啊？"我感到惊讶，同时注意到窗外有人朝这里接近——是朋城。他面无表情地看进来，芳美姐也朝窗户转头。

"就交给你了。"她向我微笑。

又是这句话。芳美姐开门出去，与朋城似乎在墙的后方说些什么，过了一会儿才继续往办公室走。

砰。朋城把门关上。

我尝试将刚才的情绪整理起来。"嗨。"

他坐上沙发，眼神或言语没有任何回应。不知道他是不是被如盈叫进来的。我又想起她在办公室里那句像在致歉的奇怪的话。

"你……刚到吗？"我连他的名字都叫不出口。

三四秒过去，他点了一下头。

"有跟着……一起去环山？"

经过更久的停顿，他摇了下头。

我一时不晓得问什么，发现筱雯的病历还摊开在我腿上，赶紧把它收到身后。我根本没带朋城的病历进来。

朋城似乎在注意我的动作。

"呃，怎么了？"

他再度回应一个延迟许久的摇头。

窗帘还是开着。这间晤谈室的隔音太好了，或者是外面太安静了，我几乎感到耳鸣。朋城驼着背，双手交握着垂在腿间，视线就像上次那样投向窗户那侧的墙面。

"会不是开完了？"他低声说。

"是？"

"……那还要讲什么。"

我咽下一口口水。要讲什么。如果不是芳美姐，我也不会还坐在这儿。我调整一下坐姿，沙发深处发出细微的挤压声。"我也……还在想。"

他稍微抬高视线，像是望向窗外。我跟着看过去，看见办公室里我的座位——那个杨医师移交给我的座位。我低下头。

他呼口气，然后含糊地说了两个字。

"嗯？"我没听懂。

"你刚问，环山？"他稍微大声一点儿。

"是？"

"那一开始是我在班会提的。"

我不确定该怎么回应，"嗯"了一声。

他左手的拇指在右手掌腹上搓揉，然后抿了一下嘴。

"嗯，你想……说什么吗？"我轻声问。

"就，很残酷。"

"残酷？"

"……当别人都往前走了，就会发现，剩你一个人。"他保持平静的语调。

我感觉有些难受。

我得具体回应些什么。

"我以为，你是这里的班长？"我说。

"你以为，这里真的是学校？"

我再度勉强咽下一口口水。我把永远的班长想成什么了。我真的什么都不知道。我像是被杨医师带着一直走、一直走，走进我还没去过的后山。树木将所有光线都遮去，没有风，然后她消失了，像个鬼魅一样。雅慧、丁大与如盈的声音短暂出现，又被吞没。然后是芳美姐，还有袁P。阴影越来越黑，直到最深处浮现一道紧闭的门，又叠上另一道大门，门旁挂着招牌。

"我听说，这里有个地下名称，是吗？"我不确定地说。

他像是想到什么，嘴角抽动一下。

"……**惧乐部**？"

他隔几秒，点头。

"嗯，这个名字是……"

"在我来之前就有了。"

在他来之前就有了。所以我是想问什么。

"惧乐，连快乐都让人害怕。"他说。

我看向他，他面无表情地转回头，面朝窗户。"我不是很确定，你的意思是……？"

"不知道。"他的双手又开始搓揉，"不会说。"

"OK。"我点点头。不知道，不会说，不想说，那是上次我和他说过的指导语……

医师服口袋里忽然响起手机铃声。

他瞄过来："你不接吗？"

"哦。"我有些迟钝地抽出手机。号码没看过，我手指一点——"请问是蔡医师吗？"电话另一头好大的声音，"我是小儿科的 R2，请问现在病房会诊找你吗？""对。"我留意朋城，他没什么特别的反应。"有一床是之前你们，嗯，杨以璐医师看过的会诊，如果要 follow——""不好意思，我现在不方便讲话，晚点儿回电给你好吗？""好，再麻烦学长。"

我挂断电话，收回口袋里，不小心摸到那本笔记本——

"其实你不用浪费时间。"

我抬起头，朋城还是木然地看向墙边。

"反正不管怎样，一年后我都会离开这里，你不也是。"他说。

"呃，是这样说没错，可是……"

"怎样？"

要不转成人日间，要不就 discharge。那是雅慧说的。"我想知道，你的期待……是什么？"

他保持沉默。

"我是指，假设……我是说假设，你没有回学校，你会想要去哪里吗？"

他继续沉默。

我犹豫是否要换个方式再问下去，譬如，那如果能回到学校——

"你就是不懂嘛。"他稍微加重语气。

我感到胃酸一阵往上。"我……确实有很多不懂，所以，怎么说，我想我会需要你的帮忙？"

"我的帮忙？"他轻笑一声，"你才是医生欸。"

"是，但医生，也需要病人的合作，不是我一个人想做就能做的。"

"我都有配合吃药啊。"

"那个，我的意思并不是——"

"上次就说过我都还好就没事儿，你到底还要我讲什么？"他转向我——今天第一次。

还要讲什么。

他又别过头。

不管我说什么好像都没用。就交给我了。说得简单，但我怎么可能成为杨医师。她是她，来到这里的我也有我自己的期待。

"我听你说……"朋城声音全含在嘴里。

"嗯？"

他又不说话了。

算了。"还是……我们今天先谈到这里？"我竟然说得一副还有下次会谈的样子。

他没有要接话，但也没有要起身的意思。

"不然这样好了，我想，如果你想在这边再待一段时间，也可以。或许，再十分钟？我就……也一样在这儿。"

他坐着，胸腹缓缓起伏，眼睛一眨，一眨。

我停止盯向他，视线往侧边移到门后空着的墙角，壁纸的菱形织纹今天看起来像是铁栅栏一样。我往后坐一些，有个坚硬的东西卡到背上。是筱雯的病历——杨医师留下的病例。成功的病例。

时间应该差不多了。我转动手腕，看向表面——

"这里，到处都是窗。"他忽然开口，"有时看起来就像镜子一样。"

我瞄向窗户，看回来。他是想要说什么。

他又开始搓揉手掌，低着头。"……我小学穿堂的正中央，也有面很大的镜子。有次我一个人站在那儿，看着镜子里的校门口，然后我就一直往前靠，直到在镜子边缘那层斜斜的地方，在里头，看见自己的倒影。"

我等待了一会儿。"是？"

"然后，**他们**就在外面。"

反光不知道从哪儿闪进晤谈室，我感觉耳朵里隐约嗡嗡作响。

"……**他们？**"

9 /

巴士的引擎一路低吼，我被座椅带着整个人都在震动。坐我前方的男子手里拿了一支小型银制转经筒，转出的反光在车厢内四窜。一会儿照到左前方那名妇人的鲜艳头巾上——她正大声讲着手机。照到更前一排小男孩的胸前——他站在座椅上，双手抓住椅背盯着我不放。扫过挂在挡风玻璃顶端的各色旗帜——唵嘛呢叭咪吽。反光又闪过去。

　　一早，我在巴士站给司机看旅馆妇人给的单张，他听不懂英文，我用手势表示上面随便一个景点都可以，他手指在提克西寺点两下便要我上车。车身上没有任何标志，其他乘客都是藏人面孔。天知道这辆车是不是真的会开到提克西寺。小男孩还在盯着我，我感觉不大舒服，于是望向窗外，天空蓝得与昨天一模一样。我好像该要祈祷巴士能顺利将我送达目的地，可是想到这儿，又觉得也没有太大差别了。

　　"愿你被保佑？"我接过旅馆妇人递来的景点介绍单张。同样一份，第二次。

　　妇人点点头："愿你被保佑。朱雷。愿你被保佑。"

　　"然后你刚才说，朱雷的意思还有……你好、再见与谢谢？"

　　"是啊。好孩子，走吧。很多地方，很多好。你想去，就去。"她的手伸过来，帮我把单张折成四分之一大小，要我好好收起来。

　　我在想是不是该多问一些交通信息，低下头——

　　"朱雷。"她向我微笑。

　　她的意思应该是再见？我不熟练地说出朱雷，然后离开旅馆往巴士站走。那是出发时我唯一确知的目的地……

　　巴士靠边停下来。"提克西！提克西！"司机回头朝我大喊。我赶紧下车，差点撞到那名男子的转经筒。小男孩继续盯着我。车一开走，提克西寺立刻在马路对侧现身，一排排白色平房往上堆叠，直到山顶几栋红色、橘色的建筑——那是一整座山。

我怔怔地看向对侧好几秒。昨天都爬了，今天，好像也没什么好再说的。

山顶似乎很热闹。重低音一拍一拍传来，打得两旁屋墙跟着震动。没爬多久，我开始听见萦绕其间的中高音旋律，更多打击乐器弹跳着加入，声响越来越大。

"三十卢比。"我穿过大门，一名喇嘛走来向我说。这里是寺院的中庭，被几面红色与黄色高墙包围。舞曲声似乎是从人群聚集的那个角落发出来的。

"三十？"我还是不习惯他们如何发"th"的音。他手里拿了一叠鹅黄色的小纸张，反复翻拨像在洗扑克牌。他的脸还朝向角落那儿，点头。我拿钞票给他，他把门票与找回的零钱放我手上就走了。

"提克西寺，拉达克"。门票正面几个大字，旁边写了编号、价钱、网址与信箱。翻到背面，最底下一行写着"一张门票仅允许一个人进入"。当然是一个人。

我直接走上二楼阳台。

中庭里的人潮围成了半个圈，一个个左右探头。圈里有一名男子穿上红色缎面西装，还有一名女子身着贴身的橘色洋装，从肩背垂下一条薄纱。摄影机紧跟着他们。男子屈膝、蹬脚，在花岗岩地砖上踩出金属声响。他两手往墙边一指，女子足踏超高的高跟鞋扭着身子前进，甩动一头波浪卷长发。同样一段路，同样一段旋律，重复又重复。终于移动到下一个镜头。男子从后方搂住女子的腰，她的长发与长长的薄纱一起飘动，搔过男子的胸前。他们正后方是绘有诸佛的壁画。

"那个更有趣，不是吗？"

一个声音从右后方传来，把我吓一跳。

是名看来年约三十的喇嘛，浓眉，眉头上方紧接垂直的凹痕，连成两个镜像对称的"L"。我不晓得他在我后面多久了。他没看我，只是往前靠，望向底下的中庭。他两只手都藏在红色的袈裟里。应该是在跟我说话没错吧？我确认旁边没有其他人。

"更……有趣？"我问。

他转头看我，神色严肃。他在袈裟里还穿了件红色的 polo 衫，领口的扣子全扣上了。"你叫什么名字？"

我犹豫几秒。"伯鑫。"

"丹增，"他头转回前方，"我的名字。"又盯向中庭，没再出声。

我觉得这个人有点儿怪，转头，也继续往底下看。男女主角还在使劲扭腰摆臀，旁边那个应该是导演，用他略胖的身子示范了起来。有群众在吹口哨，工作人员过去呵斥一声。他们贴得更近了，像是叠成一个平面，长发又搔过去。又有人欢呼。我开始感觉循环播放的音乐有些恼人，不懂底下的群众怎么能那样忍受烈日的曝晒。总算导演喊个口令，音乐声切断，男女主角立刻退到屋檐下。群众稍微散开，有人趁机凑上前想看仔细，中庭里人声嘈杂，更显得我和丹增这儿沉默得要命。

"丹——增？"我看他没有要走的意思，于是先开口了。希望我没念错他的名字。"这是……什么？"我指向底下。

"他们在拍广告。"他冷冷地说。

"刚好今天？"

"昨天、今天，可能还有明天。"眉头也还皱着。我猜不出他对拍片这件事儿有没有任何好恶。

"所以，平常这里，不会像现在这样？"

"是。很不一样。"他的视线转回工作人员忙进忙出的中庭，"你很幸运。"

接着又是沉默。底下正在架设另一条新的摄影轨道，工作人员带女主角往外走，好像是要去补妆或什么的。男主角与导演在讲话，男主角频频摇头。看起来这个空当还会持续一段时间，我决定与丹增说再见——

"你怎么来的？"他忽然开口。

"呃，从列城搭巴士，然后，爬上来。"他应该不是想问我怎么来到拉达克的吧。

"爬？"他眉间的两个"L"凹陷得更深了。

"对？"

"不是计程车？"

我摇摇头。刚才下车处哪有见到什么计程车的影子。

"那边，你走过吗？"他指往中庭的对侧。

我看过去，发现不远处有条马路接过来。我苦笑一下："我不知道……这里还有别的路上来。"我开始感到自己很蠢。

他像是瞪着我，好几秒，又上下打量一下。"跟我走。"他转身绕出去，我根本来不及回应。他甚至不像有注意我是不是跟上了。"带你看一看。"走上阶梯的他背对着我说——如果我没听错的话。我们爬高一个楼层。第一间房间很大，空气里弥漫木头香气，正中央摆放一个三层银柜，顶端立有一尊四面佛，窗口正对中庭。第二间小多了，没有窗，只有几盏酥油灯把青色的怒目金刚雕像照亮，天花板上悬挂的黑纱半透着光，上面绘有各色法器与神魔图案。接着又进去好几间，每间摆设都不一样，唯一不变的是丹增从没陪我进入房内。每次他开了门就自己站在门外，偶尔会在我进去前讲几个单字。我怀疑有些根本不是英文，听不懂，还是假装点头。

上层的楼房似乎逛完了，他带我转往下楼的阶梯。

"你刚说，你的名字是伯……"

"伯鑫。"中庭又开始播放欢快的音乐，听起来不太远。

"你几岁了？"

"嗯，三十一。你呢？"

"二十。"

我有些惊讶但没表现出来。突然两个红色的矮小人影从我和他中间冲过，一路飞奔下坡。是两个小喇嘛。

"我出生一周后，就被送来这儿。"丹增说。

"一周？"

"对。我在这里长大。"

"所以你的意思是，这二十年来，你都在这里生活？"

他点了一下头。也可能只是他下阶梯时无意的晃动。

"你的……家人呢？"我问。

"在下面的白色房子。"他指往我爬上来时经过的那一区。

他八成误以为我问他住在哪儿了。

突然他停下来，我稍微撞上他。

"有手电筒吗？"他回过头。

"抱歉？"我往后挪半步。

"手电筒。"

"呃，我只有……手机？"

他伸出手，我感觉无法拒绝。他拿过去并向我确认要如何操作。"下一间房间，你需要光。"他说。我随他又往前下坡一小段，眼睛不时地盯向他手里的我的手机。拐个弯后，中庭的音乐声在我们的后方变得模糊。

他在一栋不起眼的楼房前停下，打开门锁，直接走进去。我愣了几秒。他从漆黑的房内探出头："怎么？"

"嗯？"

他又更皱紧眉头："进来。"

为什么这次他会先进去。我通过门口，他把门关上。好暗，是没窗还是窗帘都被拉上了。丹增将光线打往地面："跟我来。小心。"他每隔几步回头看我是不是都有跟紧。中庭的音乐声完全听不见了，越往里头空气越闷，有种像是烧过东西的余味儿。他停止前进。

我跟着停下。

"你看。"他用我的手机往墙面一照——我不小心笑出来。

墙上画了一具与真人等高的骷髅，头戴红帽，肩披红布，一手托头张嘴在笑，一手叉在纤细的腰上——天哪，根本与刚才拍片的女主角一模一样嘛。我突然想到我这样笑不至于犯了什么戒律吧，转头看向丹增，他躲在刺眼的光线后方好像也在笑。我想避开光线的角度看清楚，他将亮光晃过我面前，照向来时的地面。"走吧。"丹增说。

外面感觉比我们进入时更亮了，他将手机还给我，我趁他锁门时继续观察他的表情。没有笑容，眉间与进去前是同样的两道凹痕。我在想刚才或许是我看错了。他带我继续下阶梯，中庭的音乐声持续转弱，前方传来小喇嘛们的念经声。我们左转切入一条廊道，念经声在经过一扇半掩的门时达到高峰，门口周围散乱一地的小鞋子。

他在门口停了一下。我以为这里也能参观，往前踏出去，他伸出左手挡住我。他摇摇头，示意我们继续往前走。几步之后他说："我在这里得到我的名字，丹增。与达赖喇嘛尊者同名。"廊道里照不到光，齐一的念诵声从背后追来。

"……那是，什么感觉？"我问。

他保持沉默。

我们继续往廊道的另一端走过去。

"不是感觉，而是意义。"他终于说。

"嗯，你指的是……？"

他走出廊道，重新打下的强光将他一身的袈裟照得艳红。"名字，像在说我该要成为谁。那是他们对我的期待。"

"他们的……期待？"我停下脚步。主任的身影隐约又要在眼前浮现。

"你呢，"他看向我，脸上满是阴影，"伯鑫？你的名字，你带了什么而来？"

廊道刚好与另一条阶梯垂直相接，背后的念经声与上方的音乐声混合在一起。我带了什么而来？我努力去想，但不知道为什么，只一直想到那张离开后便是废纸一张的门票。我摇了摇头。

"没有吗？"他问。

我又摇头。

"任何意义？任何故事？你知道，任何都好。"

我停顿几秒，还是摇头，并挤出一个微笑给他。他的神情有些改变。我说不上来，我觉得我的答复好像让他失望了。可是他在期待什么，我又给得出什么？我连自己怎么会来到这里都一无所知。

"那……往上吧。"丹增说，"我带你看强巴。"

"强巴？"

"就是未来佛。"他往上迈开脚步，"当末世来临，祂将会解救众生。"

"所以，对你们而言，未来佛是象征希望吗？"

他回头看向我："当末世来临时。"又继续走。

丹增领着我在一个路口右转，继续往上。恢复惯例，丹增在一扇门前停下。我走进去，看见一尊金色大佛的上半身，面容庄严。再往前几步，发现祂的下半身端坐在楼下的莲花中。祂全身应该约有四五层楼这么高。我走到最前方，简单地双手合十敬拜，低头看见佛像前堆满信徒贡献的纸钞，同时外头不断传进舞曲与人群的喧闹声。

丹增在门外盯着我的一举一动。我往外走时他问："要再上楼吗？"我本来以为这尊未来佛已经是最高处，向他点了头。

我们站上楼顶，恰好能将底下的中庭一眼望尽。群众跟着剧组全围到另一个角落去了，女主角站在阶梯顶端，下方一群吹笛人簇拥着她。广场清出大片空地，正方形的地砖精巧拼贴，直接反射正午的烈日。

"以前，这里没有花岗岩地板，只有泥土与石头。"丹增说。

我转头看他，发现他没在看中庭，反而往更远的山下望了出去。他的嘴巴动了一下，似乎想说什么但没有出声，双手又藏回袈裟里。我跟随他望向外面的世界，忽然感到一丝恐惧。

10 /

我走进办公室："丁大，前天你问我那个秘鲁的机票——"

丁大向我扭过头，皱眉快速摇两下。

"怎样啦？"我注意到他今天的桌面是一个多月以来最整齐的一次，只有几张纸歪斜地从书本间露出来。雅慧拿着病历站起来往小教室一指。

有人在那儿，是个成人女性。她背窗坐在木椅上，短发削薄，深灰色的西装外套看起来身形偏瘦。我拉出椅子坐下——

"朋城他妈来了。"

我抬头看向雅慧，她站在我的桌旁。丁大批改簿子的翻页声从旁边传来。

"她是来找你的，大概一点快二十到。我叫她先在隔壁等。"

"嗯。"找我。窗户对面那个背影像是一堵灰墙，没有分毫移动。

"不要拖太久，等一下还有病人的事儿要找你。"

"啊对，"我连忙也站起来，"郁璇后来状况还OK吗？"

"还好。她也刚到，我正要去会议室找她谈。"

"嗯。那，麻烦你了。"我向雅慧点头。郁璇是六月初才住进这里的病人，昨天在病房的厕所里割腕了。雅慧打给我时我在袁P诊间走不开，只能捂着嘴尽可能小声地在电话上简单回应。

雅慧往门口走，我松了口气。丁大向我使个眼色，互相露出苦笑。

"蔡医师。"雅慧突然又叫我。她只剩两三步就要跨出门口，"你注意一点儿。"

"是？"

她往朋城母亲所在的小教室摆了个头："注意就是。"

我打开小教室的门，立刻传出椅子刮过地面的刺耳声响。

"您就是蔡医师吧？您好，"朋城的母亲双手按住窄裙向我躬身，"我是朋城的妈妈，第一次见面，不好意思都八月多了才过来。"

她消瘦的脸颊显得颧骨特别突出。"妈妈你好，坐下来说吧。"

她突然伸手从底下拿出两袋方正的袋子，放上桌面，塑料袋里透出纸盒上鲜红浑圆的樱桃图案。"一点儿小意思。一份给大家，一份，要麻烦您帮我转交给袁教授。现在我很难得有机会见到他。"

"这、这样不好吧？"

"嗳，就收下吧。"她笑笑地把礼盒推向我，我边摇头边推回去一些，她按住又往我推回来，"至少袁教授那份，您总得帮我收下。"

"呃……"我手缩回来。

"还有，也是要特别谢谢芳美护理师和如盈老师。真的，不用客气，大家一起吃。去年七八月我过来，杨医师也都有收的。"

我感觉脸有些僵硬："我们，先坐下来再说吧。"

"您愿意收下了？"

我勉强地点头。她好像很满意的样子，挪动椅子，直挺挺地坐下来。

她稍微又挪动一下座位。日光灯将她脸上那副银色细框眼镜照得棱角反射出亮光。我拉出靠门口的那张椅子，与她成斜对角坐下。

"妈妈今天过来，是有什么事儿找我吗？"我看到窗户对侧的丁大站起来。

她双手交握在桌面上："是这样，我听说，您有在找他会谈？"

"嗯？"

"我的意思是，"她难为情地笑一下，"不知道医生您……有没有什么建议要给我的？"

"建议？"

"是啊。"

"嗯……"丁大走出办公室了。

"没关系，如果您不方便说，我也能了解的。毕竟杨医师也向我说过那个什么……保密的原则？"

外头传来几个孩子的说话声。"呃，是。"

"其实不瞒您说，自从知道杨医师要离开，我真的很……"她又笑一下，"当然我知道芳美护理师，还有如盈老师都还在这儿，袁教授每个月也都会过来。不过对朋城来说，杨医师还是……不大一样。"

我点了个头，不太想回话。外头变得更吵，雅慧出来喊了几个病人的名字。

"想当初，真的是要感谢袁教授那么费心，特别安排杨医师帮朋城治疗。我是不晓得这次是不是也是袁教授的意思啦，上周末听孩子提到您有找他，我总算安心许多——"

"是朋城……"

"怎么了吗？"

是他和母亲说的？"没事儿。妈妈请继续。"

"相信您一定也知道，像他上个月有一阵子，每天早上我怎么都叫不来。还好有你们帮忙。"她按了几下耳后，双手又放回桌面，"蔡医师，未来这一年，真的要请您继续多拉这个孩子一把。就拜托您了。"她坐着朝我躬身。

"妈妈真的不用这样。"

"我也知道，朋城总有一天会长大，我也不可能这样一直……一直盯着他。可是他如果真的还是回不了学校，那，以后……怎么办哪。"她的声音有些颤抖，使我有种快要窒息的感觉。忽然，她又笑了。"今天能见到您真是太好了，我本来还怕……呃，没有，既然您来了，相信您一定能帮助到我的孩子，就像之前——"

"那个，我刚过来一个多月，还在慢慢熟悉，其实和朋城也只是……"如盈隔着窗从办公室看过来。她指向朋城母亲。

朋城的母亲跟着转过头。她一看见如盈立刻起身鞠躬，如盈向我们点头，她的笑容看起来有些不自然，像是在隐藏什么。

朋城的母亲重新坐下来。"不好意思，蔡医师您刚说到……？"

"呃，没什么。"我想起雅慧的提醒，"我想之后……我们团队，会再继续努力。"

她露出轻松一些的笑容。"啊，要一点半了，不占用您和他会谈的时间了。这个，"她把礼盒又朝我推近，"您别忘记。也请代我向芳美护理师转达，每次她在电话上跟我谈，真的，非常感恩。"

我点点头。

"之后，如果不是特别要开会或什么的，我应该……就不会再过来了。"

"嗯？"

她站起来向我又鞠一次躬，我赶紧也起身——这次换我的椅脚刮出声音。

我帮她拉开门，放大的喧闹声一股脑儿地涌来。朋城刚好走进病房大门，正对着看向我们——哲崴和其他病人笑着从中间走过去。"动作快！动作快！"丁大在另一边叫喊。朋城似乎朝我们走过来。母亲在中点停下脚步，朋城经过她继续走到我的面前。我正犹豫要不要开口，他往前踏，我被逼得往小教室里退了一步。

我瞥见朋城母亲站在那儿向我点头——朋城把门关上。

朋城冷冷地看向桌上的礼盒，像在压抑什么，喉结明显地蠕动一下。

"……就跟她说了。"

他额头上还有一些汗水，我有点儿紧张。外头的喧闹声逐渐往电脑教室的方向移动。我想到雅慧还在等我。

"嗯，有想要……稍微谈一谈吗？"我迟疑地问。

他嘴巴又动了一下。

其实我可以不用问的。"不然就——"

他拉出最靠门口的椅子坐下。

我愣住一两秒。"那，丁大的电脑课……"

他像是继续看向桌上的两袋礼盒。"反正我不喜欢上他的课。"

"……OK。"我隐约感到一些敌意，但不是针对我的，"那我去跟他——"

朋城指向我后方的窗户。我回过头，发现斜斜穿过两面窗户便能直接看见丁大。他站在电脑教室门外很快注意到我，我用无声的口型和动作表示朋城在这儿，丁大向我比个手势。

我转身回来，在刚才朋城母亲的位置坐下。

朋城还是没看向我。"她要你跟我说什么？"

"她？你是指，你妈妈吗？"

他很快皱了一下眉，点头。

"嗯，"我不是很想回想刚才的对话，"没什么特别的。"

"没有？"他似乎不太相信。

外头几乎没有声音了。他的母亲到底说了些什么。我有种又快窒息的感觉。以后……怎么办哪。她颤抖着说。我不自觉也看向礼盒，摇了摇头。

"所以她什么时候说要来这儿的？"

我看回朋城淡漠的脸上。"好像，是直接过来的。"

他像是在想些什么，眼神左右移动两三回。

"你知道……"我小心翼翼地开口，"你妈会过来？"

"……每年都这样啊。"

"每年？"

"今年还更夸张，在家三天两头就一直问，烦都烦死了。"

"呃，问？"

"就——"他转头看向我，两三秒，又低下头。

我猜了一下他可能想要说什么，但随即停止再想。

朋城的嘴角抽搐一下："早知道我就不说了。"

背后传来一些声响，有人回到办公室了。希望不是雅慧。我克制住回头的念头，脑中却闪过杨医师穿着一身利落白袍走进办公室的画面。

"你最好不要太相信我妈说的话。"

"嗯？"

"她今天是不是又讲得一副她很委屈的样子？"

"嗯，算是吧。"

他摇摇头。"我最受不了的就是她常挂在嘴边的一句话，'你要知道只有妈妈会关心你'。说得好听，还不就是在那边说我应该怎样、应该怎样，用那些话来压人。她自以为什么都懂。"

"是吗？"我感觉思绪还是有些迟缓，"但其实，你妈今天说的不多。"

他用怀疑的眼神看向我。

以后……怎么办哪。那句颤抖的声音又出现在我脑中。"怎么说，感觉她……有很多担心吧？"

他冷笑着将视线转回礼盒上，再度摇头。

我犹豫一下。"怎么了？"

"怕我受伤。"

"怕你……受伤？"我是不是听错了。

"那是我最后一次住急性病房的原因。至少我妈是这样说的。"他语气里带有一些不屑，"还那么巧那次照顾我的护士刚好换成雅慧。"

"呃，是那个雅慧？"

朋城瞥向我："你不知道她是从急性病房调来的？"

我摇摇头。背后办公室没有新的动静，雅慧应该还没和郁璇谈完。"不过你刚说，那次住院的原因是……你妈怕你受伤？"

"因为我把我妈房间的门砸烂啊。"他像在说一件稀松平常的事儿。

"啊？"

"反正那段时间，每天早上都差不多，她都趁我还在睡就闯进我的房间，在我旁边一直讲，就是些要我去上学什么的，真的很烦。还好那时候她已经知道不能再找我爸帮忙。问题是我妈什么都不懂啊，就只会坐在我的床边讲个没完。那次我终于受不了了，我就不想讲话她还一直吵，我在床上猛踹，手里抓了东西就丢，只是想叫她闭嘴，叫她出去。没想到等我妈离开我的房间，她又不把门关上，我还得起床去关门，我更不爽了啊。那时候我觉得自己……"他摇着头，"脑袋非常清楚，边往门边走边在心里喊着，快动手了，快动手了，动手啊，但就是还没到极限，只是一直在极限的边缘徘徊。"

我注意到他稍微握住拳头。

"我妈大概被我的样子吓到了。你知道她怎样吗？她竟然躲回她的房间还把门锁起来。我就整个儿怒了。凭什么我的门不能锁你的就可以？我想说好啊，每次都你来吵我，现在换我，我就去拿了根棍子还是什么的冲到她的门外。也说不清楚是怎么回事儿，就在某个瞬间，虽然动手前好像都还很清楚，但一开始动手就不由自主了，只知道自己用尽全身力气拼命砸、猛砸，砸到门都凹一个大洞还一直吼，吼什么我也记不得了。那一瞬间，我好像真的疯了一样，你懂吗？"

亮晃晃的灯光从顶端、从木头桌面、从墙上的白板、从我背后的玻璃窗围上来，像是将一切压缩成透明的。我看着他，胸口无法呼气。

朋城低下头，目光却仿佛陷入黑洞。

大约十多秒过去。

"……后来，你就被带去住院了？"

他又沉默几秒。"我妈在门诊要求袁医师的。"

"然后，你刚说，那是你最后一次住急性病房？"

他点了头，还是没抬起来。

"再后来呢？"

他耸了耸肩。

"嗯？"

"雅慧护理师就叫我一定要来这儿。"

背后的办公室依然非常安静，我想我应该还有一些时间。"我有可能理解错，不过，你前面提到，那次住院是因为……你妈怕你受伤？"我又问了一次。

他脸上闪过一个很淡的笑容："你觉得呢？"

"我……我不确定。我没听到任何关于你伤害自己的部分，除了你刚最后说，你好像真的疯了一样那里？"

"……我不知道。"

"你不知道？"

"要是真的疯了，就什么都不怕了吧。"朋城轻声说。

我感觉像是终于能好好呼吸，同时感到一股莫名的失落。"但你，现在坐在这里？"

他迟疑一会儿，点头。

而我也是——至少还是。"我记得一个月前，我第一次和你在晤谈室里面时，你提到你第一次住院的那个晚上，你躺在病床上，你说，那时候的你有资格、有理由疯掉，可是，为什么你没有。"朋城稍微抬起头，目光似乎停留在我医师服胸口的姓名绣线旁。

"如果，你还愿意多说一点儿，就像也是那次最一开始，我和你说过的——我听你说。"

朋城的目光继续往上移，看向我。我看不出他是什么情绪。他直直地看向我。忽然他的视线往旁边移过去，皱起眉。

"怎么了？"我问。

"雅慧护理师。"

"嗯？"

朋城往窗户的方向指。我回过身，发现雅慧站在对侧窗边看我。她板着脸在手腕的表面敲了两下。我有些吃力地点头，她走回座位坐下。

"你还是先去忙吧。"朋城说。

"嗯？没关系，我们刚才讲到一半吧。"

"你去忙吧。"

"不要紧，应该——"

"还有其他人，你要负责的。"

我一时不知道该怎么接话，脑中跳出那张病人清单。

他往小教室较远的另一张空桌看过去。"反正我不会像郁璇那样伤害自己的。"他说。

"呃……好吧。那，今天先这样？"

他点个头。

我犹豫要不要开口与朋城约下次会谈的时间。背后的办公室里传来模糊的电话铃声。我决定站起来，往门口走。

"礼盒，你没拿。"朋城说。

"嗯。"我绕过去双手一提，好重，朋城的母亲是怎么一路提来的。我转开门把，回头看向朋城坐着的背影，他交叉的双手像是铐住 T 恤两侧的袖口。我想起上次他说到环山的事儿——当别人都往前走了，就会发现，这里只剩下他一个人。"要走了吗，朋城？"

他点了点头，起身跟在我的后方。我走出门口，他咔的一声关灯，小教室里暗了下来。

11 /

"你回来了，孩子。"妇人站在旅馆中庭，怀里的白色床单像是叠成一座发亮的雪山。她问我上午去了哪儿，我说提克西。"喜欢吗？"

"我……"我觉得自己应该多回应些什么，但说不出来。"我先回房间放个东西。"我手里还提着刚才下巴士后顺路买的生活物资。

她点点头，抱高怀里的床单表示她也还要忙。她的笑容衬着床单暖洋洋的几乎有些过头了。

我往屋里走，忽然想到："不好意思。"

妇人看向我。

"我可以……借用那本 *Lonely Planet* 吗？"

"当然，当然。拿吧，就像在家。"妇人往门的方向摆头，两条长马尾跟着晃动。她继续往屋子后方绕过去，雪白的反光终于消失。

Lonely Planet 就放在桌面一角，非常显眼，我勉强夹在腋下回房间，整面窗一样是快容纳不下的视野。昨天我应该也是这个时间来这里的。我将塑料袋搁在地上，墙边背包里的衣物像是因为低气压而蓬出来。茶几上散乱放着行前列印的市区地图、旅行社的彩色 DM，以及旅馆妇人给的景点介绍单张——两张。我把 *Lonely Planet* 也丢上去。

书的封面是一名妇女的背影。她一身绯红色纱丽，连同后脑勺儿也罩住，乍看之下有如袈裟一样。我想起顶楼上的丹增。他向我说的最后一句话是"你要去下一个地方了"，我说"是"，之后他没再开口。我趁中庭的舞曲告一段落时向他说朱雷，他点个头。我下楼梯时看见他的背影依然望向远方。我还是觉得这个人很奇怪，但想到与他很可能不会再见到面，竟然有一点儿难过。我于是把 *Lonely Planet* 翻面，发现封底还是同一张照片。

实在很想彻底地忘记。

原本以为工作的事儿很快就能确定，才兴冲冲地买了机票。但就算留在台湾，我能做的也只有等待，不是吗？我看向房间四周、窗外。真的不要再想了。我决定未来几天还是不要再去网吧什么的比较好，一切回去再说。

叩、叩、叩。"抱歉，孩子。"

我拉开门，妇人满脸歉疚地捧着昨天那本大册子。我不知道发生什么事儿。"我的错。"妇人说，"我忘了，昨天，你写这个。"

我迟疑几秒，"嗯"了一声，将册子接过来。妇人已经帮我写好入住日期与人数，职业栏填上学生——我感到有些羞愧。我将剩下的空格一一填上。"还需要给你护照吗？"

"不用，我知道你。"妇人合上册子，"你还要出去？"

"嗯，应该吧。"下午差不多三点，我还不想就这样窝在房里直到天黑。

"任何地点？"

"不确定，或许……看一下 *Lonely Planet* 再想想。"我指向茶几上那个庞然大物。

"晚了，别走太远。去香堤窣堵坡。夕阳，很美的夕阳。"

"夕阳？"我没听清楚她说的地名，"等我一下。"我把 *Lonely Planet* 拿过来——妇人用手轻轻压上我的手，我抬起头。

"孩子，"她的手心传来温热，"你要地图吗？"

"呃，如果你有地图到香……到那里，那就太好了。"

"有，有，有。"她边配合说话的节奏边按我的手，"你，慢慢来。我，下楼画。"她放开手。

"……画？"

妇人向我眨眨眼睛："你等我。我等你。"她把门关上，走下楼的木板声响隔着门传进来，越来越小声，直到我一点儿声音也听不见。我拿着沉甸甸的 *Lonely Planet* 在想她刚才说的是什么地方。我翻开索引，才发觉我连那里叫什么都没记住，是要怎么查。

我把书丢回茶几上，却同时感觉好像有谁还在盯着我——是窗外远处的列城宫殿。我拉上一半的窗帘，感觉安心一些。

妇人站在柜台的后方，看着我从楼梯一级一级地走下来。

"来！我的孩子。"她眼里闪着玻璃弹珠般的光。

"嗯。"

她将一张 A4 大小的白纸摊平在柜台桌面："地图，给你的。"

上头画了好多蜿蜒的线条，像是河道一般。左下方画了一栋小房子，应该是这间旅馆，旁边还有一个背着背包的火柴人。"这个人……是我吗？"我不确定地问。

妇人咯咯笑了起来："那个背包，是你。"

"你不需要画这个小人的。"

"我需要。你需要。这是开始的地方。"

我有些无奈地笑了一下。"所以，我从这里……"

"看。"她的手指沿图上的线条一路转弯，经过一段来回蛇行的曲线，停在一个同心圆。她手指轻快地跳一下，降落到同心圆的外头——又一个同样造型的火柴人。"你，这里，夕阳。"

"OK，我确认一下。从旅馆出去，"我模仿她手指的动线，"右转，左转，一直走到这里，再左转？"

"嗯。嗯。然后，"她伏下身子，在那一大段曲线旁写下斗大的"500"。

"那是……"

"五、百、阶梯。"

"五百个阶梯？"我倒抽一口气，上午才又爬了提克西寺，"我需要爬……五百个阶梯，才能到达香……"

"香堤窣堵坡。"她把纸转个角度，在同心圆旁写下"SHANTISTUPA"。

我看向那个对我没有任何意义的字符串。

"孩子，任何问题？"

"嗯？……没有。"我开始觉得这趟旅程恐怕还会爬很多次的山。

"别担心。昨天，你爬列城宫殿，看列城，好。今天，香堤窣堵坡，更好。"

我挤出微笑。更好。如果她说的是真的就好。我低头再次复习纸上的路线，发现妇人在转进那一大段曲线前的路口画了个拱门，门上有个圆锥状的尖塔。我觉得那个轮廓有些眼熟，好像在列城宫殿门口看过。"抱歉，我可以知道这个东西是什么吗？"

"哎呀，这个很重要。"她重新伏下身，想了一下，把纸翻到空白的背面，一笔一画地画出放大版的拱门，往上叠出几层长方形的基座，"这是土。"

接着是一个扇形，里头有供养佛像的龛，"这是水。"再往上是螺旋状的圆锥，尖部连接一把小伞，"这是火，这是风。"小伞继续放上一个新月状的弯，弯里盛装一个圆，圆的上方再黏上叶状造型，"这是月亮，太阳，还有空。"妇人把完成图转过来正对着我，"这个，就是窣堵坡。"

"窣堵坡？"我终于比较有把握地念出发音，"所以，香堤窣堵坡也是长这样？"

"是，也不是。因为窣堵坡，它是整个世界，它是你，它是我。"

我才以为自己好不容易搞懂一些。

妇人把地图折成四分之一大小——那应该真的是她的习惯。"看到门上的窣堵坡，穿过去，往前走。香堤窣堵坡就在那儿。"她把那张纸交到我的手中，看着我笑，"上路吧。太晚，没有夕阳。"

我看着她满是皱纹的笑脸，就像今天一早我出发时那样，也像我昨天第一次见到她时那样。"朱雷。"我说。

"朱雷。"

我忽然回忆起昨晚那碗特制汤面，笑了一下。

妇人盯着我。

我摇摇头。

她更压低头盯向我。

我忍不住又笑了，刚好瞥见那本册子躺在柜台边。"那个，如果你想，你可以叫我……伯鑫。"

"伯鑫？"她的咬字和声调意外精准。

"对。"我指向那本册子，"我想你知道怎么拼。"

"我知道。现在，我更知道。"她笑了笑，比向她自己，右手轻轻按在五彩玉项链上，"卓玛。"

"卓——玛？"

"对，对。卓——玛。"

我在心中反复念着"卓玛"这两个音节，像在背诵一个新的单字。我依照她的指示一路前行，比对图上的位置确认自己都没走错。我忽然想到自己忘了把 *Lonely Planet* 带出来，要不然还可以先查查看香堤窣堵坡到底是什么东西，但也来不及了。终于拱门出现在我的眼前，我将卓玛的地图翻到另一面，画里的一切都成真了——包括她写的"500"这个数字。

我呼出一口长气。

她说得未免太简单。看到门上的窣堵坡，穿过去，往前走。拱门后方的山壁上几乎没有任何植被，呈"之"字形往上爬升的阶梯完整地暴露出来，上头有五六个人正在走，黄色、红色、蓝色与白色的衣着，像是一面面攀高的风马旗。我看见遥远的山顶上露出平台一角。很美的夕阳？我不太确定，但清楚地知道自己就是要把这五百级走完了。

一、二、三、四……接近傍晚的日照不再使我感到那么疼痛。十二、十三、十四、十五……我好像也比较适应海拔不那么喘了。前方转角旁竖立三座约莫与人等高的窣堵坡，三十三、三十四、三十五、三十六，我走进阴影，抬头看见山顶还远得很。我该带多少期待上山？很可能会失望的，就像昨天爬列城宫殿那样。步道前方只剩三个人还在爬，我看见下一个转角旁又有三座窣堵坡，那里被照得发亮。

窣堵坡。那到底是什么？如果那是整个世界，会是怎样的世界？我忘记自己数到多少了，绕过转角又走回阳光底下，两只黑色的山羊在再次出现的窣堵坡旁低头吃草。我发觉前方只剩穿着白色 T 恤的那一个人了，而我的后边一个人都没有。或许主任说得没错，我是真的想要去他们医院，还是只是想离开？我竟然一度以为自己真的下定决心就要离职了。步道持续往上，又快要抵达下一个转角。现在的我甚至不知道要去的是什么样的地方，只是像这样一直爬、一直爬。距离五百不知道还剩下多少，阴影再度笼罩上来。

"你从没让他们失望过，也没必要让他们失望，不是吗？"主任在前方转角现身向我说话——为什么这次转角没有窣堵坡了。左转，继续爬。"名字，像在说我该要成为谁。那是他们对我的期待。"一身艳红袈裟的丹增站在下一个转角。罩在我身上的山影变得更加厚重，压得我双腿开始发酸。前方只剩最后一段笔直的阶梯，我看见好多人站在山顶好像往我这里看过来。那里的夕阳真的会比昨天更好吗？我在期待什么。我在害怕什么。我的心脏越跳越大力，亮光就快要翻过棱线……

太阳照亮整座山顶，一座巨大的白色建筑物出现在平台的中央。那就是香堤窣堵坡了。

它的外墙像牛奶慕斯那么光滑洁白，两层圆形的平面相叠象征土的基座，往上的半球象征水，接着是火、风、月、日、空连成一个尖塔指往蓝天。难怪卓玛会将它画成同心圆的形状，她透露的所有信息都是有道理的。我走得更近，看见上头有座金色的佛像高举右手，像在向我招手。我从基座入口一圈一圈地往内、往上爬到祂的脚下，然后往西侧望——太阳根本很快就会被前方一列荒芜的山岭挡住了。这里哪有什么夕阳。

是我太晚抵达这里吗？还是卓玛她……我有些沮丧，但又告诉自己不用那么沮丧，本来就有心理准备的。平台上游客们四处游走，有人拿手机在自拍，有人在那里说"笑一个"。我重新拿出卓玛画给我的那张地图。你，这里，夕阳。那时候她说，而我是那个在同心圆外头背着背包的火柴人——

外头。

我突然领悟到什么，快步往反方向绕出去。我怎么会忽略这个最重要的线索。上山的时候就有看到的，游客们都靠在那儿。我背光笔直地往平台的尽头走，直到找到一个空位——

我几乎不敢相信。底下的山谷被光线染成橘红色，白色的屋墙在林木间反射出亮光，像是溪流溅起的水花。这与我昨天眺望的真的是同一座城镇吗？列城。拉达克。这究竟是怎样的一个世界？

山影如同一张帘幕往前铺开，这里仍然有那么多事儿是我无法理解的。就在眼前的一切都暗下来的同时，忽然更远处的整列山顶被打亮，像是将连绵的积雪烧成一条金色的长桥，连接往我还看不见的更远的远方。

我喘口气。山顶的火光熄灭。

该继续走了，我还得趁天黑之前下山，回到旅馆，那个我在旅程中暂时的家。

12/

我合起筱雯的病历，最后一本会议记录也补完了。我伸展一下肩背，办公室里难得地明显感到湿气，仿佛能拧出水来一般。

一点十五分。今天的环山因下雨取消了。

芳美姐、雅慧与如盈都趴在桌上午休，丁大边看我那本《没有摩托车的南美日记》边嚼着口香糖——不久前他才刚分享几颗给我。整个办公室里大概就数他与我最快变得熟络。他好像快看完了，翻过一页，我看见页面上方出现天空之城马丘比丘的照片。

外头整片白茫茫的，悬挂在落地窗顶端的彩带像被雨水浇熄，褪成差不多的黯淡颜色。我想起上午刚开完的第二次团队会议……

"还有没有要讨论的？"袁P看向我，接着跨到"U"字形会议桌的另一侧，视线依序从丁大、如盈，落到我正对面的雅慧身上。

"郁璇。"雅慧果然提出来了。

袁P侧低下头，坐在他右手边的芳美姐把病人清单朝他推近，指在郁璇那一列。大教室里正播放电影，隐约传进对白的声音。

"她上上周在病房里 self harm（自伤），主要是因为与母亲发生冲突。"雅慧说。

袁P点了个头，把清单推回去："目前呢？"

雅慧看我一眼。"她现在有稳一点儿，蔡医师有处理。提一下而已。"

"她的 Abilify ❶我上调到十五了，目前没有明显副作用。"我说，"评估起来比较偏 nonsuicidal self-injury（非自杀性自伤）。"

"嗯哼。"袁P紧闭的嘴唇像是一条直线，过了几秒，又看回我的对侧。

"我这边都还好。"丁大比了一下手势，"上课表现 OK，下课也会主动来找我聊。还不错。"

雅慧转头看丁大的眼神有些严厉。如盈坐在他们之间，椅子往墙

---

❶ Abilify（安立复），一种精神科药物的商品名，可用于治疗思觉失调症、躁郁症、自闭症的激躁情绪等。

边又后退一些。

"嗯，本来是……十月才讨论吗？"芳美姐说，"如果有需要，也许可以提前到下个月？"

"都行。"雅慧回头说。

芳美姐看向我，我点了个头。

袁P双手交握，思考几秒。"那就先这样。"

芳美姐向我微笑。我看向我面前那张病人清单，将郁璇圈起来。这样九月可能要讨论六个个案，有点儿压力，但至少暑假结束儿科病房的会诊量会减少。应该应付得来——

"朋城呢？"袁P忽然开口，"蔡医师。"

我抬起头。

"有什么进展？"

什么进展？……他的母亲有来，不对，这个我在门诊时向袁P报告过了，连同礼盒一起。比较规律地出席，或者说在向日葵团体里开始会对我的发问点头或摇头。这算什么进展，在我来之前，他早就表现得更好……

"没关系。"袁P朝我扬手，"我再问一次。所以，你要成为杨医师吗？"

冷静。今天的我应该可以回应些什么，我都来到这儿快两个月了。"我不觉得我能做到。"

袁P注视着我。"但是，你想？"

大教室里的音响传出断断续续的碰撞声。我感觉会议室里其他人的目光也集中在我身上。

"不要停止去想。"袁P的声音像是与整间会议室共鸣。

"呃，我不是很确定教授的意思。教授是希望我……继续努力去成为杨医师吗？能不能请教授再多说一——"

他再度扬手。"并非所有问题，都需要答案。"

"是？"

袁P站起来，我跟着抬高头。他像是变成会议室里另一面宽大的投影幕。"今天会议到这儿。"他说。

芳美姐起身绕过去打开门，大教室里的电影声音更清晰地传了进来。她在袁P经过门口时稍微屈身致意。"上工了、上工了。"丁大抓着一叠散乱的纸张往外走。雅慧跟在后头："下周开学凯恩就回来，学校那边你……"

"蔡医师？"

我看回来。是芳美姐在叫我。她还站在门边。

"我和筱雯妈妈确认一下她对出院的想法，再告诉你，好吗？"

"嗯，好的。谢谢芳美姐。"我心不在焉地说。

芳美姐笑了笑，也走出去。

所以……我真的要成为杨医师吗？我低下头，门口传来几句英文对白。那些早该过去的像幽魂一样徘徊在这儿，该怎么做才能真的往前。而那个我来到这里的期待……

"不好意思，"如盈来到我的右后方，"伯鑫医师，我可以……坐这边吗？"她异常胆怯地问。

我坐着愣了一会儿，点了点头。

她拉出椅子："嗯，是这样的。我知道，那不太是以璐医师本来的意思，但你愿意再认真考虑看看，继续帮朋城，更固定地做……会谈吗？"

又是要我成为杨医师。

"主要是他最近，呃，可能也是快开学了，我感觉他情绪有点……"她忽然笑一下，我定定地看向她，有些想起朋城的母亲，"当然说不定是我想太多啦，只是我在这儿也看过他几次开学前的样子，不知道，这次，感觉不太一样，好像真的……更掉下来。噢，当然重点还是你们医生的判断——"

"你们，以前也是这样吗？"我打断她。

"嗯？"

我压抑心中的一些感受。"你和——以璐医师，你会这样，告诉她你对朋城的担心？"

"算……算是吧？"

所以她之前果然是在向我隐瞒什么吧。还好、不用担心，从七月最一开始她就反复这样说。她们肯定在我来之前就讨论过的——却不让我知道。

"但一开始，真的，我们两个都超无助的。"

我看回如盈的脸上，她的脸上意外地现出一点儿笑容。

"以璐医师刚来这里的时候，还是R2。大概第二个月吧，朋城就从急性病房转来了，然后隔几天换宇睿也住进来，那阵子真的是……"她摇摇头。

"宇睿？"我瞄向清单上，他的住院日期明明比朋城晚了两年。

"是啊，他们从见面第一天开始就大大小小的冲突从没断过。当时的fellow不晓得是太忙还是怎样，很少出现，几乎都是以璐医师第一时间处理。那时候我也刚来，什么都不懂，就算想帮也帮不上忙。以璐医师在办公室里坐我旁边——啊，就是你现在对面那个空位，每次一有状况她就转头看我，一副让她死了吧的样子，在那边哀号说还要再撑多久，四个月好漫长啊什么的。"

"你说，学姐她会……"

"加上还有朋城妈妈，她隔三差五地就打电话过来，都要讲很久，有时甚至人直接出现在这边，要我们去跟朋城叮咛这个叮咛那个，很像把我们当传声筒一样。我们都超怕她出现的，拼命闪，能推就推给芳美姐。所以以璐医师要轮调到下一个病房的时候还开心的咧，说什么成人单纯多了。就很过分。"她笑着又摇头。

"是吗……"我感觉她口中的以璐医师与我认识的杨医师，像是截然不同的两个人。

"也是后来因为发生一些事儿，袁 P 下令要她继续帮朋城做心理治疗，一周，就固定回来那么一次。一直到去年她过来当 fellow，我们才又越谈越多，就这样……"她的眼神缓慢垂下，"三四年过去了。"

我转头看回桌面。"你们……似乎是很好的伙伴。"

"嗯。"

就像杨医师与朋城那样。

——外头传出孩子们的惊呼声。"总之，"她再度开口，"朋城，真的还是需要有你们医生的帮忙。我看上次他妈妈来那天朋城也和你聊蛮久的不是吗？朋城也有跟我说。所以，你也别太担心，我还是会代替以璐医师的份一起努力的。"她像是恢复平时说话的语气。

"代替？"

"哦，没有啦，就多多少少吧。只要这样能更帮到你，也帮到朋城，那总比我自己一个人——"

"其实……你就做你自己就可以了。"我再度避开她变得稍显热切的眼神，"我想那样，就会有帮助了。"

"啊？"她似乎有些惊讶，好一会儿之后才轻轻地发出"哦"的一声。

我盯向桌上那五本今天讨论的病历，以及那张已经由我接手负责编辑、打印的病人清单。

我叹口气。

"今天下午，我会再找朋城谈谈看的。"我说。

"真的？你愿意……"

"嗯。"还是再试一次吧。

她像是终于松了口气。我看回她的脸上，她欣喜的表情没有持续太久，眼神显露出一些哀伤。

"怎么了？"我问。

"但你……也不会成为杨医师的，是吧？"

我犹豫了一下，摇摇头。

大教室里朋城缓缓坐起来，如盈与丁大边开灯边叫大家起床了。我从芳美姐后方的墙上取下晤谈室的钥匙。

"朋城。"我走到他的座位旁。

他像是还没完全清醒，两三秒后才抬起眼神。

他的桌面上有一个铅笔盒，没关，我看见里头有支似乎全新的钢笔。外头淅沥淅沥的雨声没有任何间断。"想谈一谈吗？现在。"

附近有其他同学陆续起身了，没什么人说话，像是都被雨声盖住。他转头眼神接近水平地看向我手里的钥匙："晤谈室？"

我"嗯"了一声。

他看回去，拉上铅笔盒的拉链，站了起来。

他跟在我身后走进晤谈室。

关上门，还是能听见雨声。上次和他在这里会谈是一个月前的事儿了。我拨亮转角的立灯，今天的黄光隐约有些晃动。

我翻开笔记本后看向他。他身体稍向前倾，面朝空白的墙壁。

"你——""你们——"我与朋城几乎同时开口。

我以手势示意他先说。他瞥了我一眼，转回去面朝前方。

我又等了几秒。

"筱雯，快出院了吧？"他淡淡地说。

"嗯。"

"今天开会决定的？"

"算是。虽然，细节还没定。"

朋城点点头，好像在想什么但没开口。我没什么原因地往窗外看了一眼，再看回他。他往后靠上椅背。

"我还以为不会在意了。"他说。

"嗯哼？"

他有些无神地瞄向我。

我忽然察觉自己的反应是那么理所当然地像是一名精神科医师——尽管今天会议里的多数时间我确实扮演得还算称职。

朋城看回去，头稍微垂下。然后，陷入沉默。

今天午后的这场雨像是永远也下不完一样。我拿着笔，手指轻轻摩擦，感觉这张沙发椅像是也被雨水浸软，更贴覆到身体上。

他缓慢地呼吸，用一种仿佛还在熟睡的频率。

我持续地看着他。

他往前坐回来的同时，呼口气。"都这么多次开学了，但每次还是会想，这会是一个……新的开始吗。"

"新的……开始？"我有些想起杨医师交班时说的，新的机会。

"嗯。"

我在笔记本上草写。"你指的是……？"

他耸了耸肩。

"你自己也……说不清楚？"

他眼神定焦在一段距离之外，仿佛有什么东西在墙角的深处。"像是，回学校吧。"

"回学校。"我只是重复。

他的眼神没有明显的移动，但稍微皱起眉。"我常想，反正就这样了，也没什么不好。但有时候又觉得，再这样下去怎么办。然后如盈老师还总是跟我说，只要我想，有一天我一定能回到学校，她总是讲得那么深信不疑的样子。问题是……我真的想吗？"他那个疑问的语气像是雾气在空中飘散开来。

"你不确定？"

"我不知道。"

我拿着笔，犹豫了一下，"嗯"了一声。

"你们说那叫忧郁症，叫焦虑症，我真的……不知道。"他松开视线，嘴角像是要笑那样抽动了一下，"我只知道，自己在怕。"

"怕？"

他更垂下头："就是……只要一到学校门口，那种不舒服的感觉就会整个儿涌上来，压得我胸口喘不过气，身体像是动也动不了。也不是不想进去，心里明明觉得可以，就在前面了，就一步的距离而已，但就是……做不到，就是在害怕。可是你说我在害怕什么？人际关系、课业、老师，都还好啊。我就是没办法说出来自己在怕什么。也许我怕的，根本不是学校，而是我心里的**什么**？就好像……好像有一个黑盒子在那里，让人很害怕，甚至让人觉得它本身就是害怕，可是一旦打开来，里面很可能什么都没有。好像我就是害怕，害怕，就是我……"

他说的同时，外头的雨水像是一点一滴地渗透进来，空气变得越来越沉，笔记本上我的字迹仿佛洇开了一样。

"这是我第一次，听你说这些……关于害怕的事儿。"

一阵闷雷隔着屋墙打进来。

朋城低着头，没出声。

我再度低下头。

我自己难道不也是在害怕吗？因为知道自己永远不可能真的接替杨医师，遑论要成为她。与我交班时的她、雅慧口中可靠的她、芳美姐与如盈描述那些不同时候的她，就算想尽办法从回忆中拼凑出更多片段，那也不再会是真实的她了⋯⋯

朋城发出吸鼻子的声音。我看向他，发现他竟然在哭。

"朋城⋯⋯"

他继续静静地哭。

我该要同理他的情绪，澄清想法，或者进一步做出诠释？有太多、太多选择，各种不可逆的选择。我决定保持沉默，看着他。

他似乎没有要伸手擦眼泪的意思。

又一阵闷雷在更远的地方响起，拖着长长的残响——

"那是我初一上学期的事儿，"他停顿一下，"我第一次，没去学校。"

"嗯。"我说得太轻，连自己都不太确定到底有没有发出声音。

外面淅沥淅沥的雨声依然像是将晤谈室包围起来。"那时候，有一段时间我妈工作在忙，早上没载我去学校，我生活作息就有点儿乱掉，开始偶尔会迟到。有次我又太晚起来，知道八成又要迟到了，乱七八糟穿好制服，偏偏那天老师规定要带的一个本子我怎么找就是找不到。我妈那时候还没出门，她说，我找不到就不载我去。我拼命找啊，翻箱倒柜，书包里的东西全倒出来一样一样地检查再装回去，前后好几次，连一些本来以为搞丢的东西都跑出来了，但还是没有那一本。我记得那时候已经换季了，但那天莫名地很热，我房间里超闷。我又急，全身都是汗。但就是找不到啊。找到后来我终于受不了了，管他的，我躺回床上，书包就随便放在桌上。我整个背都湿答答的，衬衫跟床单好像黏在一起一样。也不是真的想睡，只是不知道要做什么。我心里就觉得，好啊，就这样吧，找不到就算了，我宁可不要迟到，今天就不要去学校了。

后来，也不知道自己躺了多久，中间有没有睡着什么的，我妈突然闯进我的房间。我搞不清楚她为什么还在家，不是应该早就去上班了吗？她对着我大喊你怎么还没去学校，都几点了你还躺着做什么，然后硬拖着把我载出门。等我到班上，才发觉已经中午了，但我一点儿也不饿。然后不知道是上午着凉了还是怎样，我开始浑身不舒服，就……真的很不舒服。我跟老师说我想回家休息，就自己请假，回家了。"

"然后？"

朋城闭上眼待了好几秒，再睁开。"我就断断续续没去学校了。"

"就……这样？"

"对，一开始，就只是这样。"他几乎是沮丧地说。

"只是，找不到那个本子？"

"每个人都在问我，"他苦笑地摇着头，"你为什么不去学校，是不是遇到什么事儿才会这样？我就觉得说了你们都不理解，因为也没人有过这样的经历吧。可是我就真的只是因为找不到本子所以不去啊，从一开始就只是这样而已啊。如果我还知道有其他原因我早就好了。我当然也知道我应该要去学校啊，可是那个本子就真的不见了啊，就不见了嘛……"

他越说咬字就越变得扭曲，眼泪又流出来了。他很快用手把眼泪擦掉。两只手都用上了，他胡乱抹在 T 恤上。

"窗帘。"他的声音从咽喉顶端挤出来。

"嗯？"

他边擦过脸边指向窗户。"可以、可以帮我拉上吗？"他勉强把句子说完。

"嗯，当然。"我走过去拉上窗帘，看见远处的落地窗外变得更白茫茫一片了。刚才发生了什么事儿。我坐回沙发，繁密的雨声像是直接打上我的耳膜，将任何空隙完全塞满。我感觉自己几乎什么都没问，只是坐在这儿，尽可能地坐在这……

雨声似乎缓和一些。

朋城连续吸了几次鼻子，伴随几次短促的、像是快要噎到的吐气声。他双臂交叉，左手在右手上臂轻轻拍打几下，然后握住手肘揉捏，重复两三回。

他稍微向窗户那侧低头。我看见他的侧脸抽搐了几下，然后他完全弓着背低下头来了。

我想起杨医师离开那天，窗外，朋城坐在位子上也是类似的姿势。而现在，我已经与他一起在这间晤谈室的门后了。

他松开双手。

"为什么……杨医师就这样走了。"他低声说。

"杨医师吗……"我往门口的方向望，像是看见她就站在那张沙发椅旁看着我，没什么表情，"她确实，就这样走了。"

"她应该很失望吧？我没有能够回到学校。"

那个杨医师像是看向他，又转回来看向我，摇头。"我觉得她……应该不会这么想。"

他无奈地笑了一下。"你又没多认识她。"

"那是真的。"我带着微笑说。外头敲打在屋檐上的雨声渐渐一丝一丝分了开来，也打得更轻。

"你知道吗，那时候，她和你一样，说了同一句话。"

"嗯？"

"**我听你说**。那是杨医师第一次和我约在这里会谈的时候，说的话。"

那个杨医师仿佛向我露出微笑。原来我无意间在某些时候成了她，虽然更多时候，不只是成为她。我犹豫了好一会儿。"朋城，我还记得，你一开始问过我，杨医师离开前有没有跟我说什么。那时候我说，她有说希望我可以找你谈一谈。但其实，那天她还提到，她期待我可以继续、规律地找你会谈。"

朋城看向我，似乎有些诧异。

"是我……自己还没想好。"

"她真的……"

我感觉稍微笃定一些，点点头。"我知道这听起来可能有点儿奇怪，不对，应该说，非常奇怪。但快两个月来，这是我第一次感觉，杨医师……真的还在这里。"那个杨医师像是更加向我笑开。

"啊？"

"嗯，那只是一种说法。"

外头的雨似乎完全停了，朋城皱眉用一种简直不可思议的眼神瞧着我。

我稍微笑了笑。就这样决定了吧。"如果你觉得 OK，两周后，我们一样继续在这里——**我听你说。**"我像是听见自己与杨医师同声念出这四个字。沙发边的那个幻影消失了。

朋城转开视线，又停顿一会儿。"随便。"

第二卷

在这一条长长的路上

13 /

　　我赤脚站在顶楼佛殿前的广场，迎面的凉风带有一丝焚香气味儿，脚底板儿持续传来热度。今天的第一个行程差不多结束了——贝图寺。

　　一早离开房间时我犹豫了一下是否要带上 *Lonely Planet*，后来还是交还给卓玛。与昨天前往提克西寺时相同，我凭着单张，随意搭上在巴士站见到的第一台车。巴士沿机场跑道的侧边行驶，一越过尽头司机便让我下车。贝图寺的寥寥几栋白色楼房出现在马路对面的半山腰上，背后的褐色山脊像是一面布满褶的巨大布幔。然后我随意走，随意逛，甚至一个人也没遇见地来到顶楼这里。

　　温度宜人，四周只有间歇的几声鸟叫。

　　这是一个全新的早晨。

　　我准备穿回鞋子下山离开，脚下的地砖引起了我的注意。它们每片都刻有好几条弧线，每四片组成一个同心圆，像是绕着太阳的层层星轨。它们在我的想象中转了起来。唰、唰、唰……下一站要去哪儿，或许，先回列城再说好了。唰、唰、唰……我抬起头，发现对面与我同样高度的屋顶上出现一名喇嘛——那是他扫地的声响。

他从墙边拿起一瓶水，眼神移到我的身上，向我躬身。我远远地向他回礼。他伸手往我右边一指，那里出现一扇刚才我没注意到的半开的木门。我转回头，他已经半蹲着在盆栽上方浇洒出一片透明的帘幕，同时轻轻哼起歌。我不好意思出声再打扰他。

门的后方是条往上的阶梯，不到两米宽，像是被两侧楼墙的阴影掩盖。背后依然传来歌声。穿过去，往前走。我隐约又听到卓玛向我说着。我走进去，空气瞬间停止流动，转个弯，安静得再没有一点儿声音。我有些担心会不会是条死巷子，还好，没爬多久，眼前出现另一片更大的广场。它被日光照得一半明，一半暗，旗杆高耸在正中央，彩色的旗幡被束了起来，只有顶端的旗穗像是花蕊般随风飘动。我再度闻到一股淡淡的焚香气味儿。

这里真的还是贝图寺吗？从山下看过来时，完全无法想象它会有这么大的一个平面。我在广场一角的阴影里发现地上画了个巨大的轮状图腾，而图腾正对一面宽阔的阶梯。我感觉那像是个指引，于是爬上去，穿过顶端的木门，斜对角又是一排木门。

模糊的嗡嗡声从那排紧闭的门后传来。

……就再一次吧。脱下鞋，我小心地将门推开。

有人在那儿。

四名喇嘛盘坐在大殿深处的一座高台上，围成一圈，四周拉上了白色布巾。他们的姿势一模一样，上半身伏下，四只左手肘高高翘起，像是红鹤曲着白色的细长颈子。没有人在交谈，似乎也没人注意到刚进来的我。他们后边立有一尊金色的释迦牟尼佛像，某种中高频的摩擦声充盈在殿内，使我跟着耳鸣起来。

我蹑手蹑脚地过去，在高台上再度发现一个图腾。那是面直径大约两米的红色圆形木板，外围的区域像是建筑蓝图，绘上密密麻麻的白色线条。里头不晓得是用什么东西做成的立体图样，最中心是绘有佛像的蓝色方块，往外斜角划分出红、绿、白、黄四区，也各有一佛面向中心。他们还是没理我。没看错的话，他们手里的工具应该就是摩擦声的来源。我毫无头绪他们在做什么，也不敢打断他们，于是在白色布巾外围缓慢地来回绕圈。

可能有十几、二十分钟那么久，背对门口那名壮硕的中年喇嘛终于抬起身。他向后伸展双臂，左右扭了扭上半身。原来他左手拿的是一根细长的银管，右手是把短而带柄的锉刀。他将锉刀一甩，往右手边的瘦喇嘛斜靠过去，专注地看向台面。我绕到他们两人的背后。瘦喇嘛侧头瞪了壮硕喇嘛两秒，坐起来也斜着身子看向壮硕喇嘛那边的台面。他们的双手在台面上比画，壮硕喇嘛频频地顺着手势点头，瘦喇嘛皱眉摇了两次头。壮硕喇嘛两手一摊，把锉刀搁在腿边儿，从怀里掏出一只智能型手机开始滑，伸手要给瘦喇嘛看。我忍不住向前倾，上半身越过拉起的白色布巾——

壮硕喇嘛转头看我一眼。

他朝门口大喊，我被吓得后退一步。地板发出嘎的一声。

糟糕，其他三名喇嘛跟着看过来了。我向他们点个头，又往门口倒退两三步。我转身想出去，一名年轻喇嘛左右手各拎一只热水壶进来，看起来很费力的样子。他把热水壶放上长几，发出击鼓般的低沉声响。我不敢再动。

"奶茶？"壮硕喇嘛开口了。他的声音浑厚，盯着我，右手甩弄手机的方式就像刚才他转动锉刀一般。

"呃……是？"我说。他应该是要招待我喝奶茶的意思？两只热水壶旁边有好几个空杯子，更远一点儿的桌面还有一本经书与两只金刚铃。

壮硕喇嘛看向刚进来的那名年轻喇嘛，用手机朝我、瘦喇嘛与他自己各点一下。年轻喇嘛倒出三杯奶茶，双手一杯杯送来。杯里还在冒汽，我怕烫到，掐住杯耳摇晃。佛门之地应该不会有什么骗局吧。我发觉茶杯的轮廓与桌上的金刚铃有些相像。壮硕喇嘛也拿到一杯，他左手握住整个杯身，凑到口鼻前闻。

"喝吧。"他盯着我，像是发出命令。

"哦。"我谨慎地喝一小口，一股甜味儿冲来，茶香再从奶香中慢慢渗出。

他还在盯着我。"很温暖？"

我点了个头。

他朝我高举杯子，再小口小口地啜饮。"我是达瓦。你介意告诉我你是谁吗？你从哪儿来？这么一个好奇的旅人。"他右手又开始甩弄手机。瘦喇嘛轻敲他的右手腕。"怎么了多杰？你又觉得我太直接？"

瘦喇嘛伸出手，达瓦看起来不太情愿地把手机交给他。瘦喇嘛将手机搁在离达瓦更远的那一侧，也开始喝起自己的那一杯。

"好啦，他叫多杰，现在你也认识他了。"达瓦将茶杯换到空出的右手，又喝一口，"我还在等你啊，好奇的旅人。"

我不晓得他怎么会这样形容我。那个瘦喇嘛抿着嘴好像在笑。"伯鑫，我的名字。我是从……台湾来的。"

"你来拉达克多久了？"

"今天，第三天。"我有点儿紧张。

"习惯这里的海拔吗？"

"嗯，可能……还可以。"

"这里的氧气不大够啊，你得好好呼吸才行。"他笑了起来，笑声比他说话更加浑厚。另外两名喇嘛像是被他的笑声影响，也坐起来扭扭身子，再弯下腰。多杰真的是在微笑没错。他发现我在注意他，低下头整理腿边的工具。那边有好多透明小钵，里头五颜六色的。

"喂！伯鑫，你有在听吗？"达瓦说。

"有。有。你刚说，呼吸？"

达瓦把杯子放下，又笑两声。"你太好奇了。有趣，有趣。"

我更紧张了。"抱歉？"

"没什么。你——特别来看曼陀罗的？"

"你是指，"我比向布巾对侧的台面，"那个吗？"

"对，曼陀罗。砂画曼陀罗。美丽的曼陀罗。"

我摇摇头："我只是……刚好来到这而已。"

"刚好？没有什么比刚好更好的了。"达瓦扬起空杯，昂个头，请那名年轻喇嘛再帮他斟满，"所以你对曼陀罗知道些什么？"

"啊？"

达瓦被多杰用手肘推了一下。"噢！疼啊。好，好。别担心，这不是考试。毕竟从昨天到现在，你是看得最久、也最耐得住沉默的一位。"

"沉默？没、没有。我只是不知道要说什么。曼陀罗，我听过，但我不确定那是什么。"

"不重要。重要的是，你想知道吗？"

我迟疑两三秒，点了点头。

"给你一个最简单的说法，"达瓦收起笑容，**"曼陀罗，就是最好的地方。"**

"最好的地方？"

"没错。这个砂画曼陀罗，这间寺院，这整个拉达克，都是一样的。它们都是最好的，也是……"达瓦闭起眼睛，胸口起伏好几回，突然又笑了，"氧气不大够的地方。所以千万记得，好好呼吸，还有，多喝点儿茶。"他高举杯子像是向我敬酒，"你还没喝完第一杯？"

"没有，那太烫了。"我随便找了个借口。刚才太困惑于他说的话根本忘了喝。

"呼吸。"他夸大吐气的动作，假装把茶吹凉，"好吗？"

"好。谢谢。"我赶紧再喝一小口。

"还是说，你想试另一种？"

"呃，还有……另一种？"

达瓦向年轻喇嘛不知道说了什么，年轻喇嘛走向我，要拿我手中的杯子。我连忙把剩下的一点儿喝完。他拿起另一只热水壶为我重新斟满。我捧在手里，颜色看起来与前一杯差不多，但飘来更浓郁的香味。达瓦又盯着我瞧。这次连多杰也盯着我了。我吹两口气，学达瓦刚才的动作小口小口地连续啜饮，咸味儿瞬间从舌尖与两侧展开，接着口中满是油脂滑顺的质理，直到咽下后才渐渐回甘出茶香。这是什么，我再喝一口想弄清楚。

达瓦像是等我都咽下了。"你喜欢哪一种？上一杯，还是这杯？"

"这一杯。"我还是有些困惑，又喝了两口。

"哈哈哈，我看得出来。很好。很好。"

我发现多杰也笑开了。"这杯，也是奶茶吗？"我问。

"这是酥油茶，只有在拉达克才能喝得到。"达瓦不知何时又喝完一杯，隔着布巾请年轻喇嘛也帮他斟上酥油茶，"呼吸，与酥油茶，都是最好的，也是你最需要的。你同意吗，多杰？"

多杰点点头，好像想说些什么但又没说，过几秒才把手机递出来。达瓦一抓。多杰没松手。"好啦，我知道，该是时候工作了。拜托，别不给我面子。"达瓦说。多杰一手指着达瓦，向我苦笑着摇头。达瓦趁机把手机抽走。他们把茶喝完，各自往前坐，两手拿起工具，深呼吸。达瓦忽然回头瞄了布巾一眼。

"伯鑫——我没叫错你的名字吧？"

"没。"

他摆个头："进来吧。"

"我……可以吗？"我以为他们所在的里面是个神圣的禁区。

达瓦向多杰看了看，多杰点点头，再转头向另外两名喇嘛。他们各在一个空当起身，没说什么，但似乎达成某种默契。达瓦向我招手。

我弯身从布巾底下穿过，站到台面旁。忽然间他们的神情变得肃穆，又没人理会我了。就在我眼前，他们竖起左手的银管，以食指抵住底下尖口，再从上端的开口倒入彩砂。接着手反持锉刀，以刀柄锉磨银管上的螺纹，让细砂从银管尖口撒出来，一层一层砌出彩色图样。他们的每个动作都像是某种仪式，我怕撞到东西，更加不敢随意地移动。大殿内持续嗡嗡作响，他们将原先最外围宽约两公分的白色方框，由内而外依序铺上蓝、红、绿、黄四层颜色。一个多小时就这样过去了。

达瓦第一个坐起来。他将身体后挪一些，往其他三人工作的台面张望一会儿，露出笑容。年轻喇嘛早就离开主殿，达瓦要我帮他到布巾外倒一杯酥油茶，我帮自己也倒了一杯。走回圈内时，我看见达瓦又开始滑手机。

"谢谢，你真是个好客人哪。"达瓦笑着接过茶杯。

"那是……"我发现他手机荧幕上似乎是曼陀罗的设计图。

达瓦将手机递给我。我放大、缩小，照片里的色彩极其鲜艳，图样与眼前的台面一模一样。看起来离完成还有一大段距离。我重复放大、又缩小。

"啧，"达瓦说，"你真的很好奇。"

"对不起。"我赶紧把手机还给他。我看太久了。"我一点儿也不理解你说的曼陀罗是什么，但这个图，好美。"

"还用你说，那可是我设计的。"他又开始甩弄手机。

"你，设计这个曼陀罗？"

达瓦点头："那也是我们在寺院里的学习，去制作曼陀罗。"他把手机收进怀里，"我们观察，我们记得，我们理解，我们重现。"他像是吟唱出四个乐句。

"那听起来一点儿也不容易。"

"哈哈，我会把你这句话当作恭维。事实上，虽然我说是我设计这个曼陀罗，但我不会说是我创作出来的，而是，我们合作。譬如刚才我们各自在做的五色框线，你可有仔细看？蓝色的线条象征风，红色的象征火，绿色的象征水，黄色的象征土，底层的白色象征空。它们共同组成这个世界。当它们连在一起，那也是合作。"

我想起昨天卓玛边画窣堵坡时也边说到这五大元素，以及那四处飞扬的五色风马旗。这一切似乎都彼此相通。"所以，这个曼陀罗，还需要多少时间才能完成？"

"你说的**完成**，是指像刚才手机上那张图吗？"

"呃，对？"我不懂为什么达瓦要这样问。

"我们总共会用七天的时间来制作，今天是第二天。所以，到你所说的完成，还有五天。"

"五天？"如果明天开始去健行三天，回来后，我的拉达克之旅还剩两天多。时间应该可以，"达瓦，我可不可以……再过来？"

达瓦又笑起来："我有什么理由拒绝你？或者我该说，是什么让你想再过来？作为一个旅人，像你这样好奇的旅人，你可以去更多不同的地方，到处走，到处看，到处体验。那多好。"

"我不觉得我是个……好奇的旅人，我只是——"

"你当然是。"他看着我。

"我不知道。"我有些心虚地笑了一下，"现在的我只是想再回到这里，如此而已。这个贝图寺，这个曼陀罗，对我来说就像是一层又一层的谜语。我的意思是，你说了很多，好像告诉了我些什么，但这里还有太多、太多我无法理解的东西，就感觉，嗯，好像还有什么并不完整，还有什么等待被解决，被揭晓。"

"真有趣。"

"什么？"

达瓦又喝了一口茶："你。你很有趣。我以为你会直接说你想看曼陀罗。毕竟那可是最好的，有谁不想再多看它一眼呢？身为设计者，这点我还是有些自信的。"

"所以，我说得太多了吗？"

多杰跟另外两名喇嘛终于也坐起来，他们各自都完成了五色框线。"我不也是？"达瓦放下杯子，双臂伸直往后撑，上半身稍向后仰。

他们四人互看一眼。

"伯鑫，很高兴认识你。欢迎你再过来。任何时候，这里一样会备有热腾腾的酥油茶。我们会再见面的。所以记得，好好呼吸。"

14 /

"蔡医师，你来了，"芳美姐指向我的桌面，"筱雯特别说要留给你的。"

是片苹果派。我转动一下纸盘，格纹派皮歪歪扭扭的，饱满的苹果内馅像是快要滑出来。我想到他们是如何笨手笨脚地做出来的就笑了。丁大侧头向我挥个手，雅慧老样子低头在写记录。看起来今天轮到如盈带环山。

"她说想在出院前再上一次烹饪课，所以，上午专程又过来。"

芳美姐说。

"呵，筱雯怎么这么可爱啦。"我拿起来，手里还有一点儿温温的，"那她现在人咧？"

"回学校啦。母亲那边我也联络好了，应该可以照计划下周出院。"

"太好了。"肉桂的香气带着甜味儿扑过来，我咬了一口——真好吃。

丁大说："鑫哥，以后周四中午早点过来呗，烹饪课完都有东西可以吃。"

"好，好，知道了。谢谢我们的大厨。"我笑笑地说。

丁大向我挑眉笑了一下，芳美姐也继续向我微笑。

我边吃边从窗户看出去。随着九月开学，这里换上新课表，落地窗顶端的彩带也终于拆下，让这里面显得更加透亮，绿树与蓝天仿佛就在眼前。听说去年丁大从特教学校调过来之前，这里学期中的烹饪课还是外聘的兼任老师，现在有他就搞定一切了。

"蔡医师，"雅慧叫我，"凯恩的——"

"啊，"我放下苹果派，"他小儿科药带来了，是吗？"

雅慧点了个头，合上病历从斜对角递给我。我赶紧伸出手。她翻开桌上另一本病历继续写。我和丁大相视又笑了一下。他向我比比嘴边，然后从他同样混乱的桌面上抽出一张面纸。我接手的同时笑着道谢。

我擦擦嘴，带着凯恩的病历走到电脑旁，熟练地输入账号和密码，门外忽然传来像什么东西快速刮过地板的声音。我转头只看到电脑教室的门被关上。

"又来了。"雅慧语带不耐地往外走，"学姐不好意思，等下宇睿麻烦你。"

"不会。你先去吧。"芳美姐说。

我问："嗯？是怎样吗？"

雅慧继续往电脑教室过去，芳美姐也从座位上起身。"没什么，我们来就好。"芳美姐轻松地说。我还在困惑，外头又传来重锤般的脚步声。是宇睿。他停在大教室的右侧，来回转头，眼神像在追捕猎物一般。芳美姐朝他接近。"芳美护理师，凯恩、凯恩他——"

芳美姐似乎在向他说什么。

"刚才他又故意——"

芳美姐点点头，带着宇睿往会议室的方向走。

外头恢复安静，我在电脑前转身皱着眉看向丁大。

丁大笑出来："唷，你别这个脸。宇睿和凯恩都这样的，他们根本就麻吉好吗？"

"真的还是假的？"

"我这个人这么诚恳。"

"最好是咧。"我笑着摇头转回来，在电脑上把凯恩的医嘱处理完毕。他是这里回锅的新病人，刚升初三，暑假前已经在这里住过好几个月了。

更多病人推开病房大门进来。白桦树男孩哲崴一手搭在启闳的肩上，戴着招牌蝴蝶结黑框眼镜的姵琪，厚重的刘海底下依然板着张臭脸。郁璇也回来了，运动外套的底下不知道有没有新的割痕，希望没有。最近我和雅慧分头继续积极从个人与家庭两个方向处理。我把凯恩的病历放到雅慧的桌上——

"等一下你要找朋城会谈吧？"丁大问。

"对啊。怎么？"我绕回座位，拿起苹果派又咬一口。

启闳在办公室门口喊"报告"，跑到如盈桌前把簿子一丢又往外跑，"谢谢老师。"他在门边喊。

"那等你们谈完，再跟你问一下那个印加古道健行的事儿。"丁大说。

"你打算明年去吗？"

"应该吧。很久没放长假，脚痒了，哈哈。"

"最好是这样，你不去年八月才调过来？"

"那还不够久吗？欸？"丁大指向外边，"说人人到。"

我放下空盘。朋城和如盈推开病房的大门，肩并肩正在交谈——他身上那件是……制服？浅蓝色的衬衫没扎进去，长裤是深蓝色的。朋城注意到我，眼神与我对视两秒，如盈倒是一点儿也没察觉地继续说话。是说这两周她和我的互动感觉比较自然一些了。

"别看啦，吃完就走了。"丁大说。

我转回头，他站着朝我抛个东西过来。是晤谈室的钥匙。我笑着收进医师服口袋。

丁大在我的背上用力一拍："去找朋城吧你。"

"不用吧。"我跟在他后方往外走。

"不用？"

他停下来，我差点儿撞上。"我想，我还是去晤谈室等他就好了。"

丁大皱眉摇起头，"有时候我真的很讨厌你们这些当精神科医生的。"

"嘿。"我笑着抗议。

他继续往外走："反正你赶快写下一本书啦，我还等着要参考。"

"参、参考？"

"你后来的旅行啊。"他通过门口，往教室里大喊，"初中组的，小教室上数学课了！"

我坐上晤谈室的沙发椅。公务手机已经调成震动模式，我快速翻过笔记本里上次与朋城会谈的内容，同时想起我那本《没有摩托车的南美日记》。当年怎么会有那股动力，或者说冲劲儿写出那样的一本书？如果真的要像丁大说的再写下一本书……

砂画曼陀罗的影像像是从壁纸织纹中浮现。

——朋城推开门。

他站在门口，愣了一下，点头。他像是想到什么，往旁边拉上窗帘才在我的斜对角坐下。他的衬衫上有好几道垂直交错的折痕。

我向他"嗨"了一声。

"——如盈老师，我去上厕所！"宇睿的大嗓门儿从门外传进来，朋城转头看过去。我没听见教室里有任何回应，只有宇睿带着震动的快速脚步声。

朋城转回来瞄我一眼，再点个头。我感到有些紧张也或者是兴奋，就像我来到这家医院第一天时那样。我留意到他裤管底端露出一小截脚踝，像是费了些力气才穿上的。

"啊，"我说，"我都忘了看，开学后你这堂课是……"

"作文课。"他像是看向我的身旁。

"是如盈老师带的，是吗？"

"……嗯。所以，还好。"

"OK，那就好。"我微笑着点了点头。

我感觉朋城像是比我还要紧张，也可能是他僵硬的肩线给我的错觉。"老师，我刚东西掉路上了，我出去……"宇睿的声音像是一台车又从门外呼啸而过，朋城再度反射性地转头。我想起前天的向日葵团体，他与宇睿在圆圈相对而坐，如同我与芳美姐那样。

"宇睿的嗓门儿，真的很大呵？"我试着轻松一些地说。

"嗯。"

我自己再笑一下。慢慢来，不急。我更仔细地看向他身上那件天蓝色的衬衫，胸前一侧是校名与学号，另一侧与我这件医师服类似，绣上了姓名。"不过，真的，就这样开学了？"

他停顿好一段时间。"是啊。"

"然后，你身上这件是……"

他低头看一眼："就……本来今天，如盈老师帮我联络好了，要我回学校辅导室，自己去领新学期的课本。"

"是吗？"记得在如盈逐渐增加的分享中，她有提到朋城现在学籍所属的高中校方非常支持，总是给予各种弹性。

"她觉得我最近有比较进步，应该，可以再试试看。"他说得不是太顺畅。

我点着头，感觉今天的会谈终于开始往前进了一些。"所以上午，你……"

朋城双手的拇指插进裤子口袋，摇摇头。

"怎么？"

"停在校门口……算回去吗？"他瘪嘴露出苦笑。

"嗯，也算吧。"

他想了一下，耸了耸肩。

我向他也耸了个肩，笑了笑。

"反正，早上我换好制服，我妈就载我出门。结果……就还是一样，下不了车，只能坐在车里，隔着车窗，看向学校的围墙，还有大门。"

"嗯哼。"我点着头，"是因为……那种害怕的感觉？"

他低下头，然后点头。

我想起上次像是被大雨包围的这里。"后来呢？"我决定还是再慢一点儿。

"就，车子绕了两圈，我妈看我还是没有要下车，就打电话给辅导老师，要老师直接帮我把课本拿出来到校门口。大概，就这样吧。"他勉强地又笑一下。

"就这样？所以，那个辅导老师有出来……"

"就差不多，一样是鼓励我回学校之类的。"

"OK。那，你妈呢？她有什么反应吗？"

朋城摇摇头。

"嗯？"

"她现在知道拗不过我，看我下不了车，也不太会真的说什么了。不然以前看她一个吸气，就知道她又要开始念了。"他语气有些无奈，"也都是说那些，什么不回学校，以后怎么办之类的。"

"以后……怎么办？"

"对啊。"

我隐约感到一点儿压迫感，像是又直接听见朋城母亲的声音。

朋城长出了一口气："我不是说过，以前我妈常会一大早，来叫我起床去上学吗？有段时间，真的，每天都不知道是怎么醒来的。"

"哦？"

"就，真的不知道会怎样被叫醒啊。最一开始，她都自己一个人过来叫我，后来发现叫不动，就跑去找大楼警卫来家里帮忙了。"

"警卫？"

"我也不知道怎么会有大楼警卫愿意做这种事儿。起初那个阿伯来我床边还会用劝的，他口音很重，其实我根本都听不太懂，到后来，他好像也懒得说了，就直接跟我妈一起拉我被子，我当然也死命抓住搞得两边很像在拔河一样。"他好像觉得有点儿好笑就自己笑出来，"就这样好几次死拖活拉，被弄进电梯，塞上出租车，再送到校门口。"

"然后，就进去学校了？"

"这么简单就好了。"他再度苦笑一下，"我不自己走，他们也不可能真的有办法，所以到后来，常又原车把我载回家。但就开始搞得我每天都睡得不是很好，常常天色还没全亮就醒来，躺在床上想说，今天她又要使出什么手段，我要怎么度过这一天。可是想了又能怎样？所以想到后来就麻木了，就，死气沉沉那样。也不知道怎么讲。还是会怕，但又不完全是情绪上那种怕，而是好像……被压到我脑袋里某一块去了，开始变得对所有的一切，都会怕。"

我边在笔记本里写着，边感觉他开始能说得更多了。"就像……你上次说的那个，黑盒子？"

他迟疑两三秒，点点头，眼神沉下来："反正那时候，除了跟我家那只狗玩，我唯一能抒发、唯一还能感觉到一点点儿情绪的管道，就是玩电脑。可是我妈连电脑都不让我玩儿。那时初中辅导老师也来过我家几次，说了老半天，最后和我妈一起跟我'约定'，说要我每天去学校多久才能用电脑几分钟。就很赌烂啊，每次在那边争那五分钟、十分钟，光那一点儿时间能干吗？就……每天都在吵这个。有两三次我干脆跑去网吧了，结果我妈竟然报警到网吧抓我。"

"报警？"我有些惊讶。

"你也觉得很扯对不对？"他语调稍微上扬，"说是什么中辍违法之类的，我也不懂。但当下警察都来了，我当然也只能跟着到警察局。我是不知道我妈到底跟他们讲了什么，反正不管他们问我什么，我都不讲话。我想说行使缄默权总行吧，连他们请漂亮女警来问我发生什么事儿我也一个字都没说。然后，他们就把我拎去楼上，罚我半蹲。我心想，"他小声地骂了脏字，"就算我犯法，你们凭什么这样对我？"

我点点头："那时候……你初一？"

"对啊。"还是义务教育，"后来我蹲累了，我不想鸟他们，就站起来，其中一个警察又把我压下去。我一时兴起，想说你想压嘛，那我就整个人坐下去。那个警察傻傻的，一着急想把我拉起来，我又整个人站直。接着他又压，我又坐。就这样，来来回回好几遍。"他露出有点儿得意的笑容。"一直到最后我妈来了，警察大概拿我无可奈何，我也玩累了。他要我和我妈说对不起就好，我就随便敷衍一两句，表面上很受教的样子。那个警察还要我答应说之后我一定会去上学。我看我妈好像还蛮开心的，带我回家的时候，一路上还一直讲她是为我以后着想、希望我听话之类的。其实不就只是想要我去学校吗？讲那么多。于是那天回到家，我就做了一个决定。"

"决定？"

"我就听话啊。既然你不想让我用电脑，也不让我出门，好啊，那我就什么都不要争了。就从那天开始，一整个月的时间我每天都待在家，窝在房里一个字都没说。想说这样你满意了吧，我够乖、够听话了吧，就连跨年那天也是。我还记得，一月一号那天我睡到自然醒，醒过来的时候我躺在床上觉得好安心，好像是……几个月以来第一次那么安心。是假日欸，不会有人来吵我，警卫、辅导老师、警察，都不会出现的。新的一年来了，是全新的一天，多棒。"

他又笑了一下，忽然，眼神整个空洞下来。

发生什么事儿。"……还好吗，朋城？"

他保持沉默——就在我才以为今天我尽可能听到他说了更多的同时，他的脸颊抽动一下。

"嗯？"

"隔天，我妈就找我爸来了。"

"你说，你爸？"我感觉刚才那个压迫感再度出现。

朋城开始搓揉双手，被压着的西装裤跟着一阵、一阵地挤出绉褶。

"那个……"我轻声说，"如果你想说，就说。不想说，也没关系的。真的，都好。"不用急，这才是我和他真正第一次在这里以心理治疗为名进行会谈。

他停止搓揉。

我稍微调整坐姿，动了一下手中的笔。

他看我一眼，抿嘴，然后低下头："我就是那天，第一次被带来医院。"

　　那天。元旦的……隔天？我忽然意识到他说过那是他第一次住进急性病房的日期。

　　"那个场面真的……"他摇着头，"很难看。"

　　"是？"

　　"那时我刚在门诊给袁医师看完，我妈要带我立刻去办住院，虽然我也不是很清楚住院是怎么一回事儿，但想也知道那不会是什么好地方。半路，走到医院大厅，我终于忍不住，就停下来说我不要住院。我妈说不行，一定要住。我说不要，她还是说不行。我们就在那边对峙起来。她吵不过我，说，那就叫警卫过来。她每次都这样。我就说你叫啊。没多久我听到窸窸窣窣的声音包围过来，有人在旁边说他怎么了，出了什么事儿，接着是什么东西哐啷哐啷地推过来的声音，越来越近，越来越近——突然我被压到地上。有几个人我也搞不清楚，他们就把我架到一张铁床上，很硬，然后开始绑我。是真的绑欸。我吓呆了，医院竟然会比警察还狠，我的手脚都被人压着，很重，又痛，他们用绳索还是什么的勒起来，我的手脚一直用力，边哭边喊说你们要干吗、要干吗，可是没人理我。我越喊越大声，从他们的缝隙看到天花板，灯光好刺眼，整个大厅都是我在叫的回音，还有一些路人继续窸窸窣窣的。反而我妈不见了。我想办法转头到处看，但他们真的绑得有够紧。忽然间又没人压我了，所有人都退得远远的，没人再出声。我往后仰，看到床头有个警卫，我跟着不敢出声。然后床突然开始动了。我躺在那边，看着大厅的天花板很高、很远，一直往后边过去。我干脆不挣扎了，挣扎也没用啊，都被绑成这样了还能怎样。我也不知道为什么眼泪就一直流出来，又不能擦，流到耳朵里的时候快痒死了，但眼泪还是一直流。后来，天花板变矮了，就像在我眼前一样，哐啷哐啷，我继续看着天花板一直过去、一直过去。进电梯，出电梯，天花板继续过去，又进一次电梯，再出电梯。接着哗哗两声，玻璃门哗的一下打开，然后……"朋城终于停下来，"接下来的事儿我跟你说过了。"

"嗯。"

我的耳朵里像是还在哐啷哐啷、哐啷哐啷。

他刚才说的一切都是真实的吗？而我，这个医师，真的能只要坐在这里听就可以了？我望向拉上了的窗帘，心里却像是有什么被掀起。

"你说，"我让自己尽可能镇定下来，"那是你第一次住院，对吗？"

他点点头，又停顿了几秒："谁知道后来，我又住了三次院。而且那几次，是我自己也想住了。"

"是吗？"

他双手抓住衬衫下摆，仰起头："因为，我很喜欢穿那件病人服，在病房里把袖子挥来挥去，想象自己就像穿上了超人披风，想去哪儿，就去哪儿。"

15 /

"您想去什么样的地方？"男子抬眼看向我，一双眼睛被镜框切成两半。

"嗯，寺院吧，提克西寺、贝图寺以外的。"我回到列城用完午餐，再次来到"旅行者天堂"。

"那就，嘿密寺吧。"他低头继续写。那是我明天出发的健行行程收据，"每天上午我们都有发团，最好的团。我可以给您折扣。"

"不用，没关系，我想……自己过去。"

他在收据底端签名，最后一画拉出一条长长的直线："也行，也行。您坚持的话，直接包出租车来回吧，有公定价，不麻烦，真的不麻烦，是您第二好的选择，那些背包客都是这样做的。"

"呃，没有巴士吗？"

"我的朋友，"他放下笔，"您要知道嘿密寺可远了，开往那儿的巴士一天只有两三班，去得了，也回不来呀。真心不鼓励您那样做。"

"这样吗……"卓玛给我的单张还收在口袋。嘿密寺列在上头最显眼的位置，但这两天在巴士站确实没有司机指过它。

"我亲爱的朋友，您还在考虑什么？出租车不会有问题的，相信我。而且嘿密寺您一定要去的，它可是拉达克所有寺院的总部，是这一带最华丽、最富有的寺院。我们有句话，'没去过嘿密寺不能说你来过拉达克'。别误会，我不是佛教徒，不是在向您传教。啊，忘了先问您是吗？"

"嗯？"

"您信佛吗？"

我还在思考交通的事儿，摇摇头。

他咧开嘴笑："那就好说了。反正最、最重要的是，那儿的庆典可真了不起。那个面具舞，那个人潮，可是拉达克一年一度最大的盛事，游客与信徒从世界各地蜂拥而至啊。只要亲临现场一次，整趟旅程就值了。您上次说会在拉达克待几天是吗？可以的话，两周后再过去。我是说真的。"他翻开桌垫，弯腰似乎要找什么资料。

"恐怕没有办法。"我说。

"啊？"他的身体挺直回来，"您哪一天离开拉达克？"

"下周一。"

他似乎过于夸张地"噢"了一声："那真的没机会了，可惜，真的可惜。哎，但您运气不差，遇到我们。"

"嗯哼？"我不知道他在打什么主意。

"这个周末刚好有另一场庆典在喇嘛玉如寺，不过那儿比嘿密寺更远喽。您是搭飞机来列城的吧？"我向他点头。"那您应该还没经过那儿，它从列城这儿要往西一百二十……七公里。坦白地向您说，我们本来也有发团，但名额满了。如果您有兴趣，我们也能帮您安排交通接送，在喇嘛玉如镇上住一晚正好。当然这样比较贵，不过嘛，时间就是金钱，您一定了解，就像您直接搭飞机来列城一样，省下的时间是更多的金钱哪。不敬地说，这些佛教寺院没一个容易抵达的，就算巴士到得了也够人爬的，折磨啊。所以我亲爱的朋友，相信您一定会做出聪明的选择，没有更好的安排了。"

"OK，我再……考虑看看。"

"没问题。总之，"他将收据撕给我，"明天一早麻烦您再过来一趟，专车送您到健行的出发点。上次给您的DM有留着吗？来，再给您一份。起点在林嘎，终点在提密斯冈。三天后我一样在这里等待您。我们就是给像您这样的旅行者的天堂。"

我确认他那张收据都有把重点写上去——除了他的签名实在看不懂。

"还有任何我能帮上忙的地方吗？"

"我想没有了。"

"完美！"

司机专注地开车，仪表板上方有一尊迷你的电动转经筒，像是旋转木马持续地绕圈。我特别在中央市集附近找了这位看起来不爱说话、藏人面孔的出租车司机。我想我还是没有那么真心喜欢印度或天堂什么的。我将车窗往下摇，让更多的风灌进车里，提克西寺的山脚从窗外一晃而过，但确实我正往更远的地方不断前进了吧，像是就飞驰在昨天那条被夕阳打亮的金色大桥上。

我想起波德莱尔的诗："真正的旅行是那些为出门而出门的人，他们轻松愉快如同飘浮的气球。"当年我还将这句话引用在我那本《没有摩托车的南美日记》的扉页。那是多么愉快的回忆啊。刚从医学院毕业，漫长的假期像是没有尽头，新奇的世界里一切都叫我兴奋。我往后仰躺在椅背上，空气被冲刷得一点儿气味儿也没有了。我感到无比心安。

"先生，再有五分钟就到嘿密寺。"司机说。

我往前看出去，左右是两面连绵的山，裸露的岩盘一层层顺向倾斜，越往前越包夹起来。我没看到任何寺院。车道渐渐变得窄而蜿蜒，近逼的山壁仿佛随时都会崩落。转个弯，两侧的山势在前方汇聚在一起，道路在不远处出现终点。嘿密寺就在那儿。我有些讶异，瑟缩在山谷怀抱深处的它像个朴素的隐士，外观不只比不上提克西寺，恐怕连贝图寺都不如。

我们在停车场停下。司机说他在这儿等我，依照他的建议，约定好两个半小时的参观时间。

我很快抵达中庭，那里大约有三四组游客，缓慢的脚步声在四周几扇漆黑的门口与阶梯间来来回回。我几乎觉得我见过一模一样的景色。耸立在中央的旗杆，回廊与壁画，整排静止的转经筒，就像提克西寺，也像贝图寺。好几个地方的地砖被刨起了，到处一个坑、一个坑的。旅行社男子说这是整区最富有的寺院，庆典也在不久之后，我以为会有机会见到一些特别的，像是提克西寺的歌舞秀，像是贝图寺的曼陀罗，什么都好，会有一些什么不一样的。但没有。我确认这次真的已经逛完整间寺院，走进中庭角落的纪念品店，架上放了一本全彩的精装书，书名是《隐藏的珍宝：嘿密寺》——如果书名有什么道理，那应该就是都被隐藏得太好了。

　　距离约定的时间还早，我走回中庭，抬起头，看向那个还是蓝得要命的天空。是因为没爬到山才让这里显得平淡无奇吗？这是什么荒谬的念头。或者更可能是因为我已经适应了这里，就像习惯某种气味儿后不再能感受得到？如果这样，那是件好事儿吗？

　　健行三天，接着周末两天前往喇嘛玉如寺的庆典并顺路去贝图寺看完成的曼陀罗，最后，周一一早搭飞机离开。一切像是都确定下来了。我经过大殿，发现里头与刚才不同，明显亮了起来。日光穿过天井像是聚光灯投射在尽头的法座上，我走过去，那里放了一张人物半身像，照片里纸花纷飞，那个人头戴蓝帽，身披我没见过的黄色袈裟，一脸灿烂的笑。可能是这一带的宗教领袖吧。他没有正对镜头，视线盯向几公尺外的某处。我开始胡思乱想他如果本人在，这会儿会向我说什么，譬如像是："别后悔，别后悔。你是个好奇的旅人。真的，无论何时何地，你都不能忘记，要让自己永远保持好奇。"

　　咚——咚——咚——咚——我听见规律的鼓声。

　　我转头避开照片里那个人的目光。刚怎么好像把他想成达瓦的声音了。

　　鼓声还在。

　　我追寻声音的来源爬上二楼，发现侧殿有一名年轻喇嘛盘坐在墙边，右手拿了支拐杖形状的鼓槌在敲打法鼓。我不确定该做什么比较好，便在他的斜对面学他盘坐。他念诵好一段时间的经文，一边击鼓，一边开始以左手轻叩双钹，几分钟后再改为一手持金刚杵，一手摇金刚铃，整个侧殿里回荡着金属的声音。最后他将金刚杵与金刚铃也放回桌面。他看了我一眼，摇摇手。我感到有些尴尬，于是起身离开。

　　我走出侧殿，再次听到鼓声——是从刚才楼下大殿的方向传来的？我折回去，发现又一名喇嘛盘坐在角落，动作与刚才那名喇嘛的一模一样。我同样在他斜对面坐下。日光已经离开法座，像是可以被触摸般漫在天井周围。我还是不知道他在做什么。大殿里逐渐变暗，他结束仪式，合上面前的经书，直接走出门口。

我越来越迷糊了。我这是在做什么？只是因为还有时间，还是我真的想要找出那个隐藏的**什么**？我坐在木头地板上，像是要被阴影掩没。咚——咚——咚——咚——微弱的鼓声从头顶传来，这次音量很小，可是一声、一声分明地敲上我的耳膜。

我爬上二楼侧殿，没人。继续上三楼，声音更近了。这一切真的有道理吗？我从角落找到楼梯爬上天台，声音从正前方的一个小房间传来，房门开了一点儿缝隙。我走过去，推开门——

是名老喇嘛坐在高台上击鼓，还有一名白人女子低头坐在与他正对的墙边。老喇嘛以眼神向我示意可以进去。我往前踏，铺在地上的丝绸软绵绵的，双脚陷了下去。关上门，我贴在满是缎布的墙边滑着坐下来。

咚——咚——咚——咚——长者击鼓的手变成残影，竖立的鼓面细微地颤动着。有人在瞪我，是张面具。挂在横梁上，黑面大耳，戴着红冠，加上前额的一共三只眼全睁得斗大。不知那是神，还是魔。还有卷轴画里的那些也是，我分辨不出来。墙面上全挂满了。咚——咚——咚——咚——他继续敲出鼓声。那些是什么，放在他面前的长几上。经书、茶杯，水瓶里插有孔雀的羽毛，还有一大块像是黏土的东西。另一张桌子上放了鲜花、圆盘铁盒与更多的杯子。他开始叩钹了，每一声都贴上鼓声的节奏。我看见孔雀羽毛跟着颤动，画里的神还是魔也在颤动。那个女的眼睛一直闭着，她睡着了吗。我是清醒的吗。那张面具还在瞪我。我低下头不看了。长者开始诵经。他的气息绵长，像是从他的高台流淌出来，沿着满地的丝绸铺垫上了一层又一层。我感觉地面变得更软了，我的背像是被包覆着，越陷越进去，越陷越进去……

金刚铃清脆的声音响起。

长者停止念诵。

我抬起头。

那名女子睁开眼睛，长者从高台上捏一小块像是黏土的东西，弯腰伸手递给她。她一塞进嘴里立刻放声大哭。长者微笑地看着她。她的哭声如同浪潮一波、一波地在房里起落。我呆住了。可能过了有几分钟，她停止哭泣，擦一擦眼泪向长者合十致意。长者点了个头，她起身离开房间。

门被打开，外头的强光闪过，又合紧。

我的耳朵里闹哄哄的还没停止下来。

发生了什么事儿。

有一只手伸向我。是那名长者。他的手悬在半空，似乎又捏了一小块黏土在手里。我怎么又忘记起身离开。长者的手向我晃了一下。我的双手伸过去，那块东西被放上我的掌心。好轻，手里几乎没感受到重量。长者继续凝视着我。我张开嘴，放进去。沙沙的，有点儿苦，隐约又有股香味儿，越嚼越糊在一起。我咽下去，口中残留着一股说不出的怪异味道。

"你看起来非常困惑。"他开口说了英文，声音低沉，与刚才诵经时像是不同人。

"嗯……是，我是有一点……"

长者向我微笑，一如刚才对那名女子的微笑。

他好像在等我说什么。"这种状况，常发生吗？"我问这么蠢的问题。我低下了头。

"有时候。"

又是沉默。我是不是该再问些什么，好不容易在这儿遇到一名能说英文的喇嘛，关于刚才发生的一切，那个女的，还有前面那一名又一名击鼓的喇嘛。他们都在做什么，还有我。我努力让任何冒出的念头变成字词，却不断沉下去，明明上午在贝图寺我还能试着发问的。是语言隔阂的关系吗，还是……

"你在期待我给你些解释？"长者说。

我抬头："是的，我想，我需要。"

"而你觉得我会是那个可以给你答案的人？"

"嗯？"

他保持微笑，双手按上经书："年轻人，你是为了什么而来到这里？"

"呃，你是指，这个地方，或是……拉达克？"

他点个头："任何一个。"

"我不知道。我……我不确定。"

"正是你的不知道，带领你来到这里。如果没有不知道，知道本身毫无意义。"

我皱起眉，摇了摇头。

"我让你感到更困惑了吗？年轻人，我无法让你知道什么，那不是我能给你的某种东西。"

"我不懂。您说的这些话超出我的理解了，我……我没有那样的智慧。我并不是个聪明的旅行者，或是个……"好奇的旅人。我想到但说不出口。

长者笑了出来："人们总是这样说啊，好像我真的是个充满智慧的人？"

"如果您不是，那人们为什么来到这儿——我是指，像刚才，为什么那个女人，她怎么会……呃，我很抱歉，我从没有像这样……我是指……"我摇摇头，"对不起，我自己也不知道我想说什么。"

长者仍是微笑，像是在我的沉默里听见什么。

十几秒过去。

"年轻人，抱歉我把你带进了言语的迷宫。我说的话不那么重要的。忘了它吧。忘了它吧。你来拉达克是旅行，还是为了工作？我没办法告诉你该往哪里走，我能做的只是让你继续你的旅程，如此而已。不要再去想我说的话，也不要再去思考刚刚发生了什么。你没有什么特别要去取得的。前面，还有好长一段路在等着你。你能做的，就是实际去接近真理。那真的会是很长的一段路，但你终究会领悟的——关于如何继续往前走。"

我望向长者。他的眼神温和而坚定，仿佛看穿所有我试图隐藏的犹豫与恐惧。

16 /

我推开精神楼的后门——好安静。阳光被遮在云层后方，蝉鸣不知道是从哪天消失了，我往前走，脚下传来落叶的沙沙声。

问吧。袁P侧头看向我。两侧墙壁与天花板交接处的灯光，一盏一盏像是隧道里的照明往后退。

那是昨晚的事儿。

我爬着缓坡，光线更暗下来……

所有灯号的看板都熄灭了。

"医师辛苦了。这么晚还要去查房啊？"护理师站在门边朝我们说。

袁P点头。他的表情严肃，没有一点儿疲态。

"你们慢走。"她鞠了个躬。

我赶紧也点头。坐得太久，我的下背感觉有些紧绷。晚上十点四十五分，破纪录地超过九小时。开学后的病房会诊是减少了，但一如陆续又住进几个新病人的日间病房，门诊迎来旺季。幸好这半年我还不需要陪同袁P到急性病房查房。

"这个，明天带去。"袁P边走边向我递出一张A4纸。

"是。"是日间病房的住院转介单。身后的护理师把门轻轻地关上，但声音很明显。"先安排进来见习吗？"我问。

袁P点了个头。

不知道为什么袁P这次特别指定这个病人安排到雅慧的双数组，而不是递补筱雯出院后空出的单号。候诊区里一排排椅子变得歪歪斜斜，枣红色的坐垫上散落报纸、宝特瓶，还有一把雨伞。清洁大哥远远地推着工具车过来，咕嘟咕嘟，举起戴着橡胶手套的手向我们打招呼。

"记得下个月，team meeting报告。"袁P说。

"好的。"我伸手按电梯下楼的键。

叮咚。电梯门打开，我按住开门键，再按二楼。"门要关了。"我语音不带感情地说。电梯要再启动时发出一阵低频的闷声。

李欣瑜，与郁璇同样刚升高二。自从七月初的病房会诊后，这是我第四次见到她。她的肾病已经痊愈，但开学到现在她一天都没去学校。袁P面前的她同样是有问必答，只有在被问到怎么去不了学校时才稍微低头，拨一下刘海，露出有些勉强的微笑。然后与她像是同个模子刻出来的母亲会握住她的手说：没关系，妈妈陪着你——就像当时在小儿科病房里那样。

叮咚。"二楼到了。"坐在玻璃门旁的警卫起身向袁P敬礼，再拿磁卡感应墙边。门往两侧打开，接上通往中央大楼的通道。左右两侧的墙上挂满一张张照片，白天的、黄昏的、夜间的医院，室内或户外，人物或建筑。这一季展出的主题是"医院之美"。

"教授，"我说，"郁璇最近状况有比较稳定，所以下周不会讨论她，会照原定排程，等到下个月。"

"好，很好。"

通道经过手术室外的休息区。有人双手交握着坐在椅子上，有人捂着嘴在讲电话，还有几个人在来回踱步，反复抬头看向悬挂在高处的液晶荧幕。今天看起来有好几场紧急手术正在进行，荧幕上病人的名字都以"○○"取代了。有一名妇人转头刚好和我对到眼神，她露出欣喜的表情，没两秒又消沉下来。她大概把我认成其他医师了。我加快脚步到接近与袁P平行的位置。他的步伐像是从不会被外界干扰。

"你应该想很久了。"袁P说。

"是？"

袁P转个弯，经过访客使用的电梯、病床专用的电梯，再转个弯。通道里响着我与袁P的脚步声。

"**问吧。**"袁P侧头看向我，"你有所期待，不是吗？"

"嗯？"

"来到这儿。"

墙壁与天花板交接处的灯光，一盏一盏像是隧道里的照明往后退。

"是。"

"那么，问吧。"袁P说。

我脑中闪过今天马拉松式门诊里他与病人及家属互动的片段、前两个月他在会议中的问话与回应。灯光继续往后退，我感觉空气渐渐闷了起来。

"嗯，不是今天门诊的事儿，"我说，"但有句话，我一直……不是很懂。"

"嗯哼。"

"我是交班那天听杨医师说的。她提到，教授好像说过，'太勇敢的人，或者太害怕的人，是不会来到这里的'。"我留意袁P的表情，没有变化。这句转述应该没什么出入。"我想知道，这句话的含意是什么？"

袁P点了个头，然后浅浅地笑了："很好。"

他有打算要进一步解释吗？我不敢说话。远远地走来一位与我同样穿着半身医师服的医师，是精神科的学弟，印象中姓叶。他走得急促，医师服口袋里那本厚重的书册像是随时会掉出来，下摆还有些黄渍。

"教授、好。"学弟有些结巴。

袁P点头。学弟向我也说声"学长好"，经过我们身旁时他的手机响起来。"……我是。……哈？……好，我看完急诊就回去处理……"他的声音逐渐远离到我听不清楚。我有些想起以前在T医院值夜班的日子。

"——你，"袁P说，"怎么决定要问的？"

我赶紧拉回注意力："教授是指，您说的那句话吗？就……不是很能理解，所以一直记着这样。"我不好意思说我还把它写进笔记本里。

"你，有多少理解？"

"我是真的不太理解所以才想——"

袁P稍微抬起手："你的理解，是什么？"

"我的理解？"我努力让脚步不要太明显落后于袁P，"呃，一个部分是，我会好奇教授那句话是在说病人，还是说……任何来到日间病房的人。因为听说您讲那句话的时候是在——"

袁P又抬起手："你太注重解释了。"我反射性地"哈"了一声，还好袁P看起来并不介意。"继续说，你的理解。"他说。

"好。"通道稍微往右斜，另一道玻璃门出现在前方不远处，对侧精神楼的电梯间在这个时间显得特别明亮。"另一方面，如果一个人太勇敢，他应该不会有需要来到这里。这我……大概可以想象。"才说完我就想到吴宇睿与丁大，他们看起来总是无所畏惧的样子。"但我比较没办法理解的是，太害怕的人，不是应该更会出现在这里吗？"

"而你来了。同时，你问了。"

"教授的意思是？"

袁P停下来，我们已经走到那道玻璃门前。袁P转头看我，我意识到门没有自动打开，赶紧取出识别证往门边感应。我们重新回到有空调的区域，我按下电梯上楼的按键，轰轰、轰轰的声音隔着墙从上方逼近。

"如果，你真的是一无所知，你又如何能问？"

"如果我……"

叮咚，电梯来了。我抬起头，发现袁P已经走进去。他转过身，面朝我："继续走，继续去想。"

"是。"看来今晚不适合再问下去，"教授辛苦了。"我鞠躬的同时电梯门关起来。

电梯的轰轰声往上方远离。2、3、4，数字依序亮起。空一声，然后安静下来。银色的电梯门在我面前像是变成一面亮晃晃的镜子……

四周恢复明亮，我爬上阶梯的顶端，日间病房出现在左前方熟悉的角度。病人们正三三两两地在环山回来的路上，我自然而然地加入他们拉得长长的行列。"蔡医师好！""医生好！"他们在我前后喊着，启闵与哲崴这对哥俩好持续聊着在线游戏如何破关的话题。就像当时杨医师和我预告的，袁P那句谜一般的话，果然也成为更大的一个谜团了。

我在大门前停下。今天的风是凉的，我回头看见队伍末端出现在转角过来不远处。丁大从那里朝我挥手，在他身后几步的朋城也注意到我，稍微向我点头。

两周很快过去，我其实还没想好今天要和他谈些什么，或者说要用什么样子的自己来和他谈。但这一切，恐怕也只有继续去谈才会知道了吧。姵琪板着脸经过我身旁，我笑了笑，跟着在大门完全关上前轻推通过它。

朋城坐在沙发的中央。

"嗨，朋城。"

他穿着便服，向我点了个头，再抿嘴笑一下。

窗帘已经先被我拉上。"最近，还好吗？"我一样将笔与笔记本拿在手里。

"嗯，稍微忙一点儿吧。"

"哦？"

"就，学校有些功课，这边也有一些。"

自从上次他卡在校门口之后，这两周都没有再尝试回学校了，如盈说她有些失望："我听说，你妈和学校老师，上周五有过来这里开会？"

"嗯，那个……是还好，就每学期固定有一次 IEP ❶。"

"嗯。"他像是随口说出那个英文简称——个别化教育计划，来这里之前我从不知道有这种东西。"所以好像，会也开得还蛮快的？"

"好像是吧。"

我点了点头："嗯，嗯。"

出现一个短暂的空当。

---

❶ IEP (Individualized Education Program)，个别化教育计划。学校会为每位特教生在每学期开学前或开学后一个月内，召集相关专业人员，针对学生个别特质开会讨论其教学相关事项。

听说大家都还是很希望你能再试试看回学校——我犹豫了一下，没问出口。

"你们呢？"换他开口，"应该……也很忙？"

"嗯？"

"就好几个新同学住进来，或者过来见习，不是吗？"

"哦，对啊。"我不是太习惯被他主动问这些，"但也还好啦，还忙得过来。"

他也点点头，像是在想些什么："然后……下个月会有新医师？"

新的医师？"我目前没特别听说欸。怎么了吗？"

"嗯，也没有。就每年都差不多十月，会有住院医师过来一段时间。"

"OK。我晚点再和芳美姐确认一下好了。"

"所以你们……"

我疑惑地看向他。

他快速摇几下头："没事儿。"

"没事儿？"

"嗯。"

我迟疑一下，还是点了头。气氛有些微的尴尬："所以，今天有想要聊些什么吗？"

他想了大概有七八秒："都可以吧。"

我低头瞄过笔记本，又看回他的身上："那也许，说说这里？"

"这里？"

"这个……日间病房。"我轻轻笑了笑，"在某种程度上，你比我还熟悉这里呢。"

他晃晃头，表情有些无奈。

"我记得你说，会过来，是最后那次在急性病房，雅慧护理师坚

122

持的？那时候你是……"

"初中二年级，上学期。"

"嗯哼。"二〇〇八年十一月，如果我没记错他日间病房的入院日期。

"其实本来，说什么都不想来的。"

"哦？"

"不知道，就一种……很奇怪的感觉吧。来医院上学？而且，还要每天来回，我家又不是多近。"

我笑了一下："然后，又没有病人服可以穿？"

他看向我，也笑了一下："对。"

我又等待了好一段时间："后来呢？"

"嗯，就被雅慧护理师说到一个点。她说，来日间病房这儿，至少可以离我妈远一点儿，急性病房也不可能让我住一辈子。她讲话真的蛮犀利的，但对上我妈，也算刚好吧。"

"你妈……是也怎样吗？"

"她就控制狂啊。"他无奈地说，"控制我不够，每次我住进去，还一天到晚交代那边的医生、护士一堆事儿。刚好那次换成雅慧护理师，她就有点儿踢到铁板。不然她本来也不愿意让我过来这里，好像是觉得我来这边……会更不想回学校吧。后来也不知道是怎样就被雅慧护理师说服了。"

我想起朋城的母亲过来那天雅慧的反应："但总之，你就来了？"

朋城点点头："刚来这儿的时候，觉得这里很……自由？至少芳美护理师比雅慧护理师人要好太多，另一个护理师也还可以，就算杨医师或如盈老师想找我问话，我不想讲，也不会真的怎样，整个就都不会像急性病房那么紧迫盯人。我妈偶尔过来几次，打电话什么的没看见就算了，当作没发生。就这样来这里上学、放学，上课、下课，

123

我还一度想说，这样就可以拿到毕业证书，这么爽，之前不知道在死撑什么干吗不来，可是……"

"可是？"

他呼口气："没多久我就发觉，这里有个……算是默契吧。"

"嗯？"

"就像现在啊，怎么讲，就，很多人进进出出的时候。"

我看着他，示意我在等他继续说。

"就是……"他皱了一下脸，"千万不要去问别人你为什么来这儿。当然说不好奇是骗人的，但就好像有个疮疤在那里一样，如果你不想别人碰你的，就也不要去碰别人的。你好，我好，就好——噢，只有吴宇睿例外，能像他那么白目也不容易。"他反讽地说。

"所以吴宇睿那时候确实——"

"常和我杠上？"他笑了笑，"也是种发泄吧。"

我本来只是想说原来宇睿那时确实已经住进日间病房。

"反正我们在大教室里也会看啊。谁被医生或护理师带去晤谈室或小教室，就会猜，那个同学是又有什么事儿。像那时候，有个高三的学姐，回想起来是真的还蛮正的，听说就在这里待了好几年，但从来没人真的知道她为什么会进来，就看起来都很正常那样，还很会跳舞、画画，一整个儿就很受欢迎，说之前还有好几个同学追过她的样子。她也就很少会有什么事儿被找，就算有，也都是她去帮老师的忙吧，我看如盈老师跟她最熟的样子。结果过完年，她就自杀了——"

"自杀？"我脱口而出，"是真的就……"

他点了个头："死了。跳楼死的。"他保持平淡的语气，"你没听说过这件事儿？"

"呃，没有。"

他看着我像在想些什么，然后摇摇头："反正那时候，放完春节回来，还在寒假，本来就有些人请假，一开始也没觉得怎样。后来她连续几天没来，又看到她爸一个人进办公室，神情很奇怪，就开始有传言说她好像死了，是自杀。有人说是因为学测没考好，有人说是被吴宇睿骚扰到受不了，还有人说根本没死，是被她妈偷偷带出国，说是因为她爸会家暴的关系。什么传言都有。一直到那周班会，大家看到芳美护理师陪两个老师上台，就知道真的出事儿了。他们在台上宣布，她走了，好几个同学立刻哭出来，一个接一个，像传染病一样。"

我完全没有预期会听到这些——以及他会用这种平淡的语调描述："那……你呢？"

"是还好，可能跟她也不熟吧，就一种，'哦，原来真的是死了'的感觉。然后班会又继续开。本来那天应该是如盈老师主持的，结果她没讲几句，就叫那时候另一个老师接手了。我看到她跑进会议室里，窗帘拉起来，没一会儿芳美护理师也进去。门打开的时候我刚好看到如盈老师在里面哭得很惨。后来才听说，那个学姐跳下去前，最后一通电话就是如盈老师接的。"

"是这样吗？如盈老师她……"

他点点头，神色稍微沉下来："刚好也在那天晚上，不知道怎么那么巧，我接到我一个小学死党打来的电话。"

"嗯。"我脑中像是继续盘旋着"死"这个字。

"其实，我们上初中后就没联络了，我接到他电话的时候也吓了一跳。他说放寒假刚好想到我，没事儿，就打来看看而已。他说他转到那间私立中学压力很大，还要寒辅赶初三的进度，问我最近过得怎样啊。我就笑笑地跟他说，我现在是去医院上课，是精神科的日间病房。他就说哈那什么东西，我说我也不知道要怎么解释，就像医院里面的学校吧。他说好神奇。我不知道要讲什么，就说到那个学姐自杀的事儿。他听了就骂一声干，说太扯了吧，我也跟着说干真的，然后两个人在电话里笑得很开心，接着又继续聊一堆有的没的，聊了还蛮久的，大概，把我半年的话都讲完了。"

"……半年的话？"

他沉默几秒钟，耸了耸肩："后来过了周末，回来这里，大家继续上课、下课、聊天，好像什么事儿也没发生一样。我还记得那时候魔术课是礼拜二上午，那个老师现在也不知道到哪里去了，他在台上示范要怎样把东西变不见，一次又一次，班上跟着发出一阵阵欢呼，很嗨。我就看向那个学姐的座位，空了，想说会不会哪天她突然又被变出来，但又知道，不会了，她就这样消失了。我往讲台看，看到落地窗外的树干、树叶、天空中的云，看得好清楚，应该是有风在吹，有一点儿在动，云也慢慢地在飘，往同一个方向。我忽然有个感觉，我真的……回不去了。"

就像被困在镜子的边缘，我想起他曾经说过的。

"没几天，袁P就出现了，是提早来的，好像临时开会吧。会一开完，芳美护理师把吴宇睿找去会谈，隔天他家人就来帮他办出院。好像那个学姐会自杀有一部分真的和他有关。我妈也不知道怎样，开始更频繁地一直打电话过来。有几次我一早在家，知道她还打算要过来找医生，我干脆不来了，隔着门，就听到她在客厅打电话讲个没完没了。然后，就开始了。"

"开始？"

"杨医师和我的……心理治疗。他们是这样说的。"

"噢。"

朋城微向前倾，双手垂放膝间："虽然一开始我什么都没说。"

然后晤谈室里，同样地没人说话了。

笔记本还拿在我的手里。这些，就是他的过去了吗？从他的第一次惧学、第一次住院，到转来这里……

"我刚说的那个小学死党……"

我看回他的身上。

"其实他打来的那天，在电话最后，他说再联络哦，我也很轻松地说好啊，再聊。他也真的久久会打个电话给我，哈拉一下什么的好像还可以，但后来，也就不了了之了。"

我低下头，抬头的同时深吸一口气："你就在这里了。"

他轻轻地"嗯"了一声："大概也是这样吧，所以，我很讨厌我的名字……鹏程万里。"

"朋城，万里？"

"嗯。"

他语气淡得像是让我的思绪也慢了下来："但至少，现在的你，也还在这里？"

他看向我，眼神夹杂一些疑惑与讶异。

我回想几个月前去到拉达克的那个自己。我决定暂时把笔放下："或者我应该说，你持续来到这儿，每一天。"

"那有什么差别吗？"

"我只是在想，也许，我真的没办法帮你回学校。那可能是一开始我找你会谈的原因，但今天我坐在这边听的时候，我越来越觉得，那并不是我和你会谈的目的，也不应该是。"

"那你要做什么？我的意思是，每一个来到这里的人都——"

"我不确定。"

"你不确定？"他一个字、一个字地说。

"就……"我耸了个肩，"走走看吧。往前，总会有一条路的。"

朋城皱起眉："你好乐观。"

"我是医生啊。"我笑笑地说。

"可是，你怎么知道你不会是原地踏步？或者根本只是绕一大圈，最后又回到原点？"

"你说得对。不过，就算绕一大圈，回来的时候，那里也不会是原来的那个地方了。这算是我……个人的心得。"

他摇着头："我不懂。"

我轻轻笑了一下："我也不敢说我都懂了。但重点是，"我定定地看向他，"你也愿意一起走吗？"

他愣住好几秒："就算，只有一年？"

"精确来说，剩不到一年。"

"然后，不一定要回学校？"

"不一定要回学校。"

他眉头皱得更紧，然后转开头。他也笑了一下："你这个人好奇怪。"

"是吗？"我笑出来。

17 /

突然数十名小喇嘛全跑起来！

他们本来排成三个纵列在做操、诵经、唱歌，一名站在前头的成年喇嘛喊个口令，小喇嘛们击掌就冲往右后方的房舍。我还没弄清发生什么事儿，又一个个儿冲出来。他们身上多出书包，跑得快的一下子就蹿出教室，比较矮小的在后头紧追，从走廊到操场拉出一条长长的、间隔不一的队伍，像是彗星带着断断续续的尾巴。

我注意到有三名小喇嘛跟大家跑的方向都不一样，好几次都差点儿撞到其他孩子，紧急刹车，又加速往前冲。一定是有东西忘记拿了。我像个呆瓜一样笑出来，想起今早离开旅馆时，卓玛也是那样叮嘱我。

"你的背包？"

"我带这个就好了。"我指向肩上的随身背包，里面装了三天份的所需，"我大背包留在房里，需要移出来吗？"

"没问题。留在那儿，很好。"那本房客登记册放在柜台上，卓玛翻也没翻。

"太感谢了。那，我就出发了？我得先到旅行社那边，他们跟我约定——"

"水？"

"啊？"

"伯鑫，"她从柜台后方走出来，今天的青色长裙蓬得像一朵盛开的花，"你，水，有带够？"

我点点头。

她接着问了衣服、盥洗用具、可以在路上充饥的干粮。可能是怕我又听不清楚，她配合各种手势。我一一答有。

"孩子，三天健行，不长，不短。一切，都好了？"

"嗯，好了。"

"那么，钥匙？"

我拍拍背包顶端，开始感觉她有些唠叨。

"不行。不行。钥匙，我来。你，往前走，越远越好。"她向我微笑，额上的皱纹渐渐松开。

"越远……越好？"

小喇嘛们整齐朗诵的声音越过操场传过来，像是把我脑袋里卓玛的叮念赶跑。现在的我货真价实是个离家出走的孩子了。我转过身，今天的行程没有回程，可以爱怎么走就怎么走，只要在天黑前抵达阳旦村就好。路的两旁全是青稞田，一条条灌溉水道往四处展开。远处的高山再没有山岭阻隔，一整列的白雪横躺在顶端，像是只要我伸出手就能直接抓到大把的雪花。

刚才旅行社专车的司机靠在车身说，那是林嘎村的喇嘛学校，"你逛完，沿着路走就可以了。""就这样？""不然呢？"他的语气像是我问了个奇蠢无比的问题，然后要我拿出那张DM，指着地图的左侧，说他后天下午会在提密斯冈的电力厂房外等我。

我本来想向他要地址或路线图，他说不需要，我不可能会错过它。他说得很轻松，而现在我脚下的这条路，也走得非常轻松。脚步顺着一段下坡加速，好像不小心穿过谁家的后院，没人在，不要紧。沿着长满灌木的河谷继续走，紧接着是爬坡，一点儿也不喘。我想高山症的危险因子对我不再危险了，它们已经回到教科书上，被留在医院里。我逐渐有些热起来，可能是太阳爬得更高，也更烈，但干燥的空气与阵风很快带走原本会冒出的汗，我的每一个毛细孔像是都被烘得彻底张开了。我有点儿小跑起来，直到在将要翻过小丘的最高点时，停下。

我回过头。

绿色的青稞田已经都在身后，林嘎的村中心在更远处，凑在一起的民宅看过去像被电线杆圈养起来，一早来时的列城不知道是不是也在那个方向。我往上再走几步，前方的视野一下子整面打开，连绵起伏的黄土丘陵上光芒闪烁，散落四处的石砾像是一片黄金大海。我用力伸展双臂，仿佛能伸得比平常更长，同时吸进一大口新鲜空气。我正背对地图上那个名为林嘎的标记，往下一个我除了名字一无所知的村庄前进。我将会用我的双脚继续往前走，只需要沿着——路？

我双手遮在眼周，尽可能遮去强光，自左而右扫过去，又扫回来。

没路了。怎么一回事儿？

司机说只要沿着路走就好，我应该没听错。我试图回想一路的景色，会不会不小心在哪儿错过岔路。想不出来，脑中每个场景都缺了好几角。重新拿出 DM，我盯着地图上的林嘎村、阳旦村，两个黑点悬浮在空白中，中间什么都没有。太阳不知不觉已经爬到头顶，我连东西南北都无法辨认，何况是现在的位置。

我可能在地图上的任何地方。

我地毯式再搜索一次。给我一点点征兆都好。

还是没有。

我他妈的迷路了。想到这儿我竟然笑出来。

我从背包里拿出水壶，喝口水——我可是真的带了两公升的水上路。我再度想起卓玛那时的笑……

"越远……越好？"我重复她的话。

她保持微笑。好几秒过去，她眯起眼："为什么不可以？"

换我停顿许久。

"孩子，我的孩子，你在想什么？"

"那也要我回得来啊？"

"你当然回得来。"

"这，万一我迷路呢？"

她看着我笑。

"嗯？"我疑惑地看着她。

"钥匙，给我。"她咯咯地笑起来。

竟然只想着这个。我笑着摇头，手伸进背包找到钥匙，交给她。她轻轻地放上柜台。

"只要记得，孩子。"

"记得，什么？"

她笑着朝我甩手，像是急着要把我赶走一般，裙摆几乎擦上我的裤管。

水壶收进背包的瞬间，液体在里头晃动发出打嗝般的闷声。我想如果卓玛在这儿肯定又会咯咯笑起来吧。

我望向眼前的金色大海，忽然有个奇异的念头——海上怎么可能会有路呢？我像是从岬角一跃而下，迎面扑来的风仿佛带有咸味儿，石砾堆起的浪花将我包围，散射的紫外线与海平面一样强烈。上坡，下坡，我顺着隐藏的洋流每前行几十公尺，就回头参照雪山与林嘎村的位置，像在绘制一张新的航海图。我的心跳因为兴奋而加快起来，每束肌肉像是都抽紧了。

前方有东西在动。

是一大群山羊，约莫二十只。它们的毛色白中带黄，在这片荒原像是有保护色一般，其中还混了一只深色的——那是一个人？我往那个方向走近一些，是人没错。

"朱雷！"我朝那边大喊。

那个人停下来，应该是注意到我了。羊群还在缓缓移动。我挥舞双手，更快地跑过去。

是一名身形矮小的妇人，手里拿了根比她还高的木棍，藏青色的外套被她穿成大衣，只露出底下一小截灰色的裙摆。我终于跑到她前方几公尺远。她的脸部除了眼睛全被一条土黄色头巾遮住。

"不好意思，请问，"我喘着说，"是这个方向吗，到那个，呃，阳、阳旦村？"

她盯着我，眼眸有些灰，眼周的皱纹像是干涸的河谷跨过鼻梁连在了一起。她应该有六七十岁。她摇摇头。

"阳旦村？阳、旦？"我问。

阿嬷把头巾从鼻梁往下拉一些："阳旦？"她的牙都缺了，嘴一张开只见到四颗，像是被她手上的象牙白戒指抢走了光彩。

"对，阳旦。阳旦。"

她伸出右手往前比："啊——"，再往右一折，"啊啊啊啊啊——。"她像在做发声练习般音调越爬越高。大概是要爬坡的意思。

我望过去，起伏的丘陵仍是片汪洋，看不出有什么可以右转的路径。"啊——"我模仿她的手势，"啊啊啊啊啊——？"连爬高的音调也模仿了。

阿嬷向我从头再比一次，同时也再唱一次。

我紧跟她的手势与声调变化来回转头，想听出、看出一些端倪。但我彻彻底底失败了。我眉头的皱纹恐怕比她的还要深。

阿嬷又抬起手，"啊——"她突然笑出来。我发现她后排还有好几颗牙齿。她摇摇手："啊啊啊。"这次是下坠的音阶。她指了我一下，再拍拍她自己的胸口，戒指敲到外套的纽扣发出叩叩两声。她扬起长棍就走，身旁的羊群有几只跟着开始挪动脚步。它们什么时候全都停下来了？头上的角弯翘得像是用麦芽糖拉出来的，一扭，伸颈，抬脚，一只唤醒一只。大家都动身了。不对，现在不是注意这些羊群的时候，快跟上。

下坡的地面好陡，我一步拆成两步，努力找寻适合踩踏的地方，他们已经一个个儿全下到谷底。我趁平坦的时候赶紧跟上。上坡，他们很快又与我拉远了，我大腿使劲蹬上去，脚底的砂石拼命滑落。阿嬷没有再回头看我，也没有扬起长棍，羊群便一只只跟着她移动，而我也是。我望向她的背影，想起抵达列城那天卓玛从花圃走进楼房，及腰的长马尾，青色蓬裙，在水桶里叮叮咚咚的园艺工具，还有她自创的歌谣。一个人、一个人、一个人。但卓玛走路可没这么快呀。

阿嬷停下来。她站在一座小丘的高点，回头，等我跟随羊群一个个聚拢到她的身边。她确认我站定了。又有几只羊开始低头吃草。

她比向前方："啊。"这一声极为短促。再指往右边，"啊啊啊啊啊——。"

"啊？啊啊啊啊啊——？"我还是没看到任何小径。

"啊。啊啊啊啊啊——。"

她似乎觉得我们这样对唱很有趣，又笑开一口缺牙。我也向她傻笑。我还是没搞懂该怎么走，不过我想往前就知道了。我向她说朱雷，她点点头。风将她的头巾吹开一些，她一手捂着，左右看顾羊群一会儿，更多的羊低下头嘴里嚼个不停。他们似乎暂时没有要移动的意思。我挥手向阿嬷道别。

阿嬷将头巾围回去，盖住口鼻，从她的眼睛看起来仍在向我微笑。我在心里用中文默默说了谢谢。

前行几十公尺，我在某个看来还算能走的地方右转。

"奈！奈！"是阿嬷的声音。

我回头看。阿嬷与羊群还在刚才那儿，她似乎又把头巾拆开，向我摇手，在指挥交通般往前挥动手臂。我太早右转了。

我点点头，折返再继续往前。四周仍是那片黄金海洋，林嘎村早就看不见了，太阳照得雪山山顶像是被冰河覆盖。右手边似乎出现一条小径。右转。

"奈！奈！"又是阿嬷。她的声音更远了。

我再次回头。阿嬷带着羊群出现在另一座小山头，我已经看不大清楚她的脸孔。阿嬷更大幅度地往前挥动手臂。我还是太早右转了是吧。

我朝她举手示意。这次我学乖了，我想真的要右转的地方应该会有更明显的路径。我笔直往前走。继续走。

"奈！奈！"这次的声调变得更高，像是海鸥叫般回荡在山野之间。

回头。阿嬷两只手臂往右甩，一共三次。我看过去，不远的山边似乎浮现一条小径，应该是那里没错。"朱——雷——！"我朝阿嬷大喊。她没有回应。

终于，我走上那条小径，历经一个多小时的航行后成功登陆。路面变好走了，我连自己的脚步声都听不到，也没有任何别的声音。可是我总感觉像是随时身后又会传来"奈！奈！"的叫声。我告诉自己只要继续往前走就会到阳旦村了，但就是没办法安心。小径转弯，即将绕过某个山头，我决定停下来一会儿，喝口水也好。回头。

阿嬷真的出现了。她攀上远方的山头，羊群随后出现，在她的周围散开。她没有再大喊，就站在那儿。我朝她挥手。等到她土黄色的头部稍微晃动，我再继续往前。到了下一个转弯，我又停下来，回头。一次又一次，总不会超过五秒钟，阿嬷会从某个山头上冒出来——甚至是从我没预期到的山头，然后是三三两两的羊群。她所在的山头离我越来越远，我越来越无法确定她是不是有点头，但我还是挥挥手臂，等待她若有似无地回应。最后，来到那一个弯。

我站在转角的制高点，回头张望。我等了应该有三五分钟，什么也没出现。

我的视线扫过一座座山丘，没看见阿嬷，没看见羊群，又恢复一整片无人的汪洋，没有尽头。时间已过正午，太阳稍微偏斜，石砾的浪花打往不同的方向，反光静止在半空。我的心跳、每一束肌肉都放松了，却感觉像是少了什么。

我往那儿再一次，也是最后一次，用尽我的全身力气挥手。

很快小径接上一条柏油路，迎面走来一对白人情侣，他们穿着防水外套、登山杖、登山鞋，大背包的下方挂着睡袋。

"哈啰，"我说，"请问这条路是通往阳旦村吗？"

"是。"男人有点儿迟疑，看我一眼，再看向我刚走出来的小径，"你是从哪儿走过来的？"

"嗯，我也不知道。"

"你不知道？"男人说话的同时，女人稍微瞪大眼。

"其实我刚才迷路了。"

"噢，听起来不太妙。幸好你找对路了。"他们两人一起微笑。

我点点头。这确实是一件好事儿。应该吧。

"不管怎样，祝福你接下来的旅程都顺利。"男人说。

"谢谢，你们也是。"

接续几个小时的路程漫长但是轻松，日光继续晒得我整个人暖烘烘的，我用我想要的速度踏步前进，再没遇见其他旅人。我的影子在路上越拉越长，渐渐细瘦得不成比例。我不时地补充水分，直到前方山谷再次出现一大片绿色田野，田边一间屋宅贴着一间屋宅。这是今天最后一段路了。沿着山腰迂回下降，村落始终在底下的山谷里，每当我往前一些，村落背后的雪山也拉出更宽一些，直到我转进完全没有视野的一个弯口，再出来。

今晚的落脚处，阳旦村，到了。

18 /

学弟从办公桌对侧站起来："学、学长好。"

我招个手。他是这周刚来日间病房报到的 R2 叶秉雄，坐他旁边的如盈正在讲电话，更过去的雅慧像是记录永远也写不完一样。

"欸？鑫哥今天这么早？"丁大在椅子上转过来。

我笑笑地说："刚好没会诊就过来啦。"

身后传来打卡的声音。朋城背着背包向我点头，放好打卡记录纸后走进大教室。病人们一小群、一小群地聚在一起，阳光斜斜地穿过落地窗，像是为大教室镶上一层金边。

"朋城最近早上都蛮准时到的哦。"芳美姐也在位子上。

我向芳美姐微笑，走到自己的桌前，干净的桌上没有任何待办事项。如盈似乎在和学校老师确认段考的事情。我发现学弟还站着，一双眼睛透过圆形的镜框看着我。"怎么了，学弟？"

他搔搔头："呃，学长有要看病人了吗？"他的手放下，翘起来的头发看起来像是快要坏掉的鸡毛掸子。

"晚点吧，不急。"

"哦，好。"他坐下来，拿起笔。

我注意到他桌上放了好几本病历，都是双数组的——未来这四个月，他会分担我这里一半的病人照顾工作，同时意味着我要肩负起一半的教学督导任务。他前后翻阅他面前的那本病历，在页面中间一条长长的箭头下方写下更多小字，像在刻印章一样。我绕到他的桌边。

"学长？"他有点儿惊恐地抬头看我。

我盯着那条时间轴，升上高中、突发肾病、小儿科住院、出现惧学……"是那个 new 胚啊？"

"对，李、李欣瑜。"

"不错哦，这么用心整理。"我说。

雅慧站起来往外走，说是要去找一下郁璇。她向一度要起身的学弟示意她自己去就好。欣瑜和郁璇都是月底开会要讨论的双数组病人。

丁大从后方勾上我的肩膀："怎样怎样？"我转过头，他一脸兴致高昂地也盯向那本病历，"靠，大雄，叫你学长多学着点儿。"

"喂喂，"我立刻出声，"你只是没看过我报 case conference（个案研讨会）好吗？讲得好像你就很有条理一样。"

"不要吃醋嘛，鑫哥。"丁大揉了揉我的肩膀。

"什么鬼。"我把他的手拨开，丁大哈哈笑起来。

如盈刚好挂断电话，同样探头过来："真的欸，还真看不出来。"

学弟"啊"了一声，左右快速转头，双手像要遮掩什么般按上病历。

"等一下，等一下，"我说，"看不出来的意思是什么？"

"啊，不是啦，"如盈笑得眯起眼睛，"我只是想说，这几天，秉雄医师人看起来就很像那个啊，那个……"

"叶大雄咩。"丁大接话。

"叶大雄？"我说。

"就《哆啦A梦》那个啊。你看，学弟连名字都像。"丁大继续说。

"我知道，我的意思是说——"

"你们呀，一早就这么开心？"芳美姐带着几本资料夹过来，脸上同样带着笑容，"不要这样吓唬新人。"

丁大双手一贴立正站好："芳美姐说得是。"

如盈有些不好意思地也站起来，学弟跟着再度想要起身，芳美姐以手势叫他坐着就好。

"好啦好啦，真是的，"芳美姐比向丁大，"让我又想到去年面谈的时候你是怎么回答袁P的。"

"啊？我觉得那天我还算蛮收敛的啊。"丁大说。

芳美姐笑了一下："说自己想过来玩玩看，叫收敛啊？"

我说："不是吧？当着袁P的面这样说？"如盈也露出惊讶的表情。

芳美姐点了个头："去年因为这里又有老师离职，一直招不到人，袁P想说看特教学校那边有没有办法短期支援一下，就和他们校长谈。本来也不抱什么期待，结果竟然有个人，"她看了丁大一眼，"自愿请调过来，还说愿意直接做满两年。"

丁大笑着耸肩摊手。

"这里，不好招人啊？"我问。

"或者说很少人能久待吧。医院里的孩子比学校复杂得多，又不像学校还有寒暑假可以放，大部分老师都做个一两年就走了，有教师证的更是这样。"芳美姐如常地露出微笑。

"是哦……"我说完，发觉如盈的神色有些变化。她发现我在看她，向我笑了一下。后来我没去问她那个自杀女同学的事儿，可能也是不想刻意去揭人疮疤吧。

"——丁大！"门口传来童稚的声音，凯恩双手抓在门边，"今天的比萨可以不要做圆形的吗？我想做爱心形状。"

"可以，什么形状都可以好吗？"丁大说，"你去叫大家准备往烹饪教室移动了。"

"谢谢老师，爱你唷。"凯恩送个飞吻过来——他是个可爱的时候很可爱，生气的时候也生气到让我们很崩溃的孩子。像上周他被宇睿捉弄到受不了，一路往山下冲，丁大也只能拔腿一路狂奔追出去。

"你们也去忙吧，我上午要去开评鉴的准备会议。"芳美姐晃了晃她手中的资料夹。

我们几个人齐声说好——除了学弟晚了半秒。

凯恩回到教室的中央，似乎喊了几声，孩子们逐渐往右侧移动脚步。有一群人特别聚在一起，宇睿、启阎、哲崴都在那边，比他们都矮小许多的凯恩也钻过去。他们都围在刚住进来的欣瑜身旁，宇睿边动嘴巴边比起不大协调的手势，欣瑜拨一拨刘海，嘴角保持微笑的幅度。朋城走在他们的更后方。丁大和如盈也出现在窗外了。

"学长，那……我们？"

我转回头，学弟终于成功地站起来——他还真的长得有点儿像大雄。"我们也去凑热闹一下吧。"我笑笑说。

朋城看着我把立灯点亮、拿出笔记本与笔，然后继续看着我。

"怎么了？"我问。

他转开眼神："嗯，没什么。"他嘴角有些扬起。

"嗯哼？"我觉得今天晤谈室里的他又变得与前几次不大一样，包括他今天几乎是提早到了，就在我把窗帘拉上的下一秒钟。"你有什么想说的吧？"

"嗯、哼。"他像是做了个拙劣的模仿。

"嘿，我记得你之前不是这样说话的。"

"啊就……"他抓一抓耳后，我盯着他，他咧起嘴角干笑，"我真的，可以说吧？"

"我又不知道你要讲什么。"

"啊？所以……"

"想说就说。我不都说很多次了，这一年，我就是听你说，就这样。"反正我这个人很奇怪——我忍住没补上这句。

"那，可以保密吗？"

"暂时可以吧。"我稍微迟疑地说。

"暂时？"

"如果不是什么太危险的事儿，我想我是可以保密的。但多少，身为医生，还是有些责任。"

朋城歪着头像是在想什么。

"欸，该不会真的有什么危险吧？"

"没、没有啦。"

"嗯哼。所以？"我向朋城摊开手。

朋城看向别的地方，点了几次头。"就，算是交往了。"他小声地说。

"——交往了？"

朋城看回我的表情只差没用食指比出"嘘"。

"是最近的事儿？"我稍微放低音量。

"前天。"

我拖着"噢"的长音，点着头："前天哪。"难怪向日葵团体的时候还没察觉他有什么异样。我笑了一下，然后发现他一直在注意我的反应。"怎么？"

"没事儿。"

最好是没事儿。我又笑一下："如盈老师知道了吗？"

"呃，还没。"

"OK。那，还有谁也知道了吗？"

朋城想了两三秒，摇摇头。

所以我是第一个，也是目前唯一一个知道的。我想这应该代表这里对他是足够安全的空间了。"所以你想——不对，我好像应该先问一下，对方……也是这里的病人吗？"

朋城迟疑了更久，点头。

我又"噢"了一声，脑中依序转过几个女孩的姓名。

"也没那么难猜吧，就……"

"姓李？"

"嗯。"

果然是欣瑜。换我抓抓耳后。"你啊，有点夸张哦。她不上礼拜一才来见习吗？"上周欣瑜见习的表现套句雅慧说的话，好到太正常了，连过来陪读几天的母亲也是一样温和有礼，默默地坐在教室后方从不打扰我们。

"对啊，所以……"朋城很难为情的样子，"其实我也不是很确定，到底算不算在交往。"

"哈？"

"就，不知道怎么说啊，然后又没有别人可以说。"

我笑着摇摇头，稍微拿高笔记本向他示意："那就来吧。"

他对上我的眼神，也笑了一下："怎么讲，从一开始……就很尴尬吧。她来的头一天中午就突然来问我，我是班长吗。我那时候有点儿愣住，想说没头没尾是怎样，就跟她说，这里，不是学校欸。她好像有点儿被我的回答吓到，一时没接话，是姵琪刚好经过，撂下一句说我只是这里永远的班长就又飘走。欣瑜表情好像就……更尴尬那样。我也不知道哪来的勇气，就直接说没有啦，是因为我在这边待得最久，所以有些人会开玩笑叫我班长，还跟她说有什么事儿还是可以问我。大概是因为……看到正妹吧我。"朋城露出一点儿害羞的笑容。

"哈哈，你倒是挺坦诚的？"

"我就……"朋城哀号一声，"那时候也没想太多，当然心里也会好奇，好好的一个正妹怎么会也沦落来这儿。但你也知道，不能问。我觉得她也是很快发觉这件事吧，所以就也都没再问我什么。接着两三天除了上课偶尔一些事儿，我和她几乎没讲到话，一部分也是下课都会有同学在她旁边的缘故。"

"哦？"

"她成绩应该还不错吧，读的那间也算明星高中，她又很有耐心，好像不管别人问什么都笑笑的这样，所以同学们都很爱找她。"

"搞了老半天，根本你也一直在注意她嘛。"我忍不住继续吐槽。

"欸？是、是啦。不过我和她在这儿是真的没什么互动，所以收到她 FB 信息的时候我也吓了一大跳。"

"FB？"

"呃，我应该没说过，FB 上有个这里的私密社团，也是叫俱乐部？"

我摇摇头。

"她应该是在那边的成员名单看到我，第一天晚上就私信给我了，但因为那时候没加好友，我一开始还没发现。这也蛮尴尬的。"

"她主动丢信息给你？真的还是假的？"

"所以我才说吓了一跳啊。她主要是要跟我说对不起，说她不是有意要问我那些。"

我点点头，想了一下："就好像她在无意间，违反了这里的某个默契？"

"对啊。后来，我们就私信断断续续地聊，也不知道为什么，但就觉得，网络上的她，跟白天在这里的她感觉不太一样。"

"怎么说？"

"不知道。可能因为她跟我一样是惧学吧？我猜的啦，我也没太直接问。因为她是有问了我一些这里的事儿，然后，也稍微带到一点点学校，就一点点而已。不知道怎么讲，就有种，好像互相可以理解对方那种……很难说的感觉？"

"嗯。嗯。"互相理解，那似乎仍是现在的我很难在这里完全做到的一件事儿。

"不过我们大部分还是在聊五四三的啦，像是，就发现她也很喜欢五月天啊，就在那边聊最喜欢五月天哪首歌，像去年专辑那首主打歌我和她都超爱的。我还跟她说，其实一开始我会追五月天是因为他们上一张专辑，那时候刚好是我刚进来——欸？我是不是扯太远了？"

"嗯，如果以医生的身份来说，可能是。不过听你分享这些，"我笑了出来，"是还蛮有趣的。"

"什么啦，你当自己在看戏哦？"

我继续笑。眼前的他难得出现一名十七岁男孩该有的模样，我决定也继续搁置那些我对医生职责的想象："重点咧？你还没讲到吧？"

"嗯？"

"总有个……告白或什么的吧？"

"哦。"他的耳朵有些涨红起来，"就，前天中午吧，我传信息问她放学要不要一起走去地铁站。"

"传信息？"

"对啊。"他答得理所当然——明明那个时间他们两个人都在日间病房里，"但她好像一直都没看信息，等到都放学了，她都先离开教室了，我在座位上开手机才看到她已读，也不知道该不该再追问，说不定她……不好意思拒绝我什么的。结果我刚好又被如盈老师叫去办公室，讲了一些升学的事儿，我也没很专心听。欸，你不要跟如盈老师说哦。"

我笑着说"是"。

"好不容易讲完，我一看手机，还是没回。我想说算了，自己不知道在冲什么，明明话都没讲几句，就自己走下山，经过路口，结果欣瑜竟然一个人站在那儿。"

"她在……等你吗？"我有些惊讶。

"我那时心里也是冒这一句啊，但不敢直接问，她也没说，就和她两个人一起往医院外面走。刚开始还真的不知道要聊什么，边走脑袋边转个不停，但什么有意义的话都讲不出来。后来，就又开始聊五月天——"

"等等等等，"我脱口而出，"不是认真的吧？"

"就，哎呀，反正就这样啦，一堆废话，大部分时候都很干。我第一次觉得地铁站怎么这么远，还好路上很多车蛮吵的，不然一定更尴尬。尤其是当我们经过那间初中门口的时候，有学生穿制服走出来，我感觉她好像想说什么但没有，我也就……算了。我一度有点儿后悔不应该问她要不要一起去地铁站的。一直到经过那家超市、Seven，我们过马路终于刷卡进地铁站，我走在她前面上电扶梯。我想说我到底在干吗，她都留下来等我了，应该……是有机会吧？但我真的想清楚了吗？而且我高三了，这最后一年耶。没想到一上去月台竟然碰到姵琪，欣瑜还笑笑地跟她打招呼，我的脸一定超僵的。然后，也不是刻意，我们就往前走到人比较少的地方等车，我就站在那儿，往外面看出去。"朋城像是被拉回那个月台上，望着对墙，呼口气。

"你……"

"这个城市，真的……好大。"

我继续看着他，像是同时也看见台北高高低低的天际线。

"没一会儿，月台上开始哗哗哗哗，接着轰隆隆的声音跟着风一起过来。我决定，就说了吧。"他短暂停顿，"我们，可以试着交往看看吗。"

"试、着？"

朋城转头向我苦笑一下："很孬呀？更扯的是，我甚至不知道她有没有听到。"

"啊？"

"因为那时候列车刚好进站很吵，进入车厢后她也没什么反应。过了两三站她才开口，结果，是问我有没有听过五月天现场。我心里就——天哪，怎么还是五月天？就这样一直坐到北车我要换车了，本来还犹豫要不要再问一次，但旁边人那么多怎么问得出口，于是就跟她说拜拜。她挥个手，然后一堆人进去车厢挡住她，车子就开走了。"他闭着嘴，像是有些遗憾的样子。

"这样听起来，好像，不太能算是——"

"后来，她是有回啦。"

"哦？"原来故事还没说完。

"虽然，是发个信息给我那样。就……"朋城露出尴尬的笑容，"一个笑脸。"

"不、不是吧？会不会太烂了一点——"

"你也这样觉得吧？"朋城像是松了一口气，"不过至少昨天放学，我们是有又一起走去地铁站啦，是她中午传信息问我的。虽然后来，还有凯恩、宇睿和另一个女生黏上来，不小心变成一群人一起走。"

"要命，所以这样到底是有在交往还是没有？我都被你搞糊涂了。"

"你问我我问谁啦，啊——"朋城反手抓住自己的后颈狂揉。

我被他的反应逗乐了，边笑边自然地看向窗帘。外头，如盈应该正在大教室里带作文课吧，宇睿、哲崴、欣瑜、郁璇和其他高中组的病人都专心在写着吗？小教室里的初中数学课呢？凯恩与启闳会不会聊起天来了？姵琪会在瞪他们，或者丁大根本会加入一起聊开来？

"不过，"我点着头，"感觉还不错。"

"真的？你这样觉得？"

"应该吧。"

"应该？"

"啧，难道你要我帮你去跟欣瑜问清楚？"

"当然不行啊！"他瞪大眼睛。

我笑出声音——还好，有学弟作为第一线照顾欣瑜的医师，免得我真的会有冲动那样做。

"那，蔡医师，你真的要帮我保密哦。你知道，现在还是有一点……"他的手像发抖般在半空比画了一下。

"好，我知道。"

"包括如盈老师、芳美护理师也不能说哦。"

"知道啦，没问题。"

朋城点点头，扬起嘴角，如同今天一进晤谈室时那样。

19 /

阳旦村，到了。

小径两旁的树木往天空攀高，我走在树荫底下，每一步都踩出落叶窸窸窣窣的声音。我已经好几个小时没说话，太阳也毫无阻隔地晒了我好几个小时，手臂似乎有些发烫。我摆动双臂像在散热一般。

阳光再次斜洒下来的时候，村落的屋宅就在前方不远处了。山谷里一切都在闪着光，灌溉的泉水穿流在金黄色的田畦里，直到一堵长长的低矮石墙像是将村中心包围起来。立在村落后方的雪山感觉变高了。我走在田埂上，几个妇人屈身在田里，也有人蹲在溪边洗衣服，敲打出清脆的水声。她们看起来都有些相像，乌黑的长马尾，弯腰后自然垂挂在膝前的项链，一双双布鞋的顶端像是屋檐那么飞翘。

旅行社男子没有告诉我任何民宿的名字，只说到了村里自然会有安排。我有些怀疑，但又想起牧羊阿嬷。她的声音像是也被我留在身后很远的丘陵间了。我继续往前。

有个小女孩儿在看我。

她站在几公尺外的田里，两三岁而已，头戴一顶粉红色的毛帽，吃着手，使得晒红的脸颊跟着一缩一涨。我觉得她太可爱了，便蹲下来朝她挥挥手，她的手一收，钻进蹲在旁边的妇人怀里。那应该是她的母亲。妇人轻抚女孩的背，抬头看见我——她与牧羊阿嬷一样用头巾几乎蒙住了整张脸。在一旁年纪更大一些，可能是祖母的妇人跟着注意到我。女孩儿紧抓母亲驼色的毛料外套，转头也在偷看我。我被她们三人看得脸有些热，不知道该不该站起来。

"朱雷。呃，阳旦村？"我怯生生地问。

祖母向我笑了一下，点点头。阳光照得她一脸有如蜜蜡的红润光泽。

女孩儿好像稍微没那么害怕了，双手挽住母亲的手。母亲恢复像在拔草的动作，将摘好的嫩草收集到一面蓝色的布巾上，形成一座绿色的小山。祖母可能察觉到我的视线，招手要我过去，我不好意思地摇摇手，她又招一次，脸上保持微笑。

我犹豫几秒，往田里踏出一步，女孩儿立刻绕到母亲背后摇摇晃晃地蹲下来。我怕踩坏农作物，每一步都抬高膝盖看清楚了再轻轻落下。女孩儿继续偷看。她眼里的我肯定像个奇怪的大玩偶吧。我在她们的旁边蹲下，祖母从布巾上抓了一小撮绿色的枝叶给我，我捧在掌心，闻到一股温和的辛香味。

"这是什么？"我面朝祖母，"是可以吃的东西吗？还是……"

她笑着没说话，将我手里那一小撮抓起来，搓动着像下雪般撒回小山的顶端。女孩儿从母亲背后伸出手有样学样也抓了一撮再放开。

祖母咳两声。"呃，抱歉。"我看回来。祖母笑得双眼皮更深了。我觉得她顶多五十岁。她从田里拔起一根草，朝我拿近，双手掐住一折，摘掉白色的根部后将剩余绿色的部分放上布巾。

"所以，白色那边是不能……"我看着祖母微笑看我的眼神。傻傻的，她们看起来就完全听不懂英文啊。我笑着摇摇头。

祖母从田里又拔起一根，拿到我的面前，似乎是要我也试试看的意思。

我比向自己："OK？"

祖母点点头，我小心翼翼地接过手。女孩儿从母亲的背后探出脸，张着大眼看过来，母亲也停下动作。我一折——啊干，怎么只剩一小截绿色。祖母呵呵笑起来，女孩儿跑到我的面前盯向我的手里。她的毛帽垂下两条穗状装饰，晃啊晃地扫过双颊上的细小斑点。母亲搔她痒像在处罚她，女孩儿窝回母亲怀里，扭动身子笑出清脆的声音。我忍不住跟她们一起笑出来。

我逐渐与她们差不多熟练，像是加入她们采收的行列。女孩儿有几次又要我折给她看，我像变魔术般自己配上音效，她被我逗得开始在我们几个大人之间跑来跑去。那座小山越堆越高，祖母比出停止的手势，将布巾两两对角提起，起身。女孩儿使出全身力气把母亲拉起来。要回去了。女孩儿在队伍的最前头，每跑几步就停下来，回头看看她身后的母亲、祖母与我，再继续跑几步。祖母手里提着的布巾，鼓得像个巨大的水滴。

我们抵达村落外围的石墙，女孩儿拉着母亲右转迎光走，祖母回身向我指往墙上的一张木牌。

"帕德玛民宿／家庭经营／房间视野佳／享受传统的款待"。光线将木板上每一条细细的木纹与隙缝都照了出来，一旁画有一个往左的箭头。

我淡淡地笑了。我不觉得旅行社男子会那么精准地预测到是祖孙这三人为我引路，但就这样发生了。我向祖母点头，母亲在几步之外蹲低搂住女孩儿，抓着她的小手向我挥。逆光使我看不太清楚她们的表情。祖母向我鞠躬，然后往母女那儿走，被母亲牵着的女孩儿举高另一只手要祖母牵。夕阳在她们身后拉出三条相连的影子，慢慢地与我远离。

橙色的光线与影子同时消失。夕阳落到山后了。天空的蓝色像是浸润到地面，带来一丝凉意。我也转过身，往广场的方向前进。

"朱雷……"我爬上民宿二楼，朝敞开的门内说。一只花猫从我的脚边蹿进屋里。里面好暗，只有远远的对侧有一点儿光。什么动静都没有。

十几秒过去，一名瘦小的妇人一跛、一跛地从黑暗中出现。她离我站的地方还有好几公尺，微光中我看见她的眼睛、眉毛、鼻子全缩在一起，两道深深的法令纹像是把嘴角也往下拉。她直直地瞪向我，然后侧身往楼上喊，声音沙哑，是我听不懂的两个音节。她往后一跛一跛地消失在黑暗中。

急促的脚步声传来。是名面貌清丽的年轻女子。

"朱、朱雷。"她有些慌张，"有什么我可以，嗯，可以帮忙的？"她在针织衫外头加了件淡紫色的贴身背心，拉链拉到顶端，细长的眉像是柳枝，一头色黑的长发往后梳。

"——噢，对不起。"我道歉做什么，"你们今晚，还有空房吗？"

"空房？哦，"她好像也愣了一下，"有，我们还有房间。你……你先进来好了。"

我点头说"好"。她也向我点头，下巴轻轻碰到领口。天光都在外头了，走道不到一米宽，尽头是泛着一点儿亮光的窄小开口。我往那边走几步。

"先生，"女子的声音在我的后方，"那个……楼上。"

"对不起。"我怎么又道歉了。我发现她还站在门口内侧，旁边是楼梯间，"房间，在楼上是吗？"

"嗯。"她走上阶梯，"抱歉，我英文，说得不好。"

"不会，我的英文也不是很好。"

楼上也透下一些光线，她的长裤映出像是丝质的光。"刚才的那位是我的母亲，她不会英文，所以……"她越讲越小声，但狭窄的楼梯间里我连她的换气声都能听见。我说"没关系"。"真的不好意思，"她在转角回头，"有什么需要，就找我。我叫拉姆。"

拉姆。我在心里复诵一遍："那么，帕德玛是你们家族的名字吗？"

"帕德玛，是民宿的名字，意思是，嗯，那个字怎么说……"拉姆继续往上走，周围渐渐明亮。天台上好几串褪色的风马旗随风在飘动。"啊，莲花。帕德玛的意思是莲花。"

"莲花？帕德玛？"

她点点头。

头顶的天空更蓝了，西侧山岭的后方扩散出余光，云雾像是水袖缭绕在山腰。

"房间在这儿。"拉姆带我往天台右手边走，是像阁楼般的房间。

她推开门。房内没什么摆设，青玉色的地毯上满是刺绣，一张双人床垫放在落地窗旁，白色窗帘的荷叶边下摆贴上枕头。我问拉姆是不是要脱鞋。她说是。我赤脚走进去，地毯有些温热。

"你们今天没有其他游客？"我有一点儿意外。

拉姆还站在门外，摇摇头。

"我以为这是条，嗯，很受欢迎的健行路线。"

"是。不过，很多人搭车到这里，才开始健行。"

"啊？所以，没有太多旅人在这儿过夜？"

"没有。像你这样的……不多。"拉姆突然手在裤子两侧揉捏，"抱歉，我得去帮我母亲准备晚餐了。你可以先休息，或者，到楼下喝茶，都可以。"

"嗯，好。我晚点儿再下去。"

她朝我点个头，转身下楼。

她没关门，风吹进来，有一股淡淡的花香。没有其他游客，只有我，还有她。我卸下背包，里头的水喝得差不多了，拉开窗帘，坐在床头望向外面的天空，变深的蓝色仿佛带点儿紫。我开始觉得这样下去我可能会连中文都说不大好。

"喵——"

我转过头，是刚才那只花猫。它像个淑女般端坐，一身三色虎斑，对我睁着琥珀似的圆眼。

"你也自己一个人啊？"我走过去想摸它的背，它立刻低头往门口走，脚步仿佛踏在云朵上。

我跟随它下楼，转弯，来到客厅。花猫踏过一片连着一片的藏青色地毯，停在落地窗前，蜷曲身子后眯眼睡了。它的身旁是一名老翁，低头靠窗坐在地上，不晓得是不是也在睡觉。

"先生。"拉姆发现我下来了。她站在客厅另一边的角落，手里拿着盘子。那一区看起来像是厨房，灶上有两只铁锅。"你可以，嗯，坐那边。"她一手比向窗前，"晚餐，还要再等一会儿。"

"不急，我只是先下来看看而已。"

落地窗边用了几张地毯折叠垫高，我坐下来，毛料陈旧的气味儿在飘散。前方的朱红色长几侧边画上了粉色云彩，有两只橘蓝相间的凤凰交缠在一起。拉姆朝我走过来。我仰头看她。"这个，给你的。"她送上一盒铁盒装的饼干，弯腰为我倒满一杯热茶，手腕的曲度像是一弯新月。

我连忙向她说我可以自己来。她微笑着摇摇头，茶杯里继续翻滚出热气。她将热水壶留在桌面，绕过贴满铜饰浮雕的大灶回到厨房。她身边的橱柜里满是锅盆，层层叠叠透出圆弧的反光。后面更暗了，好像有几根斗大的汤勺笔直地挂在墙上。拉姆往阴影走进去——

那里还有个人。是拉姆的母亲。

她一直在那儿吗？拉姆的母亲与我对视两秒，转开，继续在墙边忙。她深色的衣着几乎与阴影融为一体。她一跛、一跛地从墙角拿些东西出来，放进锅中，又一跛、一跛地回到橱柜边，弯下身。我看不见她在做什么，她也没再看过来。拉姆大部分时候守在锅炉前低头搅拌汤勺，偶尔往我这儿留意我的茶杯是不是空了。

菜肴的香气渐渐飘出来，客厅内也渐渐变得更暗。我看向窗外，刚才我走过并停留的田地已经全被山影覆盖，天空高处还有一些白云，笼罩在山岭之上的靛蓝色像是大海一样深邃。

"嗯，"拉姆走到长几前，"晚餐，准备好了。"她两手各有一只小铁锅，轻轻放下，折回去再端了白饭及餐具过来。我凑近想闻一闻。"抱歉，电还没来。"她说。

"嗯？"

"有点儿暗了。再等……二十分钟就好。八点，就会有电，一直到十点。"

她大概误以为我是因为看不清楚才凑向前。我说没问题的，还看得见。拉姆的母亲也从厨房里出来，直接走到那名睡觉的老翁的旁边坐下。我还不知道他是拉姆的祖父或是谁。

"那个，你们不吃吗？"我注意到她只准备我面前的这一副餐具。

拉姆摇摇头："我们习惯九点才吃晚餐。你走了一天的路，你先用。你是……旅人。"

"啊，是这样啊？我真的不晓得，不然我晚点吃也是可以的，不要紧。"我急忙回应。

拉姆看了母亲一眼，又看向我。"你还是先用吧。"她稍微屈身，帮我又斟满一杯热茶。茶的颜色更深了，也可能是光线的缘故。她从长几旁取走另一个热水壶，往母亲与老翁那儿过去。我发现拉姆的母亲又盯着我，面无表情。似乎我一整顿饭她都这样。客厅里只有我吃饭的声音。我不好意思再转头看。

天花板正中央那根细长的水银灯管闪了几下，亮起来。屋内稍微变亮，大约只与外头尚存的天光差不多。我饭菜吃得差不多了，问拉姆哪里可以洗澡。她带我下楼，外头有一间小屋，里面一个装满冷水的大水桶，还有一盏同样微弱的灯。她向我解释热水马上就烧好了，提下来就可以。

我带上所需的个人物品，关门，脱光一身衣服，突然觉得一股寒意，赶紧舀了一勺热水冲下来，手臂又痛又痒，八成是有晒伤。我混进一些水桶里的水，又变得太冷，整个人都缩在一起了。怎样都调不到适当的温度。我有些懊恼，草草地冲完澡。

从浴室出来时天色几乎全黑了，我勉强认出回屋的路，摸着墙爬上二楼，总算看见通道尽头的客厅透出黯淡的光。他们一家可能在用餐。我提着一袋脏衣服与盥洗用具继续往上回房，不小心撞到东西，掉在地上发出一声闷响。一个微弱的光源晃动着朝我接近，像是深海里的光线。是拉姆。

"还好吗？"她拿了支手电筒。

"没事儿。希望我没弄坏什么东西。"我尴尬地笑了一下，"天色暗得比我想象中的快好多。"

"嗯。我……"她回头看了客厅一眼，"我带你回房间吧。"

"你们正在吃晚餐？"

她将手电筒转向阶梯："对。和父亲、母亲，还有爷爷。"

"嗯，你们每天的生活，就是像这样吗？希望我的造访没有太打扰你们。"

"不会的。不会是打扰。这也是，生活的一部分。"

我再次听见她的换气声。她没有接着讲出下一句，我觉得自己该回应些什么，开口前吸气，又屏住。"我想，生活并不容易。"我在讲什么废话。

"生活吗……"她带我走到我的房门外，将光线照上门把，"是不容易。但也，没那么困难。"

我转开门把，左手在墙上摸着找寻电灯开关。没摸到。拉姆手伸进来碰到我。我的头发滴下一滴水沿着后颈滑下，滑进背脊与T恤之间。她"咔"的一声拨开开关，隔几秒，水银灯管闪了闪，然后停在仿佛才开到一半的亮度。

她的手收回身边："晚安。"

"嗯。晚安。"

拉姆向我抿嘴，微笑。水银灯管照得她的眉眼像是更在晃动。她转了手电筒的方向，下楼。

我站在门口。天真的黑了，只剩下靠近地平线的地方还残留最后一丝光亮。我伸手关掉房内那要亮不亮的灯，走到天台中央，仰头三百六十度环视。

月亮还没升起，成千上万的星星此起彼落地闪烁。那是黑暗里最璀璨的光。

就在整片星空之下，我沉沉睡去……

20 /

机车"喊"的一声，"嗒嗒嗒嗒"地发动起来。

"上车呗。"丁大坐在他那台深蓝色机车上，我跨坐上去，右手抓住机车尾端。丁大回过头："坐好了？"

我点点头，同时看见姵琪往日间病房这边走来。我好像从没看过她笑得那么开心——她是在向丁大笑。

丁大朝姵琪手一挥，催动油门。阳光穿过头顶的枝叶，眼前光影闪烁，像是回放起电影胶片……

"你说要我干吗？"我坐在如盈的椅子上，抬头看向丁大。

"当壮丁啊。"他说。

我"哈"了一声，旁边的学弟也从郁璇的病历中抬起头。最近她与母亲的关系又变得紧张，而距离团队会议只剩不到两小时。

"伯鑫医师，麻烦你喽，"如盈从门口探头进来，"鲜奶家庭号三瓶，低筋面粉一包，还有洗洁精，刚好快用完了。"

"我……一定要去啊？"

"不然你要大雄去哦？"丁大朝我招手，"快啦，医师服脱了。"

我迟疑地"哦"了一声，站起来。学弟看我的眼神简直像是等待喂食的雏鸟——最近大家都改口叫他大雄了，除了长得像、名字像，迷糊的个性更像。这点已经被雅慧直接或间接地抱怨无数次。我把长袖医师服挂上椅背。

"没问题吧？要快点买回来哦。"如盈说。

"没问题，没问题。"丁大推着我通过门口。

"还有，是低筋不是中筋，不要买错了——"

"知道。"丁大说。

我回身向如盈点头，她看起来不太放心的样子。学弟也隔着玻璃窗从办公室里继续望出来。等会儿开会如果不想被袁P惨电……

丁大用手肘顶我一下。

"干吗？"我说。

"走了。"他笑一笑，把病房大门拉开。

阳光整面扑来，我们已经绕过中央大楼背面，前方那条通往门诊大楼的斑马线上，拄着拐杖的、坐轮椅的、牵着小孩的，好多人走过去，一旁排班的出租车像是连成一条黄色长蛇。终于人潮出现空当，我们继续往前停在红灯底下，车流在那条双向四线道上奔驰。

丁大回过头："鑫哥，你很少坐机车呵？"

"是啊。"

绿灯了。他转回去，往前加速。"要抱……"

"你说什么？"我靠向他。

"要——抱——紧——。"他拉高音调，超过一辆休旅车。

"什么东西啦。"

丁大好像在笑，我听不太清楚，风切声持续灌进安全帽的侧边。

短暂几天的东北季风刚过不久，迎面干爽的风像把什么都留在身后了。我回头看见被截去底部的中央大楼，立在绿色的山前，精神楼和日间病房应该都被挡在了后头。丁大减速下来，一台公交车嘟、嘟、嘟闪着右转灯靠边，乘客陆续上下车。

"我们要去哪儿啊？"我问。

"前面，"他往前比画，"有家顶好。"

公交车重新开动，丁大跟着其他机车起步。我往前方的两侧张望，还没看到那个红底黄字的招牌，希望不会太远。

"今天是做千层蛋糕哦。"他接连往左、往右超过几台机车，一过路口，两面垂直的学校围墙往远处拉开。里头是三四层楼高的灰色建筑，水银灯光从百叶窗背后闪过，每一个隔间看起来都差不多。人行道上一个学生都没有，现在已经是开始上课的时间了——在一般的学校里面。

"对了，"我一手还是抓住机车尾端，"欣瑜……最近还好吗？"

他踩了油门，赶在黄灯时通过路口，地铁的轨道出现在不远处的上空。丁大内切继续闪灯，没说话，然后回转靠边停下来。

"下车吧，从右边。"他说。

"哦。"我在想他怎么没回我，差点儿没踩稳地站上人行道。我边摸着安全帽的扣环边看见马路对侧熟悉的招牌。

丁大笑着将我手上的安全帽塞进坐垫底下："真的是哦，都离医院这么远了。"

"啊？"我跟他折返走到路口，红灯还有十多秒。

"欣瑜很好。大家都很好。"

果然是有听到嘛。看来晚点儿回去先继续和学弟讨论郁璇就好，他刚才那张嗷嗷待哺的脸啊……

"欸，"丁大晃个头，"今天蛋糕要等放学才能吃哦。"

小绿人亮起来。"OK 啊，那有什么问题。倒是丁大，你也太多才多艺了，魔术课、烹饪课、数学课都难不倒你？这里有你在，CP 值也太高了吧。"

"哈哈，千层蛋糕还好啦，不难，之前我在咖啡店学会的。"

"咖啡店？"我拉高语调，同时走进对侧的骑楼，"你还待过咖啡店？到底在过什么样的人生啦你。"

"噢，就当兵的时候在马祖当替代役，后来去缅甸当过一段时间志工，回来实习完又到澳洲 working holiday 一年，然后准备教甄的时候一边在咖啡店打工一边——"

"够了够了，这人生太不合理了。"我笑笑地说。

"欸欸，有这样打断的？你这个精神科医生很没耐心欸。"丁大笑着比画往下去 B1 的阶梯，有位妇人正要拉菜篮车上来，一包青菜什么的掉出来，丁大很快弯腰帮妇人捡起来。妇人向他说谢谢。

"但丁大，"我说，"该不会现在这里，是你毕业后待过最久的地方吧？"

"是啊，你看我多想不开。"

"还想不开咧。"

底下的自动门往左侧打开，丁大抓起手提篮，递给我一个："就想看看这里可以怎么玩喽。"

"对对对，玩玩看。"

丁大笑了笑，带着我往斜对侧的开放冷藏柜走过去。店里的广播正用一种过嗨的语气念诵本期的特价商品，像在喊着你不买肯定会后悔一般。

"你相不相信，我第一次见到袁 P，是快二十年前的事儿。"

"二十？"我转头看他，"那时候你不才——"

"小二还是小三吧。"冰箱运转的低频声与冷空气逐渐变得明显，他半蹲下来，手指在最底层一瓶瓶鲜奶上游移，"学校老师坚持要我妈带我去看医生。"

"是……儿童心智科？"

他点点头，拿起一瓶鲜奶看一下。"回头想，那时候根本就被霸凌，东西忘了带，上课讲话啊，常被老师叫出去罚站，同学也都笑我很脏之类的不跟我玩。"他轻松地说，将两瓶鲜奶放进他的篮子，"啊，还有我小时候很胖，超胖。怎样，跟现在很不一样吧？"他向我挑了一下眉，丢了第三瓶到我的篮子里。

"后来呢？"我抓好篮子的把手。

"欸，哏要接一下好吗？"

我随口"哦"了一声："认真啦。"

"没意思。"他笑着沿冷藏柜继续往里头走，"反正那天谈了好像还蛮久一段时间，袁P——当然那时候他还不是P——说我是ADHD❶，建议吃药，定期追踪治疗这样。"

我们转个弯，天花板上一整列的品项分类牌延伸进去。水、果汁、罐头、调味料……丁大没有停下，在我前方几步回身向我招手。

"后来呢？"我问。

"我妈也蛮酷的，回到家只问我想不想转学，我说不想，然后我妈也就没再带我去医院了。其实我也记不大得那时候袁P长什么样子，也就看那么一次而已，只是对他的一句话特别有印象，就是他问我……喜欢上学吗？"他耸了个肩。

我看向丁大。我辨认不太出来他对这些经过是什么感受。

---

❶ ADHD (Attention-deficit/hyperactivity disorder)，注意力不足过动症。

"但也就这样啦。"丁大比手势示意我们该左转进去。他似乎非常熟悉这里的商品摆放。"后来再看到袁P，就是我大三的时候了，系上老师邀他来演讲，说他是'医疗与特教合作的典范'。"

"哦？"

"因为这个日间病房啊。"他稍微放慢脚步，"那时候我觉得讲者名字有点儿熟悉，放假的时候回去问我妈，呵，还真的是小时候看过的那个医生。"

我跟着他停下来。广播终于切换成音乐声，像是被隔绝在货架外头，变得有些遥远。丁大面朝架上，面粉、太白粉、玉米粉，一包包大小不一，但都是白色的。隔壁通道的推车骨碌骨碌过去，又骨碌骨碌回来……

"你觉得治疗，是怎么一回事儿呢？"他的语气忽然变得认真。

"嗯？"

"让一个人……变得正常吗？"他伸手抽出一包，丢进我的篮子。

我手里一沉，发现丁大已经转身往外走："等等，你刚说的是什么意思啊？"

他走到通道口才回头向我笑了笑。

我跟上去，远处传来甩弄塑料袋与刷条形码的哔哔声。刚才那个莫名认真的他，还有他所说的治疗……"所以，你和袁P说过这些吗？"

"没。"他明快地说。

"真的假的啦？你也会有有话没说的时候？我还以为……"

"以为怎样？"他侧头看我。

以为他比我这个他口中的偶像更勇敢，也更像个真正的冒险家。我停顿一会儿，笑着摇头。

"而且当真的面对面看到袁P本人啊……"他吸口气，摇头像在叹气。结账柜台到了。丁大伸手要拿我篮子里的鲜奶。

我忽然想道："丁大，那个……洗洁精呢？"

丁大愣住两秒，"啊"了一声放开鲜奶就往回跑，消失在远处某排通道。

我转回头，向柜台阿姨尴尬地笑了一下。丁大果然是有 ADHD 没错。阿姨看看我的篮子，看看丁大消失的方向，再看看我。她向我微笑——呃，她是不是误会了什么。

"来了来了。"丁大拎着篮子跑回来，一脸得意的笑。

柜台阿姨找钱给丁大，我也装袋完毕。丁大抓走我手中的一袋。

"欸？我们刚说到哪儿？"他说。

自动门往右侧打开，传来一点儿上头的车流声："刚你说到，看到袁 P 本人什么的。"

"哦对，被他看啊，会让人有种好像在照镜子的感觉。"

我回想那几次经验："嗯，真的。"

"是吧？就知道你了。"

我们爬上骑楼，从地铁站迎面走来的人变多了。

"但其实更可怕的啊，"丁大继续说，"是当你鼓起勇气看回去，结果发现，那其实是片透明的玻璃。"

我转头看他，他又走了几步才转头向我笑了一下。我们停在斑马线前，后方的便利商店叮咚一声，绿灯亮起来，他很快迈开步伐。鼓起勇气，但看见是片玻璃，甚至不是镜子……

"但说真的，袁 P……很神。"丁大和我走回马路对侧。

我"嗯"了一声，还在思考他刚说的那些话。

"所以不要担心大雄了。让他用自己的方式去表现就好。"

"啊？"我回过神，"不好吧？我可不想让学弟跟我刚来的前两个月一样，在会议上被电到翻掉。"

"喂——"

"干吗？"

"你这个当学长的不要让自己压力这么大好不好？"我们在他的机车后方停下来，"你现在不也很好？"

"嗯？应该……算吧？"

"那就对啦。"他打开机车坐垫，戴上安全帽。

我想了一下："等等，你该不会是为了跟我说这些，才特别叫我出来？"

丁大把另一顶安全帽扣上我的头顶："话太多。上车。"

"医生上礼拜……不好意思。"

"不会啦，"我向朋城说，"你身体状况好多了吗？"

"嗯。"他想了一下，点点头。

上周他请了两天病假，是这个月他罕见没出席的日子，于是我和他的会谈顺延到今天。还好上午会议平顺地开完了，大雄的表现意外沉稳。"这次我们隔了三个礼拜才谈，感觉还蛮久的啊？"

"是啊。那天，本来还想说，看要不要等中午再过来，结果……"他抓一抓耳后，抿嘴笑了一下。

我也笑了笑，感觉今天的他又变得和前一次不一样了："还好啦，顶多，就我又多煎熬了一周这样。"

"煎熬？"

"你知道的啊。"

他顿住几秒，才"哦"了一声，笑出来："有啦有啦，是真的有在交往。"他不是特别兴奋地说。

我自然露出微笑："你要知道，都不能问别人，忍很久欸，也不好意思太逼问你。"

"哦，对啊，我也……"

"嗯？"

他笑着摇摇头。

"重点是你们也太低调了。真的到现在都还没人知道？"

"就欣瑜说……她还不想公开啊。"

"所以意思是，我这边也……"

"对，就，先还不要这样。"

我点点头。观察就好。袁P今天在会议中针对在这里适应一切良好的欣瑜做出这个指示。也可能是因为最近大家的关注都在郁璇的身上，没人注意到任何朋城与欣瑜私下的"异常"互动。我感觉自己像是与朋城一起揣着那个秘密，在这间小小的晤谈室里缓慢地搭建些什么。相对地，袁P要求我尽快找时间带大雄、雅慧一起与郁璇进行家庭会谈——暂时先不想那些了。

"不过欣瑜妈妈知道了就是。"他说。

"哦？"我有些惊讶。

"欣瑜说，因为她妈问了，她就说了。听起来她妈好像也没有反对。"

"是吗？"

朋城点点头，像是继续在想些什么。

我看向他，思考要不要进一步询问有关母亲的主题——无论是他的或是她的。他抬头注意到我的眼神，又笑一下。"怎么了？"我说。

"没有啦，其实，也很一般。就多了个人，有时可以讲讲话那样。"

"呵，我想，那是蛮重要的一件事儿啊。"

"是啊。像现在环山，我还是在队伍最后面走我自己的，她在我前面，偶尔回头，像是顺便看到我那样。但就觉得，嗯……对，还蛮好的。"

我点点头，"嗯"了一声，他跟着也"嗯"了一声。我忽然觉得或许今天我也真的不需要急着做些什么。"不过，听如盈老师说，吴宇睿……好像还蛮烦人的？"

"嗯？这个，你也知道啊？"他的语气有些无奈，"他应该是想追欣瑜吧，常黏在欣瑜旁边说个没完，环山的时候更是这样。欣瑜说她不想把场面弄得太僵，所以，有请老师稍微帮忙。"

"嗯，我听到的，也差不多。"

他稍微低头，过了一会儿，嘴角往两侧扬起。"可能也是这样，欣瑜才会说她喜欢听我讲话吧。"

"哦？"

"如果像宇睿那样，都是一个人在滔滔不绝，不是很奇怪吗？不知道，有时候我其实更想听欣瑜她自己的声音，但每次和她聊，她常后来就说，她比较喜欢听我讲话多一点儿。"

"你们该不会还在聊五月——"

"没有啦，就什么都聊，除了学校都聊吧。"

"除了学校？"

"反正，我们就都在这里了，还聊那个……"他皱了一下脸，"啊，倒是前几天和她聊到我一直想写书的事儿，她整个比我还兴奋。"

"写书？"

"杨医师或如盈老师没跟你提过吗？"

我摇摇头，反而想起丁大叫我赶快写下一本书的事儿："你想写什么书啊？"

"小说。"

"真的？"

"假的。"

"嗯？"我愣了一下。

"欸，小说当然是假的啊，何况现在也还只是空想。"

我笑着摇头："那就说说看吧。"

"啊？你，真的要听哦？"他不大确定地说。

"嗯哼。"

他"哦"了一声，搔搔头。"目前，只是想好人设而已。"他看向我，像是要再度确认。我示意他继续说。"首先女主角，是个冰山美人，就是……讲话完全不在意会伤人或怎样，就，很会讲。然后她有个特殊能力——呃，我是想要写奇幻类的，她的能力就是只要看一眼，就能洞悉别人心里的祈愿，祈就是那个祈祷的——"我小声说我知道，"哦，就是因为这样，她太清楚这个世界有多么贪婪，所以她，像是学会用自私来保护自己。"

"嗯，嗯。"听起来与欣瑜的个性像是两个极端，"然后，还有个男主角，是吧？"

他点点头："男主角……就几乎都不说话，甚至常被人误以为是哑巴。他的特殊能力，是可以感知因果业力。"

"因果业力？"

"就是，他可以感知到每件事之间立即的关联，有点类似预知，但又不太一样，你懂我意思吗？"我稍微迟疑地点头，"他的话……是因为体内有个锁链，限制他没办法操控那个因果业力，所以他总是不断预见各种灾祸就要发生，却什么都没办法做，因为，就算做了也不会改变结果。于是他一直在寻找任何能解开锁链的方式，像个浪人剑客那样。"

"OK。所以故事会是……"

"嗯，我还没想好要怎么安排，总之会让他们共同踏上一段旅程。最好一开始关系还很差，男主角可能百般不情愿之类的。大概，就是这样。"他有些紧张地看向我。

我看向墙面，点着头，仿佛那个奇幻世界的背景就在眼前展开：

"是说，你那个男主角，好像和你有点像啊？"

"哈？还是会哦？"

"怎么？什么叫……还是会？"

"就，我跟杨医师说过前一版的人设，她那时候也是这样回我的。"

我笑了一下："又没关系。而且你知道我们当精神科医师的就是……很爱乱连一通。"

他跟着笑出声音，表情轻松许多："欸，但说真的啦，你们记性是不是都很好？"

"嗯？怎么突然这样说？如果记性真的那么好，"我拿高手中的笔记本，"我还需要这样一直写字哦。"

"也是噢。"他点点头，像继续在想些什么。

我定定地看向他，示意我还在等他把话说清楚。他没一会儿也注意到我的眼神。

"没什么啦，就，连我自己都忘了什么时候，反正有次和杨医师说到我想写小说的事儿，后来她好像就一直放在心上，断断续续问过我几次，我被问得……好像还真的有那么一回事一样。她离开前，因为这样特别送我一支钢笔，说当作提前给我的毕业礼物，还说，希望有天可以在市面上看到我的书。"

"是吗？"我与他同样带着笑容。

"后来那支钢笔，就被我收进铅笔盒里了，也不知道哪天会不会真的拿出来用。"他稍微低下头，"虽然，我根本不知道怎么用钢笔。"

"但……你也把它收好了？"

他保持微笑，"嗯"了一声。

"毕业的礼物啊……"我说。

他继续点头。

学姐现在应该也在分院那里，成为更好的一位主治医师了吧？

"……其实，我超讨厌这里的毕业典礼。"他的语气里还带有些微笑意。

"讨厌？"

"你知道，毕业典礼就是在这边举办的吗？"

我摇摇头。

"就在日间病房这里啊，所有还是住院身份的人都会一起。"

我再度摇头。

他有些惊讶地看向我："你真的很……"

"怎样啦？"我笑笑地说。

他愣了几秒，换他笑着摇头："反正，那算是这里一年一度最大的活动吧。"

"可是你刚却说，你超讨厌？"

"对啊。我就一直不懂，从这里毕业，到底是有什么好庆祝的？就像，你看，从初二开始到现在，我参加这边的毕业典礼也……四次了。"

"你却……没有真的毕业？"

他淡淡地笑一笑，转过头，像是往窗帘外望出去。"最记得的，就我初三那年吧。那天一早一堆家长、老师就陆续来了，我初中辅导老师也来了，虽然根本不熟。我妈蛮晚才出现的，又是提着两大袋礼盒，一进来就往袁医师那边过去。我不想看到她，就躲进晤谈室这里，没开灯，过了一段时间才被如盈老师发现。她说一直在找我，好说歹说劝我出来，说什么至少要上台领毕业证书。我拗不过她，就配合出去，刚好时间差不多，入座没一下下，就跟着其他毕业生走上台。"他深吸一口气，"底下，都是人。"

"是吗？"我轻声说。

"但就，很怪，说不出来的怪。心里很怕，心跳却快不起来。等拿到证书，转身，下台，教室里的掌声和麦克风的声音全糊在一起了，闹哄哄的。不知道，就感觉，好像这里每个人都好快乐，真的，都好快乐。"他目光逐渐垂下来。

我等待了好几秒："后来？"

"典礼一直进行到快中午，终于，所有人都走了。两个老师带我们把教室的桌椅复原到一半，芳美护理师主动过来找我。她问我有想要谈一谈吗，我也没拒绝，就跟她走进小教室。一坐下，我不知道自己怎么了，突然哭起来，暴哭，哭到趴在桌上那样。芳美护理师没出声，就继续坐我旁边，我哭得好像快喘不过气，然后，她用手轻轻拍我的背，轻轻地，就好像她才是……"他眼眶有些湿润，"也不知道哭了多久，我觉得很不好意思，占用她那么久时间，午餐也不能去吃。我就把眼泪擦一擦，跟她说了那天我唯一说的一句话。"

"是……？"

"我说，希望有一天，能让你……真的为我感到骄傲。"

我静静注视着他。

"……天哪，"他摇着头，"那时候真的很敢说欸我。"

"是啊。"

他看向我，表情满是无奈："你也这么觉得吧？"

我笑了笑，点头："但怎么说，我总觉得今天，好像边听你说，我也边被你带去了很远、很远的地方呢。"

"嗯？那是……什么意思？"

我想了好几秒，耸了个肩："就是一个感觉。"

"感觉？"

"是啊。所以我想，我们就都好好收着吧，就像你刚说的那支钢笔一样。"

"嗯？……嗯……嗯。"他缓慢地点头，一声比一声低沉。他停下来。"哦，对了。"

"怎么？"

"有个秘密计划，等成功了，下次再跟你说。"

"是和……欣瑜有关的吗？"

"对啦。"他稍微转开视线。

"OK。OK。"我学他刚才那样缓慢地点头，"所以，今天不说？"

"不行，还不能说。"

"确定，不说？"

"确定。"

"噢……"我用喉头拖出长长的、往下坠的尾音。

"不要那么八卦啦你。"

21 /

光线蒙上眼皮，我感到有一点儿温热，渐渐醒来。

天亮了吗。我扭一扭身子，稍微睁开眼。头顶垂下来的白色窗帘像是半透明的，我掀起一小角，头往后仰看见接近淡紫色的天空。几阵轻盈的鸟叫声传进来。我整个人陷在床垫里头，伸手抓到手表。刚过六点半，还早，再睡一会儿吧。我的眼前又黑了，越来越暗。一个个小光点浮出来，各自闪烁着。是整面的星空，好美。星星开始缓慢地一颗颗落下。我翻过身。漆黑中一个微弱的光源晃动着朝我接近，淡淡的花香飘来。是莲花吗？她吸一口气，屏住。帕德玛的意思是莲花。我把脸埋进枕头。她背对我，在狭窄的楼梯间往上爬，一左，一右，一左，一右。我往前靠。她的长裤泛着丝质般滑顺的光。我更往前。

她弯下身来倒茶，背心的拉链头在胸口晃啊晃，轻轻往下滑。茶杯像是金刚铃胀起来了。好像会发光，越来越亮，继续变亮。一双瞪我的眼睛闪过。我张开眼。

是梦。真的……是梦？我下意识地往裤裆摸。干的。

没事儿。

什么事儿都没有。

我缓缓坐起来将后方的窗帘拉开，天空的紫色消失了，雪山的上半部像是被影子削出锐利的线条。又是新的一天。我转身看回房内，被打亮后的它显得有些陌生。我只会停留这么一晚。不管是想或是不想，我都得继续往前，没有其他可能。我说不上来心里的感觉是什么，为了那些在前方等待着我的，应该是要感到期待吧，但又好像有些难受。

下楼，日光从客厅那一面窗照进来，打亮整条通道。那名老翁还在窗边，姿势与位置几乎没变，背后的光线仿佛要把他吞噬了。我在想他该不会整晚都坐在那儿。往前走，地毯亮得不像昨天傍晚藏青色的样子，我注意到上面有戒疤一样的纹路。拉姆与母亲正在交谈。

她们没注意到我下来了，面对墙边忙着准备早餐。我第一次听到母亲说话，应该是在说拉达克语，我听不懂。母亲的声音意外地舒缓，像在唱摇篮曲，反而拉姆的声音轻快了起来。母亲几句话，接着拉姆几句话，母亲又几句话。她们的手里互相传递东西。我不知道该怎么打断，就站在客厅入口。母亲转身。她目光投向我，静止下来。我向她微笑点头，她没回应。拉姆可能在想母亲怎么没接她的话，跟着转过身。

"早、早安。"拉姆说，母亲一跛一跛地往厨房后方走进去，"我没发现——"

"没事儿，是我没先向你们说早。抱歉打断你们。"

拉姆站在那儿，有些歉疚地笑了。早晨的光线照得她半脸发红。"啊，"她快步绕出大灶，"找个地方坐吧。"

我发现客厅多了一名昨天没见到的男子。他坐在整排落地窗前的另一边角落，看起来六十多岁。他燃起一盏酥油灯，点香，在面前的长几放上一个三层圆盘。

"他是我们的邻居。"拉姆注意到我的眼神。

"噢。"我就在想拉姆的父亲应该年纪没这么大，"那么，那位老先生是？"我指过去，老翁看起来好像还在睡觉。

"他是我爷爷。"拉姆侧身拿起一瓶热水壶，朝我比向邻居旁的空位，"请。"

我刚坐下拉姆就为我倒满一杯热茶。她问我喝不喝酥油茶，我说当然，说我很喜欢，她很开心的样子，转身拿了另一壶过来。邻居在我右边，手里掐捻一串长长的佛珠，持续念念有词。母亲在厨房里忙，踮脚从橱柜拿锅子时发出当啷、当啷的声音。拉姆回到母亲那儿，接过一个盘子又来到我面前，上面放了两片印度薄饼、一大块奶油与艳黄色的凤梨果酱。薄饼煎得有些焦了，一圈圈的黑点像是遭受虫害的树叶。

"你们早餐都吃了？"我仰头看她。

拉姆点点头："你……睡得还好吗？"

"很好。"我笑一下，"甚至可以说，好到不真实了（too good to be true）。"

"成为真实？"

我笑着摇摇头，想说她可能没听懂我的英文："对了，昨晚忘了和你说谢谢。"

"啊？"

"谢谢你带来的光，手电筒的光，星光，以及……"我不好意思说下去，"我真希望能在这儿待久一点儿，这里，真的很美。"

拉姆的脸似乎变得更红了。她回头往厨房看一眼："你今天预计要到？"

"嘿密什么帕什么的。"

"嘿密书克帕詹？通常都是这样。对，都是这样。那里不太远，我想，嗯，你应该可以……中午前……"拉姆的声音含在口中，与男子的诵经声叠在一起，越说我越听不清楚。我在想是不是该站起来和她说话才对。"有件事儿，嗯，"她又回头看厨房一眼，"你叫……什么名字？"

我没跟她说过吗？没有。怎么会还没有。我准备要站起来："我叫——"

厨房传出丁零当啷的声音，好像有东西弄翻了。拉姆向我点头，跑回母亲身边。她们在大灶后方蹲下来，我看不大到，正犹豫要不要过去帮忙，她们已经端着好几个铜色、银色的锅子站起来。她们开始交谈。母亲哑着嗓，说话速度比刚才急切一些。拉姆背对我，几乎没听见她的声音。我坐下来但心里头有点儿在意。她们谈话的内容与我有关吗？我告诉自己不要多想。

拉姆走出来。她手比向我前方的盘子，要我趁热吃了，然后走到老翁旁边坐下来。她没再出声，刚才的对话就这样中断了。我看向她，她抿嘴微笑。日光斜射进来，我忍不住想象她如果松开那一头乌黑长发会是什么模样。邻居还在诵经，老翁手里的转经筒持续摇动，他的眼睛半张，眼珠子是水泥般混浊的白。我决定开动了，把奶油与凤梨果酱一起涂上，咬一口，发觉这样又咸又甜的滋味极为古怪。应该分开吃才对，可是没有挽救的余地了。我夹在一起送入口中，融化的奶油从薄饼里流出来，从手掌滑到我的手腕，我连忙用左手抵住。纸巾，哪里有纸巾，我东张西望——

忽然传出凄厉的叫声！

我看向大灶的后方，母亲站在那儿直挺挺地动也不动。不可能是她发出的吧？怎么可能？我盯过去，她的眼神一松，走出来，抬腿撑高黑色长裙再重重落下，一步，又一步。好像朝我这边过来了。我往后靠紧落地窗，没办法更退了——等等，她不是一直都跛腿吗？她转个弯继续往邻居前方绕，他竟然还一脸淡定地在念经。现在是怎样？我趁机想往左边坐一点儿，双手往地毯一撑，好油，好像黏到了什么东西。

"啊——咿——"母亲绕回大灶前方。发出声音的真的是她。"啊——咿——"铜锅银锅都要跟着当啷作响。我望向拉姆求救，拉姆站起来。看我啊，拉姆，为什么你站在那儿往门口看。她往母亲看一眼又看回去门口。我是不是也该趁母亲现在比较远，赶快逃出去？我正要站起来，一名中年男子提着一个香炉从门口冲进来。拉姆看到我向我比手势要我坐下，我像是被她的手势推回窗边。

整个客厅开始变得烟雾弥漫，我的眼睛有点儿刺痛，好想揉，但不行。我用力眨眼。男子将香炉放上邻居面前的长几。他应该是拉姆的父亲吧。"啊——咿——"母亲又开始绕行。父亲不知从哪儿生出一个盛有米粒的铜盘，放到邻居的右手边，又为他舀一壶水。看起来这不是第一次发生了。邻居终于有所反应，将佛珠戴上胸口，转成从丹田深处诵经。他撒一把米粒到三层圆盘上，再拿着铜壶从顶端淋下清水，酥油灯的焰火在烟香中摇晃，母亲还在边绕行边吊嗓唱着。这一切一定有什么解释。我尝试回想病房里看过的精神科病人，这是解离，还是她是精神分裂症❶。不对，文化宗教因素要先考虑。妈的，我想这些干吗，来到这儿我就不是医生了，但为什么偏偏刚好发生在

---

❶ 精神分裂症（schizophrenia），目前台湾已正式更名为思觉失调症。

我来到的这个早晨，我才刚要和拉姆说出我的名字，然后那时她——

"啊——咿——"父亲从角落橱柜底层拿出了一个箱子。他打开来，扬起一阵灰尘，边咳边捧着一条白丝巾站到母亲旋绕的轨道上。母亲逐步逼近，父亲双手举高，放下。白丝巾落在母亲肩上。拉姆站在客厅另一边再度比手势要我坐好，不许动。对，就是我。这一切肯定与我有关。

母亲腿抬起的幅度下降了。"咿——"她拖长的尾音渐渐转弱，然后，越走越慢。越来，越慢。终于，停下来。

邻居还在诵经，十多秒后，也安静下来。

"嗝！"母亲突然一声。停几秒，"嗝！"又停几秒，"嗝！"

我感觉我的食道像是跟着被拧一下，又一下，刚才吃的薄饼卡在胃食道交界，奶油与凤梨果酱像是要往咽喉逆流。

父亲点了一炷香，到站定不动的母亲面前用力一吹。白烟像是伸出手来攫向母亲的脸，母亲的眼神往下坠，双膝一跪。

真的完全安静下来了。

拉姆挽着老翁起身靠了过来，到母亲面前一两米处席地坐下。我发现那只花猫也在柱子旁磨蹭，蹑手蹑脚地几步来到拉姆左方，趴下。拉姆的手轻抚过它的背，猫轻轻叫了一声。

邻居面前那盏酥油灯已经熄灭，桑炉还在冒烟。父亲从箱子里又拿出一串珍珠项链，晃过桑炉上方，放到母亲跪下的膝边，自己在老翁与邻居间坐下。他们四人一猫像是以母亲为中心排成一个扇形，桑炉的烟雾继续在空中变幻出各种形状，像是瀑布，像是油渍，将他们包覆起来。我一直听到自己吞口水的声音。

母亲张嘴。"喝啊——！"

怎么还没完？她开始剧烈地前后摇动，双手并拢像在捧取什么东西，接着双手合十，从心口、喉尖、额前，移到头顶，再伏下身膜拜，循环好几遍。她从肩膀往上拉紧白丝巾像在缠绕自己的脸，快窒息了。邻居翻动桑炉中的松柏枝，往我这儿扬起一阵白烟。父亲走去箱子旁拿出一个状似漏斗的铜制法器，再坐回原位朝母亲捧高。母亲一抓，法器在她手里现出尾端的彩色旗幡，再伸出左手从邻居面前的铜盘抓起大把米粒，扔入法器开口，摇动它时噼里啪啦的声音像是干柴在燃烧。她开始尖嗓说话。父亲盯向母亲脸上，拉姆也一样，眉毛下方紧凑着眼。我开始发觉他们一家长得都有些相像。

父亲在口袋里东摸西摸，拿出纸笔。他开口像在向母亲请示什么。

母亲从丝巾缝隙间露出的眼睛闭上了。她停止摇晃，将法器放在裙边，再度出声，嗓音变得又宽又厚，挥舞在半空的双手像是阎罗王在审判亡者。父亲快速在纸上抄写，偶尔停下来凝望自己的太太。他好像想说什么但又低头继续写。父亲用另一只手抓住上衣领口在眼角按捺。他哭了，老翁也流下眼泪，眼眸变得更加混浊。拉姆没哭，定定地看向母亲，然后闭上眼。我坐在圈外观察这一切。他们是在哀伤吗，为了眼前这个不像母亲的母亲？为了她说的话？或者，只是因为烟雾太呛？

母亲的手停下来，平放在膝上。父亲用衣袖擦干两侧脸颊，走到箱子拿出第二条米色丝巾，为母亲披上，再来回继续叠上更多条丝巾。母亲像被淹没成一座米白色的山丘了，端坐在那儿，随着呼吸静静地起伏。

她伸手将丝巾一条、一条地慢慢拉下，直到最后两条——垂挂在肩上的，与缠绕在颈间的。她轻轻一声打嗝，睁开双眼。

似乎……一切都平静下来了。

我呼口气，稍微动一动肩颈。

邻居将佛珠塞入怀中，我往前坐了一点儿，紧靠迎光窗面的背早已都是汗。我看向手表，竟然就这样一个多小时过去了。这到底是什么疯狂的早晨。算了，过去就好。拉姆说我今天要前往的村庄不远，只要行程没太耽搁就没关系。我忽然又想到还没能让她知道我的名字——还想这个做什么，我是个旅人，健行经过此处的旅人，知道这样就够了。我低着头，一阵白烟飘过我面前，应该是邻居又在翻动桑炉。白烟渐渐散去。

拉姆在看着我。

我抬起头，她的眉眼皱在一起，好像有什么事儿。我疑惑地转向母亲——她反手握住一把刀子。干。不结束了吗？她刀刃朝外，垂直举高，停在脖子前，瞪向我。我转头用眼神向拉姆求救，拉姆也像在瞪我。怎么会这样？拉姆用手势要我站起来。我站了起来。我干吗站起来。花猫叫了一声从拉姆旁边起身，晃着尾巴朝我走过来。我往母亲那边走，我到底在做什么，邻居也站起来了。我走到母亲前方一个手臂的距离，邻居从背后双手推我的肩膀，我头一低，刀刃的闪光晃过眼前。不要这样，我没有真的对你女儿做什么。母亲伸出猪肝色的舌头由下而上舔舐过刀背，我感到像被解剖刀划开指尖的痛。母亲一张干瘪的脸朝我逼近。眼睛无法聚焦了，我眯眼屏住气。她在我的眉间吹三下，凉意蹿进头颅。又在我口鼻间再吹一口气，我闻到福尔马林的气味儿。邻居将我的身子拉直，我张开眼。没事儿了吗？没事儿了吧。拉姆向我抿嘴微笑，与刚才那个眼神完全不一样。我倒退走，直到背再度靠上窗边。拉姆搀扶老翁起来，往前两步，在他耳边轻声几句，老翁僵硬地弯下腰，母亲对他做了应该是与刚才对我做的同样事情。接着是父亲向前，接受同样的仪式。

母亲把刀子搁在地上。

"嗝！嗝！"

她抓一大把米用力撒下来，法器与刀面撞出爆裂般的声响。再抓一把，用力撒向我们。

"嗝！嗝！"

终于轮到拉姆，她走到母亲面前，与母亲四目相对。母亲说了好长一段话，拉姆的眼神非常专注。母亲将肩上那条米色丝巾拉下来，交到拉姆手中。

"嗝啊——！"

母亲伏下身，头轻叩地面，起身。她双手于胸前合十，鞠躬，将缠在颈间的最后一条白色丝巾撤下。

这次应该……是真的结束了？

我不敢再松懈，盯着他们。那只花猫叫一声，窝回昨日小憩的那个角落，拉姆搀扶老翁坐回原位，父亲拿起桑炉用手挥一挥就快步离开客厅。母亲自己一条、一条将地上的丝巾捡起来，放回箱子，像是刚才什么事儿都没有一样，再把散落的米粒也整理干净，跛脚走回厨房。邻居在铁碗里装入浅色粉末，倒进酥油茶，揉出一大块像是黏土的东西。我想起嘿密寺那个小房间里的长者就是给我这个。邻居掐了一小块给我，他说那叫糌粑。我边咀嚼边发现母亲站在大灶后方向我微笑，她的眉眼松开许多，抿嘴的样子与拉姆真的像极了。

拉姆走过来，要将我面前的空盘收走。

"嗯，拉姆。"我开口。

"嗯？"

"你能不能告诉我，刚才……是怎么了？"

她拿着盘子陷入思考："那个，是另一个灵魂，在我母亲的身体里面。"

"另一个灵魂？"

拉姆点头："真希望我的英文能更好一些。"

我低下头，洒进来的阳光恰好落在她的脚边，地毯像是变成一池宝蓝色的水塘，深不见底。

"你知道……廓瓦吗？"她问。我摇摇头。"当人死了，灵魂会离开，进入另一个生命。人、动物、鬼，或者神。都是在受苦，不同的苦。"

我想她说的是轮回，可是我不知道轮回的英文怎么说，就算我知道她也不见得知道："而你刚说，你母亲身体里还有另一个灵魂？"

"对。那个灵魂，母亲没办法控制。"

"然后，那个灵魂似乎在告诉你们什么？我是说，有一段时间你们……几乎你们每个人都哭了。还有后来，那把刀子。那真的是一把刀子没错吧？呃，我这样问会不会不礼貌？我只是想试着了解，就，多一点点都好。"

"不会的。只是我的英文……"拉姆回头望了母亲一眼。她们相视而笑。"我想想，嗯，不要杀生，要诚实，要心存平静。那么，不再受苦。大概是这样。那个灵魂，要我们能清洁。"

"清洁？我不懂。"

"我用错字了吗？"她稍微低头，"对不起。是的，我想，是清洁。"

"呃，我可以这样说吗，你指的清洁，可能意思是像净化，或者说，纯洁？"我问完更感觉自己犯了禁忌，不敢再直视她的眼睛。

"对。对。你提醒了我。清洁，就像是莲花，帕德玛。"

"这里的名字，帕德玛？"

"对。"

面前拉姆的眼眉像是与母亲合在一起。那是她们共同归属的地方。没有人逃得出来，就像是没有人能离开轮回。我想起我一直没能告诉拉姆我叫什么名字，但她没再问，我也没打算再提起。我觉得我该要继续往下一站走了。

22 /

我低头瞄向手表，一点二十一。

"不好意思，我们今天先结束在这边，好吗？"我感觉已经忍受到极限，站起来。郁璇的母亲、坐我正对面的郁璇、大雄与雅慧，没人动。"小教室这边，等一下还有课——"

"你刚说那些到底什么意思！"郁璇的母亲像在尖叫，"他是你爸，你怎么可以那样说？你凭什么那样说！"

郁璇面无表情，眼神投向小教室的另一个角落。大雄迟疑地抬头看向我。

郁璇的母亲快要哭起来："你知不知道为了这个家我这几年来一直都——"

"妈妈。妈妈。"雅慧伸出手，"郁璇妈妈。"雅慧以平静的语调打断郁璇的母亲。母亲的肩膀起伏，转过头，像个被关在保护室的躁动患者从小方窗瞪出来。"你听我说，好吗？"雅慧凭空按两下手。

郁璇的母亲稍微冷静一点儿。

"我们，会继续处理。"雅慧说完朝我点头，再转回朝郁璇的母亲点个头。雅慧似乎没有要理大雄的意思。"时间的关系，有关通报的事儿我这边跟你们说明——"

郁璇发出冷笑。所有人看过去，她仍然看向那个角落："你不是一直说你想知道我怎么了？我说啦。"她冷笑一声。

"你、你……"郁璇母亲的声音又开始发抖。

"妈妈。"雅慧双手在桌上交握，向我朝郁璇的方向摆头。

"那个，"我清了一下喉咙，"叶医师，你带郁璇……先去电脑教室那边好了。"大雄点头，小声问郁璇过去好吗，郁璇"嗯"了一声，没与任何人眼神接触。我又瞄了手表一眼："雅慧护理师，你有需要换个地方——"

"不用。我在这边跟妈妈说就好，时间够。"

"好，那……"我挤出微笑。

大雄带着郁璇站起来，往外走。郁璇的母亲瞪向郁璇刚才坐的位置，呼吸的速度还没完全缓下来。雅慧朝我手一挥，像是要将我驱逐出境一般。

我关上门，喘口气。学弟继续带着郁璇往前走。我怎么会以为自己已经完全掌握这里的工作了。大教室里好暗，病人们随时都会环山回来了。角落传来连续几声咳嗽，是欣瑜趴在那儿。大雄推开电脑教室的门，灯一点亮，郁璇转头似乎往欣瑜瞥了一眼。大雄把门关上。

我走进办公室。

"伯鑫医师，你们谈完了？"如盈从座位上看过来，"上午他们杯子蛋糕都做好了，留了一个在你桌上。"

"嗯，谢谢。"一个拳头大小的蛋糕在我桌面正中央，鹅黄色与胭脂色的奶油霜堆叠成一朵开得极盛的花，几颗像是水银的糖珠塞在缝隙里。

"刚才朋城妈妈有打电话过来，说要我请你——嗯？怎么了吗？"我看向如盈。

"是……郁璇有什么事儿吗？刚才好像听到……"她的眼神有些闪烁。芳美姐在座位上抬头看过来。

我吞口口水，却感觉像是一口被塞入那些奶油糖霜，涌起一股油腻感："郁璇刚说，这几年，她被她爸，陆续性侵好几次。"我试着再吞一次口水。接下来呢。通报之后，社会局一定会介入，还有警察。她的情绪，冲动性，自伤甚至自杀的风险……

大教室像闪光灯般突然亮起来。凯恩站在电灯开关旁咧嘴朝门口的方向笑，欣瑜病恹恹地坐起身，丁大冲进教室，凯恩指着丁大边跳

180

边笑。我回过头，如盈像在回避什么似的低下头。

"呃，"我得多说些什么，"雅慧和大雄还在继续处理，应该，是可以 control 下来。"外头传来零碎的声响，更多病人回来了。我感觉喉咙还是像被什么哽住。

"原来……是这样吗。"芳美姐露出有些忧心的表情。

我"嗯"的一声。

芳美姐点点头，思考了一下。"唉，是不容易啊。"她继续点头，"别太担心了，我们再一起讨论，一起处理，好吗？团队一起。"

"是。"我忽然有种更心慌的感觉。为什么。我们明明是团队没错啊……

"蔡医师，"芳美姐又叫我，"你的时间呢？等一下，一样要和朋城会谈吧？"

我又看向手表。一点二十八。"嗯。对。"

"那就先别——"

"报告。"朋城来了，站在办公室门口，"蔡医师，你好了吗？"他说得好急促。"你……等我一下，我拿个钥匙。"

"那我先过去。"

"好。"怎么会提早来找我？不会也有事儿吧？明明如盈最近都说朋城持续在进步中。

芳美姐向我点个头，走去药车旁。我从墙上取下钥匙，注意到雅慧拉开隔壁小教室的窗帘，郁璇母亲看来还算冷静，专心。现在不要烦恼那些了。

丁大忽然在我背上拍一下，然后没事儿一般从他桌上拿起课本。我才发现如盈还在座位上。

如盈察觉我在看她。

"嗯？"她站起来，延迟几秒后露出与平时差不多的笑容，"走啦，朋城不是在等你？"

我点点头，看见雅慧经过窗外要回来。

我把窗帘拉上——

"蔡医师，我跟你说吴宇睿他真的有毛病。"朋城一口气说。

我转过身，朋城已经整个人往后仰躺在沙发上。

"今天，欸，"他坐直回来，"他突然会察言观色了。刚环山跑来堵我一直问我欣瑜的事儿，什么欣瑜是不是喜欢我，我是不是要追欣瑜什么的，很大声在那边嚷嚷，也不管前面其他同学可能会听到，就，超白目啊，真的很受不了。"

我手里刚翻开笔记本，看向他，他还在摇头。

"没事啦，没事儿啦。"他忽然说。

"你说，没事儿？"

"对啊。"

我没跟上他的节奏："可是你听起来……"

"没啦，只是想赶快找个人抱怨一下而已。"

"抱怨？"

"对啊。"他看我的眼神像在说这有什么好问的。

只是抱怨。

"其实我光听他讲两句就快不行了，但也是忍啊。欣瑜说她不想被同学觉得不一样，我也觉得那就先不要勉强她。是男人，这点压力当然也得扛下来。所以也算是为了她吧。"他摇着头叹气，"蔡医师啊，为什么像你、芳美护理师，其实欣瑜也是，你们好像不管对方是谁，都能很有耐心、很愿意听的样子啊？"

"嗯？你说……我吗？"

"你本来就这样的个性吗？我是指，在当精神科医师之前。"

郁璇母亲的声音在我耳里响起："其实，我也不是都，怎么说……"

"因为我在想，欣瑜应该是遗传到她妈吧？虽然我没真的跟她妈讲过话，不过听欣瑜描述，加上见习那几天看到她妈的样子，一整个很温柔。一开始我还以为她们是姐妹咧，想说怎么可能有妈妈那么年轻，又长那么像的。"

"呃，是吗？"郁璇母亲扭曲的脸也从我眼前闪过。

"对啊。有时想到这儿，坦白说，还会觉得有点儿自卑咧。我看班上不只吴宇睿，好像还有好几个同学也对欣瑜有好感。如果今天不是在这儿，如果我不是那个，永远的班长……"朋城瘪嘴笑了一下。

刚才我好几次想叫郁璇母亲闭嘴。一个母亲怎么能对自己女儿说出那样的话？相比之下连雅慧的语调都显得温暖了。不知道学弟现在和郁璇谈得如何，他们应该还在隔壁的电脑教室里……

"喂，喂。"朋城向我喊，"医生，你没在专心欸？"

"嗯？"我有些尴尬地再"嗯"了一声。

"总之就先那样啦。"还好他不太在意的样子，"今天重点啊，是要跟你分享这个。"他从裤子口袋里掏出钱包，笑着将里头两张纸拿近给我看。

"'五月天挪亚方舟……航空母舰版'？"我一个字一个字地念出来。是演唱会门票。我看回朋城的脸上，他笑得更得意了。"你买来的？"我问。

"不然咧？欸，你有没有看到日期，还是跨年场哦。"

"跨年？"我不自觉拉高语调。

"对啊，在高雄。"

"是哦……"所以是他和欣瑜两个人一起去……

"帅吧？上次跟你说的秘密计划就这个，还好后来有成功在网络上抢到票。"他谨慎地把票收回钱包里，"前几天我拿给欣瑜看的时候，她超 surprised 啊，跟你一样。还说，第一次看五月天就看跨年场会不会太过分了，这样以后怎么办。本来我还有点儿担心她会说不能去呢，毕竟还要过夜什么的，自己先想了一些备案。没想到她直接说她跟她妈问问看，她外婆就住高雄。"

"噢。"那么至少还有大人，"所以欣瑜妈妈，也知道这件事儿了？"

"知道啊，还说要帮我们把来回高铁票都买好。整个顺到我觉得，靠，也太爽。"

"嗯，是啊。"我还是说得有些勉强。

"但就，唉，我妈这边啦。欣瑜他妈说如果可能，也想跟我妈电话讲一下。"

我忽然想到如盈刚才好像有说朋城母亲要找我什么的。

"所以昨天晚上我就硬着头皮问我妈啦，然后就，又来了，她又僵在那边不说话。我等到受不了就说反正我一定要去，然后就回我房间。一直到今天早上出门前我妈才终于说，那她会找时间联络你。"

"我？"我感觉自己同样有些僵住。

"对啊。干吗？"

我挤出笑容摇摇头。

"她说什么刚好学校也要我的诊断书，申请特殊考场用的。总之她一定会问你的意见啦。"

"呃，你指的是……你妈会问我，该不该同意让你去高雄吗？"

"她从以前就这样啊，每次管不动还什么的，就说那我们去看医生，听医生怎么说，交给医生来决定这样。"

"OK。"我不确定地说，"但去高雄跨年这件事……"

"她就不知道在担心什么啊。又不是什么坏事儿，我也不是小朋友了。"

"嗯……"我把原本想说的话吞回去——那些我的担心。

"反正你帮我说服我妈就对了啦。"

我点点头："但，怎么说，你妈……还不知道你跟欣瑜在交往不是吗？那我要怎么，嗯……"

"哎呀，你就避重就轻地说嘛，你们当医生的都很会不是吗？欣瑜妈妈那边都 OK 了，一定不会有问题的啦——欸，该不会你已经接到我妈电话？"

"嗯？没有。还没有。"我莫名地说得有点心虚。

"那就 OK 啦。拜托，帮我说服一下我妈。是五月天欸。你看其他都那么顺对不对？就只差我妈而已了啦。真的，不会有问题的啦。拜托。"他开始变得像在哀求。

"我、我不是说会有问题，我也真的可以帮你和你妈谈看看，看她……有什么担心，"还会是什么担心，"只是，嗯，我觉得我好像没有那个权利，去直接说什么——"

"你没有权利？"

"呃，"我晃动着手，"我的意思是，要我直接给意见，去说服你妈，这好像——"

"你是我的医生欸，"他突然吼出来，"你到底站不站我这边！"

我的手停住。

我是站在哪边？

朋城继续盯着我，双手握拳。我把手放下来。怎么回事儿。前面我们……不，前面他不是还说得很开心吗？我像是下意识地低头躲进笔记本里，看见上头密密麻麻的字迹。我是这样一直写着，写进笔记本，写进病历，再带到会议上报告，然后继续将更多别人的评论写进病历。其实没有太大差别的。我想起仿佛记录永远也写不完的雅慧。我们，就是负责这个日间病房的医疗团队，而我是团队的一员，是他的医生——我是，医生。

我眼角余光看见他的双手慢慢松开。

我抬起头，不知道什么时候，他把头低了下来。四十五度斜对角，他安稳地坐在与我相隔一个臂长的距离之外。恒温的空调，良好的隔音，灯光温暖而亮度适中。这是个如此理想的晤谈室，也是所谓的治疗应该发生的所在。

如果，我是一个够好的医生。

"对不起。"朋城先开口了，头还是低着，咬字有些含糊。

我犹豫一会儿。"嗯。"我连"没关系"三个字都说不出口。

他一阵一阵发出鼻子呼气的声音。

我忽然不知道该说什么，感觉空气里像是有些什么被剥除了。

朋城抿着嘴，嘴角抽动一下。

"朋城，刚那件事……"

"没关系。本来，就是这样。"朋城持续回避与我眼神接触。

"是。"

他没有继续接话，眼睛一眨，又再眨几次。

我试着让身体往前倾一些："嗯，如果我先让，至少先让芳美姐也知道这件事儿，你觉得 OK 吗？"

朋城沉默几秒，摇头。

我胸口有些闷，仿佛被从里面与外面同时压着："没关系，既然你不希望，我就也先不会说。那我再想想，我可以怎么回应你妈妈，好吗？"

又隔几秒，他点了点头。

虽然我完全还没有任何具体想法："至于你刚说的，我想，确实我没办法永远都只站在你这一边，但我还是会——"

"真的没关系。"

我喘口气。"我还是会，让你知道我在哪儿。"我停顿一下，"我可以在哪儿。"

朋城抬头看向我，没有明显的情绪。他看回去对墙。

我们停留在沉默之中。

他深吸一口气，然后缓慢地吐出。

"我家以前，养过狗，是只米格鲁。"

"是？"我轻声回应。

"那是某天我爸突然带回来的，应该在我小一还小二的时候吧。我都叫它小米。"他脸上浮现淡得像是我可能看错了的笑容，"它真的……很可爱，眼睛大大的，两只耳朵又黄又黑，垂在脸颊两边，不管什么时候看起来都像在笑的样子。我看到它，也跟着笑。"

"是吗？"我像是也跟着淡淡地笑了，尽管不知道他怎么会提到这些。

"从小，它就非常喜欢找人陪它玩，但只要一没注意，家里一定会有什么东西被它咬坏。有几次我很想骂它，看到它抬头吐着舌头笑，尾巴在那边直挺挺地摆来摆去，又骂不出来了。"他更明确地笑了一下，然后停顿两秒——"后来它就被我妈送走了。"

我注视着平静的他："……送走？"

"那是我第二次住院。我还记得那天我出院回家，家里好安静。一开始我还没发现是为什么，只觉得好像少了什么，过了一会儿才想到。我就问我妈，她说，她把狗送走了。我以为我会很生气，可是没有，只是看着我妈，想说你怎么有办法做出这种事儿，不是说好这次住院只是让我进去调生活作息吗？但我像个哑巴，什么话都说不出来，也可能是住院吃药吃到都没感觉了。我妈继续说她是真的没办法，我住院她还要工作，还说，我都没办法照顾好自己怎么有办法照顾狗。她说时间久了就会习惯的。我嗯一声，回到房间，靠在门边坐下来。好安静，不像病房里总有各式各样的声音。我一度以为听到小米抓我房门的声音，打开，没有，那是……我的幻想。"

我的胸口再度感到有些闷。

他低下头："结果，隔两周，我又回去住院了。"

"嗯？是怎么会……"

"我离家出走。"他的语气依然非常平静。

"离家，出走？"

"说起来很孬啊。那天，我是真的想离家出走，把能带的东西都塞进背包了，趁半夜我妈睡着了跑出门。也不知道能去哪儿，只想着能走多远就走多远，离家越远越好。走到后来累了，也不知那是什么地方，是个公园，我没去过，我躺在一张长椅上睡着了。睡到一半感觉有人在摇我，本来以为是做梦，后来发觉不对，好像是真的。我迷迷糊糊醒来，很暗也看不清楚，只听到那个人说小朋友你怎么会在这里睡觉。我就嗯了一声，也没意识到自己是不是还说了什么。一直到他伸手拉我，我整个儿吓醒了，喊说你不要碰我、不要碰我。我想到一些社会新闻什么拐骗小孩之类的，但那个人还照拉。我继续喊，但大半夜公园也没人，还好后来他放手了，我就一边跑一边哭啊，心里怕得要死，然后，"他苦笑一声，"我就跑回了。我竟然还记得带钥匙欸，就自己开了大门，回房间继续睡。就这样。我连离家出走，都只有这样。"

我停顿几秒，像是与他同时呼了口气。

"后来，我就下定决心，有天我一定要搬出去住。我还问过如盈老师我什么时候才能离开这个家。她说，至少要满十八岁吧。我一听，哈，还要撑那么多年，能不能直接快转啊？"

我想起他的病历，打开，翻过去，仿佛他在医院里的人生也真的被快转了："但终于，你距离十八，也不远了？"

他没有特别表现出期待或欣喜的样子："等考完学测再说吧。"

我简单"嗯"了一声。

他沉默了一会儿："所以，诊断书，你会开吧？"

我点了点头。

换他"嗯"了一声。

我回想他过去曾在这儿说过的话："你会在意吗？我想你也知道，我需要在诊断书上写上忧郁症，还有社交焦虑症。"

"就写吧。"他接近无力地说。

事实上我也没有不写的权利。那是医疗法第七十六条，对其诊治之病人，不得拒绝开诊断书。

他往后靠上椅背，稍微仰头："想当初，第一次听袁医师说我是忧郁症的时候，我心想，你懂什么，你凭什么说我生病。"

"那是在你……"

他的视线落下来，淡淡地笑了一下，眼神中有些哀伤："就我第一次住院那天。"

"嗯。"

"那时候，我在诊间外面等了很久，有多久我也记不得了。终于护理师从门后走出来喊我的号码，喊得很大声。我妈要我先走，一进去，我看到窗外天完全黑了，只看得到室内的反光。本来刚到医院的时候天还是亮的欸。诊间细细长长的，很旧，桌子旧旧的，椅子旧旧的，电脑看起来也很破，墙边还放一张黑色的床，上面有一条大毛巾，感觉也不太干净。然后，好多人挤在后面。"

"挤？"

"应该是实习医师，还有住院医师吧，我不知道，也没人跟我说他们是谁，他们就在窗前坐成一排。"

"噢，是会有这些人没错。"就像我现在在袁 P 门诊见习时一样。

"然后，袁医师就开口说话了。'坐吧。'他说。但只有我坐下来，我妈站在我的后面。他继续问，'你还好吗？'我还好吗。我那个样子会还好吗。我看着他，他很奇怪地也看着我，明明我进去的时候他一直盯着病历看的。然后他又问，'有没有什么想要说？'我回头看我妈，她站在那儿，发现我在看她就把脸转开。我再往后面那一排医生看，他们更怪，一个个地头低下来。我看回去袁医师。'想说，就说。'他这样说。我在想是怎样，你们为什么要我说话，你们是真的要听我说话吗，我根本不认识你欸，你是谁，还有旁边那些医生，他们为什么都不说话。'今年，上初一了？'我看回来，袁医师好像在对我微笑，还有他对面那个护理师也是。我妈在我后面好像忍不住了，她说，'对，对，今年上初一，可是——'立刻就被袁医师打断了。袁医师继续问我，'有想说一说吗，关于学校？'是嘛，所以你才会这样一直看我嘛。我感觉旁边那些医生不知道在纸上写什么东西，有人坐不住，扭来扭去地发出奇怪的声音。我盯回去袁医师，结果他就转头了，开始问我妈。我妈当然好像解禁了一样开始一直讲，讲到还哭了，你知道吗？"他的语气终于稍微上扬。

"是吗？"

"旁边那些医生开始全看向我妈，袁医师也是，然后开始在病历上写字。我过了一会儿才意识到……他们是在讲我的事儿？袁医师点头，又点点头，偶尔看向我，好像他懂了我什么一样。'是这样吗？'他说了好几次，然后开始点电脑，跳出一些数字，还有我看不懂的英文。我妈继续没完没了地说。我感觉越来越难受，有点儿要喘起来。袁医师好像发觉我不太对劲儿，要我妈停下来，又看向我，叫了我的名字两次。我对上他的眼神，忽然，像是变得不敢呼吸那样。然后他说了，'我们住院，可以吗？'我看着他，然后看向那些医生、护理师，还有我妈。他在说什么。你们要做什么。我妈插嘴说，'教授他是什么状况？住院会好吗？''是忧郁症，青少年忧郁症。'他们继续说下去，但我没在听了。我是忧郁症。就因为我妈讲了那些，所以我是忧郁症？我什么都没说欸。什么医生，还不都一样。'你的想法呢？'袁医师竟然这时候转头问我。你们都说好了不是吗。'可以吗？'他又问，'那我们准备住院吧。'旁边那些医生好像越来越坐不住，护理师笑着把我妈带到旁边不知道说什么，应该是很开心终于可以下班了。袁医师鼠标又点一点，印表机开始吱、吱、吱地叫。门打开了，我妈站在门边，护理师也是。我妈说我们走吧。所有人都站起来了，就只剩下我一个人……"

　　我仿佛也成为那天诊间里的他了，坐着，从头沉默到尾。

　　他双手合十，捂住口鼻，眼神逐渐失焦。

　　他更低下头，闭上眼。

　　他在睁开眼的同时手放下，叹口气："结果，今天都我一个人在说。"

　　我想了几秒："但我……一直都在。"

　　他看向我，有些勉强地笑了一下："其实，也都是过去的事儿了。只是偶尔想到，就会想起我妈说的那句话——久了，就会习惯的。"

　　"而你也习惯了，现在的这里，与现在的自己。"

　　他点个头。

　　我回想朋城刚才描述的那个诊间，想起昨天就坐在那里面的我："也许，怎么说，不只是你吧？"

　　"嗯？"

　　"我只是突然想到，就像……有时我会坐在办公室的座位，有时会坐到电脑前开药、开诊断书，然后，我现在坐在晤谈室这里和你谈话。有一天，虽然那天可能还很远，我也会坐在类似袁医师的位子上。我只是在想，也许我们都忘了，因为太习惯了，但如果这真的是一种习惯，会不会我们也有机会……坐在另一个不同的位置？"

　　"另一个，不同的位置？"朋城困惑地看向我。

"就好像我们一进来，你就是坐在那儿，我就是坐在这儿。我就是你的医生。这是我们的习惯。但如果给我们更多时间——我知道那非常困难，即使对我也是，但我们是不是有可能，让这个习惯……继续改变？"

朋城持续看着我："那你就，不一定是我的医生了？"

"那是一种可能吧，我也还在想。"

"那我……"

23 /

风马旗在我的身边飘扬，一回头，我又看见阳旦村。它坐落在遥远的谷底，显得非常渺小。我辨认出广场，左边拐个弯，那栋三层楼的建筑应该就是拉姆家。都已经爬坡两个多小时还看得见。

刚才那个早晨究竟发生了什么事儿。

拉姆、母亲、老翁与邻居、流泪的父亲，还有我也在里面。为什么我会在那里面。然后我简直像在逃离什么似的，背包一背就直接要走出他们家门。拉姆叫住我，在楼梯旁把午餐交给我，收下时铝箔纸烫得有些扎手。

肚子发出咕噜咕噜声。我不真的感觉到饿，但算算时间也该吃些东西了，天晓得翻过这个垭口离下一站还有多远。我从背包拿出午餐，还有一点儿余温，变得更皱巴巴的铝箔纸被顶头烈日照得像是碎裂一地的镜子。打开一看，果然还是薄饼，对折再对折，一层层压在一起，应该是因为我急忙塞进背包的缘故。我直接咬一口，饼皮干得把口水都吸光了。我再咬一口，又是奶油混着凤梨果酱的怪味儿。我灌了几口水，咽下去。

　　我决定不要再想阳旦村的事儿了。穿过风马旗串与几个半个人高的石堆——那看起来不太像是窣堵坡——我把剩下的薄饼一次塞进嘴里，差点噎到。

　　开始下坡。泥土小径蜿蜒向前，旁边冒出一根又一根电线杆，排成一条递降的曲线，指往对侧的山坳。一丛丛的树林，青稞田，那里像是一片铺满浮萍的池塘。我有些惊讶。周遭的山岭如同沙漠一样干燥，那片绿色完全不合理，我隐约还看到几栋白色的房子。应该不用半小时就能走到了。那会是我今晚预计停留的第二个村庄吗？有这么快？嘿密……嘿密什么的。

　　我拿出旅行社的 DM。林嘎往西是阳旦，再往西，嘿密——书克帕詹。忽然手上这张铜版纸没有反光了。我抬起头，太阳被几片云遮住，光线像是透过冰晶晕出来，迎面吹来的风似乎跟着变凉了。我感受到空气中的一点儿水汽，以及淡淡的松脂味……

　　"我确认一下，第二晚住的地方是在这里，"我指着 DM 上的地图，"嘿密书、书克——"

　　"嘿密书克帕詹。"旅行社男子流利地念出来，"和嘿密寺一样的嘿密。但您可千万别误会了，我亲爱的朋友，这两个地方一点儿关联也没有。"

　　"啊？所以是，那个字有什么特别的意思吗？"

　　"那个字？"他重复道。

　　我看一下 DM："嘿密？"

　　"您考倒我了。嘿密就是嘿密，就我所知呢，没什么特别的意义。名字嘛，就像您有个名字，我也有个名字一样，不一定有什么含意的。"

　　"噢。"我有点儿失望，然后想到其实我也不知道他叫什么名字。

"不过呢，您说对了一件事儿，嘿密书克帕詹的书克帕，还真的是有意义。您知道雪松吗？书克帕，就是雪松。所以您可以把那里想成是：雪松村。"他音节分明地说，"但不要把这当成是它的名字啊，心里想想还行，真说出来，我可不保证有谁能听懂你在说什么。"

"我不能这样说？"

"不能。"

"所以那里，嘿密……书克帕……"

"——书克帕詹。"

"那里种了很多雪松，才会以雪松为名，是吗？"

"等您走到那儿就会了解了。"他干笑几声，眼镜镜片反射出闪烁的荧幕亮光，"总之，三天健行，保证值得。我的朋友，既然您都特别来我们这儿第二次了，要不要现在做个决定，我好来立刻帮您安排？一切都能帮你准备好的。"

"也好。"我想身上换的印度卢比应该还够用，"那个，可以将刚才说到有关住宿、接送的细节都写下来吗？"

"当然，当然，那有什么问题。"他从抽屉抽出一本空白收据，抓了支笔，"先生，请问您的大名——"

"朱雷！"右前方传来明亮的招呼声。田里一名女性朝我高举双手小跑过来，天蓝色的衣袖像是被她挥成两面波浪，"你从阳旦村过来的？"

我向她点头。她看起来大约四十出头的岁数。

"欢迎来嘿密书克帕詹。"她站定了。

她与昨天阳旦村田里的祖母同样被晒成红棕色的肤色，但脸型更圆一些，一头长发只简单地在后脑勺儿扎起来。"这里就是，嘿密……书克帕詹？"我问。

"是呀。不然这会是哪儿？"她脸上笑出两道明显的法令纹，"你是健行的人吧？来得正是时候呢。今天是打算在这里过夜？"

真的抵达了？我感觉不太踏实。

"有要找民宿吗？"她继续问。

"呃，有。"

"那就好，那就好。我家就在前面，走路几分钟就到，来看看吧，是很好的民宿。哎，是说现在几点了？"我告诉她差不多下午一点半。

"老天爷，已经过一点了？你一定还没吃过饭吧？先来我家里休息一会儿，吃饱了再去村里逛逛。这个村子很漂亮的。我是说真的，你来得正是时候。"

"嗯，"我觉得她似乎有些过于殷勤，"我想，嗯，也许——"

"来吧，跟我走，反正我也该要回家一下了。你顺路来看看，看看就好，等会儿再决定也没关系。"

我犹豫几秒，点头。她头一摆便往前走，然后每隔几步笑着回头看我有没有跟上。我有些联想到旅行社的男子。小径逐渐变宽，路旁全是树丛与青稞田，松脂味儿变得更浓厚一些，还能闻到一股类似檀香的芬芳。我想那应该就是雪松的香味儿但没什么把握。树形是丰满的宽椭圆形，肥厚的枝叶下垂，它们长得一点儿也不像我想象中的松树。也可能我是被旅行社男子误导，谁知道，就像昨晚——说好不要再想了。

"风景很美吧？"她问。我随便回几声。"越靠近村里越美呢。等会儿，我帮你准备午餐。这个村子说小也不小，可以逛很久。"

"不用，没关系，我在路上吃过午餐了。"

她的脚步落掉一拍，停下来："午餐？昨晚民宿准备的吗？那不能算是午餐，只能算点心啦。"

"谢谢你的好意，但真的，我还不饿。"我怀疑自己可能还有点消化不良。

她侧头瞧向我："你，健行的人，没吃饭，哪有力气走路？要把自己的身体照顾好才行。反正我帮你准备一些吃的就对了。"

"呃，真的不用。"

她像是没听见一样直接往前走，顺着踏步的节奏点头："前面右手边就是我家啦。"

转个弯，她在一扇铁门前停下。"洛桑民宿"，门上用与她长裤相近的蓝色油漆写着。她灵巧地开锁："洛桑，是我先生的名字。"门后是一整片树林，与刚才见到的树木不同，白皙的树干又瘦又高，阔叶像是气泡一样越往上越占据天空。"我叫德吉。你叫什么名字啊？"

我跟随她走上凹凹凸凸的碎石小路，头顶树影婆娑，耀眼的光线不时射入眼睛："伯鑫。"

"伯鑫。伯鑫。好，我记得了。"她向我微笑。她到底是什么样的一个人。应该是熟络得太快，我还是有些不自在。

一栋两层楼高的房屋出现在树林底端。

"进来吧，当自己家。"

她打开大门，我注意到灰色的电线像藤蔓一样从墙角爬上天花板。她转进楼梯间。

"来，上二楼，来选房间。"

我仰起头："你有……不止一间房间？"

她向我招手，我也走上去。天井洒下来的日光掠过阶梯，在地上照出的光影像是拼字游戏，一个个方块堆叠。

"有两间，看你想怎么选都可以。"她在右手边第一个门口停下，"这一间比较新，但比较小。"一张标准的西式双人床，床头板的弧线延伸到空荡荡的置物柜，每一片木板都抛光上了蜡。她继续往前走："或是这一间。比较大，但旧了点儿，看你介不介意。哎，来这儿看一眼啊。"

好大。房间一边在地上放了双人床垫，另一边还有两张单人床，地上铺着花瓣图样的地毯，至少是我列城房间的两倍大，整排窗户也变成两倍宽。

"怎么样？还不错吧？你可以想一想，挑哪间都行。就这样，我去帮你准备点吃的呵。"

她也太执着于午餐这件事儿了吧。我忽然觉得她有点儿好笑——或许我也有一点儿。感觉她并不真的与旅行社男子相像。"那个，我想今晚，我就在你这里住吧。"

"好啊好啊。"她一脸更开心的模样，"那你再告诉我你要住哪一间。"

"这个窗户……真的很棒。"我指向身旁大的那间。

"是吧，我就知道。"

"不过——"

"不过什么。你喜欢的话，就它吧。真好。"她那两道法令纹被她笑得更深陷了，"那我真的要来下楼弄午餐了。"

"德吉。"我叫住她。她已经一脚踏下楼梯，脸上一半陷入阴影。"但真的，我才一个人而已，住这么大的房间太不好意思了。"

"那有什么关系？我也自己住啊。"自己？"你赶快放下背包，吃完，再好好出去逛逛。"

"呃，午餐真的可以不用，我留着晚餐再吃就好。我想……趁天光多出去看一下。"我向她礼貌地微笑，"你刚不是说村里很漂亮？"

"你还是不想吃啊……"德吉低头更掉入阴影里两三秒，重新看向我，"那，等一下我带你往村中心走一小段路吧？"

"啊，这样好吗？"我再度有些惊讶。

"你就来这么一天，你比较重要。今天哪，就把这里当作你的家。

我是说真的。这样吧，我们二十分钟后就来出发？"

我想了一下，点头。她再度笑开，下楼梯时又像是随着一级一级在点头。

我脱鞋走进房里，背包一丢，躺上靠窗的那张单人床，整个背被托住了。墙上的时钟刚过两点。这是几天以来我最早在住宿处躺下来的一次。屋外的阳光把房内彻底打亮了，像是没有界线一样，我想起昨晚睡前的那片星空。我愣了一下。那仍然是那么真实的美好，那些黑暗里的光，不可能忘记，应该……也没必要忘记的。我更放松下来，张着眼东看西看。木头窗台与玻璃窗一起反光，外头的树叶被风吹得像在嬉戏，天花板上好几支洁白的水银灯管。我头更往后仰，看到床头的橱柜。

我坐起来。大大小小好多绒毛玩偶，叫得出或叫不出名字的，西洋的或东洋的，都凑在一起，旁边几幅相框里是同一个男人身着军装的半身照。往上一层，瓷盘与瓷杯整齐摆放，更往上还有。我站起来。女子篮球亚军，女子手球冠军、亚军，还有个羚羊造型的奖杯，昂着头，一对长角往后弯，后腿翘起。我靠近想看清楚底座上面刻了什么字。

"伯鑫！"德吉洪亮的声音从楼下传来，"该走喽。不然我要来做午餐——！"她竟然还没打消念头。

"我来了——！"我差点儿笑出来。

急忙背好背包，穿鞋，我跑下楼，她已经站在大门旁笑眯眯地等我。我们再次穿过树影底下，走进田间的泥土路。日光变得比刚才稍微倾斜一些了。我回头想把德吉家门口的样子记下来。

"这里啊，是这一带最大、最主要的村镇。"德吉说。

"是哦？"

"你应该会觉得，和阳旦村很不一样吧？"

"嗯，好像是这样没错。"

"是的。是的。"

那应该是雪松香没错。气味儿更明显了，香中带甜，是醇厚的脂味。我在拉达克第一次感觉到空气的重量，肺部像是跟着舒缓开来。"这里的海拔，还有三千公尺吗？"我问。

"有。这里比三千多得可多了。你看，"她指向远方，"旁边那些山，光秃秃的，外头什么都长不了，不像这里总有一些在持续生长着。"

"好不可思议，像个绿洲一样。"

"绿洲？"德吉在路口比个方向。我提醒自己这边要转弯。"但这里有冬天呢，长长的冬天，一切事物都被雪覆盖的冬天。"她抬起头，看向路旁两三层楼高的树木。细小的枝桠不成比例地簇生在灰黄的树干上，另外几株的枝叶开展出深深浅浅的各种绿色。我开始有些分不清海拔与季节的转换了。

"我听说这里，嗯，名字的意思是……雪松村？"

"是呀。你有闻到吧？那是雪松的香味。"她说得很自然。我想她与旅行社男子真的不一样。

"有，但我不晓得有没有认错。我是指，这里真的有很多树，好多不同种类的树。"

"那是因为现在是六月，刚好开始是变得最绿的季节，所以常青的雪松也藏在里头了。不过它的香味儿是不会变的。就只有到冬天的时候，才会被大雪覆盖。"

"连香味儿都会被覆盖？听起来冬天的这里，似乎很孤立啊？"

"你可以那样说。但是呀，雪从哪里来，水就从哪里来。雪总是会融化的。如果没有冬天，就没有春天、夏天，没有眼前这片绿色了。都是这样的啊。所有活生生的，都是这样来了又走。"

可能我太敏感，总觉得她的语气似乎有些失落："他们来了，又走了？"

"是呀。"她说。两旁的树丛与青稞田继续往后递移。

"包括……我们这些健行的人？"

德吉看看我，微笑。我以为她要说什么结果没有。她转回头，朝向前方："我带你去前面，有个地方你务必要认得。"

远远地我瞧见好几座高耸的大型石堆，一旁有石墙相接。那里看起来不像是一般人家。

"那个，是窣堵坡吧？"我问。有几座的轮廓比较完整，我认出底下是象征土的方形基座，象征水的扇形结构，再往上的火风月日，全都崩塌成空。

"你知道窣堵坡？"

"嗯。一路上看过好几次，大的、小的都有。"

"来，那这个，你知道吗？"她领着我走到石墙边。

我发现墙上好多石头被刻上六字真言、经文、佛像、莲花、鸟或是鱼，还有一些图案已经难以辨认。德吉两手扶在墙面，上半身前倾以额头轻触，祷念几句，然后站直回来，看向我。我摇摇头。

"这个叫嘛呢墙。如果你今天从阳旦村过来时有注意到，在垭口那儿，风马旗旁边应该也有些石堆吧？那些，是嘛呢堆。它们是类似的。"

"嘛呢墙，与嘛呢堆？"

"对。"

"然后，你们会对着它祈祷，像你刚才做的那样？"

"是呀。因为嘛呢墙是一条分界，是一个交会点，天、地、人间与神明，都在这儿连接在一起。"

"这就是为什么你希望我务必认得它吗？"

"欸，不是不是。对你来说，更重要的是你得知道它的另一个功用，重要的功用。就像你在垭口那儿会看到嘛呢堆一样，世界是这么大，你必须要看到它，因为，嘛呢墙就是地标。"

"地标？"我的视线沿石墙来回巡一圈，"可是这上头并没有写东南西北，也没有箭头什么的啊？"

"你说得对。你还是得自己决定要往哪里走。"

"那不就还是有可能会迷失方向？"

"是呀。我们都是这样的，我们多少会迷失的。但只要看到它，你就会知道你还在路上。它像是个指引，让你知道可以继续走，但它不会告诉你你的目的地在哪儿。"

我的脑里忽然闪过牧羊阿嬷的身影。

"把它记住了，晚点儿你还要它帮忙才回得来呢。"

"知道了。"我也有点儿想起旅馆的卓玛。出发前她也说要我记得。我还是不知道要记得什么。

我们又往前走一些。德吉说："好了，伯鑫，我就陪你到这儿。你呀，继续往前走，过了桥，沿着河，村中心就到了。接着你想去哪儿都好，好好地逛，你真的来得正是时候。至于我，要来回家想想晚餐该煮些什么了。"

又来了。我笑了笑："你刚才还没时间吃午餐吧？"

"也对，也对。你不说我都要把它给忘了。"德吉的笑声衬在前方传来的淙淙水声中。

我们互相挥手。

溪流将水气拍打上岸，我越往前走看见越多小学生迎面走来。他们推来推去，有个男孩儿远远地跳着朝我大喊，旁边的同学像是接力一样继续发出笑声。"朱雷！""朱雷！"他们走近时一个个向我说。河水流过几家民宿，流到杂货铺旁，顾店的两个大孩子拿着作业本向我使劲儿摇晃。继续往前，溪流在整片草原上扩张开来，我每踏一步都从鞋子旁渗出清水。湿地中央有一尊红色的转经筒，带动它的水车不断掀起水花，我像是看见彩虹。后面忽然又传来孩子们的嬉笑声，我回过身，好多孩子们冲过来。其中一名八九岁的女孩儿停在我面前，比着手势似乎是要我加入他们的游戏。我和他们跑跑停停，不知道是谁在追逐谁，鞋袜都弄湿了。

杂货铺旁一名妇人朝这里大喊，孩子们一个个跑来我面前，叽里呱啦地一人接着一句——我当然也听不懂。那名女孩向我做了鬼脸，我回她一个更丑的鬼脸。然后他们一个个从不同的地方跑回泥土路上。

我看看时间发觉还早，决定继续往前走一些没走过的路，反正大概记住来时的方向就好。我转头，像是又看见那堵嘛呢墙。

24 /

这条路我走过几遍了？

一走出精神楼的后门，我反射性地抬起头。树还是那么高，空气湿湿凉凉的，像是把那股混合木头与泥土的气味儿跟着稀释了。

病房会诊的工作来到最后一个月，再过几周，明年一月开始，我就要同时照顾急性和日间病房的病人了。我在这里的工作继续改变，但也好像什么都没变，就像郁璇一样——她又回来了。

四周前的那天她揭露被父亲性侵后，雅慧向社会局完成通报，当晚，她就被安置到机构。她的母亲隔天过来办理出院手续，夹带各种抱怨，同样是雅慧协助大雄将一切处理下来。我第一次那么庆幸有雅慧在这儿。只是没人料到，袁P会向社会局的社工主张，只要郁璇在机构里出现任何情绪问题，立刻回来日间病房延续治疗。这意味着我们必须对郁璇的父母有所隐瞒，以及更可能的状况是：我们必须阻挡她的父母找来病房这里与她接触。于是好像又不那么意外地，郁璇在社工陪同下重新办理入院，只间隔短短十多天。

我继续走在那条林间步道。从 T 医院带来的那件短袖医师服，我想应该不会再拿出来穿了。为期一年的训练已经接近中点。我感到有些可惜也有些不大理解，为什么袁 P 出现在这里的时间这么少。他背后的想法是什么？判断的依据是什么？如果能有更多直接和他对话的机会，或许我会成长得更快一些吧。剩下来的半年多，我会如何继续成为一位更好的医师？还有那个我对过来这里的期待……

"伯鑫医师！"如盈的声音从上方传来。她站在那条木造阶梯的顶端，满脸笑容。

"嗯？你怎么——"

"没事儿，出来走走。想说你也应该差不多要回来了。"

我也以笑容回应，我在这里的作息像是都被他们摸透了。

"会诊的病人都还好吗？"她问。

"还好啊。"

她等我爬上来，再跟着我继续迈开脚步。视线穿过日间病房的玻璃外墙，里头没开灯，大家应该都还在午休。"但你哦，"如盈摇摇头，"太过分了。"

"嗯？"

"就朋城和欣瑜在一起的事儿啊，竟然是你帮他守密守这么久。真的，太不应该了。"

我笑了笑："知道啦。不要再学雅慧当我了好不好？"

"欸，你才来多久，亏我在这待几年了，朋城竟然只跟你说。"如盈有点吃味的样子，然后笑出来。

"哪有这样在比的啦？"

如盈继续在笑。那是前天一早的事儿，团体进行到一半，凯恩忽然爆料他撞见欣瑜和朋城在约会，欣瑜当场立刻否认了——而回到办公室后我承认了。那是两周前我和朋城那次会谈的结论，他允许我在必要时透露给必要的人知道，至于什么是必要，他说相信我的判断。

"对了，"如盈说，"朋城妈妈刚终于过来拿诊断书了。总觉得她和以前……不太一样呢。"

"是吗？"

"嗯。也没多说什么，道个谢，就走了。"

我想起和朋城母亲的那通电话。

如盈笑了一下："希望一切都可以这样，顺顺利利地走下去啊。"

我点着头，和她一起跨越路口。

"你们在看什么？"我走进办公室。

大雄本来弯腰和丁大一起在看丁大桌上的笔记本电脑，急忙站起来："啊，学长。"他搔搔头，又出现那个快要坏掉的鸡毛掸子。坐着的丁大也回头向我和如盈嘿一声。"学长那个，关于郁璇的诊断——"

"晚点再讨论吧。"我凑向前，笔记本电脑荧幕上是几张丛林与野生动物的照片，"这哪儿啊？"

"亚、亚马孙。"大雄说。如盈帮大雄把没翻好的医师服领子翻出来，大雄不好意思地点头。

丁大说："蛮酷的，可以去。"

"你机票买了再说啦，"我笑着看回丁大，"是要拖到什么时候？"

"嚯，说不定到时候——"

对面的雅慧咳了一声。"叶医师你 order 开错了。"她把病历丢到大雄桌上，瞥了我们一眼继续往外走。芳美姐刚好进来。"学姐。"雅慧点个头。

"要去上评鉴的课了？"

"对，我这边的病人再麻烦学姐。"

芳美姐露出微笑："应该的。快去吧。"

雅慧再度恭敬地点头。她往大门口走的路上与要回座位的朋城擦肩而过。刚才芳美姐似乎在和朋城会谈——是为了这个月底开会又轮到他，也是为了前天被凯恩，或者说被我爆料的事儿吧。这是与病人共谋你知道吗？ Splitting[1]的风险你冒得起？我仿佛又听见前天上午雅慧在办公室里对我的质问。

"真是的……"如盈说，"有话也可以好好说啊。不懂袁 P 怎么会同意让雅慧过来，以前的护理师才不会这样。"

"以前？"我问。

如盈回过头："雅慧是今年一月才调过来的，比丁大还晚半年吧？"

丁大苦着一张脸点头。

"对噢。"我想起朋城最后一次住急性病房时，雅慧也还在那里。

"我 R1 前半年，就有在急性病房遇到她。"大雄搔搔头，笑得一副受创很深的样子。

"现在是怎样？"我笑出来，"要开始轮流自我揭露被雅慧当过的经验就是了？"

丁大举起手："那我应该当第一个。欸？是说你们团体都这样进行的吗？"

"白痴哦，没人在举手的啦。"我说。

如盈笑得很开心的样子。

---

[1] Splitting，分化，为一种心理防卫机转，意指无法整合对于自我或他人的两极化面向，常用于描述人格违常患者倾向将他人视为全好或全坏（all-good or all-bad），以至于在其人际关系或对治疗团队成员间的合作带来破坏性的影响。

大雄说："但听说那时候，雅慧能调到这边，是特别来拜托芳美姐的？"

"嗯？"芳美姐从药车后方抬起头，"怎么突然说到我？"

"啊就听急性病房其他护理师说的。"

"都这么久了，怎么还在传哪。"芳美姐笑得有些为难，摇摇头。

"呃，芳美姐的意思是？"大雄吞吞吐吐地说。

"雅慧啊，就是因为不爱帮自己说话，才会这样。毕竟这里不用轮夜班，去年底那时候，自然也有些风风雨雨。"

我忽然感到有点儿羞愧，觉得刚才我们不也是在背后议论她。

"其实从最一开始袁P就有定见了，我只是居间帮忙协调而已。何况雅慧一开始是不想来的，还说……她本来已经决定要离职了。"

如盈惊讶地"啊"了一声。

"你们知道，雅慧之前是在ICU❶吗？"芳美姐继续说，大雄说他有听说过，"好像也不能说太意外，加护病房里每天都在面对生死，精神科相比之下像是轻松多了，好像只要动动嘴巴就好。所以转科过来，多少会被认为是某种逃兵吧。加上她一来刚好就照顾到朋城，那时候，很多科里的人都等着看好戏。"

"看好戏？"我问。

芳美姐向我微笑："因为朋城的妈妈啊。这点，如盈肯定也知道的？"

如盈点点头。

"他妈妈常给人一种，你如果不帮忙她，她就会垮了的感觉。但你在她面前当了好人，到朋城面前，你可能就变成坏人了。真的，很难。没想到，雅慧刚过来，像是把ICU的习惯也都带了过来，说一是

---

❶ ICU (Intensive Care Unit)，加护病房。

一，说二是二，连探访时间和通话次数都严格限制。第一次在急性病房开 team meeting 时，她甚至直接当着袁 P 的面说，就是这个母亲让朋城无法离开家里。在场的人都吓坏了，想说怎么有人完全没在怕的。更没想到的是，改变，还真的发生了。"

"芳美姐是指，"我说，"朋城的母亲终于同意让朋城来日间病房，而朋城自己……也愿意？"

"是啊。回想起来，可能正是因为雅慧不怕自己被当成坏人吧。"

我稍微想起前阵子和朋城的互动："但她，并不真的是？"

芳美姐向我又笑了笑："后来那些最复杂的、反复住院的青少年，袁 P 常指定由雅慧来当主要照顾的护理师。雅慧明明是个新人，竟然持续都表现得很好，加上她和学姐们私下又不大往来，所以……"

大雄一手捂住嘴，认真在思考的样，丁大也静静地坐在椅子上。

"这么说，"我继续问，"是因为人的事情，她才会想离职喽？不然能被袁 P 那样肯定，那可是很……"

"我想，也不止吧。"芳美姐比较笃定地说。

"嗯？"

"能做好一个工作，和你想继续一个工作，本来就是两件事啊。任何的离开，任何的移动，都有它自己的意义的。只是我们不是当事人，我们不一定都有机会理解。"

我低下头。半年前我是那样离开台北、回来，再离开 T 医院、然后来到这儿。那时候的那些勇敢与害怕……

"而且说了你们一定不相信，我啊，"芳美姐带着笑容看回药车上，"常在雅慧身上看见一部分过去的自己呢。"

"啊？"我、大雄和如盈几乎同时出声，丁大也明显转动椅子。

"你们也太夸张。好了，说太多了。丁大……"

丁大看一眼手表："啊对，环山，环山。"他立刻起身往外走。

"嗯？"大雄说，"丁大，你不是说今天我可以——"

"对对对。"丁大在门边停下来，对上我的眼神，"鑫哥要一起吗？"他往外摆个头。

"嗯，改天好了。"我还在思考刚才芳美姐说的话。

丁大皱眉笑了一下。"同学们起床喽！别再睡喽！"他的声音隔着门窗传进来，如盈同样往外看着。

我将视线从拉起的窗帘移回朋城的身上。

"刚中午芳美护理师……跟我说了。"他的语气里没有明显的情绪。

"你是指，你和欣瑜在交往的事儿吗？"

朋城点了点头。他吸一口气，大力地呼出来："所以你们决定，先不会特别让同学们知道是吗？"

"嗯，我们讨论过后，目前是这样的结论。原本我是打算月底开会前，再找个机会让办公室里的大家知道的，没想到……"我苦笑着耸了个肩。

他也抿嘴笑了一下："也不知道是好是坏，但就，发生了。"

"是啊。"

他嘴角保持扬起，眼神却像在哀悼什么似的垂下。"那你，还好吗？"他重新看向我。

"嗯？"怎么他先问了这个像是我才应该问他的问题。

"就是，有被骂或什么吗？"

我笑了笑："还好。你也知道，会念的当然还是会念。"

"雅慧护理师吗？她真的很……"朋城皱着脸摇头，"我听欣瑜说，前天团体凯恩一讲出口，其他同学根本就很夸张啊，七嘴八舌吵成一团，然后雅慧护理师当场骂人了。欣瑜说她觉得好像自己也被骂了一样。"

我微笑点点头——事实上，当场我也被雅慧瞪了一眼，而大雄坐在圈外作为观察员目击了这一切。

"明明那天路上遇到的时候，我就叫凯恩不要乱说话了，偏偏他嘴巴根本闲不住。搞得这两天吴宇睿又一直跑来烦我，还跑去直接问欣瑜。应该还有一堆人也在我们背后八卦。就很烦。"

"嗯？欣瑜当场不是说了，你们只是朋友？"

"就是这样大家才更爱传啊，如果欣瑜直接说了可能还——算了。"

"算了？"

朋城想了好几秒钟："本来我当然也觉得，就说啊，有什么不好说的，再怎样两个人一起面对总比一个人好吧，干吗一定要这样隐瞒。但我知道欣瑜还不想，所以，也就没说出口了。"

"嗯，你的意思是？"

"我不想和其他人一样逼她啊。她就，唉，太在意别人会怎么想。我知道如果我开口说了，她八成会说好，就算她心里其实……欸，当然也不是说好像，我说怎样她就一定怎样，但就是，我也不想硬要她说些什么啊。就很、很……"他一只手在半空晃动。

"挣扎？"

"对。"朋城瞬间放松下来，"所以这两天，我也只有很试探地问，她也答得很模糊，什么再看看、等一段时间之类的，也不知道那些是不是真心话，还是只是怕我会在意什么的，说不定她压根儿就没想要公开，或者——就很多啦。像她还提到说，一直觉得郁璇FB上有几篇贴文在针对她，我心想我怎么都没感觉。就都很想追问，但又怕问太多，信息打了又删，删了又打，要说，还是不说，来来回回的。"

我边听忍不住边有些笑起来。

"怎样啦，这有什么好笑的？"他愁眉苦脸地问。

"你——真的谈恋爱了呢。"

"废话，我和她都交往两个月咧。"

"但如果没经过这样的烦恼，我想，应该称不上是真正的恋爱吧？"

"哈？"

"你听到我刚说的啦。"

"干，什么东西啦，不要说得好像一副恋爱导师的样子好不好？"

"好。好。"我笑出声音，他握住拳头一副克制不要打我的样子。我感觉晤谈室里的气氛终于变得轻松下来。"但我在想，你刚说的，真的是很重要的事情呢。"

"本来就是啊。"

"不是。"我稍微收起笑容，"我要说的是，坐在这里的我，仿佛也完全能感受到你刚才在说的。"

"啊？"

"怎么说呢……"我试着整理自己的思绪，"就好像这几个月来，当然，我不是在和你谈恋爱，但每次在这里，我一边听你说，我也常在思考，要说吗，要怎么说呢，当你说了些东西时那是你真正的想法吗，你还有更多其他没说的吗，我要不要追问下去呢，然后有些事儿我能不能、又该不该跟别人说呢。脑袋里总是会有很多很多想法呢。"

"真的吗？"他怀疑地说。

"真的啊，只是我不一定都有说出来而已。你知道，毕竟……我是医生。"然后，我刚才竟然一股脑儿地都说出来了。我自己笑了一下。

"是哦……"他转开视线，"第一次，听你说这些。"

"嗯，好像是。"

他继续点了几次头。"那，"他看回我这边，"你觉得欣瑜呢？"

"嗯？"

"你刚说，我这是真的恋爱了，那欣瑜也会觉得——"

"嘿，你不才说不要我当恋爱导师的？"

"是、是啦，但就想知道嘛，这种东西又不可能直接问她。而且你也算她的医生，说不定你比我了解她啊。"

"如果这样，你应该知道，我也得对她……"我摊开双手。

"啊，保密是吧？"

我笑着点点头。我开始感觉和他之间的治疗关系又变得更不一样了。

"算了算了，不想那些。至少月底演唱会我和欣瑜确定要去了。"

"哦？是吗？"我有一点儿惊讶，"你妈那边——"

"算答应了。"

"算？"

"哎哟，就答应了啦，只是，感觉很怪这样。欸，蔡医师是不是你有跟我妈说什么？"

"其实……也还好欸。"

"真的吗？"

"骗你干嘛。"

他有些不好意思地笑了。

朋城的母亲不知为何直到上周才再打电话过来。更不像我的预期，母亲只问我对朋城去高雄跨年的事儿有没有什么建议，我说我大概有些了解，朋城都有和我说，然后我鼓励她再找机会和朋城聊聊看。母亲犹豫一会儿，说她知道了，就结束与我的通话。

"反正昨天晚餐的时候，其实也跟平常差不多，就两个人默默吃饭，一直到快吃完她才问我最近在医院都还好吗，还有在跟你谈吗，我说有。她本来好像还想问什么，但洗完碗盘就各自回房间了。我打开手机，发现欣瑜又传了几则信息过来，说她妈又在问想电话联络我妈的事儿。我突然觉得，还是得问吧，拖了快一个月也不是办法，就带着手机走去我妈的房间。没想到我妈也刚好出来，超尴尬的，她看着我，我在想要不要先开口，但又怕问了她又不说话，就感觉手心有点儿冒汗。好不容易鼓起勇气开口，结果我妈竟然同时出声。她说，她今天中午会来医院拿诊断书。我哦了一声。她继续问我，刚要说什么事儿吗。我低头刚好看到我妈门上的凹洞，手在口袋里抓着手机，也变得湿湿滑滑那样。我就说，"他屏住气半秒，"我还是想去高雄跨年。"

我专心地看着他："然后？"

"她说好。"

"嗯？你妈，就这样答应了？"

"对。我有点儿傻住了，忽然不知道要接什么，本来还在想说可能……对，她就，答应了。然后，过了一会儿，她又补了一句，回来后，学测要加油。"

"学测啊……"

"嗯。"

记得如盈说，今年学测的日期是在一月底。剩不到两个月了。

朋城轻轻叹口气。

"怎么了？我以为，这应该是你期待的最好的结果？"

"不知道。可能——不知道。感觉，就很像世界末日吧。"

"世界……末日？"

"十二月二十一啊，那个玛雅预言。"

"噢，好像是有这件事儿。"

他笑了一下："当然我是没在信啦，但就像五月天这次演唱会，也因为这样特别分两个版本，末日狂欢和明日重生。"

"我记得你跨年那场是……"我回想他拿给我看的那张门票。

"明日重生。但还没到那天之前，谁会知道那是结束，还是开始呢？"

"你指的是？"

"就好像，有一件可以很期待的事情，可以真的很尽情、去开心，但同时……又很怕，就，你也不知道那到底会是什么，就都混在一起了。你懂我的意思吗？"

"就像……惧乐部这里？"

他停顿一会儿，点点头。"学测也是吧。其实，我不太想去想的，想了，压力就很大。但偶尔又会觉得，考完说不定就海阔天空了，只要撑过去就好，上大学一切就会不一样了，就像如盈老师也常说要我加油、要我相信自己那样。但，有时候会有一种连自己都觉得很荒谬的想法，就是，如果真的回学校我就输了你知道吗？可是你说我真的有想要赢什么吗？好像也没有，但就……"他露出苦笑，"你一定听不懂我在说什么了。我自己也不知道我在说什么。"

"不过，你还是说了，而且还说得……比之前更多？"

他的神情有些沮丧："可能吧。以前，真的很不喜欢再说这些。大概是被太多人、问了太多遍，你为什么回不了学校，你还有想要回学校吗。好像一定要我说出一个答案。但我就真的不知道啊。甚至有时候觉得，这也不是我想或不想的问题吧，而是就算知道了，又怎样呢？"

"所以我第一次和你会谈的时候，你才会……"

朋城点了点头："这么多年下来，好像也只有你和芳美护理师，会真的像是告诉我，我回不回学校都没关系。好像，你们真的完全不在意一样？"

"不在意？"

"对啊。"

"嗯，其实……我觉得，我应该还蛮在意的？"

"嗯？"朋城困惑地看向我。

"我没像芳美护理师那么厉害。就像，月底又要开会讨论你这件事儿，我总还是有种，如果没能够让你回到学校，作为一个医师，我的治疗失败了的感觉。"

"失败？"

我点点头，确认自己还有什么想法没说出来："怎么说呢，总还是会希望自己，能成为一个够好，或者说更好的医生吧？"

朋城像是被我的话带入思考，眉头皱得更紧了："所以你的意思是，你还是想要我回学校？"

"嗯，我想，那真的不会是我和你会谈的目的。可是，我有没有希望你回学校？"我深吸口气，"我不知道。我好像……没办法告诉你一个很明确的回答。"

"连你也……"

"是啊，连我也……"我淡淡地笑了。

他摇摇头。"等等，"他看回我的脸上，"所以我们真的要这样一直谈下去哦？"

"嗯？"

"感觉每次讲到后来都这样，我不知道，你也不知道，就好像、好像两个白痴一样？"

"两个白痴？"我愣了一下，"真的耶，两个白痴。"我笑到笔记本掉下来。朋城朝我"喂"了一声，我继续在笑。

"克制点儿啦，你在干吗啊。喂——"他又喊。

25 /

　我再次看见嘛呢墙，来时的路就在前方了。一小段下坡，转弯，太阳渐渐西沉。民宿外墙的铁门一推就开，满天的枝叶像在余晖里铺成一席温暖的被子。

　我推开第二扇门，立刻飘来菜肴的香气。

　"伯鑫？"德吉从客厅走出来，"你回来了！快进来吧，喝点奶茶。哎，还是你想先上楼？"

　"我——"

　"不要不要，直接进客厅吧。还是该让你上楼先？都好。哎呀，怎么都是我在说话。"

　我笑着向她示意可以直接进客厅，她看起来比我还要开心。

　"村里可好玩？"她往里头走。

　"很棒，我很喜欢。"

　"那太好了，晚餐也马上就好喽。"

　我点点头。客厅里的香味儿更加浓郁，是从大灶那儿飘出来的。德吉抓起桌上的大把豆荚："坐吧。"她继续往灶台边走。

　灶上有两只铁锅，我发现底下是瓦斯炉，更下方的灶门紧闭着，看起来很久没用了。德吉拿着热水壶与杯子回来，帮我倒茶时空气中跟着注入一股奶香。我向她说"谢谢"。

　"村里的孩子都好活泼啊。"我说。

　"是吗？"

　"我在村中心和一堆孩子玩了好一段时间，就在草原上。"

　她笑着走回灶边："那你一定有遇到苏南家的女儿。她啊，最喜欢找像你这样的陌生人玩了。每次遇到她我都会想起我的女儿。"

　锅里发出一些蒸汽声。我仔细地往其他地方听，没有，还是不像有其他人在。"我记得你说，你是自己住在这儿？"

"对呀。"

"所以，你的女儿是……"

她从橱柜里拿出一个碗："我有两个女儿，她们都在外地念书。"

"噢。"所以我住的那间应该就是她们留下的空房间了。我拿起杯子喝一口，是一般的奶茶，比贝图寺的要甜一些。

德吉侧对我，手里剥起豆荚。

"我一起来帮忙？"我站起身。

"欸欸欸？"她几乎是惊恐地转过头，"不是让你坐着等就好吗？"

我笑笑地继续走过去，她拿着几根豆荚像隔空在敲我的头。我停在灶台边，感受到炉火的一点儿热度。"是你自己种的吗？"

"当然。"她语带骄傲地说。我伸手要拿豆荚，德吉把我的手拨开，"我来就好。"

"嗯，好。"我越来越觉得她的个性有些可爱。

她将一颗颗豆子挤到碗里："这些啊，都刚摘下来的，煮一会儿就好，留点儿口感最棒了。你看，"她把碗拿到我的面前，"像不像大地的宝石？"

"真的。"翠绿色的，带有光泽，不晓得是叫什么——管他呢，好吃就好。

"所以我才说你来得正是时候啊。"她拿回去继续剥，"夏天的开始，阳光更温暖了，山上的雪融成更多水，让村里任何东西都更加生长，变成绿色的。来，借过一下。"

我稍微挪动脚步，德吉将瓦斯炉的火调大一些，锅子里更明显地传出咕嘟咕嘟的声音，像是婴儿在模仿出声。"这里，真的好绿。"我说，"我是指，从来拉达克到现在，我好像还没看过这么绿的一个地方。好难想象山里会藏了这样的一个地方。"

"伯鑫，"她向我转头，手里继续动作，"你来拉达克多久啦？"

"今天应该是，嗯……第五天？"

她笑了出来："要想这么久啊。"

我点点头。对，是第五天没错。旅程不知不觉过一半了。

"我还没问你，你从什么地方来的啊？"

"啊？我从，台湾来的。"

"台湾？那是哪里啊？你的家乡，长得什么样子？"她看起来充满兴致。

我在想要怎么简单地解释："嗯，台湾，是个小岛，在中国东南边的海上。"

"嗯——"她的声音像是拉出圆滑的曲线，"海啊。"

"对，然后，我住在一个……人很多的大都市，叫台北。那里不像这里海拔这么高，比较潮湿，有河，但也有堤防。你知道堤防吗？就是河的两边会有很高的墙。总之，和这里很不一样。"

德吉点点头："那就是为什么，你会来到这里吗？不一样？"

"嗯，或许吧。"好久没想起那些了。

"是吗？真好，真好。"她的手停下来，转头确认豆荚是不是都已经剥完。我突然想到她平常可能也没太多机会这样说话。她向我露出笑容："马上就好喽，可以下锅了。"锅盖一掀开，一阵白汽带着香味儿与热气冲出来，她把豆子拨进去。

"这里呢？"我问。

"嗯？"

"你怎么会想让你的家开放当民宿？"

德吉拿汤勺搅拌几下，盖上盖子："没什么，就是有空房间啊，闲着也是闲着。"

"闲着？"

"嗯哼。"

我不确定她指的是人或是地方。

"我是在另一个村落出生的，结婚后才搬来这儿，到现在差不多二十年了。也是这十年随着开放观光，家里才开始当作民宿。"德吉踮脚要从上方的橱柜拿东西，我伸手说我来拿。"哎，"她叫住我，"好啦好啦，让我来。今天我们要用最漂亮的盘子。你帮我拿两个下来。"

我递给她，德吉抓了块布擦拭盘子，放到瓦斯炉空着的两个灶眼上，然后熄火。她打开另一个铁锅，里面装着白饭。

"你们在台湾，也吃饭吗？"她边说边盛饭进空盘。我说对。"那正好。"

"我以为青稞是这里的主食？"

"都吃的。"她再次打开炖煮许久的那个铁锅，拿着汤勺搅拌，"我们这儿啊，还要两三个月才是青稞收割的时节。到了那时候，田里一整片黄灿灿的，风一吹就像海浪一样，往村落的边缘越吹越远，漂亮极了。健行的人们都这样说的。"

"听起来好美。"

她让我端起其中一盘，汤勺舀得满满的在半空画个圈儿，浇下焦糖色的浓稠酱汁。"不过我啊，还是喜欢现在这个时候多一点儿。青稞苗越长越高，也越长越绿，看了就让人开心啊。不是吗？"她自己也舀了几勺，然后要我和她一起往桌边走。"毕竟等青稞收割后，就是什么都没有的冬天了。"

我靠着墙坐下，想起她下午时说过的话。来了，又走了。那时她隐约有些失落。她将她那一盘放在我的对面，也在椅垫上坐下。

"好了好了，别说了，趁热吃。我可没忘记你今天没吃午餐呢。"

我笑着点点头。

盘子里，一点儿油光缓缓滑过金棕色的马铃薯与半透明的洋葱，旁边的白花椰菜像是一丛丛小树林，青绿色的豆子点缀在上头。我用力闻了一下："好香。"里面到底还放了些什么。

她在我对面一脸笑盈盈的样子。

"啊，汤匙汤匙，"德吉急忙起身，"我怎么给忘了。"我笑出来。德吉很快折回来，将汤匙交给我。我将酱汁淋在白饭上，一入口，咸味儿带着坚果香在口中化开。马铃薯外层焦香带有一点儿辛辣，松软的里层满是奶油甜味。我再挖一口豆子，脆脆的，越嚼越透出蜂蜜的香气。好好吃。天哪，我是不是太容易被食物收买了。我又吃了两口，抬头发现德吉张大眼看着我点头。我有些不好意思。

"好好吃，真的。"我说。

"嗯。嗯。"她抿着嘴笑，"后悔了吗？"

"嗯？"

"中午没在这儿吃啊。"

我笑出来，点头。她很得意的样子，开始吃起她那一盘。我也再挖几口，充分地咀嚼。"你真的是个厉害的妈妈。"

她嘴里还有饭菜，脸颊鼓起，眼尾与嘴角笑得像是快要能连在一起。

"但平常，你就这样自己一个人煮，一个人吃吗？如果那样就太可惜了。"

"有时候我会去我公婆那儿，帮忙照顾他们。其他时候看情况。"她笑笑地说，"如果有健行的人来，我就一定会在这儿煮。"她发现我的杯子空了，又帮我倒一杯奶茶。

我向她说"谢谢"。"那，方便问一下，你的先生呢？"我想到房间床头柜里男人的照片，"他是个……军人？"

"是啊，他大多住在营区，偶尔才回来。你听过雪虎吗？"

我摇头。

德吉放下汤匙和盘子："给你看个东西。"她走到电视柜旁蹲下来翻找，"有了。"她拿了张报纸回来，在桌上摊开。纸张的边缘已经泛黄，上面的英文字密密麻麻的，她指着一张团体照的左边中间："这个男人，就是我先生。旁边是他的同袍与长官，我是一个都不认识啦。这是当年他们部队庆祝成军四十周年的活动。"

德吉拿起盘子继续吃。我侧头看过去，照片里共有三排军人，他们戴着帽子，全身灰黑色的迷彩像是油墨印坏了，只有第一排坐着的人露出放在膝上的白皙手臂。我注意到队伍中央的那面大旗："这个图案是……羚羊？"记得床头柜里还有个这个造型的奖杯。

"是呀。那是藏羚羊。"

"我被搞糊涂了。所以你说的雪虎是？"

"雪虎是他们部队的昵称。因为这里海拔太高了，一般士兵没办法适应，所以就用藏羚羊当作他们的团徽。我也只知道这些，我先生也不是什么都跟我讲。有时候我连他到哪儿驻防了都不知道，像当年他们与巴基斯坦打仗，好一段时间我都没见到他人呢。"

"打仗？"我没料到战事离这里这么近。

"时间过得很快呢。你看，"她指着报纸顶端，"二〇〇三，都九年前了，当初孩子们都还在这儿念小学。"

我点点头，在心中推算她女儿现在大概的年纪。

"哎，要不要再多吃点儿？"她伸手要拿我面前的空盘，我赶紧摇手说已经饱了，真的不用。"确定？"

"是真的。如果还吃得下我一定说好。"盘子里的酱汁被我刮得干干净净的，完整露出精致的花纹。

她盯着我几秒才笑了，继续把她那一盘也吃完。她看起来与我一样满足。

她再次伸出手："最后的机会，真的不要？"

"真的不用，谢谢。"我摸摸自己的肚子。

她笑笑地将我的空盘叠上她自己的，起身往灶边走。我要站起来但被她阻止。"坐着坐着。喝茶。"

她稍微整理一下，过程中回头以眼神示意我自己倒茶。她把碗盘放好，走去打开电视，将音量调小，然后坐回我的对面，呼了口气。她也喝几口奶茶。

电视上正播放宝莱坞的电影。金光闪闪的宫廷里聚满穿着华服的人们，忽然人群往两侧分开，黑衣长袍的男主角领着一群白衣人摇手转圈跳起舞来。镜头一转，二楼出现一群身披各色纱丽的女子，她们边扭腰边下阶梯，与男人们越贴越近。轻快的舞曲声传过来，恰好是我们位置能听到的程度。我想起提克西寺。德吉看得很专心，随着节奏稍微晃动。

我看向桌上那张泛黄的报纸。洛桑，她先生的名字。印象中那几张独照中的他是藏人面孔，鼻梁高挺，双眼像是要射出的弓箭那么有神。

"德吉。"

"嗯？"她转头看我。

"我有点儿好奇，你们怎么想，自己是……拉达克人，印度人，或者都是？"

她笑出来："你问的问题也太难了，男人们才在想这些我是谁什么的。那些事儿啊，我不懂。我只知道他去守护边界，那是他擅长的事儿。我呢，在这里守着这个家就好。"

"你说得真简单。"

"我能做的也只有这个呀。"她注意到那张报纸，伸手把它重新折好。

"不只这个家，你还守着这间民宿，为了像我这样健行的人们。

那是很多事儿。"

"我的天，这样一想可累人了。真要说也该是反过来。"

"反过来？"

"每次我推开外头那扇铁门，看见上面写着民宿（guest house），我都在想啊，还是得先有客人（guest），才有房子（house）。"

"怎么说？房子不是一直都在吗？你有好几个大房间，还有一整片森林，就像是被那么多绿意包围着。"

"但夏天会过去啊，如果哪一天人们也……"

电视的喧闹声持续传过来。我感觉心里像是有什么被触动。

"哎，讲到哪儿去了。"她拿着报纸，起身往电视柜走，"是说下个月我女儿就要回来啦。"

"她们是……"

德吉把报纸放好，回身面向我："放暑假。"她恢复洪亮的声音。

"噢。"

"可惜你没能遇见她们。从她们还小，就喜欢缠着那些健行的人问他们从哪儿来啊，家乡长什么样子啊，一堆问题，根本就是两只小动物，没有停下来的时候。"德吉坐回我的对面。

看来女儿们都遗传到母亲的个性。我浅浅地笑了。

"而且啊，她们和你一样。"

我惊讶地看向德吉。

"她们的最爱，就是你今晚那间房间里的那一排窗户。"

"真的？"

德吉点点头："她们总爱告诉健行的人，说她们房间里有一排世界上最神奇的窗户，可以看到整个宇宙。但因为太神奇了，所以除了爸妈还有她们的玩偶，绝不许别人靠近。她们都说，那是她们的秘密堡垒。有些健行的人不知道在想什么，离开后还真的寄了玩偶过来。

你一定想不到我的宝贝女儿们怎么反应，她们把玩偶一个、一个收进床头的柜子，然后说，这样他们就可以和我们一起看到窗外喽。"

我像是更被德吉脸上的笑意感染："好可爱。"

"啊，突然想到个东西。你等我一下。"德吉起身又往电视柜走。她蹲下来翻找得有点儿久，我干脆也走过去。电视里男主角走进房间和一名妇人说话，妇人碧绿色的双眼充满哀伤，眉间有个红点。德吉站起来有些歉疚地向我笑："好像被拿去你房间了，我方便过去找找吗？"

"当然。"

她往楼梯间快步上去。我探出头，那边的光线比较暗，看不大清楚。电视继续传出我听不懂的对白，没有音乐了。没多久德吉带着一本书册下来。

"就是这个，"她直接在我旁边盘腿坐下，"去年我大女儿陆军学校发的校庆纪念册。"

我犹豫一下，跟着席地而坐："她也是军人？"

德吉摇摇头，摊开册子："是孩子的爸觉得去念军校，教育水准比较好。"她抬头像是想到什么，伸手把电视调到接近静音。

她很快翻过前面都是文字介绍的页面，到了照片，她的动作慢下来。长官巡视，将军致辞，一群人端坐听课，排队敬礼领奖，她一张张指给我看，然后翻页。她将册子稍微压平，继续一张张地指过去。"这个，"德吉手指停在一名皮肤黝黑持球的女孩儿身上，"我大女儿。"五官看得出与那张男人军照类似的英气。"她啊，和孩子的爸一样，体育表现特别好。"

"真的？我在房里有看到好多奖杯，该不会都是她的？"

"至少有一半。我都在担心那个橱柜有天会不够放呢。"她笑了一下，往后翻，隔几页又指向照片的右侧角落，"这也是她。然后，"

她翻两页，指向另一处，"这是她的妹妹。她可一点儿也不输给她的姐姐，我看哪，再过两三年，她的奖杯就要赶上姐姐的了。"

我将注意力离开书册，移向德吉的脸上："我想……你一定很为她们感到骄傲吧？"

她又翻一页，然后停下来："以前哪，她们都要我哄着入睡，我就陪她们躺在那间大房间里，直到她们都睡沉了。有一年冬天，我还记得那一晚特别地冷，那时候大女儿大概六七岁，我哄着哄着，她突然说，妈妈以后换我守护你。可能是不常看到爸爸在家的缘故吧。小女儿躺在我和姐姐之间，眼睛都要闭上了，说什么那她也要。她当时根本连话都说不大清楚。我就看着她们，静静地睡着，窗外的月光洒在她们的脸庞上。"

书册停在的页面左半是空白的，右侧满是文字，天花板上的灯管也或者是电视在纸上晕出模糊的反光。

"后来，隔一两周，孩子的爸回家了，我向他提起这件事儿。你知道吗？他竟然说，虎父无犬女。"她摇摇头，"真是的，军人们一个个都这副模样。"她像是继续在想些什么，过几秒，往后又翻一页。

是张跨页的照片。一排又一排的人穿着制服整齐地站着，至少上百位，背景是一列横亘的山。我看着，像是与刚才报纸上那张合照相叠在一起。

"这里，有好多故事。"我说。

德吉点了点头。

"嗯，这样说，可能有点儿奇怪，但是，我真的很喜欢你刚才与我说的一切。感觉就像是，我真的听到了什么，我真的住进了……你们家。呃，我不晓得你能不能了解我所说的。"

她抬起头，看向我。

"我只是有个疑问。这些故事，这些回忆，都是这么珍贵。可是中午的时候，你反而让我自己选可以住哪一间，包括，你女儿们住的那一间？"

"那不是更好吗？"

"是指，对健行的人？"

"对我也一样啊。"

"我不懂。一旦开放，那个秘密堡垒就不再是秘密了，不是吗？"

"反正，女儿们现在也不那样想了。那就是……"德吉耸了一下肩，"长大吧。"

"长大？"

"嗯。"她的视线投回书册里，却像是有些走神。

我注视她一会儿，自己也低下头："我在想，或许，就像你说的，那真的不再是个堡垒了，但我有个感觉，它好像变成一堵嘛呢墙，就在……你们的心里。只要每个人都把石墙的样子记牢了，它始终会指引你们每一个人，往家里的路。"

"即使，有些时候我们迷失了？"她的声音变得有些沙哑。

"就像下午你告诉我的。至少我们会知道，我们都还在路上。"

德吉看向我，然后垂下眼帘："谢谢……你的这一块石头。"

我感觉左胸口有些重量："是你先给我的。"

"我？"

我点点头。

"哎，那不就成了一堵我们的嘛呢墙了？"德吉笑了，一眨眼好像流出眼泪，她很快用手擦过去。

"老天爷，我们说多久了？时间一定晚了，都忘了你还没洗澡呢。你先回房间准备一下，我马上来烧热水，好了就叫你。晚上比较凉，要注意一点儿。等明天早上，我再帮你准备一顿丰盛的早餐。"

我笑了笑："太好了。还有什么比那更让人期待的呢！"

她挥手要我赶快上楼。我爬上楼梯，回头看见德吉还坐在那里，驼着背，在看那本书册。她的身形乍看之下与窜堵坡有些相像。她把书合上，手掌沿着书封边缘压平，拿着站起来。她注意到我，向我又笑了一下。

这里是荒漠中的绿洲，一个终年不被冰雪覆盖的绿洲。

26 /

我将大雄写在病历上的 2012 划掉，改成 2013。

"啊，学长不好意思。"大雄说。

我笑笑地说："没关系。"

大雄坐在我和丁大之间的那张椅子上，搔一搔头。

办公室里显得特别温暖，也可能是寒流稍微远离了的缘故。我望向窗外空无一人的大教室。世界末日也就这样平安地度过了。

"学长以后周四，都要等中午才能过来吗？"大雄问。

"看情况吧，目前急性住院的病人比较多一点儿。"

"是哦……"

"担心什么？你都最后一个月了，可以的。"我在大雄盖章处的右下角画条斜线，盖上我的医师章，然后合上郁璇的这本病历。最近大雄顺利稳住她的情绪，雅慧比较少念他，连带也比较少念我了。我忽然发觉自己刚才那句很像丁大会说的话。"其他病人呢？也都还好吗？"

"还好。有照上礼拜开会的决议，和欣瑜讨论下学期返校的计划，欣瑜也都很配合。"

我点点头："你什么时候找她谈的？"

"昨天下午。"

那就是她和朋城去高雄跨年之后的事儿了。"嗯，不错。和你上周开会的表现一样，越来越进步喽。"

"嗯？"大雄惶恐地看向我，"学长是说欣瑜，还是……"

我笑了笑，看了一下手表。

"不过衰Ｐ很妙欸，明明是在讨论朋城，啊怎么会突然说到欣瑜要——"

"报告。"是朋城的声音。我转过头，发现病人们陆续环山回来了。"蔡医师，"他穿着一件浅灰色的高领毛衣，"我们今天，照常？"

"照常。"我站起来。

大雄抬起头："学长，那我们……"

"嗯，等两点半再继续讨论，好吗？"

"好。"

我在笔记本顶端写下今天的日期，再看回朋城的身上。他像在等待我开口，静静地看向我。我轻轻笑了一下："新年快乐啊。"

"嗯？"他愣了半秒，"新年，快乐。"

"你们回来了？从高雄。"

"呃，对啊。前天一早元旦回来的，欣瑜妈妈买的高铁票。"他没露出特别兴奋的情绪，"医生你现在变得很忙吧？"

"是啊，开始要同时负责急性病房，事情会比较多一些。怎么会想问这个？"

"就，我看去年杨医师也是这样，有时候还会临时和我改会谈的时间。"

"是吗？"

"嗯。"

我们也好久没在这提起杨医师了："我尽量。好吗？"

"嗯。"

我向他再度笑了笑。"所以，今天有想谈些什么？"我暂时搁置心中太明确的好奇。

"嗯，"他停顿几秒，"我爸吧。"

"你爸？"我有些惊讶。

"嗯。他又……找我了，就前天回台北，路上接到的电话。"

"OK。"我点着头。印象中病历里几乎没有任何关于他父亲的描述，几次话题带到他父亲，他似乎也不愿多谈。"我不是很确定，你爸妈是……"

"离婚，我小二还是小三的事儿吧。"

"是。"我继续点头，"所以，他打给你，是有什么事儿吗？"

"也还好。只是，没预期新年第一天就接到他的电话吧。"

"哦？"

"大概因为今年我要学测的关系，就比较早打来。当然也差不多啦，还是说一些……要我加把劲儿之类的话。"

"嗯。"转眼学测就在这个月底了，好快。

"其实前两个月家里就收到一堆他寄来的参考书，考前百日冲刺什么的，好几本。跟我初三的时候一样，也没先问我有没有需要，就一股脑儿地寄了一堆过来。"他苦笑着摇摇头。

"我都不晓得，原来你爸和你还有保持联络？"

"也不算吧。"

"哦？"

"我从来……也没找过他啊。一方面也是他这几年都不在台湾吧，大陆地区好几个地方跑来跑去的样子。基本上，就都是这样，偶尔寄一些奇奇怪怪的东西过来，然后我妈会跟他有一些信息什么的。和我，也就只有每年农历年前会固定通个电话，说一日游的事儿。"

"呃，什么一日游？"

"就是跟旅行社的团啦。"朋城一脸的无奈，"每年，他都会换个新地点，宜兰、苗栗，最远台中、南投也去过。不过去哪儿好像也没什么差，反正都是坐游览车，和一堆上了年纪的人一起。以前连手机都没得玩，更无聊。然后，他也是都固定问那些问题，过得怎样，有没有回学校，在医院习不习惯。问完了，就没了。我也不知道要跟他说什么。有时候同团会有那种，你知道，就是很热情的阿姨过来说个几句，什么儿子这么大还出来陪你玩哦，真乖，真孝顺。我听到那些话也是……"朋城又摇了摇头。

"然后你说，一年就这样一次？"

"对。"

"而你也……还是都去了？"

"他就，我爸啊。"

"他就是，你爸爸？"

"嗯。"朋城垂下眼帘，过一会儿，忽然淡淡地笑了一下。

"怎么了？"

"每次我妈都还会特别鼓励我一定要去。可能他们之间有什么讨论吧，我不知道。但我心里常会想，你自己都受不了他了，干吗还硬要我跟他出去。"

我没有立刻接话，视线在笔记本上停留了一会儿："我很少……听你说这些。"

"嗯。"他将手伸进毛衣领口的周围，揉了几下自己的后颈，"可能是因为，也不重要吧。"

我静静地看向他。

"还记得小学……三年级吗，有次老师要班上每个同学轮流站起来介绍自己的家庭。轮到我的时候，我很紧张，因为一堆同学都看过来，我说不出话，就哭了。我忘记后来是怎么收场的，只记得那个老师还蛮温柔的，也没有骂我或怎样。然后那天回家我妈就突然很反常地和我说了好多话，但她说什么，我其实一点儿印象都没有。反正就是记得有这件事儿，觉得自己很丢脸那样。后来，一直到升初中的暑假吧，我刚好在路上遇到我小学那个老师，是她认出我的。她很关心我，问我过得好不好啊，初中要去哪里念，还说她一直觉得我是个很聪明的孩子，初中一定会表现得很棒什么的。离开前她说，家里还是跟妈妈两个人住吗，要一直开开心心的哦，要记得还是有很多人很爱你。我一开始只是有点儿纳闷她怎么会知道我家的事儿，后来才想到，原来他们一直以为我那时候哭，是因为我爸妈那阵子刚好离婚没多久的关系，但其实……"

　　"其实？"

　　"那就是一个……一直都没有的东西。"

　　"一直，都没有？"

　　他点点头："蔡医师，你自己小时候的事儿，还记得多少？"

　　"嗯，不多吧？"

　　"其实大部分，我也都忘了，只有一个片段到现在都还记得非常清楚，清楚到像是……那根本是我想象出来的一样。"

　　"嗯哼？"

　　"那是发生在我家门口的楼梯间，那时候我应该……"他一手握上另一手的手肘，"幼儿园吧。我妈蹲着，抱着我，我好像刚哭完还怎样，我妈一直揉我的背，然后一阵阵声音从我家门后面传出来，什么咚的声音，有东西碎掉，还有……我爸在里面大吼大叫的声音，就一阵一阵地传出来。我妈一边揉我的背一边说，不要怕，不要怕，爸爸是怕你受伤。她的声音好像在发抖，变得细细尖尖的。我被她抱得好痛，受不了叫了一声，她才松开。我就看到她的脸，又红，又肿，跟我印象中的她长得完全不一样，好像，她不是我本来的妈妈。然后，我爸的吼叫声继续从门后传出来……"

"朋城……"我注意到他的手在毛衣表面来回轻轻摩擦。

他的手停止动作，坐直回来。他向我笑了一下："就是这样。"

而我完全生不出笑容。

"你应该也觉得，很像演电影吧？"他耸了下肩。

我稍微放低视线，感觉自己眼眶有些快要变湿。

"说起来完全没道理，但后来，只要我每次看到'天伦之乐'这四个字，都会想起这一个片段，就感觉，那好像是我最接近那四个字的一次吧？"

我重新看向他。"你说，"我摇着头，"离你最近？"

他淡淡地又笑一下。

"为什么？"

他想了几秒："反正后来，就很少我爸在家的印象了，也可能只是我都忘了，连他带我那只米格鲁回家那天是什么情况也想不起来。只记得不知道从哪一天开始，家里变得更安静了，就只有，有时候我那只小米会在那边叫那样。我妈也是。我还有印象的，都是她坐在餐桌前，没有说话的背影，一动也不动。"

我想起那时候，从办公室望向小教室窗户里那个僵硬的背影。那是我第一次，也是至今唯一一次见到她。除了来开 IEP、来拿诊断书，她真的没再来过这里了。朋城的母亲是没有垮，但也……"我在想，你妈妈，应该也有很多想说出口的话吧？"

朋城注视着我，嘴唇紧闭。

"我不知道，也许这样说我是跳得更远了，但说不定，你爸……

也是吧。"

他缓缓地转过头，保持沉默。

"嗯，那只是我突然的一个想法。"

"嗯。"他的语气往下坠，下巴像是要碰到毛衣的领口，"我妈，前天倒是突然问了。不知道是不是我爸也跟她说了什么。"

"嗯？"

"之后有没有想要改姓。"

"之后？所以你现在还是——"

"跟我爸。"

"那，你怎么想？"

"我是不想跟我爸姓，但也……"

"也不想跟你妈的？"

朋城点点头，叹口气："我妈说等我二十岁以后就能自己决定了。所以就，再说吧。"

"二十。"我笑了笑，"看来光是满十八还不够啊。"

他有些无奈地摇头："要离开家，还真难。"

"是啊，真的是。"

他继续抿嘴笑着。

我等待一段时间。他看起来没有要继续往下谈的意思。"但至少，你可以从……去高雄开始？"我试探性地问。

他看向我，表情有些吃惊。

"嘿，本来我满心期待今天要听你分享去高雄跨年的事儿呢。"

"什么啦。"他稍微笑出声音。

"所以，你有想要讲吗？"

"当然有啊。可是时间……"

"那就直接讲了，难不成要再等两个星期？"

"也对。"他咧开嘴角笑，"那就，你听我说喽？"

我向他拿高手里的笔记本与笔。

他点个头，想了一下："从……那天一早说起？"

"OK。"

"反正，那天从一大早就跟平常很不一样。寒流刚来，很冷，然后地铁也超空的，我才知道原来那天别人都弹性放假，是我们医院没有。可能也是这样，一整天在日间病房都有点儿心不在焉的。大家也都差不多吧，下课时间很多人还在那边聊说要怎样跨年什么的，我就听到欣瑜跟别人说她打算回家看电视跨年。就，也都是一直忍啊，忍到放学，偏偏那天大家还像都约好了一样，一堆人一起走去地铁站，吴宇睿当然更是一直黏过来。坐到北车，好不容易刚好只剩我和欣瑜两个人要下车，但一出去，"他摇摇头，"人超多。整个月台，到处都闹哄哄的，很像电影院门口那样，挤成一团，也说不出来大家是在兴奋什么，氧气都快要不够吸了。我因为懒得脱外套，身体里面闷到有点儿流汗，等到本来那班车开走了，我才牵起欣瑜的手。她说我的手怎么那么湿，我赶紧缩回来擦一擦再牵她。她的手，很冰。但也就，握着就好。

"后来，上高铁了。我们赶在最后几分钟才抵达，还好没出什么意外。我把藏了盥洗衣物的背包丢上去，也帮欣瑜放上去，坐上椅子，总算能安心下来。接下来就真的是属于我们两个人的时间了。准备第一次看五月天现场，也是第一次有人跟我一起。我就转头跟欣瑜说，我们真的要去高雄跨年了耶，最后倒数几个小时。她也笑笑回我说对啊。窗外黑乎乎的，还在地下道，灯光很快一直往后跑。我们开始聊这几天各自复习哪些五月天的旧歌，还有这张新专辑。我们一直聊到，好像刚好车子出来地面的时候吧，我手机叮了一声，是我妈发来的信息。才想说一早出门的时候我妈只说一句小心安全还不算太啰唆，信息就来了。我不想点开就把荧幕关掉，但欣瑜好像看到了。她就问我是我妈吗，我说对。她好像一时不知道该接什么。我之前有跟她说，我和我妈说是和朋友去跨年。没办法，我妈又不像她妈那么开明。高铁继续轰隆轰隆地往南开，应该是桃园吧，就看到很多房屋的灯光，一盏一盏的。欣瑜突然说，'你学测……剩不到三十天了'。我有点儿吃惊，看向她，换我沉默了一会儿。然后我说——后来觉得我那时候说错话了——我说，'你下学期回学校，也要加油'。"朋城停顿两秒，"她就哭了。"

"哭了？"我忍不住开口。

"那时候，我很慌，在一起这段时间我从没看她哭过。我知道她一直不是很爱谈学校的事儿，但那时候我就，唉，不知道，当下我只是想陪着她，她也就……安安静静地哭，一点儿声音也没发出来，可能是怕前后会有其他乘客听见吧。我小声问她怎么了，还好吗，她也没回，也不知道有没有听到，就看她抓着外套的袖口。我一开始想说她可能是怕冷，想握她的手，她却把袖口抓得更紧，好像在怕什么的样子。高铁开得真的很快，车厢一阵阵好像在抖动。我还是试着稍微握她的手，她的手才慢慢松开。她的手变得比我的还热了。我问她要不要把外套脱下来，车厢里比较温暖。她摇摇头。我觉得哪里不太对劲儿，不知道为什么突然想到郁璇。我觉得自己很不应该你知道吗，大概是在惧乐部待太久了，我把她的袖口稍微拉起来一点儿——果然，她手腕上有好几道新的、浅浅的割痕。然后，她才轻轻地把袖口又拉下来，盖住。那瞬间我真的觉得自己……为什么我没有……我想了很久该说什么，但想不到，她也都没说话。过了好一段时间，都快到台中了吧，她才……靠到我肩膀上。"他停下来。

我持续看向朋城——这次的空当我决心保持沉默。

朋城向我笑了一下："后来，她好像睡着了。我告诉自己不要想太多，五月天就在前面等着我们，新的一年也是，很快就会到了。她靠着我，其实后来有点儿麻，但也就这样吧，平常在台北也不太有这种机会。一直要到左营了，我把她叫醒，她看起来心情好多了，拨一拨刘海，笑着说睡到头发一定都乱了。我觉得也有点好笑就笑了。一开始在病房里看到她也是这个印象，很正，不管什么时候都很正，也不知道自己当时哪来的勇气就向她告白了。

"我们沿着路标走去转乘高捷，人不知道什么时候又多了起来，尤其一到世运站，一出车厢，超热闹的，而且所有人前进的方向都一样。上天桥，再下来，我觉得心跳越来越加速，就在前面了，真的，就在前面了。我从人潮缝隙看到出站的闸门，我伸进口袋里要找代币，但一时间没摸到，边找边刚好有个人从我旁边撞过去，还回头瞪了我一眼。我感觉有点儿不舒服，然后，终于摸到代币。我继续往前走到闸门口，忽然脚，动不起来了。心里不知道在怕什么，就好像、好像回到校门口那样。一直到有人在我背上轻轻推一下。我回过头，是欣瑜。她看着我微笑，我才回神跟她说没事儿，走吧。就这样，出站。我们……终于到了。"

我露出微笑："终于。"

"对啊。"朋城像是松了口气，"我们又开始东聊西聊，好像前面什么都没发生、都不重要一样。周围的人也是，还在暖场的时候现场就已经很嗨，气温也完全不像台北要冷死人那样。等到灯光一暗，现场开始聒噪，我感觉，说不上来，还是很不真实。这里有五万人、五万人欸。我看向欣瑜，她好像看穿我在想什么，凑到我耳边说'我们真的来了耶'，我也靠向她说'对呀，真的，好扯'。她抿嘴笑了一下，但很快灯光闪过来，旁边又开始尖叫。大荧幕在放影片了。一放完，砰！舞台上爆出火花，全场都疯了，我和欣瑜跟着一起大叫，但其实根本听不到自己在叫什么，像是跟所有人的声音全混在一起。就整个超疯，从来没那么疯过。"他讲得也有些兴奋起来。

"你啊……"

"啊,"朋城朝他的手表瞄了一眼,"不行不行,讲太多有的没的了,中间跳过讲个重点就好,全场我最爱的一个片段。"

"嗯哼?"

"就是快到跨年倒数的时候,钢琴的前奏一出来——《温柔》。靠,这首歌我超爱的。一开始荧光棒是蓝色的,左右摇晃像海浪一样。到中间节奏出来,荧光棒变成白色。等开始飙吉他,又变成红色。那时全场都嗨翻了,非常整齐、非常用力地在甩荧光棒。就在要进到最后一段副歌前,灯光整个亮白色地打下来,超亮,荧光棒也变回白的,然后满天撒下白色纸花,就像真的在下雪一样。我和欣瑜伸出手拼命想抓,却抓不太到,同时现场所有人一起大声合唱:'不知道不明了不想要为什么我的心/明明是想靠近/却孤单到黎明/不知道不明了不想要为什么我的心/那……'"

他继续忘我地唱着,一手拉起毛衣领口,另一手打着节拍。我仿佛看见他穿上了那件超人披风,张着手,飞在整片雪白的大地之上。

新年快乐。我在心里再次说着。

27 /

我一个人越走越远,路的两旁是雪松与持续长高的青稞田。再几个月,到田里变得黄灿灿的那一天,我想这一路将会有满满的青稞香伴随松香。

"伯鑫,别迷路喽!"德吉在后头大喊。我回过头,她站在铁门旁持续朝我挥手。围墙后的树林大约三四人高，摇晃间露出里头的两层楼房子。

我没停下脚步，举起张开的右手："知道了！"

我看见她在笑，如同昨天我刚抵达这里时她迎接我的那样，同时像是也看见她的先生洛桑与她手牵着手，还有他们那一对宝贝女儿绕着他们跑。她们两个可是小动物啊。我的手握起来，放下。再看下去会更舍不得的。微风带着水汽从侧边吹来，我决定把这个感觉带着上路。

这是最后一天健行。水壶重新装满水，加上德吉打包给我的点心——她强调那不能算是午餐，背包变得比前两天更重一些，但这样的重量似乎刚好。我再次经过那堵嘛呢墙，村中心的草原变得安静，孩子们应该都上学去了，只有水车嘎嗒嘎嗒，带动转经筒转个不停。我越过昨天傍晚折返的路口，空气中的水汽逐渐变得稀薄，松香味儿也是。终于，一点儿绿意都不剩。

再见了，嘿密书克帕詹。

旅行社男子说这天要攀过一个超过四千公尺的垭口，是三天中难度最高的一天。德吉也特别叮咛我今天慢慢爬，不要急。提密斯冈，是今天的目的地，也是健行的终点。我想起旅行社男子给我的 DM 还在背包里，但觉得没必要再拿出来了。我再度走进地图的空白处，迈向又一个除了名字我一无所知的地方——然后路就断了。我笑了一下。真是一点儿也不意外。

一台推土机挡在道路的中间，跨过去什么都没有。我走到一整片平坦的荒漠里了。远处光秃秃的山岭像是用颜料一层层涂上去，从底下的土黄色，越往上越接近褐色。我的视线落在左侧远方，那里隐约有什么东西，石头的颜色，混杂一些鲜艳的斑点。

"你呀，"我像是听见德吉又在我身边说话，"看到它就知道你在路上了。还犹豫什么，就那么想迷路吗？"

真的是嘛呢墙。它与一座窣堵坡用风马旗相连，规模比村里那个小很多，但就是德吉告诉我该记住的模样，不会有错的。我走得更近，在嘛呢墙与窣堵坡之间发现一条小径穿过，大约一人肩宽，颜色比旁边的黄土浅一些，看起来是被人走出来的。我四处张望，同样毫不意外地，没看见任何路标。

但只要沿着它走总会抵达某个地方，是吧？我像是回应德吉。

两旁的山岭慢慢朝我靠拢，平地逐渐被挤压消失。我估算自己已经走了十多分钟。左手边的山坡往上，右手边的谷底与对侧山壁，不知何时开始冒出许多小径，与我脚下的类似，都是一条条浅黄色的细线。我想往前看清楚它们通往的方向，但是失败了，同时脚下的小径开始下坡。每踏一步，鞋底的石砾都在滑动。

"嗯，这条步道，是不容易，"变成拉姆出现在我前方，她回过头，"但也，没那么困难。只要你……愿意继续往前。"

当然。我自然地张开双臂，让身体保持平衡。

我真的来到很远的地方了。从台北、德里，飞到列城，接着从林嘎村、阳旦村、雪松村，走到这里，不知道是哪里的这里。对侧山壁的那条小径似乎要往另一个方向岔出去了，往前走，它又绕回视线内。左手边的小径感觉快要接上我脚下这条，越来越近，但坡度太陡我跨不过去，然后它又远离了。我继续下坡，继续往前。我开始觉得这每一条细线般的小径都是彼此的平行宇宙。

"啊——啊啊啊啊啊——"牧羊阿嬷唱起歌来。

你会来继续引导我做出选择吗？坡度变得更陡，滑动的石砾让我差点儿滑倒。我不得不低头注意脚下胜过于往前看，脚掌像是要花更多力量去抓住地面。但真的不用急，慢慢地、一步一步往前，就会知道了。

我稍微停下来。

"朱——雷——！"我朝对侧山壁喊，就像那天我回头朝牧羊阿嬷喊时那样。

"朱——雷——"空无一人的对面传来回声。

然后是这一侧的前方。

接续一声、两声、三声，模糊地从更远处传来。

我边走边试着再喊一次朱雷，更多声音叠上去了，好像好多人在对话一样。太阳逐渐攀高，山壁越靠越近。那里头好像有我的声音，但又不只是我的。我又听见德吉，听见拉姆，"奈！奈！"牧羊阿嬷的叫声也在回荡，还有奔跑在草原上的孩子们，田里的祖孙三人。我再喊一次朱雷。一声又一声地在我耳边不断相遇，不断分别。"你好！""再见！""谢谢！""愿你被保佑！"拉达克语、英文、中文，全混在一起了。那本像是字典的 *Lonely Planet* 在我心里一页一页地散开来。山谷里没有任何一点儿风穿透进来。为什么你们都不在这里了，我好想念你们。我正要再喊一次——

"朱雷！"

那是谁的声音？谷底就在眼前，岩石变得比人还巨大，一块块棱角分明，被日光燃烧出金属光泽。所有小径都会聚在一起了，两面山壁压过来。我睁不开眼睛。前面那个人是谁？为什么他要一直走？我追不上他的背影。是主任吗？左右山壁亮得像是白色的。叮咚，叫号铃响了。那是医院里消毒水的气味儿。他一直往里面走了，他要去哪儿？不对，背影看起来不是主任。叮咚。叮咚。每一扇门都打开了，每一扇门后都站了一个穿着长袍的主治医师，每一个都没有脸。你太让我们失望了。快，快把门关起来，快全关上。灯突然暗了。嘎啦、嘎啦。我为什么站在行李输送带上。我要出去啊，别再绕了，我又不是谁的行李。灯闪个什么劲儿。怎么有机场这么狭窄又这么暗，我都飞这么远过来了。那个人要从机场门口出去了。我也要出去，就是这次机会了。我从行李输送带上往下跳。哗的一声，我一直往下掉。两边又亮了。是土黄色的两道高墙，是堤防。我在哪里。轰隆隆的声音从背后传来，水要淹过来了。我低下头，发现河水从我的脚踝开始往上淹，越来越高，淹到膝盖了。两道墙朝我逼过来，好亮。那个人还在前面，快追。河水把我的双腿拉住，使不上力。你给我停下来啊。你到底要去哪儿，为什么一直跑。你是谁。你叫什么名字。快说啊。快说啊。水淹得更高了，越过我的腰，淹到我的胸膛，我的下巴，鼻子，眼睛。我用力闭住眼——

　　"好奇的旅人，"突然一个声音，是达瓦，"千万记得，好好呼吸。"

　　我探出头，吸一大口气。

　　我睁开眼。

　　来时的左侧山壁往外塌陷，像是溃堤一样，将所有声音全倾泻出去了。

　　我已经走上另一侧的山麓。左侧的底下拉开一面平原，更遥远的地方才再有一层层山岭。云朵的阴影落在那儿，像是几只黑猫朝同样方向钻。再没有任何声音。我又回到一个人，如同一直以来。

　　刚刚那个背影是谁？我觉得我一定认识他，但就是想不起来。

　　山坡上冒出稀疏的几丛野草。也许是因为这里下过雨，或是有融雪，但我一滴水都没看到。我放弃继续想下去。我真的有些想念一路上遇到的每个人，甚至包括旅行社的男子与司机。这大概就是孤单吧，不然怎么会连他们都想念。

　　我靠进山壁底下的阴影，从背包拿出德吉给的点心，也是印度薄饼。奶油全融化了，我闻到类似酥油茶的香味。

　　终于只剩脚下这条小径了。我向前望，孤零零的它像是条浅色的风筝线，往远方的高空抛上去。

走吧，休息够久了。

吸气，呼气。吸气，呼气。我的每一口气息都吹成蓝天里的风，太阳照得我发热，像是冒出红色的火光。额头滴下汗来，我在将要感到口干舌燥前喝水，为体内浇灌出绿意。这次的爬坡仿佛没有尽头，我一直走，一直走，每一次着地都从脚底传来震动，是黄色的土地在震动，也是我的肌肉在震动。真的什么都不想了。我的脑袋呈现一整面的白，连一丝疲倦也没有察觉。

我就是窣堵坡，就是五色的整个世界。

风马旗在前方出现。我有点儿兴奋，那应该是今天路程的最高点，等通过垭口便都是下坡了。我走过去，风马旗杆底下是一座残破的嘛呢堆。我发现更高更远的地方还有另一处风马旗。我要自己别失望。继续过去，又看见更高更远的地方还有。渐渐地，我感觉不到兴奋或失望了，情绪如同这里的空气变得稀薄。小径的坡度与宽度维持稳定，我继续呼吸，继续走，脑袋里响出声音来：

你必须放下所有的期待。你必须搁置所有的假设。你必须让自己专注在每一个当下。你必须全然地拥抱未知。

我好像终于知道我为什么会来到这里了。

坡度和缓下来，我应该确实走到那个垭口了。石堆散布四处，有些像是崩解到一半的窣堵坡，有些看起来是嘛呢堆，横躺的风马旗将它们串接起来，其中一杆像是个日晷斜斜地指向空中。我站进去，紫外线直射而下，几乎使我变成透明的。四周的山谷连绵起伏，我感觉快要飘浮起来。我仿佛哪里都能去了。

"你是——真的想要来我们医院，还是只是想离开？"

是，我就是想离开，那又怎样呢？就决定离职了，没什么好怕的。

风马旗忽然全被吹起，石块咯噔咯噔地滚落下来。是嘛呢堆还是窆堵坡倒了。我仿佛也要被吹散，觉得自己开始越飘越高。我有些慌了起来，朝来时的山谷大喊一声——

没有回声。

风停止吹动，还是没有回声。

我确认自己仍站在地面上，但说不出来哪里不对劲儿。如果有任何人可以给我回应就好了，或许那样至少能知道，我是真的有发出声音。

我蹲下捡起一块石头，放到某座嘛呢堆顶端，再一次深呼吸。

冷空气进去，暖空气出来，就像冬天之后会有春天与夏天来到，往复循环。我想起昨天与德吉的对话。

前方几十公尺远，我看见旅行社的司机靠在车子侧边。那里就是提密斯冈的电力厂房。他也看到我了。

"很高兴再次见到你。你完成了。"

"是啊。"

"我说你沿着路走就可以了，我没说错吧。"

"没有。一点儿也没有。"

"就是这么简单。我们走吧。"

我坐进后座。车子发动，开往列城的方向。

"先生，"我说，"我还不晓得你叫什么名字？"

他透过后视镜看向我："贾扬特。"

28

我站在办公室门口，摸着口袋里的钥匙。

"蔡医师？"

"嗯？"我回过神。朋城站在我的前方。丁大与如盈合力将大教室里的病人们叫醒，雅慧叫了几个名字要他们过来服药。"我们今天……出去吧？"我不确定地说。

朋城轻轻地"啊"了一声。

"你们这两三天，不是都没环山？都在下雨。"

"是啊。所以……"

"所以……出去透透气？我们边走，边谈。"

朋城看着我："你，认真的哦？"

芳美姐和宇睿从小教室走出来，丁大开始呼唤初中组的病人们到小教室上课。丁大发现我在看他，向我挑眉笑了一下。这会是我第一次真的走进后山了吗？

朋城跟着也往丁大那边看了一眼："那，就不进晤谈室了？"

"嗯，这是一个提议，看你怎么想。"

"噢……可以吧？那，"朋城回个头，"我去拿个外套，顺便跟如盈老师说一声。"

"好。"

芳美姐经过我的身边，我向她点个头，她带着一如往常的微笑要进入办公室。

"芳美姐，"我突然想到，从口袋抽出钥匙，"这个可以麻烦你吗？"

"嗯？你们今天……"芳美姐的眼神移向大教室的前方，再移回来，"我知道了。我来放回去吧。"她将钥匙接过手。

"谢谢。"

她点了个头："你不一起换个外套？"

"应该还好，至少有医师服。"

她笑了一下："都好。你觉得自在就好。"

自在……

芳美姐又看向我身后——朋城穿着一件棉质的连帽外套回来了。

如盈在讲台上，笑容轻松地望向我。高中组的病人们差不多都坐定位了，除了欣瑜还在会议室里与大雄会谈。

"那，走吧。"我向朋城说，"雨伞？"

"在外面。"

我"嗯"了一声。

"走这边？"我撑起伞，比向左前方。

朋城点点头，也打开他那把伞。

我们跨出屋檐下，伞面立刻被雨水敲打出嗒啦嗒啦的声响。我注意到医师服的袖口沾上好几滴水滴，应该是刚才开伞时不小心弄到的。

朋城往右侧那条下山的路看过去。

"怎么了？"我停下脚步。细雨像是将那条长长的绿色隧道罩上一层雾，使我看不大清楚。

他摇摇头，转回来，继续往前。

我与他保持大略平行的位置。

"郁璇的妈妈走了。"他淡淡地说。

"啊？今天，她又来了？"

"嗯，中午的时候。"

雅慧和大雄前几天就向我提到，郁璇的母亲得知郁璇住回来了，电话没阻挡成功，她果然直接跑来这儿找郁璇，说是要问个清楚。但那是被禁止的事儿。他们现在是"相对人"——我并不真的那么懂法律用语，虽然已经收到法院来函询问郁璇是否有 PTSD ❶的诊断。

我说："大家……都还好吗？"

"应该吧？她妈好像本来想要抓谁来问，后来，是雅慧护理师去处理的。"

"那就好。"

我几乎能听到每踏一步时鞋底挤压积水发出的声音。越走，日间病房那栋玻璃屋也在我们身后越来越远了。我看了朋城一眼，他应该没有打算多谈郁璇。道路两旁一如之前从路口望进去的印象，比从精神楼过来沿路的树更高，也更密。雨水均匀地落下，我抬起头，同时微仰伞面。

"医生你今天，不做笔记吗？"

"嗯？"我的头低回来。

他指向我医师服的口袋——我放笔记本的地方。"你每次不都……"

"想说，换个习惯吧？"

"习惯？"

"嗯，习惯。"

"是哦。感觉……"他拖长的尾音像在唱和四周打在树叶与草皮上的雨声，"不太习惯。"

我笑了笑："我也有一点儿。"

朋城转头看着我几秒，淡淡地笑一下，再转回前方。

我的双腿没有明显感觉到爬坡，但看过去像是有的。长长的路上没有一个人影。我感觉能这样一起安安静静地走着也蛮好的。

"你知道，"朋城先开口了，"欣瑜同意公开了？我们在交往的

---

❶ PTSD（Post—traumatic stress disorder），创伤后压力症候群。

事儿。"

"稍微。叶医师有跟我报告。"

"嗯。"他沉默好一段时间，"其实，也只是不否认而已。"

"是种……好像让它自然而然地被大家知道的状态？"

"是啊。"

那倒很像欣瑜会做的选择："回想从你们一开始，到现在，也经历了不少呢。"

"是吧。"

也就像我和他这半年多的治疗一样吧？道路左边出现一条岔路，上坡的坡度比脚下这条更陡一些。我猜往那边继续走，很可能就会翻出台北盆地的边缘了。朋城示意我们往前直行。

我想起前天单数组的向日葵团体："宇睿呢？他是不是也知道了？觉得好像他又变得更针对你一个人。"

"可能吧。就，随便他。"

"随便他？"

"他自己要学会怎么接受事实啊。"

"你啊，今天倒是说得挺成熟的。"

朋城浅浅地笑了一下："本来还在想，如果公开了，会很不一样。但现在觉得也还好。大概就只有环山的时候吧，欣瑜现在比较不会避讳跟我一起走。当然我们也很少真的只有两个人啦，特别是凯恩，他常常跑来我和欣瑜的旁边，叽里呱啦地你一句我一句。"

我注意到朋城说的时候带着一点儿笑容："哦？"

"没有啦，就，欣瑜觉得凯恩还蛮可爱的，没有心机，像小孩子一样。"

我笑了笑："都初三了耶，凯恩那个是太幼稚吧。"

朋城的笑容与眼神简直可以用甜蜜来形容了。他应该是真的很喜欢这样温柔的欣瑜吧。

雨水继续淅淅沥沥。"感觉现在的环山……似乎没那么残酷了？"我说。

这次是朋城将伞面微仰。他耸耸肩。

"怎么？"

"我不是说过，环山一开始，是我在班会上提议的？"

"嗯。"

"那是我高一上学期，快期末的时候吧，我和这里的一个学姐开始交往，所以，才会想提。"

我看向他。原来他和欣瑜并不是初恋。

前方的道路开始往右弯："她大我两届。交往半年多，后来，她从这里毕业，我们……也就分了。"

我的视线穿过两把伞底下，定在他的脸上。我没看出任何像是遗憾或懊悔的神情。

"不过，"朋城深吸口气，"本来就是这样吧。就算你不想动，时间也会推着你往前，就像……"

"就像？"

前方传来车辆的引擎声，一辆银色的休旅车从弯道的尽头出现，亮着大灯，轮胎沿路划出水声。我和朋城往左靠等待它通过。它开得很快，我回头追视过去。它是要开去日间病房吗，还是会在刚才那条岔路转往更远的地方？我发现朋城跟着我停下脚步。

"没事儿。"我以手势示意我们继续走，"你刚说到一半吧？"

他想了几秒，摇摇头。

"嗯哼？"

他没有接话。

我也就没有追问。

道路停止右弯，变得蜿蜒向前，隐约有些下坡。

"但真的好快，距离学测，竟然只剩十天了。"他说。

"是啊。听如盈说，你最近有比较认真读书？"

"算吧。"

精确地来说，朋城是和欣瑜一起在图书馆念书——兼约会。

朋城忽然笑出声音。

"怎么了？笑什么？"我问。

"很无聊啦。只是想到别人这时候都在做最后冲刺，结果，我竟然是在这儿你散步。"

"呵，真的是很慢、很慢地散步呢。"

他摇摇头。"欸，"他看向我，"我这样，会不会很不正常啊？明明要大考了，却一点儿紧张都没有。完全不像我。"

"被你说得……好像害怕不知道跑哪儿去了？"

"就是啊。光这件事儿本身，就让人有点儿害怕啊。"

"嗯？这个逻辑是，因为没有害怕，所以感到害怕？"

"怎样？这有很怪吗？"

"嗯，不怪吗？"

他稍微皱眉，想了一下，又笑出声："好啦，因为我是病人，可以吗？"

"还有这样的？"我和他的笑声像是都被雨水包覆了，变得湿润起来。

左前方的树林比较稀疏，似乎是那面山坡往下的缘故，缝隙中露出阴雨天里灰白的背景。

"其实从以前，我就常在想一个问题，为什么现在的我会在这里。有时候就会幻想，会不会就像小说里的主角一样，会有某个瞬间，出现一个转折，一个决心，然后一切就变得不一样了。好像，一切都有了什么特别的意义那样。可是，"他转了一下手中的伞，"没有。"

"没有？"

他走路的速度有些慢下来，我让自己与他继续保持平行。他晃了晃头："找不到。"

"就像，当年的那个本子？"

他的脚步几乎要停下来。"可能……我一直都在逃吧。"他低下头，然后，恢复原先的速度。他在我前方几步回头，向我笑了一下："前面那边停一下吧，眺望点。"

我跟上去。

往外弯的道路像是将左侧的林木辟出一处明显的缺口，我和他一人一伞，并肩望出去。精神楼、中央大楼、门诊大楼，医院里一栋栋建筑全是白色的，半透明的雨丝将它们之间的间隙填满了，边界变得模模糊糊的。我稍微能看见几个角落有人撑伞在走动，以及看起来都差不多样子的车辆往外行驶上深灰色的路面。更往远处，公寓、大厦像是没有光泽的积木，错落地相互堆叠。雨水继续嗒啦嗒啦地打在我们两人的伞面上，云雾低垂地笼罩在四周，城市仿佛在港湾里漂浮了起来。

"你觉得，我真的回得去吗？"朋城的眼神水平向前，语调同样平静。

我看他一眼，也转回面朝远方："至少，也一路走到这里了。"

"是吗？"

"是吧。"

我忽然想起袁 P 那句话。太勇敢的人，或者太害怕的人，是不会来到这里的。朋城真的不是，两者都不是。我自己淡淡地笑了。

他向我转头："怎么？"

"没什么，想到袁医师说过的一些话。"

"嗯？"他愣了一下，"那还是不要说好了。"

"哦？"

"他哦……"朋城瘪着嘴，苦笑着摇头。

"他？"

他垂下眼帘，脸上闪过失落的瞬间又补上一个微笑。"我们走吧？"他说。

我迟疑几秒："嗯。"

我们踏上往日间病房折返的方向。

大约经过十多公尺，树木重新包围上来。我注意到脚下石砾间的积水微微向前流动。

"蔡医师，"朋城打破沉默，"你是不是去过很多、很远的地方？"

"是啊。你是听……"

"如盈老师说的。她还说，你出过一本与旅游相关的书？"

我笑了一下："那是很多年前的事儿了。"

"是哦。"他听起来有一点儿失望。

"你呢？你的小说，有什么进展吗？也很久没听你提起了。"

"嗯，没，就偶尔想到一下而已。"

"就这样？"

"对啊。可能……等毕业以后再说吧？"

"也蛮好的。"

他点点头。

我感觉他不是太专心，或许是写书的未来离他还太遥远，如同我的过去对我也是。迎面吹来几阵风，将一点儿雨水斜斜地带进伞下。我们继续保持平行，又沉默好一段距离。直到左侧的树林重新开出一些缝隙，精神楼变得更近了。四楼、三楼、二楼，主治医师办公室、儿青急性病房、成人急性病房，一层一层下来。

我发觉朋城的目光绕过我，同样望了过去。

"你记得我说过，我第一次，被带来住院的那天吧。"

"记得。"

他头转回去，脸的上半部有些被雨伞遮住："一开始，救护车把我们送到急诊。我妈和我在那边等了很久，前后有几个护理师、医生过来，然后，说还要等精神科医师评估，又继续等。后来也不知道发生什么事儿，又换了一个医生过来说，叫我们去门诊就好。我就跟着我妈穿过好几扇自动门、通道，又搭电梯，接着又是通道，真的很像迷宫，然后就看到了——精神科门诊。候诊区蛮大的，一整面墙长长的，好多门，但一直到尽头都没窗。我妈拿着一张急诊给她的纸往前走，一间一间地看。她停下来向我招手，我走过去，'儿童心智科／袁震宗医师'，门边一张牌子写着，上方有个灯箱显示二十一。我妈要我在附近找地方坐，说她问一下。我找到空位，是最后一排，然后发现整区只剩另一扇门的顶端还有亮灯，那边也坐了一些人。我一度以为我爸坐在那边，但怎么可能。

"'三十四号。'我妈在我旁边坐下来。我没听懂，看着她。她又说一遍，你是三十四号。我哦了一声。前排有个小朋友跪在地上写功课，他发现我在看他，向我笑了一下。更前面有两个小朋友一边尖叫一边跑过去，他们的妈妈追在后面骂人。我是三十四号，三十四号。不知道这次又要等多久，但好像也没什么差。我妈问我会不会饿，要不要她去买些东西来吃。我摇摇头，说我想尿尿，就自己走去厕所。我看着镜子里，左半边脸都肿了。我摸了一下，好烫，还是因为手太冰了，我也分不清楚。我坐回去的时候我妈看着我，好像想说什么。我没理她，只看到另外一扇门上的灯熄灭了，一个外佣搀扶一个老阿公慢慢走出来，还有一个阿伯，大概是他的儿子，然后一个穿着长袍的医生跟着也出来。我妈好像刚好在那时候说了什么，但我没听清楚，就也没接话。

"然后，就没有人再开口了。中间我妈好像也去上了一次厕所，就这样。我们一直坐在那里，旁边渐渐安静下来。我看见我妈偶尔在那边揉她的手，有几次她发现我在注意她，她就停下来，然后好像有点手足无措的样子。就……这样。只有每次叮咚，我才抬头看一下灯号。我是三十四号，三十四号，还差几号，就像在倒数什么一样，不知道是什么的什么。一直到最后……"

好几秒钟过去，他似乎没有要继续说："那个护理师，终于开门，喊你的号码？"

"嗯。"

我回想这是第几次他告诉我那天的经过了："那天，听起来是很漫长的一天。"

"是吧。"

我又犹豫一会儿。"还有些什么想说的吗？关于那天。"他看向我，又看回去。"没有吧。"

"没有了？"

"我们……也快要绕一圈了。"

我往左侧看，再更转回头。精神楼已经落到更后边了。前方的道路往右拐弯，日间病房开始从不远处一点儿一点儿地出现。"那，"我停下来，"要直接回去了吗？"

他跟着停下，面朝我："我想，我没办法说'不'吧？"

"是的，某种意义上，你不行。"我笑了笑，"我们都不行。"

他的眼神带有一点儿哀伤，然后，也笑了。他望回前方："但就像你说过的吧。"

"嗯？"

"那也不会是原来的那个地方了。"

第三卷

他们，就在外面

29 /

我绕过地面的图腾，爬上阶梯，诵经声隔着两层木门传过来。他们应该都在里头。

早晨七点半。我又回到贝图寺。

大殿里正在进行早课，一名老喇嘛坐在最前头，达瓦、多杰与另外两名喇嘛面对面坐成两列。他们背后的壁画色彩又浓又沉，所有人眼睛闭上，或前后，或左右摇晃，各自诵经的声音像是好几条河流在殿里交错。

我在角落坐下。地毯软绵绵的，头顶从梁柱及门槛垂挂下一条条织锦，曼陀罗所在的高台被一面黄色的绸缎覆盖起来了。我猜要等早课结束后才会开工。几条倾斜的光束穿过大门上方的气窗，跨越整个大殿，照在深处的释迦牟尼怀里，尘埃一直往上飘。

贾扬特在寺院外等我。昨晚他载我回到列城，我问他接下来两天能不能包他的车去喇嘛玉如寺，他要我问旅行社，于是就这样安排了。我问他的时候他好像有开心一下——只有一下。我感觉他应该还算是可靠的。而这一趟前往喇嘛玉如，会是我最后的行程了。明晚回来，后天一早准备搭机离开。可惜今天早上还是没遇见卓玛。

他们的诵经声逐渐变小，只剩唇齿摩擦的气音。最前头那名老喇嘛改以舌根震颤丹田，发出混浊的低音。

没有比刚好更好的了。我闭上眼睛。

尘埃像是托着我从深海慢慢浮上水面。我轻轻摇晃，感觉身体一面被晒得暖洋洋的，另一面还浸泡在冰凉的海水里。水面一会儿淹过我的耳道，将所有声音隔绝，一会儿又退出去。我听到有人走到大殿门口。单眼相机按下快门。脚步又走远了。经书翻页。水也跟着翻页了。风把窗框吹得震动两下。又有人靠近。他或者她在前方跪下来好像在行礼。那人离开大殿。一阵拖长的、轰隆隆的飞机声从头顶划过……

哐。钥匙掉到桌上，黄铜色的表面被照得发亮。

"真是抱歉。"老先生把钥匙夹回小卡片里，递给我。我感觉它比印象中轻，大概是太久没拿记错了。"这个，是卓玛说要给你的。"

"卓玛她……不在吗？"

"她半小时前离开了。"

"这么不巧？"才在旅行社敲定包车的事，就差这么一点时间。"那她——"

"她知道你会回来，所以，要我把这个拿给你。她说明天，她应该就会在了。"

"这样吗？"我有一些失落，"了解了，谢谢。"

我走上楼，开门。城里的屋宅亮起点点灯光，在两面窗外像是摇曳的烛火一般。远山的棱线溶解在变暗的天色里，我花了几秒才找到列城宫殿在哪。好久没回来了。大背包同样躺在墙角，像是再没人动过，重新铺好的床单一点皱痕也没有。我将小卡片与钥匙放上桌面，卡片自己缓缓打开来。里面好像有写什么。

伯鑫：

　　惊喜！没有地图！

　　好好休息。

　　稳稳地走。

　　　　　卓玛

　　纸面摸起来像蚕丝那么光滑，我来回看了几遍卓玛的留言，每个大写的英文字母都像是窣堵坡的一小部分，一行连起来仿佛又变成一堵嘛呢墙。我有些意外她会留言给我，但又觉得这也蛮像她会做的事。我想起来到这里的第一天，那时她像是边唱着"一个人"的三拍子歌谣边走进来。然后，我也就那样一步一步地被带到这里了。

　　我把卡片折起来，打算收进随身背包，就当作是旅人的平安符那样。我注意到封底印刷的藏文字母排成了一个圈。我将卡片旋转三百六十度，看不懂。我拿得太近，有些眼花，觉得它像是上下动了起来……

　　最前头的老喇嘛吸口气，重新送出声音，其他喇嘛跟着加入，像是河流开始往同一片大海汇入。我继续闭眼摇晃，那一圈藏文字母也继续起伏、转动。我分不出哪个声音是哪一个人的了。后颈、肩背、腰、腿，四面八方而来的声音打进我每个肌肉与骨骼相接的地方。推力与牵引力，浮力与重力，每一刻都在改变，每一个瞬间都是平衡的。我感觉自己就在浪里。

　　一阵铃声加进来，像是起伏的海面吹过一阵风。

　　再一阵铃声，海水似乎变浅了。

　　他们的念诵声开始出现空隙，交替推着我漂往某一个方向。声量越来越稀疏，我的耳朵稳定露出在水面上方。好像靠近岸边了。我摇晃的幅度慢慢变小。老喇嘛从前头传来一句长长的念诵，像是一道温和的浪打来，我被推向前一些。换气。他念诵下一句，我又被推向前。其他人没再出声，我的背落地了。老喇嘛继续念诵，每一个长句跟着一个停顿，残响渐渐消失，像是退去的浪把沙粒也一点一点带走。我感觉身体每一寸皮肤都贴在浸湿的沙子上，被轻轻托住。

我静止下来。

"……你来了，好奇的旅人。"

我睁开眼。

是达瓦。

"我们还在想你何时才会出现呢，呵呵。"

他手机的荧幕好亮。

"伯鑫？"

那个是……曼陀罗的设计图？

"嘿，你还在吗？"

"嗯？"我发现自己还坐着，赶紧站起来。

"刚看你打坐、闭眼，有模有样的呢。"

"就，还好吧。"

"你客气什么。你做得很好，非常好。给你满分。"达瓦说。多杰从后面走来拍在达瓦肩膀上，发出扎实的一声。"多杰！"达瓦回过头，"你吓到我了。"我也被吓到才真正醒过来一样。

多杰对我微笑，一手指向达瓦："达瓦，不好，非常不好。"他摇摇头。这好像还是我第一次听到他讲话。他往大殿另一边走。

"怎么每次都不给我面子啊？"达瓦对多杰喊，"至少帮我把茶拿来吧？伯鑫说他要喝。"

"啊？没……没有啊。"我说。

多杰已经快走到大殿的另一个角落，他回头面朝达瓦："只给伯鑫。"

"不是这样的吧。"达瓦说。

多杰晃了晃头，从长几上拿起一个热水壶。我注意到其他几名喇嘛也站起来了，阳光离开释迦牟尼怀里，将垂挂的金色与宝蓝色织锦照得光芒闪烁。

我稍微笑出来："达瓦，你们总是这样互动吗？"

"才不。是他常这样捣乱，我可没有。"

"嗯，"我耸个肩，"好吧。"

"什么好吧？也太敷衍。多杰你看都是你的错，把人家带坏了。"

多杰拿着热水壶过来，倒了一杯给我："请。"我接过手，热腾腾的，浓厚的香味飘上来。

"你还真的没——"达瓦看向多杰，多杰笑一下，把热水壶交给达瓦就走了。达瓦低吼一声，转身似乎去找杯子。

多杰朝高台的方向过去，其他喇嘛也是。是不是要开工了。他们穿过白色布巾底下。

"你的眼睛啊，"达瓦一手热水壶、一手茶杯地走回来，"盯着曼陀罗不放呢。"

"啊？就，只是……真的很想再看到曼陀罗。"我有些不好意思地笑了。

"哈哈，这样说就对了嘛。"达瓦给自己也倒了一杯，然后向我举杯。我跟着拿起来喝一口，又是那个富含油脂的口感。"上次你走之前，还特意问我可以再过来吗，有够别扭的。"他又笑两声。

"呃，是啊。"我嘴里留着咸香的滋味。

"那就来吧，茶杯带着，既然你这么在意。"

"我只是——"我被达瓦回头盯着，"没事，没事。是说明天曼陀罗就会完成了吧？"

达瓦抿嘴笑了一下："你还没告诉我你这几天去了哪儿啊？"

"我？……先去了嘿密寺，然后，去健行。我去了很多……空气更稀薄的地方。还要谢谢你上次的提醒，好好呼吸。"

"呼吸呀。"

我更往前想到爬列城宫殿的那时候。好像越是无法呼吸，越是想要用力呼吸。"对啊，那太重要了。"

"呵呵，你会继续知道呼吸有多重要的。"他在白色布巾外围停下。

"还能更重要？是要我成为呼吸大师吗？"

"你太有趣了，哈哈，应该说，更有趣了。"他把热水壶与他的杯子放上旁边的长几，"茶放这儿，等会儿想喝就自己来。"

"好。"我放好茶杯随他穿过白色布巾底下，"所以关于呼吸——"

达瓦以手势要我先别出声。其他喇嘛都在里头了，老喇嘛站在高台与佛像之间，达瓦与其他三人围着高台站成一圈，我在他们更外围一些。他们都收起刚才的笑容。老喇嘛左手一扬，四名喇嘛把黄色的绸缎掀开。

我忍不住哇一声。上次那个五色框线围出的方城仿佛缩小了，变得只占不到一半径宽，立体的彩砂以圆形向外扩展，一区区塞满斑斓色彩。我看得眼花缭乱。达瓦他们折好黄布，站回各自负责的方位，老喇嘛双手背在身后巡视一圈，念了句我听不懂的话，四人向他合掌躬身，老喇嘛往外走——他眼神扫过我，我连忙也学他们合掌躬身。老喇嘛走出门外。

"伯鑫，来。"达瓦说。

"可以了？现在？"我问。

达瓦双手撑在高台边缘，侧身向我点头。

我站过去，达瓦伏下身观察目前进度的最外围，那是一圈像以风马旗扭绞而成的五色环。更往外露出的红色底板只剩大约二三十厘米的径宽。

我呼出一口长气："太惊人了。"

达瓦点点头，站直回来："你是那样感觉的吗？"

"是啊。我们不才三四天没见？这看起来像是要好几个礼拜才能做出来。"

他继续与多杰在台面上比画："是需要不少时间没错。"

"真的好惊人。相较之下，你手机里的设计图，就只是一张图。但这个，我眼前的这个，它真的是曼陀罗。呃，我好像在说很奇怪的话？"

"这样吧。"达瓦转头看我，忽然露出像是不怀好意的笑容，"越怪越好，你多说一点，你到底看到了什么？"

"啊？"越怪越好？"嗯，好吧。它的中心是……方形的，然后，外围是一圈圈的圆形。"

"很好。还有呢？"

"它非常的……色彩鲜艳。"我竟然说出这么肤浅的描述。不行，再努力一点。"还有，它凹凹凸凸的样子就很像，嗯，大地？凸起的部分是山，凹下去的是河这样。"

"漂亮。再来？"

"还要？我可以投降吗？"我瞄向多杰。我以为他会出手救我，但他正在非常专注地观察负责的区域。我向达瓦摇摇头，"你的问题好难。我对曼陀罗的了解只有你上次说的，那是最好的地方。我不晓得要怎么描述一个我全然不懂的东西。"

"那会是问题吗？"

"嗯？"

"你是个好奇的旅人哪。"

又是这个称呼。"所以？"

他从桌上拿起锉刀，沾一点水，伏下身微调五色环内缘的花边，再站起来。"所以，那让我更好奇你看到了什么。你懂我意思吗？"

"呃，你在好奇，我会有什么好奇？"

"就说你聪明。"

"可是我会那么好奇，是因为我对这知道得太少。我只是个无知的人，是个……"我指向整个圆形的台面，"圈外的观察者。但你不一样，你是设计者，你是那个，总爱出考题给我的人。"

多杰笑出声音。

达瓦瞪过去："欸——"

多杰说："对不起。你们说，我听，我安静。"他往后边拿起他的茶杯，笑眯眯地看向达瓦与我这儿。

"伯鑫，别理多杰，"达瓦继续说，"他跟人熟了一点就是这样。你刚说到一半吧？你说我是设计者，然后……"

"然后，"我一时忘记本来要说什么，"哦对，你是在好奇，我有没有看出你设定的东西吗？"

"我的设定？"达瓦摇摇头，"那不是我的意图，至少我不这样认为。我只是好奇而已，就像你作为一个无知者一样的好奇。"

"可是，你是设计者，那张完成图就存在你的手机里，你可以在任何时候点两下就看到它。你知道那一切是如何开始，会如何结束。你并不像我一样是个无知者，怎么可能跟我有一样的好奇？"

"太棒了，你渐渐开始说奇怪的话了。"

"我刚说的哪里奇怪，很合乎常理吧。"

"你看仔细。"达瓦指向他自己的脚，"你觉得我现在站在哪？"

"不就是贝图寺的大殿？"

"大殿的哪儿？"

"……地板上？"

"所以我不是站在……"他指向高台。

"你不是站在……曼陀罗里？"我开始真的觉得我在讲些奇怪的话了。

"没错。所以当你说你是个圈外的观察者，一样的判准，我也同样在圈外。我说过，我们共同合作的曼陀罗，是在重现，不是创作。曼陀罗并不源自我脑袋里，我也无法决定你该要看到什么，你能看到什么。所以我当然可以与你一样无知，一样好奇。"

"嗯，我勉强可以接受你也在圈外这件事。你确实站在曼陀罗外，就像我一样。至于其他你说的话……"

"来，下一步。我们换个角度。"他要我跟他一起转身，面朝门口，"你觉得你现在在哪？"

"还要再来一次？"

达瓦点头："你看仔细，再回答我。"

太阳更高了，气窗射进来的光线恰好照在那圈白色布巾上。白色布巾。"我在……圈内。"

"没错。你口中那个圈外的你，也在圈内。"

"饶了我吧。又外又内，所以我是在之间嘛。"

"我们都是啊，哈哈。"他拿起他的杯子，"那么可以麻烦你，出去帮我倒杯茶再进来吗？我看你杯子也空了。就叫你自己来了。"

"那当然不是问题。但是，"我接过杯子，从白色布巾底下穿过，"天哪，我们刚才到底在说什么。里面或外面，出去再进来，什么都之间啦，都你说得对。"我从热水壶倒出茶来。

"伯鑫，"达瓦叫住我，"不要碎碎念。"

多杰又笑了。我看向他，他低头继续喝茶。这家伙。我问多杰需不需要我帮他也倒一些，他微笑摇头。"你们继续说，说更多。"多杰坐上他的位置。

"你们要正式开始了？"我拿着两杯茶回来。

"我是。达瓦……"多杰耸耸肩。

"好，好，我知道你意思了。"达瓦从我手中拿走他那一杯，喝一口，放到身后，也坐上去。"伯鑫，找到你的位置，任何位置都可以。"

"遵命。"我笑笑地说。

另一名喇嘛也坐定位了，剩下一名喇嘛还拿锉刀在调整五色环的内缘。

"其实你刚说到一个重点。"达瓦从右手边的托盘上拿起一个透明小钵，里头装有黑砂。他稍微上下抖松，"就是关于里面或外面，或者说，中心与边缘。"

"中心与边缘？"

他徒手将小钵里的黑砂撒在五色环外围："我们相信，宇宙的中心是一座神山，它的外围是一个巨大的铁轮。曼陀罗，正是在反映宇宙的真实。"从底板上的线条看来，五色环的外围会是一圈以八个纺锤状接成的环。

"所以，最中心的那个地方，那座神山，就是终极的真实？"

达瓦边撒竟然边哼起歌来。"你说得好像只有那么一个中心，那么一个真实。"他把小钵放下，拿起锉刀修整一下，再继续撒。

"难道不是吗？"

"当然不是。而是我们总可以用这样的方式去看见，去理解。因为那个中心与边缘，它可以是你的内心，一个念头，也可以是一片大陆，或是诸佛安住的宫殿。内与外的界线并非总是那么明确，就像你刚说的那句话。"

"哪一句？"

"什么都是之间。"

"你是认真的吗？"

达瓦笑了两三声，回身拿起茶杯，又喝一口。"我们有个说法是这样的，我们总是在各个宇宙相即之间。所以，这里不会只有一个中心，而是有无穷无尽的众多中心。重点是你能不能不被表象迷惑，让自己像一面镜子，去清晰映出一切事物的面貌，映出一个个曼陀罗。但你要知道，映照得再清楚，你也不能说那个镜子反映了真实，仿佛在说那个曼陀罗就是本质。"

"等等，说慢一点，什么本质？"

"我在说的，就是空。"

"……我只知道我的茶杯快空了。"

"不。当你的茶杯快空了，就代表它又能被填满了。"

"达瓦。"多杰突然出声。

"嗯？"达瓦看过去，多杰稍微皱眉点个头，"抱歉抱歉，看到你来，我一时兴起，说太多了，好像是我在教你什么似的。"

"那倒还好啦，反正经过这几天，我已经习惯当个无知者了。你今天说的这些话，如果我说都听懂了肯定是骗人的。"

"你怎么可以这么有趣，哈哈。但是，有件事你要知道，我可一点也没有把你当成无知者。"

"你的意思是？"

"你一定也带了什么来到这里，不是吗？"

"我反而觉得这里，不只是贝图寺，而是整个拉达克，带给我的更多。"

"这两者有什么冲突吗？"

"呃，是没有。"

"那就对啦。"他拿起细长银管，往他腿边盛有许多小钵的托盘里看，"伯鑫，你帮我拿那瓶白砂过来，就在那儿。"他指向另一张长几，上面放了好几个半透明的塑胶罐。

"哦。"我找地方放下茶杯，走过去找了一会儿，"这一个？"盖子是蓝色的，从阴影看起来里面大约装了三分满。

"对，就是那瓶。你真是帮了大忙。"他把银管搁在腿上，从我手中接过去。他边哼歌边倒出一些白砂到小钵里，再从小钵倒进银管。"帮我放回去，谢啦。"

多杰叫住我。他指向对面那名喇嘛身旁的托盘，然后叫了那名喇嘛。我没听清楚他叫什么名字。那名喇嘛抬头看向我，发现我手里的罐子，比手势请我直接帮他倒一些进小钵。他向我点头道谢。

我盖子还没盖上，从开口看进去，里头洁白得像是什么都没有。我闻到淡淡的颜料气味，摇晃两三下，传出沙沙声的同时手里能感觉里头有重量在移动。是真的有东西在里面。我旋紧盖子，放回原位。金属共鸣声从达瓦的座位传来。他伏在高台上，左手拿银管，右手拿锉刀，正为纺锤状的黑底砌上白边。他还在轻声哼歌。

"达瓦，你今天一开始问我在这个曼陀罗上看到什么，刚才，我突然有个奇怪的联想。"

他暂停哼歌，上半身抬起来一点："我在听。"他又伏下身，继续口里与手里的声音。

"我觉得，与其说看到，不如说是听到。我当然不是说真的听到声音，而是一种……比喻吗？这个曼陀罗，实在是色彩鲜艳到一种很吵的程度。"

"嗯哼。"

"我记得你说过，那五个颜色分别象征五个不同的元素，是它们共同组成这个世界，就像，就我的了解，窣堵坡也是这个意涵。但是，真的是颜色本身组成了这个世界吗？"

达瓦停止哼歌，还伏在高台上。他手里的嚓嚓声弱下来。

"我是在想，如果这个曼陀罗没有了颜色，变成一个白色的，或者说空白的曼陀罗，就算有内外之分，它还留下多少意义呢？颜色……真的能组成这个世界吗？还是它们只是一种我们用来体验、描述、区分，并且赋予这个世界意义的方式？"

达瓦慢慢坐起来："你在说的，是言语。"他仍注视着曼陀罗。

"言语？可能是吧，所以我才会觉得曼陀罗很吵。这么多颜色，就好像一个个都在彼此交谈，不断产生新的颜色、新的意义。这可能不完全是你在说的，但我觉得，这好像也是一种合作？"

"伯鑫，"达瓦转头看向我，"说你是好奇的旅人，看来还小看你了。你说的这些话，哪里像一个无知者呢？看来我有得跟你学呢，哈哈。"

"你这是在挖苦我吧。"

达瓦继续大笑："多杰，你说呢？"

多杰的进度比较慢，才要开始锉磨银管。他看达瓦一眼，再看向我，眼睛笑得眯了起来。

"看吧，连多杰都没意见，你就知道我可是超级认真的。"达瓦很得意的样子，"是说，你这几天应该看到不少风马旗吧。你注意过上头的图案吗？"

"我印象中大部分是写满经文，然后中间有一匹……马？是吗？"

"没错，那匹马，叫风马。传说中天地的守护神，就是骑着风马在山谷间巡视，保佑人民免于灾厄。所以风马旗上的经文与五个颜色，就是象征风马带着经文，传播到整个世界。但它还有另一层意义。"达瓦喝口茶，"那匹马，象征了快速的转变。"

"转变？"

"或者说是一种转化，一种循环。由恶转善，由乱转治，由凶转吉。即使看起来像是静止不变，截然二分，其实也是一直在移动的。当风马旗随风飘扬，就像你刚说的，色彩也在互相交谈，并总在创造一些新的、不一样的东西。快速的转变，不做分别，那才是真理，才能看见——最好的地方。"

"所以，"我想了一下，"我刚说的那些奇怪的话，其实没那么奇怪？"

"当然。你带进了不一样的颜色，在我们共同合作的曼陀罗中。"

我露出苦笑："被你讲得好像我也是匹风马一样。"

"你是啊。作为一个好奇的旅人，一个无知者，你总在之间，总在移动。"

"就像我离开台湾，来到拉达克这儿？"

"又岂止于此呢？"

"是这样说没错，很快，我也又要回到台湾。"

"然后……"

"然后？"我已经计划好回台隔天就正式送出离职单，接着七月、最迟八月到新医院上班，再接着——"达瓦，你刚说，我总在移动。你的意思是……那是个没有停止的移动吗？"

"我说的话让你感到害怕吗？"

"害怕？没有啊。"我很快说。

"没有？"

"呃，好吧，"我稍微避开达瓦的眼神，"或许……有一点吧。"到了新医院之后，我会不会很快又想……

"哈哈，那如果我说，这个总在移动的你，接下来会先停在喇嘛玉如寺呢？"

我惊讶地看向他。

"伯鑫，你的眼睛够大了。"

"你真的吓到我了。我应该没说过接下来是要去喇嘛玉如吧？"

"我们多少都知道各家庆典的日子，而你看来就不像是会错过那

267

儿的人。"

"竟然这样都能被你蒙对。"我摇摇头，看到多杰边锉磨边在笑，"等等，你把话题扯远了，我刚才的问题你还没回答啊，就是那是个没有停止的——"

"你真的觉得你是在问我问题？"达瓦笑得更开怀了，"让我继续猜。你是打算明天从喇嘛玉如回列城途中，再来这儿看曼陀罗吧。如果时间晚了，尽管打电话给我，我会帮你开门的。"

"话都被你说完了。"

"那么，就再喝一杯酥油茶吧！"

30 /

"学长，我这边的病人应该都改好了。"

我放下哲崴的病历。"恭喜啊，最后一次了。"我走到电脑前拍拍大雄的背。

"哎哟，等开完会再说啦。"

大雄接近哀号的回应让我笑出来："好啦，帮你检查一下。"我要他从座位上起身，换我坐下。

"蔡——"是雅慧，"叶医师，凯恩脑波报告出来了吗？"她在座位上说。

"我……我现在查。"大雄立刻又在隔壁电脑前坐下，输入账号密码。

我看回自己荧幕上那个巨大的表格。随着寒假开始，病人清单终于出现空白的栏位。周一已经有两名病人出院，接下来还有哲崴与启闳像是约好了一样，明天一同出院，开学当天再一同入院。芳美姐正在讲电话，轻柔的声音从背后传来。目前还在急性病房住院的那几名青少年，过阵子应该有机会转过来见习。我又看向大雄的电脑。

大雄在椅子上往后转："脑波正常。"

"好。"雅慧简短地说。

"那个，"我说，"大雄，等会记得最后特殊病人带到一下，还有确认凯恩下次小儿科回诊什么时候。"

"嗯。嗯。"大雄在左手掌写上小抄，上头密密麻麻的字迹像是丁大的桌面一样快要满出来。

我继续一一确认荧幕上双数组的病人资料。新病人的，没问题。郁璇的，也加上了新的主诊断PTSD。我发现大雄不小心把trauma（创伤）拼成truama，按几个键迅速修改完毕——大雄的目光持续盯过来。

"怎么了？还OK啊。"我看向他。

"呃，真的吗？"

"只拼错一个字算进步很多了。"

大雄搔搔头。

"剩下我来就好，"我笑笑地说，"你去把今天要报告的病人再弄熟一点，特别是郁璇。"

"哦，好。"大雄站起来。后方传来雅慧请总机帮忙转接外线的说话声。芳美姐似乎快结束了，电话另一端听起来是朋城母亲。我回过头，芳美姐发现我在看她，向我笑了一下。从她的表情看来应该没什么特别的事。

"欸？郁璇还没来吗？"如盈双手抓在门边看进来，"丁大也在问了。"

我看向大雄。他站在病历柜前，摇摇头。

"正在联络。"雅慧捂住话筒抬头说。

"噢。"如盈看起来有些担忧。"啊对了，伯鑫医师、大雄医师，中午不用买饭哦，有粽子可以吃。"

"今天这么好？"大雄说。

"礼拜天就学测啦，要帮考生们加油一下。我们还有做状元糕哦。"她恢复平时的笑容。

姵琪出现在如盈后边，默默递出一张纸。

如盈有点被吓到，接过手。"写完就赶快去烹饪教室了，过几个月你也要考高中欸。"姵琪板着脸转身就走，如盈摇摇头："伯鑫医师，麻烦你帮我把她考卷放我桌上，我还要回去——"

"丁大！丁大！丁大！丁大！"病人们兴奋的呼喊声从墙面对侧传来。

"就知道。"如盈笑着把考卷放我键盘上就小跑步回去了。

我的视线停留在门外。是怎样，只不过包个粽子也能这么兴奋？我笑着站起来，将那张考卷放到如盈桌上。大雄认真地在位子上复习病历。

芳美姐和雅慧几乎同时间挂上电话。

"郁璇人还在机构，说大概中午才会过来。"雅慧说。

"有什么状况吗？"我问。大雄也看过来。

"不确定。"雅慧看向芳美姐，芳美姐向她点个头，"细节等一下开会再说。她的病历……"雅慧头转回来。

"在我这。"大雄说。

雅慧嗯一声，停顿一两秒。"叶医师，你有跟郁璇说你在这里只到月底而已吗？"

"呃，还没。"

我注视雅慧脸上，但她没有显露明显的情绪。

"……开会再说吧。"雅慧又说一次，然后从座位上起身。

我点点头。大雄看向我像是想要确认什么，我再点个头。郁璇的母亲是没有再过来这里骚扰了——如果我们被允许那样说的话。很可能的原因是，在相隔两个多月之后，社会局终于安排好下周一要进行首次的母女会面。时间有种在不知不觉中过去的错觉，但目前，我们都还看不到郁璇的出口，等一下的会议袁P不知道又会有什么指示……

"鑫哥电脑借一下。"丁大进门在我刚才那台电脑前坐下。

"嗯？"我看过去，"你怎么自己跑回来了？"

"有如盈在就OK啦。"

我走到他后方，荧幕上是他刚点开的寒假期间课表。"也对。比起来……如盈还是可靠多了。"

"谢谢你噢。"丁大回头瞄我一眼，按下确认键，印表机开始从里头发出咔嗒咔嗒的声音。"好啦，座位还你。"丁大边起身边关闭他那份文件。

我坐下来，一旁的印表机开始一张张吐出纸来，丁大赶在纸张掉下来前就抢先抽走。我笑着摇头，丁大又碎念一句"怎样啦"，我也回头瞄他一眼，继续将病人资料再做一次确认后按下列印键。

"——报告。"朋城拿着包到一半的粽叶出现在门外，快速向我点个头，然后看向丁大，"丁老师，这边……要怎么弄？"

丁大把那叠还是热的课表丢到我手上。"刚才你不是会了？特意请你当小老师的欸。"他走过去，示范如何包起来，再拆开，又包起来，手法与他变魔术时一样利落。朋城摇摇头又点头。然后欣瑜也拿着粽叶过来了。她靠在朋城旁边，专注地看向朋城与丁大两人的手里。

"你们在干吗？好慢。"凯恩的叫声一路传过来——他有些开始变声了。

朋城和欣瑜的中间钻出凯恩，他将粽叶戴在头顶活像个印第安酋长，摇头晃脑的同时粽叶跟着在朋城与欣瑜面前晃来晃去。朋城忍不住嘀咕几声，欣瑜被逗得发笑，跟着稍微蹲低一点身子，将她的粽叶在头上比成尖翘的触角。

"欸，专心啦你们。"丁大说。

他们一群人笑出来。

"算了算了，我过去再示范一次。走走走。"丁大像是牧羊一般把大家赶往烹饪教室的方向。

我从印表机上拿起刚印好的病人清单，一样带有余温。"大雄，病历帮我拿一下。我们该去会议室准备啰。"我说。

"哦，好。"

大雄把五本病历放下，按照床号依序在桌上排开。我把病人清单和丁大给我的课表分成两叠，各有七张。

"给我吧？"芳美姐也走进会议室。

我点点头。

芳美姐一张一张放上会议桌每个人对应的位置。我确认大雄没有拿错或漏拿病历。

"欸？会议记录表有拿过来吗？"我问。

大雄"啊"的一声往外跑出去，差点撞到芳美姐。芳美姐看着窗外大雄一闪而过的身影在笑。

"叶医师很可爱呢。"芳美姐走到我和大雄的座位这边。

"对啊，"我说，"病人们也都蛮喜欢他的，不是吗？"

芳美姐点点头，继续往会议室前方走。大雄拿着一张纸跑了回来。

"哟，动作变快啰。"我笑笑地说。

"学长别糗我了。"大雄看向前方，芳美姐正拿起板擦要擦白板，"啊，芳美姐这个我来就好。"

芳美姐回身点点头，大雄接过板擦很认真地把白板上任何残余的字迹都擦干净。芳美姐站在旁边看着大雄，大雄好像忽然意识到什么，手停在半空，转头看向我和芳美姐："怎……怎么了吗？"

芳美姐说："突然有种……我们家小孩长大的感觉。"

"啊？"大雄张着嘴。

"可惜你只剩最后几天啦。以后，就不一定会再过来了？"

"这样说我压力很大呢。"他转身继续把白板擦完。

我在座位坐下，丁大抓着一堆文件进来。

"你们在讲什么？"丁大一坐，文件在桌面散开。

"就，芳美姐的妈妈经啊。"我故意不正经地说。

"妈妈经？"丁大怀疑地瞧向我。

大雄把板擦放好，芳美姐在侧边按下投影幕的开关。"是啦，"芳美姐也笑着，"是可以这么说没错。如果我早一点生，你们的年纪都可以当我的小孩啦。"

大雄在我的右手边坐下来："所以，芳美姐这几年一直都待在日间病房吗？"

"嗯，从这里成立以来，就是了。"芳美姐确认投影幕下降到正确的位置。

"好强哦。"大雄说，"光学长这个月比较少在这，我就快吓死了。"

我说："是有这么夸张？"

大雄搔搔头。

"我记得，这里一九九九年成立的？"丁大说。

"哦？你也知道？"芳美姐说。

"大学的时候听过袁P演讲，很有印象。"

"是这样吗？"芳美姐点点头，看向门口，"啊，雅慧谢了，正想过去拿呢。"

雅慧端着病房的公用笔记本电脑进来，在她的座位放下。她好像在找什么东西，丁大将放在斜对角的遥控器拿给她。雅慧拿着朝天花板上的投影机按。

"芳美姐，你可以多说一点吗？就是，当初这里成立的事。"大雄一脸诚恳，让我想起他和病人会谈时的模样。

"一定要逼我讲古就是了。"

"哈？不……不是啦。"

芳美姐笑了笑："最一开始的部分，其实我也不是那么清楚，几乎都是袁 P 自己一个人在处理的，找医院高层、找卫生局、找教育局，到处跑，到处找人，找钱，找地方。我也是被他找来的。那时我在急性病房待了有几年，和他算是共同照顾过好一些困难的青少年，他说，想请我一起帮忙，我也不好意思拒绝。"

"不好意思拒绝？"我有些讶异。

"是啊，有点好笑啊？因为说真的，大家都不晓得袁 P 怎么会突然想做这个。青少年日间病房，那是什么东西？是嫌光门诊、急性病房还不够忙吗？何况听起来就像个会赔钱的事，又不是真的佛心来着。这些，袁 P 出去演讲的时候，应该没说吧？"

丁大摇摇头。雅慧将传输线接上笔记本电脑，投影出满是档案的桌面。

"所以当他跟我说确定要成立的时候，我还吓了一跳。也是一直到那时候，我才真的问他怎么会有这个想法。他的答案哪，我到现在都还记得。他说，很简单，他只是想为那些孩子，找到一个可以去的地方，就只是这样。"

我想起上周和朋城环山时在眺望点的对话，也想起更之前他说过和欣瑜告白那时候，从地铁月台看向台北这座城市的天际线。

"……然后，就成立了？"大雄问。

雅慧将激光笔交给芳美姐，芳美姐在投影幕上测试了一下亮度，交还给雅慧。"如果像你说的这么简单就好了。"芳美姐说。

大雄哦一声。

"成立之前，我们是有些规划，但真的开始之后，有太多是我们根本没预期到的。这个啊，大概三天三夜都说不完。"芳美姐从会议桌内侧绕出来，"像是见习的时候家长要不要陪同，上课时间要不要锁大门，一堆听起来很琐碎的事情都讨论过很久，有种这里不完全是我们能掌控的感觉。更别提像是病人间私下的往来是要禁止、不鼓励，还是敞开双手欢迎——"

"像 FB 社团也不让老师加入啊。"丁大说。

"你们没在里头？"我问。大雄将会议记录表递给我。

"嗯。"丁大耸个肩。

"我还以为，我们当中有人是管理者或什么的。"我从胸前的口袋抽出圆珠笔，在大雄的名字旁边签名。

"诸如此类，就像丁大说的也是，那些病房规则、治疗活动，都是这样一点一滴不断讨论、不断摸索，逐渐演变成你们现在看到的样子。没有什么是理所当然的。"芳美姐坐下来，"像头几年这里还没有 fellow，袁 P 也都是自己过来带团体，还常约病人在晤谈室里个别会谈。"

"真的假的？"我脱口而出。

"呵呵，你是把袁 P 想成什么了？"

"不是啦，我的意思是……"我搓搓鼻子。

芳美姐笑着向我伸出手。我愣了一下。"签到表。"她说，我赶紧递过去。她低头签个名。"经过这么多年，很多，都不一样了。"

芳美姐将会议记录表继续传给雅慧，雅慧接手的同时看向芳美姐。

"有一度我甚至常常觉得，好像只要我越是担心，越努力想避免发生什么，那些事，就越容易发生。"芳美姐停下来，视线像是落进她面前那张病人清单。

会议室里沉默了好一会儿。

"芳美姐，指的是……"大雄吞吞吐吐地问。

"嗯，都有吧。轻的，重的，在这里，都发生过。"芳美姐淡淡笑了一下，朝大雄和我看过来。

雅慧持续注视芳美姐好几秒，又看回她面前的笔记本电脑。

"本来我以为，至少我自己啦，这里最大的意义，是保护这群没地方可以去的孩子，给他们时间，让他们有机会好好长大。后来才发觉，当没有了急性病房的门禁，原来真正失去保护的，是我们，需要学着如何长大的……也是我们。"

病人们的嬉笑声从门口模模糊糊地传进来，有几个人出现在外边。我看见如盈匆匆忙忙地往办公室的方向小跑过去——丁大的椅子发出吱一声长音。那张会议记录表似乎传到他面前了。"但至少有我们啊。"丁大仰躺在椅背上说。

芳美姐笑了出来："是，你说得对。至少，这里有我们。"

丁大得意地向我挑个眉，我笑着摇头。他应该是也签好名了，将那张会议记录表反方向放回如盈的座位。

"说到底，这是用一个人去面对另一个人的工作。而且，"芳美姐又看回我和大雄这一侧，"来到这里的每个人，可都是袁 P 思考过的呢。"

大雄在我旁边像是喃喃自语地复诵"每个人"。我转头看他，有些回想起和袁 P 面试时的自己。

"对了大雄，今天会议最后袁 P 一定会问你哦。"芳美姐继续说。

大雄抬头看过去。

"就是，你这四个月下来的心得，还有你会希望这个地方，再有些什么改变。"

"啊？再有些什么改变？这……"大雄双手用力摩擦起大腿，"这也太难了吧。什么……改变啊……"

投影幕忽然整面打亮。"二〇一三年医院评鉴重点倡导"，白底写着几个标楷体的黑色大字。

雅慧咳两声："叶医师，先想病人的事好吗？"

"哦，好。不好意思。"大雄手放回桌面。

"那个，大雄啊，"我指过去，"你的手……"

"嗯？"大雄愣了半秒，低头，左手掌一翻，又蓝又黑糊成了一片。"啊，完蛋了完蛋了完蛋了……"

我和丁大相视笑了出来，雅慧几乎是翻了个白眼地在摇头。

"丁大，"如盈抱着一叠文件快步进来，"刚欣瑜妈妈打电话来问下学期回学校……嗯？你们在聊什么吗？怎么都这个表情？"

芳美姐也笑得发出咯咯的声音，大雄还在我身旁不知道碎碎念什么。

"欸欸欸，"如盈一脸状况外地坐下，"你们在聊什么啦？"她左看右看，眼神停在我这边。我笑着耸个肩。

"没事，先签名吧。"芳美姐轻柔地向如盈说。

如盈很不甘愿地哦一声，在那张会议记录表上画了几笔拿给芳美姐。"但到底是怎样啦你们，很过分欸。趁我不在聊就算了，还都不说，真的，哎哟——"

"欸，"丁大往窗外的方向摆头，"袁P来了。"

雅慧按个键，投影片瞬间从布幕上消失。我收起笑容。没几秒袁P的身影出现在窗外，我们全都站起来。我的椅子往后滑得太远，我伸手扶住它。

袁P走进会议室。

"教授。"芳美姐稍微躬身。

袁P点个头，走到座位，坐下。我们跟着坐下来。丁大面前那堆文件散到如盈那边去了，如盈皱着眉把它们推回去一些，正襟危坐的丁大斜眼笑了一下。袁P在会议记录表上签名，芳美姐传过来，要我拿给大雄。

袁P持续看向他那张病人清单。

他往右推一些，抬起头，依序看向雅慧、如盈、丁大，确认每个人都与他有视线接触，再跨到会议桌这一侧的大雄，和我。

"今天，从谁开始？"

31 /

贾扬特站在车子侧边，拿抹布上下擦过挡风玻璃。他看到我从贝图寺的大门走出来。

"要离开了吗？"他问。

车子已经掉头朝主要道路的方向，引擎盖上放了一大瓶可乐，标签是与袈裟同样的红色。"嗯，我们走吧。"我说。

他一手抓起宝特瓶，连同抹布一起丢进后车厢。"直接去喇嘛玉如寺，或还有任何地方想停？"

"嗯，应该没有。"我走到车子左侧。该继续前往我最后的行程了，把握所剩不多的时间。"贾扬特，"我的视线跨过车顶，"我可以换来前座吗？"

他摆摆头——他的英文没什么口音，我差点忘记他是印度人。他打开右侧车门坐进去，我也上车。砰砰两声，车门关上，他发动引擎。前挡玻璃被他擦得像是从没这么干净过。他刚才大概等得发慌了。

"到喇嘛玉如，大概还要多久？"我系上安全带。

"看情况。"他稍微左打方向盘，"三或四个小时。"

车子驶下斜坡，吹进车窗的风把热气带走。他打了左转方向灯，嗒——嗯、嗒——嗯，两只前臂靠在方向盘上，抹了发油的后脑勺对着我。主要道路上的车子开得飞快，他抓住空隙，油门一踩切进去。

我们重回主要道路上。我跟着他稍微把车窗摇高，继续或者说是再度远离列城。

10：00。中控板上方有个电子钟，时与分之间的冒号规律闪动。双线的柏油路笔直往前，像是一堵铁灰色的水泥墙，将贫瘠的土地切成左右两半。山横亘在更远的地方，路边每隔一段距离就出现盾牌形状的黄色牌子。

"NH1？"我念出上头的字。前几天好像也看过这个标识。

"一号国有高速公路。"

"我们是不是走过这条路，在健行来回的时候？"

"嗯。"

"所以我们会经过林——"

"林嘎不会。提密斯冈也不会。"前方的小巴看起来跑不大动，排气管喷出一阵阵黑烟，他打个方向灯超过去。"它们不在这条国道上，只有喇嘛玉如有。"

"意思是，只要沿着这条国道就会到喇嘛玉如了？"

"对。"

我觉得自己可能在贝图寺稍微耽搁了，但印象中这条路的路况不错，时间应该不会是问题。车子几次经过像是军营的低矮建物，围墙的缺口被拒马挡住，匆匆瞥进去，一个人影也没有。

"先生，"贾扬特看着前方，"我放些音乐？"

"请便。"

他左手离开方向盘，从中控板下方的凹槽摸出一张随身碟，插上音响，四个角落放出响亮的印度舞曲。"抱歉。"贾扬特赶紧把音量调低。我告诉他不要紧，说我几天前去提克西寺，中庭里也一直播送这样的音乐。

"他们在寺里放音乐？"

"对，那天他们好像在拍广告什么的，很热闹。"我回想那时自己与丹增的互动——如果那能称得上是互动。

贾扬特以鼻子哼出笑声。我以为他要评论什么，但没有。底盘传上来的噪声与舞曲的重低音糊成一片，路边开始重复出现另一张告示牌，写着"小心驾驶／避免事故"。我想让他专心开车也好。

路面非常平坦。我望见两三百米的前方立了路障，将两线道缩减成一道。贾扬特减速下来，但没停。开过去时我发觉那里根本没人驻守，与刚才的军营一样像个幌子。我觉得我白担心了。贾扬特很快拉回原本的速度。

"你刚在贝图寺待很久。"

我看向他，他仍然盯向前方。"呃，是啊。"我有点惊讶他会先开口，"不好意思让你等了好一段时间。"

他往中控台瞄一眼："倒还好。"

公路看起来像是往前一路攀升，那道山岭变得更近了。他开得好快，灌进来的风在我耳边嘶吼。我把车窗摇得更高一些。电子鼓的俗气音色敲个不停，引擎声却像是消失了。他怎么办到的，这不是上坡吗？

"你是佛教徒？"他突然又问。

"嗯？没有，我……不会这么想。"

他持续往前看："所以你不是？"

"……不算是。怎么你会特意这样问？"

"贝图寺，不算有名。"他稍微皱眉，"大部分游客待个半小时，顶多一小时就走了。"

"噢，那是因为我在那里看曼陀罗的制作。"

贾扬特轻踩刹车，我们即将进入山区。"你说，曼陀罗？"

"对，你知道曼陀罗？"

"一点。"

"我也是凑巧遇上的。对了，明天我们从喇嘛玉如回来时，可以在贝图寺再停一会儿吗？也许傍晚以前。"

"他们的曼陀罗很漂亮？"他单手往右打方向盘。

"对啊，而且……"我想了一下要如何进一步解释，"就像你说的，那真的很漂亮。"

"那就合理了。"他又往左打方向盘，手指在方向盘上跟着音乐拍打。他似乎很满意我这个答案。

我仔细看过车里各个角落，没发现任何佛像或转经筒。"你呢？你是佛教徒吗？"

"不，我不是。"

他大概是穆斯林，或者是信印度教，但我没有其他线索可以辨认。山路的弯道一个接一个，还是先别多谈贝图寺或曼陀罗了。"那明天——"

"小事情，晚点再说就好。"贾扬特说，"等会儿想停一下吗？"

他解释前面有个眺望点，景色很好。我问他前几天去林嘎途中是否也有经过，他说有，但那时候比较赶，所以没停。车子边爬坡边又过了几个弯，我看见一杆风马旗有些突兀地立在前方弯道外侧。一辆银色厢型车停在路边，旁边有四名白人在走动，一看就知道也是游客。

贾扬特把车子停在那辆车正后方，几乎就要贴上去了。那辆车的后门贴着另一家旅行社的名称："拉达克假期"，搭着雪山的标志像是张电影海报。"下车吧。"他说。

我关上车门，连续两声"哈啰"朝我招呼过来。是那几个人。他们年纪看起来都很大了，头发银白，戴着深棕色的墨镜。"多么美的景色。""令人屏息！"他们向我说完，夫妻俩互相笑一下。他们的胸前各挂一台单眼相机。另一对的先生帮太太拍完照，晚了几秒也向我说"嘿"。我与他们一一招呼回去。贾扬特走去那台厢型车的右侧。

我往那几名游客刚才眺望的位置走。前方的视野先是雪山，然后从山岭的缝隙间蹿出一条灰浊的河川，迎面冲刷过来，把左右包夹的山峦越削越单薄。我怀疑那条河川直接冲到这一侧的山脚。

有人从背后推我。我吓一跳。是贾扬特。

"往前一点。这边你只看得到桑噶尔河。"

厢型车"轰"的一声，沙粒夹杂废气扑过来。那群人继续上路了。

我往前更接近那杆风马旗。脚下出现另一条由左往右流的河川，刚才迎面那条河在正下方与它汇流。

"这条，是印度河，从东边流过来。"贾扬特指向左侧。

"东边？"

"它的源头在西藏。"他继续往前三四步，踢了块石头下去。

不能再往前了。前方的地面像是突然陷落，我有点惧高，伸手抓住风马旗杆。

"会怕？"他问。

我苦笑着点点头。

"看起来比较陡而已。"他发现我没有要跟上他的意思，"总之，桑噶尔河在这里注入印度河，继续往西北进入巴基斯坦，再往南，最后流到阿拉伯海。"

阿拉伯。那应该又是另一个世界了。"你说它叫印度河，没错吧？可是听起来，它大部分都不在印度境内？"

"别问我为什么，那就是个名字而已。"他折回来，"你可以在这待一下，我回车上等你。"

我望向两条河的交汇口，波纹变得非常紊乱。刚才贾扬特踢下去的那块石头不知道是不是也滚进河里了。我后退一步。"不用了，我们上车吧。"

"现在？"

"嗯。"

贾扬特摆摆头："好。"

重新上车，车子右转驶回山间，我感觉安心一些。电子钟显示10：37。顺利的话或许一点就能抵达。

"先生，你想早点到喇嘛玉如？"他问。

"嗯？都好。庆典的活动是整天吧？"

"对，应该还可以。刚那辆车也是要去喇嘛玉如。"

"是吗？"原来他刚才过去是和那辆车的司机聊了一下。拉达克假期——真是个简单明了的名字。"似乎会有很多游客过去喇嘛玉如？"

"当然，那是一年一度的庆典。"

贾扬特熟练地转动方向盘，遇到转弯也不大踩刹车。我分不出随身碟里的歌曲是不是从头播放了，听起来都差不多，经过的山路也还有些面熟。其实我不太懂一百二十多公里的路程怎么会需要开到三个小时以上。

我感觉车里沉默得有些久了。"这条路你应该开过很多次？至少这段路，光是载我来回，这算第三遍了。"

他点点头。

"你……住在列城吗？"我试着与他寒暄。

"只有夏天。冬天下雪，这条国道封闭，正常人不会想来的。"

"听你的说法，你应该不是列城人？"

"不是。"

"你家在……"

"南方。没有雪。"

"是吗？"

他似乎没想要继续谈这个话题。车子蜿蜒向前，他随手往右一指说"往林嘎"，我没来得及看到岔路。山路转为下坡，看起来确实我应该没走过这里——虽然我并不真的觉得自己的记忆足够可靠。

车里再度沉默好一段时间。

"所以你每年夏天来列城，算是……工作？"

"就开车啊。"他说。车子减速，拐过一个大弯，印度河再度出现在左侧一段距离之外。

"就，开车？"

"这里夏天，人多，机会多。既然你不是佛教徒，你应该知道我在说什么。"

"……嗯。"其实我不大确定。

"观光。"

"噢。"原来是指这个。我想起德吉家里。"不过，有那么多游客涌入，对这里应该带来很大的改变吧？"

"本来就会变。"前方柏油路面的颜色变得更深，看起来铺好没有太久。贾扬特趁直线加速。"就像这条路，以前也是丝路的一部分，我是指，很久以前。"

"是吗……"

"你知道斯利那加吗？"

"嗯？"

他问我是不是直接搭飞机到列城，我说对。"很多游客都是飞到斯利那加，再搭车到列城，主要是为了适应海拔。你如果在我们旅行社有看到，那个地方有个别称，叫'人间天堂'。"

"'人间天堂'？听起来好美，真可惜我没机会过去。斯利那加，它是在——"

"就在国道西端。"

"刚好在西端？这样说起来，这条国道不也就像一条现代丝路，为了观光而生？"

"你可以继续那样想。"

"啊？"车子一颠，我的头差点撞到车顶。我想起这辆车也是来自天堂——旅行者天堂。

"我说你可以继续那样想。"

柏油路不见了。一个个三角锥排成纵列，黄土路面上满是坑洞，车速一下子掉到时速十几公里。前方出现好几辆车，它们似乎没在前进，刹车灯全亮着。我们也停下来。

"我不懂你的意思。"我说。

"你真的想知道？"贾扬特看向我。

怠速的震动像在颤抖，与电子鼓的节奏扭打在一起。我点点头。

他双臂往方向盘撑直，上半身贴上椅背。"这条国道，从一开始就是为了运输军队修的，观光是后来的事。"

"所以刚才路上，才会经过好几个军营？"

"不然呢？"

我又想起德吉家。"呃，现在的边境是不是还不大安稳？我本来最一开始的时候有想去班公错，但你们老板……他是你们老板吧？他说那里太靠近边界，我从台湾来，不能办许可。"

"你刚问边境的事，除了十多年前与巴基斯坦打过仗，其他的我们一般人也不清楚。"

"你说的打仗，就是雪虎部队吗？"

"你知道？"他又转头看我。

"只知道这么一点。"

他点点头，像是想到些什么，挑个眉。"驻扎在这里的军队，雪虎只占一小部分，全部的军人加起来有数十万那么多。就像观光，一样的。"

"一样的？"

对面摇摇晃晃开来四五辆车，慢得像是随时会熄火，贾扬特关上他那侧车窗以免尘土飘进来。

"有那么多人，就有那么多钱。这个省的收入来源，除了观光就是军事。人间天堂？或许对某些人来讲确实是。但你要知道，旅行社只会让你看见天堂，不会告诉你什么是人间。"

"……你的意思是，天堂只是一种表象？"

"我会说，那是想象，给外国人用的——不是说你。我载过一些西方的游客，他们赞美这里的纯粹，说这些寺院为他们疲倦的灵魂带来平静。要那样想也没什么不好，但那就是想象。"对面那几辆车往后开远了，前方车辆的刹车灯一个接一个熄灭。我们跟着起步。"先生，我可能说太多了。"

"不会。一点也不。"

路太颠簸，我紧抓侧边上方的把手，身体还是不断被震起。如果一切只是想象。我们缓慢地驶进前一辆或者是更前一辆车子扬起的沙尘。59。冒号还在闪动。00。十二点整。我感觉像是过了一个世纪那么久，好不容易驶出交通管制区域才想放手，又一颠害我往左撞上车窗。

"我们或许会晚一点到。"贾扬特说。

我重新抓住把手。

"不过，也还好，至少没碰上更大的封路。"

"更大的封路？"

他似乎不觉得这样的颠簸有什么阻碍，只用右手虎口扣在方向盘下缘。"当发生冲突。"

"是说像……边境情势不大稳的时候？"

"很容易这样想，不是吗？"他轻笑一声，"边境的事我们或许不清楚，但境内，藏不住的。克什米尔人与拉达克人，伊斯兰与佛教，都有冲突，看你运气好不好有没有碰上而已。你不是本地人，不是佛教徒，我也不是，所以我们才能在这里说这些。我说，在这个想象的天堂里，表象是和平，另一面就是冲突。那才是真实。那些喇嘛总说什么慈悲、平静，说得好听，当然没人反对。我是不信那一套。成天待在寺院里，还真以为能理解这个世界是什么样子？"

他说得太白，我突然不知道怎么接话。我怎么会以为我也真的理解了。

挡风玻璃渐渐变脏，有几次遇到只容得下一车宽的便桥，开上去时车底与两侧共振出巨大的金属声。喇叭持续放送舞曲，像是让人能看见各色纱丽在旋转、跃动，我感到有点晕。印度河在公路左侧时隐时现，每次现身时河面似乎又离我们更近一点。出发到现在已经快三个小时，这确实是几天以来我所前往的最远的地方。河面又出现，我眼前忽然闪过台北盆地里基隆河的画面。

柏油路重新出现，贾扬特加速跟上前车，打了几次方向灯但始终超不过去。更前头的车开得太慢了。他的手指在方向盘上敲打。

"你准备一下护照。"他说。

我问他怎么了，他说等一下会用到。我从脚边拿起背包，在最里层东摸西摸，拿出护照时一张白色小卡片掉到座位下方。是卓玛留给我的那张。我稍微往前撑开安全带，弯腰想捡起来——

"先生。"

我掐住小卡片，赶紧坐直回来。他指向左前方："你得在这下车。

有看到那栋建筑物吗？"是一栋平房，侧面望过去只有一扇窄小的窗。我"嗯"了一声。沿路停了一辆白色房车、银色厢型车以及两辆以帆布覆盖后边的大卡车。"拿好护照，进去那栋建筑物。我会在前面一点等你。"

"这是安全检查或什么吗？"

"例行常规。"

我把背包放回去，下车。坐车坐太久我感到有些腰酸背痛。我经过厢型车旁边，车身的黄沙看起来铺了好几层。它不是"拉达克假期"，说不定他们早已抵达喇嘛玉如了。希望这里不会花我太久时间。

房里有两名警察坐在桌子后方，其中一人向我招手。"朱雷。"我说。他指向我手里的护照，我递过去。他盯了护照封面四五秒，打开来，转九十度，眼神冷冷地在我脸上与护照里来回扫。他往后快速翻几页，又回到前头有照片的那一面。他拿起圆珠笔，将我的资料抄进册子。他合起护照："喇嘛玉如？"他也知道我要去喇嘛玉如。我点点头，他把护照还给我。

"这样就好了？"我问。

警察手一挥，继续低头写字。

我走出门口，贾扬特把车子开到更前方了。我发现再往前出现两条岔路，一座窣堵坡立在路口。贾扬特靠在车边远远叫我。我在发什么呆。我要去的地方就是喇嘛玉如没错，贾扬特会继续载着我往前的，不用多想。我快步坐上车。

贾扬特说："没问题吧？"

"没。"车子再次驶动，"我可以把护照收起来了？"

"当然，你不会再用到它。"

我谨慎地收好。不能再犯头一天在德里旅馆退房时的错误了。我顺便确认卓玛的小卡片也还在。13：12。贾扬特开上左侧的那条路，窣堵坡在窗外一闪而过。

288

"喇嘛玉如……快到了吗？"我开始有点担心。

贾扬特摆摆头。

印度河再次出现。更近了，看得出水流湍急，水波来不及拍打成形就已经碎裂。我把车窗摇下来一些，开始听见河水声与公路同样往前奔。地鸣般的低音从前方隐隐传来。

"妈的。"贾扬特突然骂出声。我转回头。他紧皱眉头，好像丹增。"抱歉先生，我们不走运。"车子慢下来，"看。"

公路开始更往河谷下坡，往前整路都是车，高高低低的像是一条斑驳的长蛇。最远处一个左弯，接上横跨印度河的铁桥，一辆墨绿色的军用卡车刚好从对岸驶上来，把桥面整个占满了，后面紧接一辆又开上来。我们往前开了一小段距离，在车阵尾端停下。我发现对岸的公路上全是军用卡车，串连成一条墨绿色的庞然大物，看不到尽头。它们发出的轰鸣声充斥在河谷两岸。

"这要等，你得有耐心。"贾扬特直接将引擎熄火，车子死了一样动也不动。他半转钥匙，音响又打开。外面太吵只有高频的音色断断续续跳出来。

"车窗。"贾扬特配合手势要我把车窗摇高一点，"OK。"音乐听得清楚一些了。

"贾扬特。"

"嗯？"他双手交叠，伏在方向盘上，往我这侧的车窗望。他可能还试图要寻找那个墨绿色怪物的尾巴。

"我一直在思考，你刚说的那些话。"

"什么话？"

"就是你说，关于和平与冲突等的。"

"嗯。"他发出简洁的一声。

"你觉得……这里会有解决之道吗？"

"解决？你问错人了。我不是官员，也不是喇嘛，那不是我关心的事。我活在这个世界。这就是现实。冲突也是现实。"

"所以我也可以说，你活在冲突之中？"

轰鸣声更大了。"我活在冲突之上❶。"

"之上？"

"没有冲突，人们还会想来这个人间天堂？"他好像以鼻子哼笑，但逼近的轰鸣声连音乐都要吞没了。"窗户——快关上！"

我赶紧摇上车窗。贾扬特身子压过来把车窗关到最紧。领头的军用卡车挟带黄沙朝我们过来，车内一下子没有空气流动，他把他那侧的窗户也完全关紧了。沙尘越漫越高，从挡风玻璃，覆上侧边车窗，我越来越看不见外头。喇叭像是失去作用，我只听见外头的咆哮声。又有更多黄沙叠上来。是第二辆卡车。碎石从侧边袭击，噼里啪啦敲打在车身上。一阵刚过去又一阵逼来。窗外什么都看不到，电子钟的冒号持续闪动。好闷，氧气快要吸光了。我看向贾扬特，他直直望向前，脸上没有一点表情。他侧头看我一眼，没有反应，又继续往前看。

轰鸣声的重心似乎移到后方。窗外的黄沙沉下来，我们这条长蛇的最前方开始移动。最后一辆卡车从旁边开过去。13：44。我确认这首曲子有听过，究竟循环播放几遍了？

贾扬特把车窗打开一些缝隙，一点新鲜空气进来——只有一点。

我犹豫了一下："贾扬特，我可以知道……你是怎么会决定来这里开车吗？"

他发动车子，音乐中断半秒。"人们都这样做。"车子在音乐声中恢复持续震动。

"那，你自己呢？"我继续问。

---

❶ 活在冲突之上（live on the conflicts），意思是以冲突为生。

"我自己？"

前车往前开，两侧轮胎卷起一点黄沙。"我是指，这是你想做的事情吗？去成为……一个司机？"

"我说了，人们都这样做。"他踩下油门，我们也缓缓起步。"过了河就快到了，你的目的地。"

车子下坡，转弯，依序驶上桥面。猛然一个颠簸，后车厢"砰"的一声，紧跟着传来液体晃动的闷声。我差点以为我们要摔落河谷。

32 /

我正要推开大门——

"晚上公会活动你有要——"哲崴迎面整个人撞上来。好痛。"啊，对不起，医生对不起。"他连续鞠几个躬，脸色比平常更苍白了。

"没事。"我说。

启闳站在哲崴侧后方，小声说了句"医师好"。

"快回家吧，都过五点了。"

"好，医师再见。""医师再见。"他们边喊边往山下走远。

我有些羡慕起他们。寒假出院，开学了再住院，放学时间当然也就放学回家了——我还不行。我揉一揉下巴，再次推开大门。

大教室里只有如盈一个人。

她坐在哲崴的座位旁，低头在看几份文件。教室显得比平常暗一些，天花板上的灯管只留下三分之一还亮着。

"嗯？伯鑫医师？"她抬起头，语调有些讶异，"你怎么会现在……"

"来补记录的。"下午好不容易才补完急性病房几个新病人的记录，农历年假累积的待办工作还是和山一样多。而且，评鉴的日期正式公布了，就在两周之后。

"辛苦了。"如盈向我微笑，非常能同理的样子。

我也向她无奈地笑。

雅慧一个人在办公室里。她在病历柜上立起一个个黑色资料夹，都是评鉴的相关文件。她可能没看到我，没与我打招呼，转身在先前大雄的座位上不知道整理什么。墙面另一侧的小教室也亮着灯，我从背影认出与芳美姐斜坐的是宇睿。他们怎么会在这个时间会谈？

"那个，"如盈站了起来，"芳美姐和宇睿应该快谈完了，他们进去一段时间了。"

我点点头，转回视线，瞄到她面前那几张应该是学校发来的公文。"宇睿怎么了吗？"

"是还好。主要是……"如盈回头看了办公室一眼，"欣瑜妈妈打电话过来，说她发现宇睿这阵子一直发信息骚扰欣瑜，希望我们帮忙处理一下。"

"欣瑜妈妈？"我感觉不太对劲，"她什么时候打来的？"

"下午。"

她不是一早才自己特意来过病房一趟？如盈又回头看办公室一眼。我更疑惑地看向如盈。

"哦，没事。"她笑着摇头，"我只是在想，让雅慧直接跟你说比较清楚。下午电话是她接的。"

"嗯，当然。"

一早我忙着和刚转来日间病房见习的新病人会谈，只在欣瑜母亲离开前和她简单打了照面。和我印象中一样，她与欣瑜长得真的像极了，微笑时嘴角的弧度像是练习过那般刚好。雅慧是在事后转告我她与欣瑜母亲谈话的内容，说母亲非常满意开学这两天孩子都能回到原班，所有母亲谈到的都是好事。我想起第一次在小儿科病房见到这对母女，还有袁 P 几次门诊中她们的互动。没关系，妈妈陪着你。母亲总这样握住欣瑜的手说。

"不过伯鑫医师，你最好……改天再问。"如盈说。

"嗯？"我回过神。

"雅慧后来和丁大，"如盈指向电脑教室，"有点……争执？"

丁大起身坐到另一台电脑前继续操作。原来他也在加班。"……哦。"我看回如盈脸上。

"应该不是什么太大状况啦。"她像是急着要辩解什么，"他们本来，好像是在讨论郁璇的不自伤行为约定什么的。"

"那个过年前开会，大家不是讨论过了？"

"对啊，不过，我也没完全听懂，他们就说到什么拯救者、受害者的，一开始好像还好，后来雅慧说要丁大注意不要被病人操弄，丁大就有点，怎么讲，"如盈露出为难的表情，"克制自己不要生气的感觉？我还是第一次看他那样。"

丁大……克制自己？我停顿几秒。"我知道了，我……会再找时间了解。"总之还是得一件一件事情来。我向如盈笑了一下，"我先去忙了，那个，记录真的超多的。"

"哦，对啊，过完年又刚开学真的很……"如盈也向我笑。

我往办公室门口走，窗户对侧的雅慧拿着一本资料夹在电脑前坐下。她似乎是真的没注意到我。

"那个，伯鑫医师？"如盈忽然从后方又叫住我。

我回过头。她面朝我，眼神有些游移。

"嗯，你们有考虑，让郁璇……先去住急性病房吗？"

"嗯？"

"不是，因为……"

我等待好几秒，但如盈没把话说完。"没什么状况的话，我们应该，还是会先在这里 hold hold 看。"我说。

她尴尬地笑了，一只手按在脖子与脸颊侧边。"也对，我在说什么，上次开会也讨论过的。"

——但后来郁璇与母亲会面了。大雄与我交班时转述了郁璇的说法：郁璇母亲持续指控，是她毁了这个家。办公室里传出印表机细琐但刺耳的声响。

"我想，嗯，去年应该八九月嘛，那时候她自伤的状况也有处理下来，这次……应该也没问题的。"我像在说给自己听。

如盈"嗯"了一声，又向我微笑。

药物已经照袁 P 的指示调整，病房安检与行为约定也确实由雅慧执行，并按规定与我交换意见。社会局的社工说她的性侵官司应该近期就会开庭，但现在我们也只能先继续观察，或者说忍耐她起伏的情绪与间断出现的自伤行为。办公室与电脑教室的亮光像是从左侧与后方将我包夹。我想起今天一早的向日葵团体，郁璇那总像在讥讽着谁的语气。

"如盈，我还是先……如盈？"

她好像在恍神。我朝她走近几步，她看过来："嗯？"

我犹豫要不要追问，但还有那么多积欠的记录……

"没事啦，"她说，"你不是还要忙？你快去处理，我把 IEP 的资料弄一弄也要来离开了——"

"你在……想什么吧？"

她愣了一下。"哎呀，都是大雄医师不在了，我们才要在这边烦恼这些。真是的，住院医师为什么一年都只有四个月啊？这样你们当 fellow 的也真的很忙，你看你还要负责急性病房，刚好又刚过完年——"

"你担心，郁璇自杀？"我怎么还是说出口了。

如盈看向我，笑容僵在一半。

办公室里又传出印表机运转的声音。咔嗒，咔嗒。我吞下一口口水。
"……当年那个女同学，是不是差不多……就在这时候走的？"

她继续看向我。

几秒钟过去。

"……我不晓得你知道。"她的声音隐约在发抖。

"嗯。"我稍微避开她的眼神，"朋城，之前跟我提过。"

"是哦……"

远远传来印表机哔哔哔哔的四连音，规律地响了三四回。

然后就什么声音都没有了。

"伯鑫医师，"她听起来比较镇定一些，"你这几年，有你照顾过的病人，后来，自杀走了的吗？"

我没预期会被她反问，过了一会儿，脑中才闪过几张模糊的面孔，男生，女生，还有他们的父亲、母亲或曾经陪同就医的其他家人……我点点头。

如盈也点头，垂下眼神。我感觉沉默得有些难受，正要再开口——
"我和那个同学，那时候还蛮常在一起的。如果真要说，她和现在的欣瑜有点像呢。"

"啊？"

"就是……都漂漂亮亮的，很乖、很温柔，当然，也就很讨大家的喜欢。我记得我刚来这，还在暑假吧，有次烹饪课临时缺材料，就是她主动说要和我一起去买。本来我一直以为她就是一个很一般的女孩子，就是那种你会觉得说怎么会出现在这，这里是医院耶？一直到那次一起出去，和她比较有机会单独聊，才知道她其实，"如盈笑了笑，"怪怪的。是好的那一种。就是有时突然会很跳 tone，好像没什么能真的约束她一样。"

"呃，是吗？"我越来越不确定是否要继续在大教室里和她谈这些。她带着一点微笑地点头。"我有跟你说过，我大学是念幼教的吗？"

我延迟一两秒，摇头。

"其实大学的时候一边念，一边在后悔为什么要选幼教，毕业后也没去实习，后来是迷迷糊糊应征上这里。呵呵，谁知道三招会只有我一个人报名。所以说真的，实在不晓得要怎样和这边的青少年互动才不会出错。一直到和那个女同学比较熟之后，有次，也不知道自己哪根筋不对，就突然问她，你会不会觉得这里很烦啊，医师、护理师、老师，人一直换，但都在问你差不多的问题。结果她说，至少我不会啊，她可以感觉到我是真的想听她说。那时候我就有点吓到了还什么的，就回她说，和你说话很有趣啊，不然大家怎么都会喜欢你。她回应我的，却是我想都没想过的回应。她说，"如盈停顿一下，"她从不觉得自己是个有趣的人。"

"有趣的人……"外头的天色似乎更暗下来了。

"嗯。她跟我说那些的时候，一方面心里蛮感动的，有种好像自己真的成为一个老师那样。但另一方面又觉得，其实我也……"

办公室里好像有人在走动。我转过头，雅慧正好走回病历柜，看到我向我点个头。她继续整理资料夹，"医疗品质及病人安全"，侧边写着几个大字。我头转回来，忽然有种自己像是在与病人会谈的错觉——我在想什么。如盈如果不是信任我哪里会跟我说这些。

"那，后来呢？"不要多想了，"她是怎么会……"

如盈想了好几秒，摇摇头。

"嗯？"

"那阵子，病房状况蛮多的，可能是有些影响。但，不确定。因为她家里，她爸，好像也有些状况……"如盈越说越迟疑。

"……你指的是？"

如盈没有出声。

我想起郁璇被安置那天如盈在办公室里的反应，不自觉也低下头。

"事情发生的那一天，刚好是年假放完回来开工的第一天，办公室里我们每个人都忙死了。很反常地，她没有准时出现在这里。之前她一直都是班上最准时的那一个。当下我们也没有立刻去联络，想说刚收假，一般外面学校那时间也还在放寒假，很多人也都迟到或请假。然后我就接到她打来办公室的电话。她说，她想和我说谢谢，说这半年多和我聊得很开心，很高兴……认识我。我也没意识到她怎么会突然说这些，也完全没有别的征兆啊什么的。过年，大家不都一家和乐到处出去玩嘛，能有什么。于是我就很简单地回说，赶快过来了啦，说什么谢谢，又不是不会再见面。"如盈停下来。

我抬起头，落地窗外的天光几乎完全消失了，如盈的眼角泛着泪，脸上却保持微笑。

"其实……也就是这样，也没什么。我常告诉自己不要再想啦，一直想这些干吗，都过去了，也不可能真的再重来，就不要再想了嘛。但要是……要是有一天，我真的把这些都忘了呢？"

那几张脸孔再度闪过我脑中。他们是叫什么名字？为什么想不起来？明明是我曾经照顾过的病人。努力想啊你。在诊间里，在病房里，对，那是我最后一次见到他，还有她。可是那时我到底做了什么……

"啊，伯鑫医师对不起。"如盈有些慌张地说，"你一定累了，我还这样只顾着说自己想说的，真的对不起。"

"呃，不会。"

她笑了一下："反正我相信，有你在，郁璇一定会好起来的。"

"嗯。我们……一起努力。"我笑了一下，却感到莫名的心虚。希望如盈不至于察觉。

"那就后天再说吧，赶快让你去忙了。你明天应该没空过来，都在门诊？"

我点点头。

"那个那个，"如盈比画着手，"学测啦，我怎么突然忘记。明天就要公布成绩了，我中午联络你好吗？这样刚好后天你就可以和朋城聊一聊。今天上午你走之后他还特意来问我你今天会不会再过来呢。你们应该有好一段时间没好好说到话了吧？"

我"嗯"了一声。原本三周前该要会谈的那天，我临时被要求参加评鉴的宣导会议而不得不取消。朋城那时说没关系，反正他也刚考完，没什么事。然后，就过年了。

"太好了。希望朋城也能像欣瑜一样，顺顺利利回到学校呢。"

教室前方一张张空荡荡的桌椅像是要没入黑暗。我慢了半拍，再"嗯"了一声。

朋城低着头，认真思索的样子。

立灯已经点亮，我将笔记本拿在手里，一切像是与之前没什么两样。刚才会谈的开场，"最近都还好吗"，我是这样问他——尽管我不太确定他会怎么理解我说的"最近"。

"……不知道欸。"朋城看向我，忽然视线往我的脚边移。"那个，"他指过来，"你好像什么东西掉了。"

"嗯？"我低下头。是上午发的病房火灾小卡。"RACE"❶，口诀就这样被我背下来了。一切都是为了评鉴。我捡起来放回口袋，向

---

❶ RACE，医院或机构中发生火灾时紧急疏散的建议流程，R（Remove / Rescue，将病人移出着火的区域）、A（Alarm，启动警报及警示周边的人）、C（Contain，人员撤离后关门将火局限在区域内）、E（Extinguish / Evacuate，灭火或疏散）。

朋城笑一下。

他摇头示意没什么。

我们沉默了几秒。"嗯，你刚说……"

他重新看向我："噢。就，本来有很多想说，但，不知道……"
他皱着眉头，"医生给你问好了。"

"我问？"

"嗯。"他脸上没有特别的表情。

我想了一下："那么我们就……随意聊聊？"

"嗯。随意聊聊。"

随意聊聊。

学测成绩公布了。昨天如盈在电话中难掩失望，我想我多少也有
一些，就像知道他特殊考场申请没过时那样，情理之中，但意料之外。
还是先别问这个好了，我不想让他感觉仿佛那是我最在意的一件事。

"上礼拜过年呢？过得如何啊？"我尽可能让自己听起来是轻松
的，"难得的九天连假呢。"

"呃，是啊。"

我看着他，以眼神示意他可以多说一些。

"是还不错，至少，每天可以睡到自然醒。"

我笑一笑："还有呢？"

"嗯，"他似乎不是太专心，"其他，就人比较多吧。"

"你们在台北过的？"

他摇摇头："我妈带我回外公外婆家，舅舅也住那附近。有几天
我阿姨也有回去，还带了几个表弟妹。"

"好像都没听你说过这些？"

"也……不熟吧。"他说得有些犹豫，"表弟表妹都还很小，讲
不了什么话。那些长辈又……"

我注视他好几秒："又……"

"反正，一年就见这一次。现在也好一点了。"

"是。"我有些好奇什么叫作"好一点"，但他似乎没有想要多说的意思。今天的他甚至不太与我有眼神接触。

随意聊聊。

我想起一年见一次的另一个人。"你的……爸爸呢？"

朋城看向我。

"你之前不是说，他有跟你电话联络，会带你去一日游？"

"那个哦，就小年夜那天，跟以前也差不多。"他视线转回去，眉头又稍微皱紧。他忽然摇头："医生对不起，我今天脑袋很乱，我不是……不是故意要……"

"没关系。真的。一开始我们不就说了，今天就随意聊聊？"

"……嗯。"

"嗯。"

晤谈室里又回到沉默，但至少他的神情看起来有稍微安定一些。外头传来一声尖锐的麦克风残响。开学第一周的作文课，不知道如盈是否因为学测结束而做任何调整。

我想我还是开口问吧。

"你在心烦……学测的事吗？"

他稍微仰头，眼神却没跟着抬起："一部分吧。"

"嗯。"或许节奏要更慢一些，"嗯。"

其实朋城的表现不能说是太差，略低于均标的总分，如盈说以她这些年来在这里的经验，朋城算表现不错的了。只是我们都没想到朋城的国文分数只有这样——就像我们也没料到宇睿会成为表现较好的那一位。

"不过就像如盈老师说的，就……"朋城耸耸肩，"继续加油，备审资料好好弄，机会还是有的。下个月，也还有身心障碍的甄试可以考。"

我点点头。他将身心障碍几个字说得平淡无奇。本来也就应该是这样吧。"前面，还有很多要继续面对的？"

"嗯。"

"你自己呢？怎么想？"

"我？"他好像有点惊讶。

"昨天公布成绩的时候，还好吗？"

"算……还好，心理也不是没有准备。"

"嗯哼。"

他侧头，望向对侧墙面："反而是我妈吧？昨天回家她还鼓励我说，有努力就好。她明明很失望的。"

"哦？"

朋城抓一抓头发，深吸口气，没说话。

他手放下的同时神情沉下来。

我感觉气氛有一些闷。朋城会不会也看出我和如盈的失望？虽然我们没说，而他……也没说。我感觉今天他好像一直想要表达什么，他的表情、说话、肢体动作，但又，没有了。"人间愉快"，我脑中出现这四个字，今年学测的作文题目。如盈说她猜测朋城是因为这样国文才会失常。那么我眼前的他，又是因为——

"就这样开学了。"朋城淡淡地说。

我想起半年前的那次开学。他果然还是对自己感到失望的吧，考试也好，学校也好，他都没能……

他叹了口气："不太习惯。"

"嗯？"

"就，现在欣瑜，比较少在这儿。"

"你是指，"我没让讶异的情绪太表现出来，"欣瑜这学期，开始返校的事？"

"……嗯。不过我是很开心啊，"朋城突然加快语速，"她能成功回学校，就很棒啊，你们一定也都这样觉得，不是吗？可以进步这么多。"

"呃，是啊，当然。"

"对啊，当然。"

我忽然有种我真的在与他共谋什么的感觉。怎么回事？

"其实，欣瑜这阵子也比较愿意跟我聊到她回学校的事。听起来，就跟我差超多啊。她妈不用说，什么都很支持，跟她说要什么时间回学校、要不要进班、要待多久，都没关系，还说跟班导、资源班老师也讲好了，大家都会包容她，叫她放轻松就好，不用急。"

我点点头，那些都是上次开会后团队合力做的准备——那时大雄还在这，欣瑜也非常配合。

"我也跟她说，都好，只要她觉得 OK 就好，反正我，"朋城脸上闪过笑容，"我都在这。"

"你都在……这？"

他过两秒，补上另一个有些勉强的笑容。"反正，就很为她开心。她还真的连辅导室都没去就直接回原班了，开学这几天都是欸，就很不错啊。"

"嗯，嗯。"我在想该怎么多问一些。

"而且那样对她，应该也比较好吧？"

"嗯？你有特别指……什么吗？"

"呃，医生你这几天，应该还没和她会谈？"

我迟疑了一下："是还没有。"

"也是。"

大雄离开之后，现在我就是欣瑜在这里主要的、甚至可以说是唯一的医生了。这几天她都是直到下午三点才按照约定从学校回来这里，我不是在门诊，就是被困在急性病房。

　　"那你们有知道，宇睿这阵子，在网络上……骚扰她的事吗？"他的语气有些保留。

　　我再度迟疑一下："这个……有。"

　　他点点头，像在想些什么。"唉，"他像是下定了什么决心，"反正宇睿就让人很无语啊，都知道我和欣瑜在交往了，之前还好一点，想说只针对我一个人就算了。最近，不知道是考完试还怎样，又开始对欣瑜死缠烂打。如果欣瑜在这边时间更多的话不知道会怎样。他真的完全没在管别人的欸。"

　　"好像……是可以这样说没错。"

　　"然后欣瑜这次竟然说，算了，说反正只是网络上，没真的发生什么事就好，也不想让别人知道，尤其是大人。欸，你不要跟欣瑜说我有说哦，我有答应她不要跟你们说的。你们应该也是听宇睿自己大嘴巴吧？我看芳美护理师刚好前天放学留他下来讲话。"

　　"呃，是啊。"我有种不大好的预感。

　　"这件事你就当作没听到好了。主要还是郁璇啦。这我就一定要说了。她最近是不是真的要发病啊？不知道在干吗欸。"他变得有些愤慨，"以前偶尔才看到她在 FB 社团里贴文，最近越 po 越多，前天晚上还一连写好几篇，一篇比一篇夸张。"

　　"嗯？"我心中的不安变得更加明显，"你可以多说一点吗？"

　　"就很酸啊，我看了都觉得很不舒服。像什么，只要妈妈来病房就可以了，真棒，爱去哪就去哪之类的。还有什么，拨一拨刘海，不带走一片云彩。还押韵咧。就很明显都在针对欣瑜啊，还有些更……"朋城抖起脚。

"更？"

他快速摇下头："底下，也没人敢回，就晾在那儿。"

"啊？没人删吗？"郁璇到底还写了什么。偏偏没有工作人员在那个社团里面。

"通常是不会，但这次真的很扯，昨天下午欣瑜回来这边的时候，连姵琪都在跟她问这件事。姵琪欸，她从来都没在管班上任何同学的事的。欣瑜当下还有办法笑笑地回她我都觉得……"朋城倒抽一口气又摇头，"后来晚上我跟她讲电话，我跟她说还是要去解决吧，宇睿的事不说就算了，郁璇这个，就，不对啊。看是要跟老师说、跟雅慧护理师说，还是直接和郁璇面对面讲清楚都好，她不想讲，我帮她说也可以。重点是要处理，总不能让郁璇一直这样？要是变更严重怎么办？"要是她更严重怎么办。"但欣瑜就还是回我说，没关系，她觉得还好。我就不懂啊，之前她说被郁璇针对的时候我还觉得是她想太多，现在都这样，反而说还好？她明明一直就最在意别人会怎么看她，我们也不是第一天在一起了，她很明显又开始在焦虑啊，我怎么会不知道？"我怎么也不知道。"也不是说我一定要她怎样什么的，但就……就……讲到后来，她就突然岔开话题，说她发现好多以前感觉班上比她浑的同学，现在都变认真了。她说，她要更努力一点才行，还说我不是也要申请大学吗？就叫我，不要再想那些了。"

不要再想那些了。我的脑袋开始混乱起来。我们怎么会谈到这来的？宇睿郁璇欣瑜，感觉过了个年这里每个病人都有状况，急性病房的新病人也还没稳定下来，还有那该死的评鉴……

"朋城，我感觉今天，怎么说，我们好像一直在说……外面的事？"

"……啊？"他露出错愕的表情。

"我的意思是，"我更加皱眉，"或许，比起外面那些事，我更在意的，是在这里面的你？"

他继续看向我。

"怎么了吗？"

他不预期地苦笑一下："因为本来就是有外面的事啊。"

我被他看得心底冒出一股罪恶感。我刚是说了什么？我以为我在说什么？

他转过头。过几秒，换我低下头。我发现笔记本里郁璇的名字刚被自己下意识地反复圈了好几次。不行，等一下还是得去处理她 FB 上那些留言的事。还有欣瑜，晚点等她从学校回来——

麦克风的声音传进来。

又是宇睿？隔着门我片段听见他说的一些字词，但完全无法拼凑出他在表达什么。我看着门像是在发愣。

"……其实，我很羡慕他。"

我的目光移回朋城身上。他像是看向墙角："呃，你说的他是？"

他抿了一下嘴："吴宇睿。"

宇睿的大嗓门继续咿咿啊啊地传进来。

他只是害怕被人忽略而已。前天傍晚芳美姐和宇睿会谈完之后这样告诉我。我脑中忽然又闪过那几张被我遗忘姓名的面孔，在诊间里，病房里，画面像是变得更清晰了，他们一个一个张着嘴在说话，但还是没有声音。

朋城忽然低着头又笑一下："结果，反而今天一早想通了。"

"……嗯？"

"我的小说。"

"是？"我感觉有些迷失。

"就过年的时候，也不能做什么，也不想念书，没事，就自己在那边东想西想，想说情节可以怎么设计。其实……也是老哏，就是让男女主角在一路的旅程中逐渐认识对方，越来越在乎对方，然后，慢慢喜欢上对方。我就这样想了一些自己觉得可能还算有趣的桥段，但就觉得，很浅。后来就想，男主角不是一直想解开他体内的锁链，去操控因果业力，让灾祸不再发生？那么，女主角必须要扮演当中的关键。我得设计一些**什么**，让他们更羁绊在一起。我一直想一直想，都想不出来，一直到今天早上。"他语调接近平板地说。

"你想到了，那个**什么**？"

"嗯。"朋城点点头，"男主角到最后终于发现，他那个想要解开锁链的执念，正是伤害女主角最大的因。但也只有伤害女主角，才能带来解锁链的果。"

我沉默好几秒："意思是？"

"……**他永远无法避免伤害。**"

"避免，伤害？"

他点个头，终于抬眼看向我。他很快又转开视线。

我也将视线转开。

我注意到窗帘与墙面夹缝处的阴影，呈现出不规则的波浪状。那是一条黑色的、深不见底的河流。

33 /

车子开上对岸。

前车一辆辆加速驶远，山路太多弯，很快前方再也看不到其他车。我原本以为贾扬特开得还算快的。灰底的电子钟显示 14:09。恐怕要两点半才会抵达喇嘛玉如了，比预期晚得太多。灌进来的风带有一丝冰凉的水汽，我从车窗探出头，对侧的山壁垂直往上看不见顶端，底下河流钻在裂缝里，往来时的方向逆流而去。

"这条……还是印度河吗？"我问。

贾扬特紧盯前方："不。印度河是刚才桥那边。"

"所以它叫……"

连续上坡，引擎发出费力的声响。"它没有名字。"

"没有？"

"就是条无名支流。"

车道接近九十度右弯，我们离开河谷转往山里。贾扬特不知道为什么把音响关掉，只剩下引擎声与继续灌进车内的风声。他将他那侧的车窗开到最底，右手肘靠在上面，伸展肩颈几次。我拿出水来喝，空气干得我嘴唇像是快要裂了。我擦过去发现脸上都沙。

"你不饿？"他意外主动发问。

"还可以，我在贝图寺里有喝一些酥油茶。"我注意他的表情，没什么变化，"你呢？会饿吗？"

"习惯了。"

然后没人再讲话。

车窗外的天空还是那么高，那么蓝，回到台北后就不可能再见到了。一周过去，来到周六，医院的签呈应该跑完了吧？我想主任很可能已经来信告知我职缺申请的结果。车底发出尖锐的噪声，像在我的耳膜上刮出伤痕。先不想了，这里还有值得我好好去探索的两天庆典。车子越爬越高。

"先生，"贾扬特打破沉默，"你前面要不要停一下？月世界。"

"嗯？"我看向电子钟。14：21。

"不停也行，之后你还会有机会看到它。"

"那是什么？月世界？"

"一小片山谷。"

分钟的数字跳成 22。"先不用好了，我想直接去看庆典。"

"没问题，那就载你到旅馆。你住哪？"

"呃，可以直接去寺里吗？时间好像——"

"你住哪间旅馆？"他好坚持。

"我……没先预订。"

"你没？"他拉高语调。

"有任何问题吗？"

贾扬特在嘴里碎念几句，我没都听懂，其中一句似乎是在抱怨老板怎么没帮我安排。"反正，"他左手离开方向盘一晃，"我先送你到村里。"

"……嗯。"我有种不祥的预感。

他转头看我一眼，又看回马路："村里有条小径可以爬上寺院，对你很简单的，你走过更长的路。"

我点点头，决定相信他。车底传来更大的噪声，我们连续通过两个发夹弯。

"左边。"他说。

"嗯？"

接着又是一个发夹弯。"月世界。"

路旁的岩壁忽然失去血色，像是布满皱纹的皮肤。贾扬特稍微减速让我看清楚。不行，从车窗的范围只能看见一小区岩壁。我向前倾，扭头，能看见的还是有限。

"就这样。"贾扬特重新加速。

我头往后转想继续看，才发现后车窗变得好脏，黏附的沙尘泛出重金属般的光泽，将山壁与来时的公路一并侵蚀了。

"别在意。"他说。我转回头，发现他手指前方。"那边，爬到山上看更好。"

遥远的山头出现一座白色寺院，那应该就是喇嘛玉如寺了吧——我的最后一站。"那也是……眺望点？"

"对。你知道，够远，才能想象。"

路边出现一张绿色的牌子写着"喇嘛玉如"，底下还有一行藏文字母。车子很快从旁边开过去。我感到嘴里变得更干。我咽口口水，感觉像是连风沙也不小心吞进去。真的要到了。

"贾扬特，你刚的意思是，我得先找好旅馆，是吗？"

"周末这两天是庆典，那不是你来的原因吗？"

"是。所以？"

"所以，游客很多，当地人更多。我们已经有点晚，如果更晚……"他摇摇头。

山腰上一栋栋屋宅随着距离拉近逐渐浮现，拐个弯，侧面的轮廓像是变成整排巨大的阶梯。

"情况就是这样。前面是村中心，等一下，找好旅馆，我们再约定明天回程的事。"

"……好，我了解了。"我想起刚到列城时背着大背包找旅馆的过程，不自觉双手抓紧一下。

车子靠边停下来，贾扬特转动钥匙，熄火。电子钟上的黑色数字像是没入一摊混浊的泥水。

"下车吧。"他将钥匙拿在手里。

我推开车门，立刻听到规律节奏的低音从上方打下来。四周一个人影也没有，应该都是到山顶上参加庆典了。但还不行，再等一等——

"砰！"贾扬特关上车门。

"先问这家，"他指向路旁，庭院里有好几把艳红色的遮阳伞，绿色塑胶椅围着方桌，我花了些时间才看到平房上挂着写有"旅馆"两个字的招牌。"其他旅馆也都在附近。我等你。"他不带感情地说。

客满。贾扬特的警告果然是真的。我走出旅馆大门——咚咚咚咚。

那应该是鼓声没错？又重，又沉，伴随一个萦绕在半空的嗡嗡声。我想起那天在嘿密寺自己莫名所以地一路追寻鼓声来源。这次很可能是不一样的鼓，毕竟是庆典嘛。我继续往旁边另一家旅馆走。

一样客满——咚咚咚咚。

我有点懊恼。时间有限，如果事先做好准备似乎会更好，但又觉得总是会解决的，不用太担心。我被告知上方还有另一家旅馆。

"朱雷？"柜台男子向刚进门的我抬起头，"有什么我……能帮忙的？"

"请问你们今晚还有单人房吗？"我重复这句话第三遍。

他上下打量我："单人房？"

"对，单人房。"他的肤色偏白，满脸都是胡须，和我之前看到的拉达克人都长得不大一样。

"没有，没有。"他低头在本子上不知道写什么。

"或任何房间都可以，我只需要一张——"

他挥手要赶我走，我连"床"这个字都来不及说出口。

咚咚咚咚。

我忍不住再度抬头往山顶看。不需要沮丧，都旅行这么一段时间了，我和之前不一样了。我深吸口气，踏步往上——

"先生。"贾扬特的声音从底下传来。

我回过头。

"上面没旅馆。"

"噢。"我有些尴尬，往下走。

他板着一张脸朝我接近："都没床位？"

我苦笑着摇摇头。他完全不意外的样子。

"你的手表？"他说。

"嗯？"

"几点了？"

我又"哦"了一声，把表面朝向他。已经快三点。

他皱了眉一下。"跟我来。"他掉头就走。

我们从一条水平的窄巷穿过去。

"他们都跟你说客满？"我说对。"那些克什米尔人。"他听起来有些不屑。

我们停下来，是另一家刚才我没发现的旅馆。他要我在门口稍等一会儿，自己走进去。山顶上的鼓声没有间断。他出来时向我摇头，说确实没有床位，领着我又穿过一条窄巷。我怀疑我们好像是要折回去我问到的第三家旅馆。

"贾扬特，你刚说，'确实'没有床位？"

他摆摆头："特别的日子，像是庆典，那些克什米尔人通常不想接一个人的游客，赚得少。"

"你的意思是，可能还有空房？"

"可能。但别期待好价钱，尤其，"贾扬特看向我，"你是外国人。"

我点头，感觉无法多说什么。

他停下来。

果然是第三家旅馆。

贾扬特一样要我在门边稍等。他一踏进去好像就叫了那名胡须男的名字，胡须男伸出手与他用力握两下。我听不清楚他们在讲什么。贾扬特指向我，胡须男的目光也扫向我。胡须男连摇两次头。贾扬特手指往半空，我隐约听到"旅行者天堂"，他摇摇头，又指向我。胡须男没反应，四五秒过去，才晃了晃头。贾扬特转身向我招手。

我走进去——再一次。贾扬特斜靠在桌面上，向我朝胡须男摆头，胡须男也在看我。有贾扬特对照，胡须男的肤色让我联想到刚才途中看到的月世界。

"所以，"胡须男开口，"一张床，一个晚上？"

"……对。"

他低头在一小张纸上写字，递到我面前。是卓玛开给我的三倍价钱。"最后一间。你想看吗？"

"不用，就这样吧。"没有什么比刚好更好的，我像是在说服自己。

胡须男从抽屉摸出钥匙："现在付钱，现金。"

"呃，我需要先登记或什么的吗？"我准备拿出护照——

"没那个必要。"

胡须男的手指在桌面上敲出连续的声响。我看向贾扬特，他对我点点头，然后就往柜台另一边走，拨弄起架上的单张。我把背包重新背回双肩，拿出皮夹。里头已经没剩多少现钞，应该差不多刚好能在旅程结束时花完。五十卢比、一百……我隐约感觉那一个个甘地头像都不怀好意地盯着我。他们会不会是串通好的？贾扬特站在那，抽出一张单张，正反面各看一看，放回去。我怎么会这样想，一路上他与我的对话不像是假的。

"先生？"胡须男指着我手中的一沓钞票。

我把钱递给他。他来回数两遍，点头，把钥匙交给我。它轻得像是玩具。

"欢迎来到喇嘛玉如——自由之地。"他嘴角抽动一下。

什么自由之地？我疑惑地看向贾扬特。

贾扬特走过来："等一下你沿着刚那条阶梯继续往上，十分钟就到寺院。然后明天，中午十二点半，这里会合。"

"呃，途中我还想在——"

"我知道，会在贝图寺停，时间够。"贾扬特看向我，"然后我们就回去。"

　　我望向阶梯，又要爬了，从旅程开始的第一天就是这样一直在爬。但无论如何最后的行程就在前方了——咚咚咚咚，我已经来到这个自由之地。为什么胡须男会这样说？那应该是好事吧？鼓声的低频振动开始打进我的胸腔，萦绕在半空的嗡嗡声裂解开来，我辨认出那是男女老少在说话的声音。我也要加入他们了，和他们一起庆贺，一起舞蹈。旅行社男子提过嘿密寺的庆典有厉害的面具舞，这里应该也是吧。说不定还会更好的，在这么远的地方，一切都会更自由的，如同旅程进行到现在的我。我回忆起三天健行最高点的那个阳光，那阵风，与石堆。但很快我也要回去了。回去。贾扬特踢了一下石头，他没什么口音的英文从那片嘈杂声中冒出来——

　　"哈啰，你是从台湾来的吗？"是个男人的声音。我抬起头，站在高我几阶的他一身荧光黄色的 polo 衫，好刺眼——等等，他刚说中文？

　　"Sorry. Sorry. You speak English?"

　　"呃，我是从……对，从台湾来的没错。"我几乎是生疏地说出中文。

　　"对嘛，我就在想我怎么可能看错。"他仰起头笑，"刚我远远看到你，就在猜你应该也是台湾来的，果然给我猜对了。不是我在说，我出来跑这么多年，真的是很会认我们同胞啦。"

　　我维持礼貌的笑容。中文。对，现在是讲中文。

　　"啊你一个人出来玩？"他问。

　　"嗯。"

　　"背包客啊？赞赞赞。"他比起大拇指，手腕上那只金表闪闪发亮，"想我年轻的时候也是像你当背包客，现在老了，不行了，哈哈。

真让人羡慕呢，可以一个人这样想去哪就去哪。你应该还是学生吧？”

“没有，我已经——”

“欸，你相机咧？”他盯向我身体。

“嗯？”

“歹势歹势，还没跟你说我是领队，带摄影团过来的，大家都叫我黄大哥。你应该也是看准这周末的庆典才会特意过来的吧？”

我点点头。不知道为什么我不太想和他多谈。

“啊你刚到吗？”

“对。”

“哦——”他边点头边发出充满鼻音的长音，“那赶快上去看看。今年水平不错，比去年嘿密寺还好，我的团员们啊，都拍得很开心。”

我保持笑容，点点头：“那我就——”山顶传来一声浑厚的低音长音，不晓得是什么乐器，像是一股巨大的浪挟带泥沙冲刷下来。我正要抬起的脚被卡住。

他回头往上看：“欸？哪会遮紧❶？”

“嗯？”

“下午场结束了。刚才那个啊，是个叫筒钦的乐器，只有在活动最开始还有结束的时候才会吹。”

我愣住。好像不完全是失望，但感觉有什么落空了。

“你今天在这边过夜吗？”他继续问。

我回过神，点点头。

“那就没差啦，明天还有。不像我们带团的啊，就没办法，今天还要拉车回列城。”他注意一下手表，表面反光闪过面前。我脑中闪过一个熟悉的感觉。“哎哟，我还要下去和司机交代事情。你就好好

---

❶ 哪会遮紧，闽南语，怎么会这么快的意思。

玩啊，享受这个，"他晃动双手，"自由之地。"

他和我说再见，我点点头，往上与他擦肩而过。自由之地。怎么他也在说自由之地……"黄大哥。"我转过身。

"嗯？"他停在我下方几阶。

"不好意思，可以再耽搁你一点时间吗？"

他又瞄了一下手表："欸，怎么啦？"

"你刚说自由之地，那是这里的别名，还是什么吗？"

他耸个肩："算好玩的一个讲法吧。"

"好玩？"我更困惑了。

"啊你想知道典故是不是？刚好我才跟我团员们说咧。"他笑着上来到与我同一阶，"说是以前啦，这里有个国王得了麻风病，医生怎样都治不好。后来有一个喇嘛把国王医好了，国王为了感谢他，就把这里给他作为供养。所以咧，这里就变成一个受到加持的圣地，任何罪犯只要在审判日前能亲自来到这就不会被处罚。怎么样，够自由吧？"

"但这样……不就所有罪犯，都会想办法来到这？"

"嘿啊，所以这个算传说啦。还有另一个说法比较可靠一点。"

"是？"

"就那时候，蒙兀儿帝国想要把南亚也统一下来，拉达克就被入侵了。但是啊，那时候拉达克王国多多少少还是有点独立。所以，"他举起右手，"拉达克这边，信仰佛教。"再举起左手，"克什米尔那边，信仰伊斯兰教。只要两边的国王意见不一致，就会来到中间的喇嘛玉如这里，在寺里喇嘛的见证下，和解。"他两手一拍握在一起。

"和解？"

"哎呀，哪真的有什么和解，讲白一点就是在这边乔啦。就是因为这样，乔事情的地方，就叫自由之地。这个听起来比较合理啊？"

"……嗯。"

上方的喧哗声像是快要沸腾的水，开始有更多满溢出来，朝我们逼近。

"啊，我团员要下来了，真的不能说啦。就这样啰，拜拜。"他扬起手，靠在阶梯左侧下山的脚步飞快。

就像在地铁站里。"紧握扶手，站稳踏阶"。怎么我又想到台北的事。光线闪过去。对了，主任也是带着那样一只金色的腕表。"你好啊""你好"，上方陆续有中文朝我招呼过来，然后他们的聊天声继续往下方远离。我还没回到台湾吧？还没。黄大哥说的历史与传说，贾扬特口中的真实与想象，那么所谓的自由会不会——一对银发白人夫妇走过我身边，像在哪见过我的样子向我微笑。是昨天"拉达克假期"那台车的乘客？不，那是今天上午才对。"你好啊""你好""背包客噢"，又有团员走下来，他们好像都一副比我还熟悉我是谁的样子。我保持微笑。不要让他们失望啊。继续往上爬，就快到了，我开始看见寺院的白色房屋——

一张棕色的大脸逼上面前。

我吓一跳。原来是张面具，白色长眉毛、长胡须，还有一头冰霜般的白色长发。我绕道想避开他，他居然伸手要抓我，我快走几步回头看见他提起碎花长袍在蹦跳，旁边的人都笑起来，好像是在笑我。广场上各种语言、各种口音朝我一直涌过来。今天的活动真的结束了。我似乎看到"拉达克假期"的另一对夫妻，但他们没注意到我。然后那是贾扬特吗？快门声咔嚓咔嚓，那个身影一闪而过。旁边的老妇人边摇转经筒边念念有词。这里真的太挤了，我感觉不大舒服，想办法穿过人群。

"捐钱吗？"广场边一名喇嘛对我大声喊。

我看过去，直觉地皱眉，摇摇头。

那名喇嘛笑着转头继续和旁边其他喇嘛聊天，桌上的经书被风吹开一页页在翻动，然后没人再理会我了。我继续逆着人潮往里头走，一名小喇嘛吹着口哨，扛了个比他上半身还要巨大的鼓，另一名小喇嘛从后方蹿出来打了他的头就跑。他扛着鼓摇摇晃晃追上去。我跟在他们后面走进中庭，房门外一个个斗笠都用红色花布包好了，像是等待送上输送带的行李箱。我在地上看见一本英文课本，封面黑白图案底下的名字栏位没有填上，不知道是谁弄丢了。又一名小喇嘛冲过来把它抓进怀里，边甩弄缠在肩臂上的红布巾边往后边跑出去。山坡上一间间屋宅都开着窗，我探头进去想看清楚。让一让，让一让。有几个喇嘛正搬桌子回来，他们比画手势要我更靠边一些。我贴向墙面，头顶落下一阵黄沙。两名喇嘛站在阳台合力甩动红色袈裟。我咳了起来。那名小喇嘛还在往上跑。他跑得好快，沿着步道来来回回，直到山顶上露出风马旗——

列城宫殿的画面闪过我脑中，还有达瓦。

不对。我强迫自己停下来。

我在做什么。**我究竟……想要去哪？**

太阳西斜，跨不过周围的屋墙，变得阴暗的广场上游客几乎走光了。我想只能等明天上午再把握时间过来看面具舞了——在这个自由之地。喇，喇，我注意到有名喇嘛在广场中央转圈。他转了两三下，暂停，折回去。他踩在一个白色旋涡的中心，而那个图腾像是蜘蛛网往外扩张，占满整面广场。他又开始转了。喇，喇，喇，喇，他一身红色袈裟连同两手飞出的长袖一起旋绕，仿佛变成一个带穗的红色陀螺。他的脚边扬起尘土，朝我越转越过来。我渐渐看不清他的脸孔……

34 /

哗！

主机壳上的红灯一闪，风扇的嗡嗡声跟着推上来。

"蔡医师吗？"我将手机贴紧耳边，评鉴委员们全看过来。一定是刚才铃声突然大作。"我是雅慧，你赶快过来。""怎么了？"电话那头的她说得很急。我退向护理站墙边，评鉴委员们继续往保护室走。"郁璇有状况。""什么？""她刚在厕所 suicide attempt（企图自杀），你快过来，我先把她隔离在小教室。"雅慧背后听起来有些骚乱。"好，我马上过去。"

朋城椅脚的轮子像是打滑般转半圈。他从主机旁坐起来："弄好多天了，但就，还是很不知道该怎么办。"

"嗯？"我抬起视线，眼角余光感觉底下开机中的机壳还在闪灯。笔记本打开在我大腿上。

"我的自传啊，刚不说要请你帮我看一看？"朋城有些疑惑地看向我，"月底就要跟其他备审资料一起送出去了。"

"哦对，对。"

他继续看着我。

我有一点不自在，应该是第一次和病人在电脑教室会谈的缘故。大教室里如盈的声音稍微传进来。"那个——"我开口的同时他也出声。我示意他先说。

"你……是不是还没吃饭？"他问。

"嗯？还没。"

他点点头，像是看向键盘。"你们……工作也蛮辛苦的。"他稍含糊地说。

"呃，是啊。"我向他苦笑。刚才急忙进来日间病房，隔着窗看到还有一碗烧卖不知道是什么时候放在我桌上，应该早已经冷掉了。如盈在讲台上看到迟到的我时也有些惊讶。"不过，和你这边都约好了，之前我说过的，我会尽量。对不起，刚迟到这么久。"

他抿嘴摇下头。

荧幕出现水蓝色的底图，"欢迎"两个字旁边的圆圈像是没有终点地一直转。"也许，我们今天晚一点结束？"

圆圈继续打转。他没有反应。

"你觉得呢？"我继续说。

他像是忽然回过神，看向我，隔了一两秒才"嗯"了一声。

我迟疑地也点头。

终于进入桌面，画面右下角的常驻程序一个方格接着一个方格地缓慢出现。

朋城隐约叹口气："医生你刚才本来要说什么？"

"噢，没什么，只是想问你，那个自传你已经先打了一些是吗？"

"……对啊。"

我感觉他的语气有些沉重。

防毒程序跳出过期的信息，他熟练地将视窗关闭。"可能也是还要分心准备身心障碍的甄试，所以……不知道，感觉个申这边，机会没有很大。"

"是吗？"

他点点头。"但，还是会试试看啦，如盈老师还有芳美护理师也都这么说。"他比较明显地又叹气，弯下腰，插上随身碟。

教室里其他电脑都没开。靠我这儿的另一面荧幕，走道对侧的那两面荧幕，往前面一排，再前面一排，像是排列成矩阵的一个个黑洞……

砰砰砰砰。我在阶梯上两步并作一步，踩在脚下的悬空木板仿佛随时都会塌陷。为什么会这样。药物剂量已经又往上调了，也与安置机构保持密切联络，还有什么能做的？不会的。不会和之前那个女同学一样的。要怪就怪检察官居然会不起诉。我开始感到有些喘，眼前闪过郁璇父亲的笑脸——不对，他根本从没在这出现过啊。我推开大门，小教室的窗帘被拉得没留下任何缝隙。我快速穿过大教室，一张铁床被摆放在小教室门外。我转开门把。

荧幕亮起惨白，朋城点开 Word 文档了。我转头看向朋城。

"你直接看再说吧？"他说。

我以眼神向他确认。

他把鼠标推过来："反正……迟早要给人看的。"

"嗯，也是。"

我把椅子稍往前滑，拿着笔的同时抓向鼠标，指尖传来一点凉意。

第一段，他的姓名、出生地与家庭背景。似乎没什么特别的。第二段，小学时的经历——整段都只有小学，全是我没听他说过的优异表现，学业成绩、班级活动、国语文竞赛……我看向朋城，他简直比我还专注地盯向荧幕。我忽然觉得不大熟悉这张脸，应该是灯光以及角度的缘故——手机突然响了。

"呃，对不起。"我从医师服口袋抽出来。是急性病房。刚急忙过来忘了切换成振动模式。"我接一下好吗？"

朋城向我点个头。

"蔡医师，我们三〇病房现在方便讲话吗？"我说简短可以。"不好意思刚那个 new 胚醒过来还在躁动，要不要再补一套 H 加 A ❶?

---

❶ H 加 A，H 为抗精神病药物（Haldol），A 为镇静药物（Ativan），临床上当病人出现急性躁动时，常合并使用这两者的短效针剂以快速稳定病人情绪及行为。

"好。"我向电话那头确认刚才医嘱都有开到，结束通话。

我将手机调成振动后放回口袋。这样应该没有问题。应该。我抬头发现朋城在看我，他好像想说什么。

"嗯？"我问。

他摇摇头。

"呃，那我……"我指向电脑屏幕，"继续看？"

他点头，也看回荧幕。

我握回鼠标，食指在滚轮上一顿、一顿……

"郁璇，郁璇，我是蔡医师，你可以帮助自己冷静下来吗？"我让声音尽量低沉、和缓，"来，你可以的，这阵子我们都有讨论过，记得吗？放松，慢慢来。"我看着她的眼睛说。她瞪大的双眼像在看我又不像在看我，肩膀有如抽搐般起伏，间歇露出脖子上几道新鲜的勒痕。雅慧手里拿着一大一小两个白色塑胶杯，向我使个眼色。

我瞄向朋城，他应该没注意到我又分神了。我提醒自己专心，不能再犯上次会谈时的错误。

我的手回到笔记本上。朋城转过头来。

"所以，你目前先写到这里？"我问。

"……算是。"

我点点头。"在我升上初中不久后，"我念出屏幕上的最后一段，"我脱离了学校的生活，当时我还不知道那叫惧学，或者说忧郁症。"

他"嗯"了一声。

我看了他一眼，继续念："直到后来我被带去看医生，从那一天起，我隐隐约约明白，我的人生……注定会和多数人不一样了。"

那一天。他第一次被带来医院的那一天……

"其实光打到这边都……"他摇摇头，"这一段我已经来来回回修改过不知道多少次了。怎么写都觉得……怪怪的？不知道怎么讲。你看，我连抑郁症三个字都这样写进去了。"

"我记得，你好像并不是很……"我思索一下措辞，"认同这个病名？"

他皱眉想了几秒："也不完全这样说吧？"

"哦？"

"当你遇到的每个人都这样跟你说的时候，好像也很难不这样觉得。何况，你开给我的药，"他耸个肩，"我也都吃了不是吗？"

我愣了一下："呃，也是。"

"谁要吃药。有病的是我吗？是我吗？都是你们逼出来的，不是吗？"郁璇越说声越大。雅慧再度向我使个眼色。

"有些事是没办法否认的，而且怎么讲，好像……也没有比那个更容易让别人理解我是怎么了的方式吧。"他保持平淡的语气。

不行，真的要专心。"那，然后呢？"

"然后？"他问。

"我的意思是，你就只先写到这？被带来看医生？"

"对啊，就想知道你会怎么想。"

"嗯？"

"就是，想要你给一些建议啊，接着怎么写比较好。"

"……噢。"他要我给他建议。

他注视着我。

"嗯？"

"我在等你说欸。"他稍微皱起眉头。

"呃，还是，"我尴尬地笑一下，"你先多说一点，你觉得是卡在哪里？"我可以给他什么建议……

"你也知道啊，从那天起，后来我几乎就一直都在医院了，急性病房，然后这里，就这样这么多年。就很不知道该怎么写。写太多，太少，都很奇怪。当然前面要多写一点也不是不行，但，整个自传几乎都小学的不是很好笑吗？我是要申请大学欸。我也问了芳美护理师，还有如盈老师的建议，但也是——唉，就不知道。所以……"

啪。郁璇把雅慧手里的杯子打飞，几粒药丸和水洒到地上。芳美姐和雅慧往前各踏一步。雅慧的白色裤子湿了一大块。

我回神："你说，你问了芳美护理师还有如盈老师？"

"对啊。芳美护理师，你也知道，她一直都听我说比较多，我跟她说了些要写还是不要写的挣扎，她是觉得那就都写写看啊，没有一定好，也没有一定不好。就很模棱两可啦。然后如盈老师……就希望我避重就轻啊，还说，最好连忧郁症三个字都不要写，重点是呈现出现在的自己已经不一样了，过去的已经过去，然后，我想要什么样的未来。"

我让自己尽可能跟上他说的内容："听起来……很不错？"

"是啦，她就作文老师嘛。"他说得有些勉强，"但就有种假假的感觉。你懂我意思吗？"

"呃……"

"就是一种，对，我都好了这样的感觉。但……"

我摆头向丁大示意。丁大一个箭步推门出去。哐啷哐啷，哐啷哐啷，声音朝这里接近。

我的手机在振动吗？我按住口袋。没有。没事。

"总之就真的不知道。而且我忍不住想，写什么真的有差吗？我学测成绩就已经那样，又没什么校内表现，总不能在自传上面写说我是这里永远的班长？连那个也是假的其实。我根本不知道那些审查委员还什么的会想看到什么东西啊。说不定他们根本也不会认真看，我在这边想得再多也没用。可是他们……**他们**就在那里欸，就像躲在一个没人看见的地方，然后，决定所有的一切，关于……"他开始抖起腿，"我的一切……"

郁璇激烈地甩头，整张脸变得更模糊了。我死命压住她的大腿。"啊——啊——都是你们害的！你的女儿就是魔鬼！魔鬼！啊——"丁大在我对面压住她的左腿，他别过头去。两名警卫压住手臂。她朝他们吐口水，继续叫喊咒语般的东西。雅慧蹲下把约束带绑紧，左脚踝、左手腕、右手腕。我继续压。芳美姐拿着针筒回来了。"H 加 A抽好了。蔡医师？"一名警卫靠过来一起压住大腿。雅慧扣好右脚踝。我向芳美姐点头。"郁璇，你放轻松，"我说，"我们打个针帮助你冷静——""你们凭什么——凭什么——"另一名警卫按住郁璇手肘，扯开领口，露出肉色的内衣肩带。外面传来吼叫声。"吵个屁啊！"是宇睿。他离开烹饪教室了吗？两名警卫都看向我。丁大还是别过头。芳美姐套上针筒："雅慧这边你处理，我去帮如盈老师。""没问题。蔡医师？"

"……蔡医师？蔡医师？"

——我抬起头。是朋城。他担忧地看向我。

我下意识地转向荧幕。大教室里传出掌声，如盈接着继续说话。

自传。对，朋城写到第一次被带来医院那天……

"对不起，刚才我……"我感到有些羞愧。

"嗯。"

他只是嗯一声。我看向笔记本，动了一下手里的笔，脑中闪过前几个月曾和他在这里经历的紧张气氛。

没事的，都这么多个月过去了，我们都变得更不一样了……

"你——"他和我同时开口。

我再次示意他先说。

"医生，你是不是在想……上午这里，郁璇的事？"

我愣了一下，点头。本来我已经决定要将话题继续带回他的自传。

他也点个头，抿了抿嘴："这里，是很少发生这种事。"

我迟疑地也"嗯"了一声。连病人们都知道了，所以，是身为医师的我终究没能避免这件事发生吗……

我忽然发觉他也低下头来了，甚至像是比我还要沮丧的样子。

"呃，怎么了吗？"我轻声问。

他摇摇头。

"我看你，好像在想什么？"

他持续看向低处好几秒，才抬起头，看向我。

"嗯？"

"本来……不想说了，不想分心再想那些。但看到郁旋那样……"

我又等待了几秒："嗯哼？"

他保持更长一段时间的沉默。"欣瑜前几天说，她累了。"朋城露出带有一点哀伤的笑容，"她好像……想结束这一切。"

"啊？"如盈两周前在大教室里说过的，那个自杀的女同学和欣瑜有点像。我在想什么？宇睿最近比较收敛，上周我和她会谈她也说返校都还算适应，她的母亲也更积极在询问有关出院的事情了。我一定是联想过头了。"怎……怎么说？"我有点结巴。

他想了一会儿，耸个肩："可能是，我也给她太大压力吧。"

"你是指，嗯，上次你说你希望她能去反映郁璇的事？"

"那也是一部分。"

"一部分？"

"不知道，感觉就很像，一件事情又接着另一件事，就……越来越扩大这样。"

"是吗……"

腐烂的果实还上什么蜡——那是姵琪进来办公室时无意间揭露的。我们才知道那是郁璇写在网络上的文字之一，以及更多衍生出来、流窜在病人间关于欣瑜的各种耳语。

"她就，一直很不想再跟我讲这些事，只是继续在说，她是怎样想专心面对学校。她说真的，高二了，大家……"朋城摇摇头，"都不一样了。她连情绪都不让自己发泄。我只是想要她能尽量说出来而已，就，不需要这样啊，我可以陪着她啊。大家不都跟她说了，慢慢来就好，不用对自己要求那么高。我也告诉她说你已经做得很棒，开学到现在每天都回到班上欸，不像我——这我当然没说。但她还是……"朋城掐住自己的膝盖上方，来回揉压，"唉，直接让你看好了。"他伸手要拿鼠标。

"看……什么东西？"

朋城回过头："就欣瑜和我的信息啊。"屏幕上的浏览器逐步载入首页。

"呃，怎么说，我想，可能并不是那么合适？"

他露出困惑的表情。

"因为现在，我也是她主要的医师，我觉得我也有个责任是要……"

"尊重……她的隐私？"

"嗯。"我勉强地笑一下，"就像我和你在这里谈的东西，我也会尽可能保密一样。"

他顿住一下，关闭浏览器，手收回来。

我有些被闷住的难受感。"当然，"我赶紧补充，"你还是可以直接用讲的，那样相对比较没有顾虑。"

"……哦。"他也挤出一个笑容，点点头。

我尝试继续用微笑回应他。

电脑教室里安静了一小段时间。那个难受感似乎没有比较缓解。"反正，"朋城先我一步开口，"她的意思就是叫我不要再说了，还有，她决定要退出社团，就 FB 上那个。"

"……是吗？"

他点点头。"她想要让一切都能回到过去那样，我知道啊。但一定要这样做？她说得一副好像很简单的样子，把这里的一切都删除掉就好，然后，她就可以回去了，跟以前一模一样。但怎么可能嘛。我也想让一切都回到像过去那样啊，就好像什么都没发生过，我可以正正常常地上学去，就跟大家都一样。但我就来到这里了啊，为什么……为什么一定要这样？就算你在意郁璇之前那些话，这样退出不是更奇怪吗？她就真的病人嘛，我知道你完全不是她口中那样的人就够啦，干吗别人说什么都要那么在意。我跟她说我们电话上讲好不好，她说不方便，她妈会听见。我就不懂是怎么了啊，就回她说不要这样好不好，我真的不喜欢她这样。我信息一发出去就后悔了，但，她就回了，说为什么连我也跟他们一样。我不知道该怎么办就继续拜托她说电话上聊好不好，她很久都没回，我心里很急但也……我也不能做什么，试着一直打给她她也没接。不知道为什么我脑袋就开始跳出去年那时候……那时候……"他屏住一口气，"她伤害自己的画面。"

我像是也被拉进那列南下的高铁，耳里响起轰隆隆的声音。现在我是朋城的医师。我是他的医师。但要是欣瑜也……"后来呢？"我让自己的语调尽可能保持平稳。

他摇摇头。

"嗯？"

"大概，就是这样。"他接近木然地说。

"就这样？"

他停顿几秒，肩颈垮下来。"后来，我又发了几次信息。最后，她回我说……她真的累了。她想冷静一下。"

冷静一下。我做个深呼吸："那是……什么时候的事？"

"周一晚上。"

"所以，这几天，她下午回来这里的时候……"

"我们都没说话。"

而办公室里也没人看出异状。"那，你都还好吗？我是指，你同时还要面对这些个人申请、身心障碍甄试什么的，而且，在你告诉我之前，也完全没人知道你和欣瑜之间发生的事，是吗？"

他稍微叹口气："也不能怎样吧。"他再度伸手握向鼠标。

"……你的意思是？"

他在文件末端一点："就跟这个自传一样啊，如果没人听见，说了，也等于没说。"他持续望进发亮的电脑屏幕。

我跟着看过去。屏幕上，那条像是1又像是I的游标原地跳动。后方，一片空白。

我抿了抿嘴。

"但，至少我在这儿。"我说。

他揉按着双手："我知道。"

"你……知道？"

他双臂靠上电脑桌，拱起的双肩就像杨医师离开那天座位上他一个人的背影。"但我们……不可能永远在这。"他半哑地说。

大教室里的声音断断续续地传进来，好像快到下课的时间了。我想起中午我坐在急性病房护理站的电脑前，入院医嘱正开到一半，屏幕倒映出头顶一根根平行的水银灯管，整面的防爆玻璃往上延伸直到天花板……

"处理过程我都有记录下来。"雅慧在我右后方交班。"好，学妹谢了。"据说评鉴委员离开时非常满意，大家都松了口气。郁璇失真的叫声从左手边的喇叭传出来。我转头看过去，几台不同角度的监视器将保护室完整地拍了进来。好几个郁璇被约束在狭窄的铁床上，微微扭动身躯。病房助理员走过来把音量转小。我们是在帮忙她。是在帮她没错吧……

"所以，你有什么建议？"朋城看向我。

"嗯？"

他抬起瘫软的手，朝屏幕比画一下："我的自传。接下来，该怎么写。"

底下主机的风扇忽然加速运转，防毒软件的通知又跳出来。那个嗡嗡作响的声音像是完全笼罩在我的耳郭上。"我……我不知道。我真的，不知道。"我感觉自己的声音变得有些遥远。

他抽动一下嘴角，没有更多表情变化。他再次关闭那个通知信息。

屏幕上的游标继续闪动。

我深吸一口气。

"那一天，"我说，"你第一次……被带来医院的那一天，我能不能知道，是发生了什么事？"

他皱起眉，底下的风扇声越转越大——

35 /

轰——

筒钦一吹响，昨天那名棕色大脸领着队伍从大门现身。两把数米长的巨大铜管由四名喇嘛背行吹奏，他们头上的红帽像是孔雀开屏，后方再紧跟六名鸡冠帽喇嘛，手持唢呐铜壶，沿旋涡外围缓缓绕行。闲杂人等与鬼道邪灵退散哪，神明就要降临了。阳光从东方照射下来，青面、红面、褐面，他们一个个瞠目咧嘴，扬手提足，跨大步时甩动一身鲜艳的锦绣宽袍。右侧庙台法座后方的红色布幔仿佛烧出火来，左侧的回廊里挤满群众，一楼、二楼，没有栏杆。万一有人摔下来怎么办。几条缎带飞舞在半空，头戴金刚斗笠的神明挥动手中旗帜。小女孩手里的风车被吹成万花筒般的一个圆。愤怒金刚猛然转身，更多鬼神登场了。咣啷咣啷，他们手中的兵器相互撞击，大袖一挥露出底下的獠牙。不能害怕也不能犹豫呀。魔障务除，方能解脱。锵，谁在敲锣，妇人怀里的婴儿"哇"的一声哭出来。"这样冒险值得吗？"主任背光坐在椅子里。"你敢说以后一定不会后悔？"嗒，嗒，金色的腕表规律跳动。"我说这些都是为你好。我是真的为你着想。"忍住，千万别说出口。婴儿哇哇哭个没停，妇人抱着他屈身往外走。又一辆巴士载了更多游客过来。"两小时后会合！"各种颜色的毛帽更挤向前，旁边谁的马尾发出酸腐味。继续往前靠，别管它。相机拿好了，场内的神明与场外的当地人都是活生生的猎物啊。瞄准，拉近，发射火炮。不能停，错过就没有了。好痛。是谁在后面丢石头？坐下。别挡住啊。

几名老妇人瞪过来，挥手像在甩我巴掌。她们另一手里还摇着转经筒。一直绕。继续绕。更多神明卷入旋涡里了。白面、黄面，涂饰金银细粉，每一尊都旋绕成一座巨大的彩色陀螺。杀啊，一个活口都不能留。锣钹声敲得我心跳都乱了。谁家的小男孩戴个面具冲出来，抓了鼓槌要打。快把孩子抓回去，这里可是圣地。莲师八个化身各据一角，拿着法器在半空划圈。诸恶莫做，众善奉行。但在场的全是贪婪的罪人哪。不，不能逮捕，这是自由之地，你想怎样便怎样，你想去哪就去哪。所以不用害怕，不用犹豫——

"你是——真的想要来我们医院，还是只是想离开？""主任对不起，但对我来说，这两件事是一样的。我今天过来，并没有预期要和主任讨论这些。"我紧盯向他的嘴。"蔡医师，唉，你不要聪明反被聪明误好吗？我只是希望你能再好好思考，你真的不需要现在回答。""我能理解主任的意思，我只是想说，这就是我现在的想法。我真的想离开，也真的想来这家医院，这是我已经做好的决定。""真的，你可以不用现在说这些，蔡医师。"他又叹口气。"但那是我希望能确实让主任了解的。您今天说的这些我都想过了，我很确定，这就是我想走的路。""所以呢？""所以？"我忍不住抬起头，他的双眼盯过来，"我说了啊，我已经做好决定，我就是想要离开也想来这里，我想要成为自己想成为的样子就是这样，这就是我想要的。""学弟啊学弟，你怎么有办法确定那就是你想要的？那个样子，就是你想成为的样子？"他摇着头笑了。他也笑了，是丹增，他躲在手电筒后，一旁壁画上的红衣骷髅跳起舞来。他们全都一起笑着。你的名字没有故事啊。唢呐吹奏不成曲调的旋律，跳动间面具差点滑落下来。怒目圆睁的三只眼盯着我。小房间内长者又在击鼓诵经，那名白人女子号啕大哭。我什么都听不见。别再这样大力敲锣，我捂起耳朵。怎么回事，牧羊阿嬷与山羊呢，他们跑哪去了，脚步太快我跟不上啊，别把我一个人丢在这儿。烈日像是刀割，手臂痛得要死，要我往哪里躲。有人撑起一把碎花阳伞，闪出金属反光。是那把刀子。拉姆的母亲开始打嗝，停不下来，桑烟越来越浓，像是将我的咽喉噎住。不行了。烟尘全飘过来，我被呛出眼泪。德吉，你别哭，先生正在战场上杀敌，他会回来的，会回来的。但如果堡垒垮了怎么办，如果指引没了怎么办？蹬起的黄沙在空中弥漫，嘛呢墙开始不断崩解，窣堵坡彻底塌了，一块块石头被贾扬特踢得咯噔咯噔从山巅滚落进水里。什么都没了。旋涡开始旋转，加速向外旋转。轰——

　　筒钦再度吹响，喇嘛们排成一条长列，高举装有面具的红布包准备离场了。快拥向前，那可是最终的加持。后面的人推着我挤过去。别推啊。我想回头但没站稳，不小心跌在前一个人背上，后面又一个人压上来。红布包一包包从我头上晃过去，光线忽明忽暗，更多人压了过来。漩涡的水像是要漫出来了，我的胸廓剧烈起伏，像鳃一样一缩一胀，一缩一胀。身边那个人的身躯好像被我牵动了，他也在喘气，还有他，她，更多他与她。浪潮来回拍打，整座广场跟着振荡起来。漫出的漩涡像是将一切都淹没了。再没有垭口，没有山，都是海。这里，只剩整面的海……

36 /

　　"那一天，很冷，寒流来吧，我不知道几点的时候就醒来，好像是被冻醒的。明明窗户都关紧了，风还一直从边边渗进来。我整个人缩进棉被，头也是，手脚冰得跟石头一样。没多久迷迷糊糊就又睡着了。一直到电铃响。他来了。是我爸。听外面那个脚步声就知道了。

他好像在客厅那边和我妈说什么，我听不清楚，然后就听到我房门被推开的声音。我躲在棉被里不敢呼吸，心脏好像快要从喉咙跳出来一样，哽在那边。那个脚步声朝我越来越近。他停下来，就在我床旁边。'朋城起来。该上学了，都中午了。'他的声音从我头顶压下来。'你不是有答应警察？'他又继续说一堆话。都是一样的话。我装作什么都没听见，眼睛闭紧继续睡，想说看能不能再睡着就好了，就不会有感觉了。反正他们都知道我是叫不醒的。突然声音不见了，好安静，就像是……空气都被抽光了一样。我抓着棉被，开始听见我心跳的声音。我很像怕会被听到还怎样，克制自己尽量不要呼吸，心脏却越跳越大力。我告诉自己，忍住，再一下，他应该自讨没趣就会走了。他们每个人都是这样的。没想到我爸竟然把我棉被整个扯开，手抓过来就开始狂摇。就很痛。搞到后来我整个人被他翻到地板上，摔下去的时候我还不小心张开眼睛，刚好看到我妈在门外。她在干吗？站在那边远远看进来。以为没你的事嘛。我爸好像发现我有睁开眼睛一下，开始敲地板，不知道是拿什么东西，就直接在我耳边敲，像是地板都要被他敲破了一样。他大吼'几点了还睡？''不要再装了给我起来！'然后硬把我整个人拉起来。我眼睛还是要开不开的，他继续大吼，'还装？给我乖乖上学去！'我被他逼到真的受不了了，就张开眼，瞪他。他更凶了。'你这什么态度！小孩有像你这样的！'对，我就是小孩，我就是态度不好，我就是上不了学怎么样？我怕嘛。你以为我不想去学校吗？我也觉得很烦啊。我更用力瞪他但一句话都说不出口。他开始动手打我。我就想对抗，也不是对抗是防卫吧，不然那种打法根本会被他打死好不好。结果你知道吗，呵呵，打过去是我自己的手在痛。我怎么可能打得过他。他是我爸欸。我一个手软被他压到地上，他继续像是疯了一样用力勒我脖子，我想挡也挡不了，然后我那只米格鲁边叫边跑进来了。我最好的朋友呢。我正想笑出来突然左耳"砰"的一声！我吓一跳。他打了我一巴掌。我整个耳朵嗡嗡嗡的什么也听不清楚，狗狗还在我旁边晃啊晃地摇着尾巴。我慌了。我该不会被打聋了吧？就胡乱回他'好，好，我去上学'什么的，但根本什么都听不见。我躺在地上，斜斜地看到这时候我妈才从门外冲进来。她那个表情，是什么东西啊，像只金鱼一样对着我爸嘴巴一直动一直动。我还是听不到。我爸他跪在地上眼神整个呆住。妈的你以前就这样被他打怎么会不知道他可能会打我。我用力坐起来往我妈身上一推，她整个人跌坐到地上。我……我跟我爸一样啊，都一样的啊。我妈还想靠过来伸手要碰我，我要拨开她的时候不小心擦到自己脸上，发现眼泪鼻血鼻涕全混在一起了，变得黏答答的。然后我爸还是跪在那一动也不动。'快！快！'我妈猛朝我爸指向柜子上的电话。这次我终于看懂了，是要叫救护车吧。我爸好像忽然清醒，他要站起来结果被他自己绊倒，就倒在我旁边。我感觉地板震动一下，但还是没声音。怎么会这样？怎么会这样？我坐在地上开始用我全身力气喊，你们有听到吗？你们有听到我的声音吗？有听到吗？有吗？"

37 /

风一阵一阵吹来，像是具有某种韵律。

脚下的影子几乎完全消失了。我看一下手表，距离贾扬特与我约好的十二点半没剩多久。我终于还是爬上喇嘛玉如寺的后山。

往左望，九点钟方向，那里是月世界的领土，满布干涸的、没有血色的皱褶。

十二点钟方向，寺院外立了十几座大小不一的窣堵坡，每一座都是白色的，泛出新生般的光芒。

三点钟方向，山间辟出一条河流般蜿蜒的路，三四辆车开过去。他们是要开往斯利那加，或者，会继续前往更远的地方？

底下的广场被楼房遮住了，看不出是否还在进行活动。喧闹声远远传上来，像是随着海拔升高与空气一样变得很轻。步道有好几名男人、女人正缓步爬上来，他们经过转经筒，一人接着一人拨动，嘎吱嘎吱地响。

每一个声音，每一个动静，每一道反射的光，与每一阵风，似乎都连接在一起了。

原来，我就是海里的浪，就是空中的风马。

我总在移动，总在之间。并总在之间，找到我。

可以回去了。我对自己说。

第四卷

没有翅膀的飞翔

38 /

　　我重新走回平路，那栋反射出绿树与蓝天的玻璃屋离我越来越近。

　　"医师好！""医生好！"孩子们的招呼声跨过树丛朝我而来，就像平常那样充满精神。我向他们挥挥手，手臂感受到温暖的风。

　　转眼五月已经过了一半，好几个病人出院，也有好几个顺利通过见习住了进来，每周的向日葵团体都像是一次新的开始，连天气也忽然间热起来了。好像每年台北都是这样的。我低头看向医师服的下摆——没想到我又换回这件短袖的医师服。不过就是件衣服嘛。

　　姵琪跟着其他人从大门出来，板着一张脸经过我面前。

　　"姵琪，要找时间跟你约会谈哦。"我说。

　　她以后脑勺向我似有若无地点一下。

　　"——啊，"哲崴一仰从我旁边闪过，"蔡医师好。"启闳果然跟在他后面出来，也向我打招呼。他们两人边走边继续聊——还是电动的话题。

　　"不是快基测了吗，启闳？"我说。

　　"哈？"他回过头，表情像是我说了什么他完全没听过的东西。

"每次都听你们在聊游戏的事，是有没有在念书？"

"医生你不公平，你都没问姵琪。"

"重点不是这个吧。"我发现哲崴站在旁边一脸紧张，"所以你到底——"

"有啦有啦，医师拜拜哦。"启闳推着哲崴小跑步跟上前面的人，哲崴被推得有些跟跄。

我笑了出来。站在门口，阳光沿路洒下的斑驳树影微微摇晃，三三两两的病人们往前延伸出一条不成形的队伍，最前方的已经在好一段距离之外。我似乎看见朋城和宇睿都走在前头。上周个人申请入学放榜后，他们的下一步似乎就都定了。又一阵和煦的风吹来。真希望每天的天气都能像现在这样舒适。

"鑫哥你来了。"背后传来丁大的声音，我转过身。他挥手要那名刚住进来的新病人往前跟上大家，"现在没事吧？"

"还好，老样子。"

"那就一起走吧。环山。"

"啊？"

"不说过要一起的，忘了？"

"……哦。"是大雄还在的那时候吗？"好啊。"

丁大咧开嘴笑。"啊你等一下。"他一推门冲进去，没几秒钟又出来，"喏，你的。"他递出一个附上吸管的纸杯，"柠檬冬瓜珍珠，少冰甜度不可调。"

"谢啦，也太专业。"我摇一摇，感受到冰块在杯里撞动，"今天烹饪课做的？"

"还有另一个点心你不会想知道的。"他示意我们该动身跟上大家。

我吸一口："嗯？"

"凤梨酥。"

我差点被珍珠噎到，赶紧抽高吸管再喝一小口。"是怎样？菜单挑一下好吗？这是医院欸。"

他大笑起来，前方好几个病人回头看过来。"反正评鉴不是都过了吗？"丁大说。

"那也不代表你可以——"

他继续在笑。

我欸一声，他还在笑。我摇摇头，与他保持并肩而走的轻快步伐。

两个多月前的那周，评鉴也同样来到日间病房这儿，整个过程进行得非常顺利，没半小时就结束了。一个是要感谢雅慧，另一个则是宇睿——不甘寂寞的他主动跑出来向外国委员撂英文，逗得委员开心极了。

前方病人们与我们还相隔一小段距离，脚下开始微幅爬坡。

"记得你说，郁璇是今天转去疗养院？"丁大问。

我转头看他。他的语调平常，但看向前方的脸上几乎没有笑意了。

"怎样？"他也转头看向我。

我摇摇头，避开他的视线："嗯，刚才社会局的社工……带她走了。"

丁大像是叹口气："……是吗？"

"是啊。"我又摇了摇手中的杯子，"听说雅慧昨天下班，还特意去看了她一下。"

"雅慧终于也……？"丁大有些惊讶。

我抿嘴点个头。

上午我在急性病房将郁璇的病历摘要印给社工时，才听护理师们议论纷纷地谈起雅慧昨天小夜时段有来。本来雅慧一直说病人转去急性病房后就不再是她的权责，她不想也不应该介入急性病房团队的治疗进行。但她最终还是去了。不像丁大，这是她唯一的一次，不乐观地说，也很可能会是最后一次。

　　"不晓得昨天，雅慧看到郁璇的时候是什么感觉……"我感叹地说。

　　丁大点点头，又走了几步："欸？你刚，是在问我吗？"

　　"喷，当然不是啊。想也知道雅慧不可能说吧？更不可能跟你说。"

　　"也对。也对。"他笑笑看回前方，"那就……记着吧。"

　　我看着他："记着？"

　　"嗯。"

　　我看到道路左方出现那条更陡的、上坡的岔路。没有任何人预期我们与郁璇的关系会以这样的方式终止。幻听，妄想，情绪激躁，有时她自信高涨得仿佛她是造物的神，有时，她就像在小教室被约束的那时候，嘶喊着她要毁灭世上的一切。两个月来我们不断推高药物剂量，更换处方，效果都不理想，也早已超过院方能接受的住院天数上限。我几乎感觉自己不再认得她了。她的父母没有再出现，也没听说任何可能的返家计划。而她的性侵官司，社会局社工申请再议成功，发还检察官续查，重新进入漫长的法律程序……

　　后方传来飞快的脚步声。

　　"蔡医师蔡医师！丁大丁大！我回来了！"

　　我和丁大转过身，凯恩在我们面前急煞，整张脸涨得红通通的。

　　"是怎样？那么开心。"丁大伸手要拍凯恩的头。

　　凯恩扭了扭脖子："我爸爸带我去吃麦当劳。"他说话的方式与这几个月变声并快速抽高的身材实在有些不相称了。

　　我注意到他手里拿着几包药袋。"上午回小儿科门诊啊？"我问。

　　"啊，"凯恩低下头，"忘了先拿给雅慧护理师。"

　　丁大从凯恩手里一把抓来："给我。要是搞丢你就惨了。"

　　"谢谢老师。"凯恩立刻又往前跑，"启闳等我！"他的步伐也远比以前来得大了，还好他已经好一阵子没再跑给我们追。启闳和哲崴回过头，启闳抱怨一句"有够慢欸你"。

我看向丁大手里："你……没问题吧？还是我来拿？"

"我是有那么夸张？"

"好，你说 OK 就 OK。"我笑着摇头，"对了，之前是不是有一次，你和雅慧为了郁璇的事吵起来？"

"吵？"

"我听如盈说的，好像，是为了郁璇的不自伤行为约定？"

"噢，那个啊。"丁大晃晃头，"算不上吵啦。欸欸，你们几个在干吗？"丁大朝右前方说，好几个病人围在路边蹲下来，他们应声后赶紧起身往前走。那里好像有只甲虫还什么的。启闳、哲崴和凯恩在更往前面一点，依然聊得很热烈，彼此比画的手势就像在空中对战。

我又喝了几口饮料："所以是……"

"没什么，就雅慧觉得，我不应该把自己当成病人的拯救者。"

"拯救者？"印象中如盈好像也提过这几个字。

"呵呵，那时候我只是跟她说，我们没必要一直这样强化郁璇受害者的位置吧？那个行为约定，只要自伤就去住急性病房，真的算治疗吗？还是，只是种处罚？就像 PTSD 这个诊断一样啊，好像每说一次，都更验证她就是那个受到创伤的人。我就不太喜欢这种感觉，也觉得有必要出个声吧。这叫文化霸权你知道吗？然后她就那样说啦，"他又笑了一下，"说我是被病人操弄。"

"OK。"我点点头，重新思考刚才他说的那些话。我好像还没听他说过这么长篇的正经内容。道路逐渐右弯，队伍前头的一些病人已经消失在视线内。"不过，"我忽然想到，"那个 PTSD 的诊断，是我下的欸，所以我也是……"

他笑得更大声了："想到哪儿去了你？"

"你的意思不是——"

"不是。我并没有要说谁是坏人好吗？又不是演电影，一定要有反派哦？"

"嗯……"

"丁大，"启闳回头朝我们这里喊，"今天晚上公会出团你有要——"

"欸，"丁大很快打断，"晚点再说。"

我愣了一下："嗯？该不会……丁大你有和他们一起——"

"嘘。"

"看来光用这杯要我封口，"我拿高手里喝了一半的饮料，"恐怕是……"

"欸欸欸，鑫哥别这样。改天再请你吃饭好不好？"

我斜眼看向丁大。

"靠北，你这什么反应。"他说。

我笑出来，忽然感觉前方有眼光射向我。是姵琪。她发现我在注意她立刻转头看回前方。

我和丁大压队通过弯道，回程的道路蜿蜒往前展开，原本线状的队伍变成一团一团的。他们的速度好像变慢了。宇睿一个人走在最前面，与他距离不远的那群人间断做着摆手扭臀的动作。"继续走继续走！"丁大高声说。凯恩开始往前跑。我在那群人靠近中心的位置发现欣瑜的背影。她今天应该也是刚从学校回到这里不久。听说那些关于她的闲言闲语，像是随着郁璇转去急性病房后很快不再是焦点了。我注意到走在欣瑜旁边的似乎是朋城。

凯恩绕过宇睿。"有人在约会——有人在约会——"他像在唱歌般与大家一路逆向跑过来。

"黄——凯——恩——"丁大大喊，整路好多人跟着转头看过来，

"太——嗨——喽——！"

凯恩一下子跑到我和丁大这，一张脸笑着也绕我们半圈后再次往前跑。他追到欣瑜那群人附近，举起右手在空中画圈不知道是什么意思，欣瑜侧头向凯恩笑得很开心。朋城刚好回头，看到我的时候似乎有些惊讶，远远向我点个头。

"你有听说吗？朋城和欣瑜好像复合了。"丁大轻松地说。

"啊？真假？"

"前天还没感觉。昨天环山，如盈就在猜了。"

"也太突然了吧。他们不是一直还在冷静期什么的？"

丁大笑了笑："感情这回事，不就都这样吗？"

"讲得好像你很有经验一样。"

丁大再度笑出声。"不过，也就只剩最后这一段时间了啊。"丁大像在感叹什么地说。

我看回丁大脸上："我刚……有听错吗？"

"嗯？"

"那个语气，呃，你是丁大维没错吧？"

"哈哈，没办法，在这里待太久了。"丁大笑着往前、往后伸展双臂，"出院、出院，大家都要出院喽。"

医院白色的建筑群开始从林木间的缝隙露出来，好几面窗户反射出金属般的亮光。不知不觉我们已经过了那个眺望点，前方开始露出日间病房的一小角。欣瑜的出院计划终于也在前天中午的家庭会谈后确定下来了。自从发生郁璇的事件，欣瑜像是什么被揭开了一样，焦虑与忧郁的症状开始一一浮现。在袁P指示下，欣瑜勉强同意让我们告知她母亲有关她的现况，并且缩短每天返校的时间，以增加在这里的治疗强度。母亲一直以来私自监看欣瑜信息的行为，也被雅慧面质并劝诫了。可能也是这样，前天那场家庭会谈进行得不算愉快，但至少算是达成出院时间的共识。而朋城和我一样，预计会在这里一直待到六月的最后一天。

"反正啊，"丁大继续说，"我还在等你的第二本书，赶快写。"

"怎么突然又讲到这里来？"

"当然，你是我偶像呢。"

"够了。"我笑笑说。

他也咧开嘴笑。下周我约好了要去另一家医院面试主治医师的职位，记得丁大之前说他是八月调回特教学校，一个接着一个都要离开这里了。头顶的枝叶往两侧退开，阳光整片垂直洒下来。"不要再晃了，进教室！"丁大又往前喊。宇睿是第一个推开日间病房大门的人，其他人跟着陆续走进去——除了凯恩又逆向跑回来。

凯恩面朝我们："丁大丁大，晚上你记得——"

"好。先洗把脸，准备上课。"

凯恩很满意的样子，又往日间病房跑过去。

左手边经过那个从精神楼接上来的阶梯口。"不过说不定……我真的会写吧。"我说。

"认真？"

我稍微仰头，拉达克的回忆又鲜明地浮现在脑海。

"谢谢！""宇睿谢啦！"前方传来声音。宇睿站在大门对侧替大家开门，看到还在一段距离之外的我，向我举手敬礼。最近他说想努力让自己成为成熟的男人——为了他在个人申请面试时煞到的学姐。该说至少这次不是日间病房的病人了吗？

"那就赶紧上工啦。"丁大说。

"好。"我将杯中剩下的饮料一口气喝光。

我点亮灯，重新拿好纸笔。

"你应该听说了？"朋城说。

"嗯？"我看向他，"你是指？"

"就，我升学的事。"

我点点头。还以为他是要和我分享与欣瑜复合的事。"终于，确定了？"

朋城呼出一口长气："算吧？虽然你也知道，多等了一个月，结果还是……"他耸个肩，有些无奈地笑了。

我也淡淡笑了笑。

早在四月中身心障碍甄试放榜时，他就获得分发了。是他的第四志愿，在南部，勉强还算他想念的科系。他决定继续等个人申请的结果，直到上周五，确认备取上那唯一的一间——从一开始就选来当作备案的那间。于是，某种意义上很单纯的，二选一。

"后来，你是怎么决定的？"我问。

"还真的……不知道怎么讲。"

我向朋城摊手。

"如果说，最后只是因为觉得要选就选个比较远的你会不会打我？"

"哈？亏我前几次还那么认真跟你讨论，早知道就……"我故意笑着摇头。

"欸，别这样啦，有讨论还是有差啦。"

"没关系，场面话就不用说了。"

朋城喂一声，然后跟着我笑了起来。

这段日子陆续公布成绩、放榜时的那些失落，像是跟着其他片段一起轻轻地被收进我这本笔记本里了。

"但说真的，虽然前几天就决定放弃个申上的那间，但可能还是有点……不甘愿吗？绕了一圈，还是回来。也有种不知道还在怕什么的感觉。中午也是如盈老师拖着我，才终于去邮局把身心障碍的报到书寄出去。"

"今天中午啊……"

"嗯。"朋城点点头。他忽然像是想到什么，侧过头。

"怎么了？"

"那个，郁璇，是要回来了吗？"他像是有些担心地问。

"嗯？怎么突然问这个？"

"不是啦，去邮局路上，刚好看到她的社工在大厅那边办手续。"

"噢，社工啊。"没想到他连郁璇的社工都认识了。"郁璇她……应该暂时不会回来了。"

"啊？"他像是既讶异又困惑。

"她今天，是办转院。"

朋城愣了好几秒，哦一声，然后像是又在想些什么，视线稍微放空。

我看着他："怎么了吗？"

他过了一会儿才摇摇头："只是……没想到。"

"嗯……是啊。"

晤谈室里沉默几秒，忽然外头发出重低音的节奏，频率比心跳还快一些。我和朋城都转头看出去。

"今天作文课暂停改练舞，"他转回来，"毕业典礼要表演。"

"是哦？"记得如盈说毕业典礼差不多就在一个月之后了。

他嗯一声，点点头："总之，我有大学可以上了。"他的语气不像是特别兴奋。

位在遥远南台湾的那间大学。"嗯。到时候，你也就真的会离开这个家了欸？就像是一次……合法的离家出走？"

"是啊。"他停顿一会儿，"是说，如盈老师或芳美护理师有跟你说我妈的事吗？就是，关于我做这个决定。"

"细节我不太清楚。"我稍微回想周一中午在办公室里芳美姐说的那些话。那时，如盈似乎刚和朋城母亲通完电话。

"反正，我也是死撑到礼拜天晚上，知道回复学校的期限差不多要到了，再不跟我妈说也不行了。那时候我们在家吃完饭，她站起来正要拿碗盘去洗，我鼓起勇气就说……我决定好了。"

"你劈头就说出这几个字？"

他露出苦笑："对啊。她僵在那边，回头看我。我突然也觉得，我是真的决定好了吗？然后我妈开口了，只是重复我的话说，你决定了？我硬着头皮就继续说，我决定去身心障碍那个。她好像有点惊讶，可能，也真的因为那间大学在南部，很远吧。我妈刚好本来在烧开水，瓦斯炉那边发出很尖锐的声音，她赶紧过去打开盖子把火转小。我一个人坐得不太自在，干脆也走过去洗碗。她人站在我旁边又问一次，想好了吗？我不知道怎么回，手里乒乒乓乓的，可能有点头吧我也不太确定。过了一会儿，我妈把火关掉，炉子那边才完全安静下来。她说，我决定就好，她隔天会再打个电话给如盈老师确认一下，但会先帮我签好那些声明书、同意书什么的。我稍微松口气但又觉得，后面可能还会有但是吧，没想到……"

"嗯哼？"

"她只是叫我洗完放着就好，说她买了杧果回来，切好了，在冰箱，先来吃。"朋城皱紧眉头，稍微低下头，"那是今年……第一次吃到杧果。然后，不知道，她的表情好像有些难过，又有些开心……"

"是吗？"我像是也能闻到那个酸中带甜的浓郁香气。

朋城沉默了好一会儿："后来，听如盈老师说才知道，原来备取放榜那天我妈就有打电话过来，和芳美护理师，讲了好一段时间。"朋城的肩膀慢慢松下来，我也低下头……

"你问我那天在电话中和她说了什么？"芳美姐看向如盈，然后摇摇头。

"没有？那是……"如盈满脸疑惑。

芳美姐抿嘴笑了一下："其实，朋城妈妈一直觉得她自己……是个很失败的母亲。所以这么多年来，我也只是尽可能去听、去陪着她而已，没有太多。"

"就这样？"

"是啊。有时候比起我们做了什么，更重要的，是我们不去做些什么。"

坐在一旁的我，想起那个没有工作人员在里头的脸书社团，想起没有门禁在这里失去保护的我们。"即使知道，那可能会带来更多危险？"我说。

芳美姐笑了笑："但那不也正是改变的来源吗？"

"……真的，多亏了芳美护理师呢。"我回想这一年来，总是在那里向我们微笑的她。

"嗯。有时甚至觉得，如果芳美护理师……是我妈就好了。"

我抬起头，注视他好几秒："就像当年，你初中毕业典礼结束的时候？"

朋城也抬头看向我，像是没料到我会这样说，然后淡淡笑出来。他点了几下头。

"我在想，或许……你妈也是这样想的吧。"

朋城的眼神停滞几秒，抿了下嘴。

我停止笔记。

他快速叹气的同时抓过后颈："不说这个了。"他深吸口气，坐直起来，"都还没跟你说，我跟欣瑜复合了。"

我愣住半秒，然后才笑着摇头。一定要在这里转移话题就是了。

"欸？你怎么一点也不惊讶？"他说。

"拜托，刚凯恩那样沿路喊，谁会不晓得？"

"哦，对噢，"他搔搔头，"刚才你也在。"

外头再度响起重低音的节奏，我开始觉得那个模糊的低音旋律有些耳熟。"好啦好啦，看起来你比较想谈这个，那我也没办法喽。"我说。

"干，你明明就很想听不是吗？"他指向我手里，"纸笔都拿好了欸。"

我笑出来："好，我承认。"

他笑得双颊明显鼓起。

"就直接说吧。我听说，好像是前天的事？"

"你还真的知道？"朋城惊讶地说。

我笑着耸个肩。

"就前天中午，欣瑜妈妈不是和她一起过来吗？后来就听双数组的同学说，你们是要讨论她出院的事。我就在想，如果再不说，以后就真的没机会了。这两个月自己也想了很多，也真的，希望有些话能当面跟她说，就算赏我个痛快也好。于是我就私信给她——我已经好一段时间没跟她私信了。就问她，放学可以一起走去地铁站吗，我有些话，想跟她说。"

"跟你告白那天……一样啊？"

他苦笑点点头："但这次换我在山下路口等她了。她已读，可是一直没回，我也没看到她经过，想说她该不会是刻意绕路还怎样。后来过了有十分钟吧，终于看到她远远走下来，她也……看到我了。天哪就，超尴尬的，我们连说个"嘿"或什么都没有，就只是点个头，继续一起走。一直到过门诊大楼那边吧，我才开口问她一句，听说你要出院了，她"嗯"一声。过了一会儿换她问我，大学确定了是不是，我说对。然后一路上，我一直在想要从哪里开始说，路过家店面刚好在放五月天的新歌，但我整个就开不了口。一直到进地铁站，她刚好变成走在我前面，在电扶梯上，我看着她的背影，一直往前、往上……对，就是这样。"

"这样？"

"我觉得自己……比不上她。"他脸上还残余一点笑容。

"是吗？"我轻声说。

他停顿几秒："我们走到月台后面人比较少的地方，我就讲了，'之前，是我害怕你要离开了，才会逼着你，好像一定要改变，变成……我想要的样子'。"

我看向朋城。那是我们过去两个月在这里谈过的内容的片断。

"她没有立刻回我，但我知道，她有听到。后来车来了，我们进去靠在门边，她一开始往窗外看，加速一小段后才转过头来。她说，她一直觉得，其实真正在往前走的，是我。我很惊讶，一时间不知道怎么回，刚好下一站到了一群学生挤进来，很吵，欣瑜看他们一眼又转回去看窗外的风景。我站在那满脑子在想，这是怎么一回事，我……我凭什么……还好到下一站的时候，那群学生都往另一边走，旁边才又安静下来。然后她继续说了一件，我更是想都没想过的事情。"

"哦？"

"她说——她很嫉妒郁璇，可以好像什么都不在意，都不怕。"

我仿佛感受到与他当时同样的惊讶，同时想起也是那天中午欣瑜在家庭会谈时的反应——她的母亲说希望她近期就能出院，然后欣瑜小声地说……但她想等学期末。

"我当下脱口而出，那她也不能什么都说啊，什么腐烂的果实这种话——我说到一半，就发觉欣瑜表情不对。你知道吗？我突然……好像听懂了欣瑜在说的是什么。其实，我们都一样吧。我们，都很自卑。

不知道为什么之前我一直没看出这件事，还以为欣瑜她……"

我女儿又没那么严重，应该不用住那么久吧？我不想要她变得太依赖这里。欣瑜母亲握住欣瑜的手说。欣瑜低头用另一手拨了拨刘海，嘴唇有些颤抖。

"我就说了一句，你可以不用讨厌自己的，至少，我从来没有讨厌你。她转头看我，那个眼神……我不会说，总之就是，直接看向我。然后忽然"咻"的一声车子驶进地下，好像瞬间周遭所有杂音都被吸走了，墙壁整个贴上来。我就看她脸上，好像出现一点笑容。"朋城停下来，皱着脸笑了一下，"好像有点害羞啊在这里讲这个。"

"嘿，你都能在地铁上讲了。"

"……也是噢。"他的身体更放松了一些，"后来，其实蛮奇怪的，我们竟然在车厢上聊起郁璇的事。她问说，郁璇是不是还在住院，我说应该是，但不知道怎么会住这么久，我还说我之前住急性病房都跟我说那边有天数限制，不然当年我早就一直在里面住着不出来了，才不想面对我妈。她听了也笑出来，就比较自然那样。"

"是吗……"我微笑侧过头。欣瑜将她的手从母亲手里抽出来，母亲转头看了她一眼，然后转回来看向我和雅慧。好吧，你们都这样说了，如果她想，我也不反对。欣瑜勉强笑一下。

"然后欣瑜她真的有够温柔，她还说，其实某种程度她感觉很能理解郁璇，说如果换作是她经历那些事，她应该也会一样吧。我听到的时候又有点，怎么讲，好像又更认识她一些？就觉得是吧，一定还有很多我不知道的……困难嘛，每个人都是吧。"

我点点头。那场会谈结束时，我望向欣瑜母亲往大门离开的背影，以及坐进大教室的欣瑜。她还带着那些焦虑、忧郁，以及更多家庭里的故事，之后就回到袁P门诊里继续厘清了。我深吸口气，笑了笑。

"怎么了？"他有些惊恐地看向我。

"觉得……你真的和之前很不一样呢。"

"靠，不要又来恋爱导师那一套了。"

"哈哈。"我将专注力重新拉回眼前，"欸，但重点咧？"

"嗯？"

"总还是要有个，"我比了比手势，"复合的一句话吧？"

"哦，对啊。哎哟，那时候我也很紧张啊，一边聊一边抬头瞄，不行，北车快到了，可是旁边人越来越多，就觉得，真的要在这里开口讲这个吗？也太……太恐怖了吧。一直到都开始广播说北车到了，我终于冲出口说——我们可以再试试看吗？然后门一开，"他露出尴尬的笑容，"我说了拜拜，就转身逃走——"

"不是吧？"

"就……老毛病啊。"

我笑着摇头，发现他脸上渐渐又有些害羞起来。"是怎样？该不会……又是还有后续？不要告诉我这次她又信息回你笑脸哦。"

"嗯，这次不是啦。"

"OK？"

"本来我已经在排电扶梯，准备要上去转车，忽然……"他揉了揉后颈。

"忽然……"

他把手放下来："欣瑜她……从后面牵我的手——"

"好，够了够了，到这里就好。欣瑜又还没出院，讲太多细节，我都不知道要怎么面对她了。"

"最好是咧。"

我们笑了起来。我仿佛听见地铁车厢加速驶离的声响，月台上往来的人群持续喧闹着。旁边人多、人少，路程长或者短，至少也都共同往前了这么一段吧。

"说到这个，"朋城继续说，"如盈老师中午刚给了我一个任务，她要我在毕业典礼上，当毕业生代表致辞。"

"噢。"

"我是还没答应，但有种，靠，怎么又来了，好不容易才写完自传又要弄演讲稿。而且典礼上会有一堆什么这里的主任、那里的长官过来，还有很多家长，根本都不认识啊，压力超大。如盈老师还更狠，说这次她不会再给我意见了，说反正自传我都没听她建议，一定要写什么自己抗压性不好之类的，结果才会这样吧。唉，"他连摇几下头，"就真的很崩溃。"

"这么紧张？看起来，你是很认真在考虑要接下这个任务？"

"才没有。我是，欸，我还有社交焦虑症，你之前诊断书上不是有写？"

我笑出来："竟然有一天换你说这种话？"

"笑什么笑啦。我是真的很烦恼好不好？要是到时候欣瑜还在的话我可能还比较有动力——"

"等一下，你说什么？"

"嗯？欣瑜……不是要出院了吗？"

"她，毕业典礼还在啊。那天和她妈一起讨论之后，目前是定在六月中毕业典礼之后出院。"

"哈？"朋城一脸错愕，"所以她，还会在这……一个月？"

"对啊，只是会再慢慢拉长返校的时间这样。"

"不是吧？所以她根本还没那么快，那我……我，"朋城哀号一声，"你们没事干吗那么早讨论出院害我——"

"提早跟她复合？"

他又哈一声："不是。话不是这样说吧——"

"就是这样说。"我向朋城不怀好意地笑，"总之，既然如盈老师都说了，那毕业典礼那天，我就拭目以待啰。"

"你们真的很烦欸，怎么都说一样的话。"

"是吗？"我笑出来。

他再度哀号一声。

39 /

"先生，我一样在这边等你。"贾扬特将车子熄火，"刚才电话中那名喇嘛要我告诉你，如果大门还没开，就在门口稍等一会儿。"

"好。"我说。时间接近五点，太阳已经被他那一侧的山挡住。"我们最晚几点要离开这？"

"天黑之前。"

"天黑前就可以？"

他晃着头："反正列城很近，我无所谓。"

"谢谢你。"我向贾扬特微笑。

他点点头，往贝图寺的方向使个眼神。我该下车了。

马路边没有其他车辆停靠，平缓的坡度往下延伸，接上那条国道，几乎所有车辆都是开回列城的方向。这是我在拉达克的最后一个傍晚。红色的木门果然关上了。一旁的白墙被阳光带上一层淡黄色，我的手放上去，温温的，油漆的突起处有些扎手。我顺着几条凹陷的纹路摸过去，像是探出一张隐形的地图。

门后传来轻快的脚步声。

嘎——门打开一半。

"好久不见啦，"达瓦继续将整扇门打开，"伯鑫。"

"好久不见？"我笑出来，"我们不是昨天才见过面？"

"哈哈，我知道，我知道。进来吧，我们正等着你呢。"

我穿过门口，注意到他手机还拿在手里。"不好意思来晚了，你们已经过了开放的时间吧？"

嘎——达瓦把门带上。"别在意。我说过，没有什么比刚好更好的了。重要的是现在你在这儿了，不是吗？来吧，跟着我，好奇的旅人。"

他的脚步轻快，一身红色袈裟像是飘动成一面风中的旗帜。他带我走的路径似乎是我自己没走过的。

"达瓦。"我叫住他。

"嗯？"

"你总是这样叫我'好奇的旅人'，好像那是我的名字一样。"

"有何不可吗？"

"也不是不行，只是总觉得那像是种恭维吧。"

"那又如何呢？"

"我就只是个……一般人而已啊，只是刚好来到这里。"

"而且毫不在意地待了很久，还来了三次。"

"嘿——"

"哈哈。"他浑厚的笑声回荡在楼墙间，"是说你去喇嘛玉如这一趟有享受吗？"

"享受？还用说。那可真是一条通往天堂的路呢。"

他侧头瞄我一眼："你听起来不像真的在说天堂。"

"它真的是啊。那条国道、面具舞，还有数不清的信徒与观光客，一切都太疯狂了——我是指，真的疯狂。我像是同时去了天堂也去了地狱。"

"而最终你回到这儿。"

"对，最终我回到了这儿。真开心我还能回到人间。"

"哈哈，和你说话真的很有趣。"

"彼此彼此。"连转几次弯，我认出这条阶梯上去就是中庭了。"认真地说，你们完成曼陀罗了吧？"

"还在想你可以忍多久才问呢——好奇的旅人。"

"又来了。"

"好，好，不闹你。我们的部分算是完成了，但就像我一开始说的，正等着你呢。"

"要等我什么？"

"等你到了就知道，等你知道也就到了。"

我们爬上中庭，旗杆高耸在中央，楼梯前躺着白色图腾。除了光影调换方向，一切就像我第一次来到这里时那样。"你这句话好深奥，你的意思是——"

"别问了，上去再说。你一定想赶快看到曼陀罗吧。"

"嗯，也好。"

阶梯顶端的那排木门开了中间两扇，像是张着手臂在迎接日照。我与达瓦并肩走上去。一名老喇嘛正好从里头的大殿门口走出来——是昨天带他们做早课的那个人。达瓦向他躬身合掌，说了句我听不懂的话，我跟着向老喇嘛鞠躬。

"你就是伯鑫，是吧？"老喇嘛说话了。

我抬起身，他注视着我。他也知道我的名字？我点点头。

他向我微笑，然后往另一侧的廊道走出去。我与达瓦站在门口目送直到他的身影消失。

"达瓦，那位长者是？"

"他，简单地说，是我们的老师。"达瓦脱了鞋，"进去吧。"

"所以当你们感到疑惑，他会为你们解答？"我也将我的鞋子并排放好。

"是，他会用更多的疑惑来回答我们，呵呵。"

我跟着达瓦走进大殿："那让我想起曾在嘿密寺遇过一名——哇！"

"怎么了？"

"这地方，变得好不一样。"高台不见了，视线尽头立起一座我没看过的玻璃亭，两侧墙面挂满卷轴画，粉蓝色的背景像是融合成天空，将屋墙变出两列透明的窗口。不知从哪吹来的风，画里一个个人物随着底下的流苏仿佛动了起来。

"我们布置得不错吧。"

"这些新挂上的画，怎么说……"我一一看过每幅画，发现每个人物的表情、动作、姿势、衣着都不相同，像是描绘着众生百态，"它们看起来，是这么寻常？"

"哈哈，确实。越是特别的日子，越是寻常的日子。这些画啊——"

"达瓦。"多杰从大殿角落走过来。那边还有好几名喇嘛坐在长几旁，似乎忙着准备供养品。"太久了，你离开。"

"拜托，你知道我是去帮伯鑫开门。"

多杰笑着看向我："伯鑫，来，先喝茶。在那边，有热茶。"

"欸，你自己继续去后面忙啦。"达瓦向多杰说，"伯鑫今天回来，是想先看曼陀罗好吗？"

我站在他们两人中间："没关系啦，我应该可以一边喝茶，一边看曼陀罗……可以吧？"

多杰朝达瓦笑，嘴角翘得更高。

达瓦瞥了多杰一眼，看向我："真的是不能让你与多杰太熟。我说啊，这里最不认真的就他了。"多杰往角落折回去，达瓦朝他的方向，"嘿！你有没有在听？"

多杰举高右手一摆，背对着我们说："有，有。"

达瓦向我笑一下，要我随他往大殿深处过去。我们距离那座玻璃亭越来越近，曼陀罗也越从里头浮现出来——

我屏住呼吸。

那是一整个活生生的世界。

我贴着玻璃弯下身。蓝色、红色、绿色、黄色、白色，凹凹凸凸的彩砂之间，像是山里有河，河里有山。我看见世界里还有世界，一层又一层，没有止尽。

熟悉的香味飘过来——是酥油茶。

"伯鑫，"多杰拿着两个杯子，"请。"他递给我和达瓦。

"哟，今天对我这么好？"达瓦接过杯子。

多杰也站到玻璃亭旁，向达瓦与我微笑。

达瓦举杯向多杰致谢，再朝向我。我喝一口，还是那么浓郁滑顺而温暖。我肯定会一直记住这个味道了。

"你刚看得非常入神啊，伯鑫。"达瓦说，"你有想要告诉我，今天你看到了什么吗？当然，或者你听到了什么也可以。呵呵，换我来当那个好奇的旅人了。"

"嗯，我觉得……好像更难了。"我边喝边望进玻璃亭。

"哦？"

"上次，我说它色彩鲜艳到像是很吵一样。今天，它不吵了。我不是说它一点声音都没有，而是……很和谐？可能是因为我被隔在玻璃亭外面吧，位置不一样，那个想象的声音也不太一样了。但另一方面，我更不晓得要怎么形容我看到什么……"我耸个肩，"呵呵，怎么每次来到这我都在说奇怪的话。"

"继续说。我说过，奇怪，很好。"达瓦喝一口茶。

"好吧，我……试试看。"我瞥向多杰，他一副也在等我说话的样子。"这样说好了，上次我来到这里的时候，这个曼陀罗还没完成，我可以就我看到的那些……很具体的东西去描述。外圆，内方，色彩有多鲜艳等，就好像我可以评论些什么，可以客观地告诉你什么。但是当它今天完成了——嗯？"我发觉达瓦好像要说话。

达瓦说："没事儿，你继续讲。"

"可是，当这个曼陀罗完成了，它就像有了一个完整的生命。那让我刚才凝视它的时候，嗯，感觉自己好像进入了它的里面？你懂我的意思吗？我是指，就真的感觉自己处在那个活生生的世界里，我也成为那个曼陀罗当中的一部分。所以，我好像没办法再像之前那样，当一个纯然的观察者了。"

达瓦缓慢地点头："所以，你今天在告诉我的，不是你看到**什么**，而是，关于你**如何**在看。"

"我如何在看……"我摇一摇茶杯，在里头制造出一个小漩涡。

"而且，还有一件事。"达瓦停下来，我看向他，"你又在之间了。"

"噢——"我侧着头，"好像是耶。虽然今天没有那一圈白色布巾，换成玻璃亭，但在我的想象里，对，我又在之间了。我既在它的里面，也在它的外面。"

"不。"多杰也开口了，"不是想象。你在里面，那个，是真实。"他指向曼陀罗的外圈，白色的花纹像水钻般在反光。

"啊，你是指，那边的白砂是我帮忙递给你们的？"

多杰点个头："还有那里。"他指向另一个方位的白色花纹。

我笑了出来："你让我开始感到有一点骄傲了，发觉自己是真的在里面，真的对这个曼陀罗有过一点贡献，虽然是那么微不足道。"

"是的。"达瓦笑笑说，"你可以感到骄傲，你应该感到骄傲。"

"但说真的，我还是不太习惯这样隔着玻璃去看。我实在很想靠得更近一些，看得更清楚一些，也许那样，除了刚说的那些我是如何在看，我也能多告诉你们一些我看到了什么。还记得我第一次来到这里的时候，你们已经制作曼陀罗到第……"

"第二天。"达瓦说。

"天哪，然后今天是第七天。只不过几天，为什么我感觉像是过了好几个礼拜一样。这是多么不容易的一段过程。我是指，至少对我而言，能刚好来到这，能与你们对话，能在这喝着一杯又一杯的酥油茶，甚至还能有那么一点实际的贡献。终于，它完成了。这个曼陀罗，最好的地方。没有什么比以这个作为我拉达克之旅最终站来得更好的了。"

达瓦与多杰笑了起来。达瓦手指向多杰，多杰指向达瓦，他们好像都要对方先开口。

"怎么？我说错了什么吗？你们笑成这样。"我问，"我还觉得刚才说的那段话是我在这里说过最正常的一段话呢。"

达瓦喝了几口茶，将茶杯放在旁边的长几上："多杰，这次你也注意到了？"

多杰点点头："**完成**。"

"哈哈，"达瓦跟着也点头，"是的，**完成**。"

"你们别自己聊起来啊。"我说。

达瓦看向我："伯鑫，你没发现你忘了什么？"

"嗯？"

"在我带你进来大殿之前，你问过我一句话。"

"又在考我……"我把几乎见底的空杯也放上长几。

"添点茶？"多杰问。

"好，谢谢。你说我忘了什么，嗯……"我看着多杰拿起热水壶，倒出的液体像是一条小瀑布，"不行，我完全记不起来。"

"给你点提示。"达瓦说，"那时候我说，我们在等——"

"对，你说你们正等着我。我不懂，曼陀罗不就完成了，还有什么好等的？等我来看它吗？难道要给人看了才算完成？"

"哈哈，就说你聪明。"

"什么？我没跟上。"我发现连多杰也笑起来了。他帮自己也倒了一杯。

"伯鑫，你猜猜看，接下来这个曼陀罗会发生什么事？"达瓦问。

"看你们把大殿布置成这样，应该是会继续开放给民众参观吧？"

"没错。从明天开始，曼陀罗会在这里连续展示四天，开放给所有来到这里的人们。在这四天，这个曼陀罗都持续在完成。"

"持续在完成？"

"就像你的到来，你的观看，你的发想，你的声音一样，那些都共同在完成这个曼陀罗。如果没有你，没有更多的人来到这，这个曼陀罗就这样被放在角落里，它就只是一堆砂而已，毫无意义。这个玻璃亭看起来或许像是界线，但那不是我们的意图。那只是一个暂时的姿态，让更多人们来到这里，停留在它的外面，同时也在它的里面。用你上次的话，每个人都会带着自己的颜色加入这场曼陀罗的对话。在这里，那里，在之间，在每一个地方，彼此协调。那会是一个持续在完成的过程。"

"……而在那个过程里，人们，就像是在彼此合作……"我思考达瓦前两次关于曼陀罗的一些描述。"所以你说的合作，不只是五颜六色彼此合作，也不只是你们四名喇嘛彼此合作，而是——"

"**我们**彼此合作。"达瓦说。

"包括我，以及所有继续来到这里的人？"

达瓦点点头。

"你们在等着的……就是这个吗？"

"是的。没有我们，就没有曼陀罗。"

"嗯。"我凑近杯口，再闻一闻酥油茶的香气，"我喜欢这个说法。"

"但也可以反过来说。没有曼陀罗，就没有我们。"

"等等，为什么可以反过来说？这样到底是哪一个先？"

"没有哪一个先。曼陀罗就是我们，我们就是曼陀罗。那就是最好的地方，也是一切根本的所在。多杰，你怎么说？"

"我想，现在，我们正在完成漂亮的曼陀罗。"多杰也向我举杯。

"这边我又跟不上了，好难。你们果然也带给我更多疑惑了。"

"没有那么难的，哈哈。"达瓦走去帮自己倒了半杯，喝几口。"怎么，看你的样子，你还在想？"

"当然，我真的没听懂。而且上次你还说过什么各个宇宙相即之间的，你说的这些要怎么串起来。天哪，我觉得我的脑袋快爆炸了。"

"相信我，真的没有那么难的。"

"我不知道，现在的我没什么头绪。"

"或许你并不知道那个答案是什么，但你早已体现你能如何回答这个疑惑了。"

"啊？"

"呵呵，我不能说更多了。我看看，"他从怀里掏出手机，一按，荧幕亮起来。"差不多时间，我们出去好好呼吸一下吧。那可是个更好的地方。多杰，这边就麻烦你了。"

"什么——好啦好啦。"多杰转向我，"伯鑫。"他向我微笑，点头。

我回应同样的动作。

达瓦说："喝完你手中这杯，就走吧。"

我们走回中庭，屋墙的阴影占据更大的面积了。

"我们要去哪儿？"我问。

"山顶。"达瓦带着我右转。

"你认真的吗？"

"哈哈，别担心。我相信你在拉达克的这几天一定爬了很多山。我们寺院的后山很近，不用走太多步。"

广场对侧开了扇门，钻过来的阳光拉出一条长长的光束。我们往那儿走近。

"你去过后山吗？"达瓦问。

"应该是没有。"

"那好。没有什么比刚好更好的了。"

我们穿过门口，再没有遮蔽，和煦的阳光直接洒过来。稍微转个弯，出现一条往上的步道，看起来不到五十米就能抵达顶端。

"没事的时候，我最喜欢来这里，站上山顶，将四周的全景纳入眼底。这是最适合呼吸的地方了。你听过阿特曼吗？"

我摇摇头。脚下的阶梯非常和缓，一小格一小格的瓷砖平铺，左侧是繁茂的花圃，右侧的栏杆大约有三四串风马旗，像是藤蔓一样往上攀。

"阿特曼，是梵语里的自我。不过这个字的原意，是呼吸。"

"呼吸？"

"你要知道，呼气与吸气，一出一进，两者相互依存。"

我随他一步踏着一步。

"并在每一个交换的刹那，自我才相应而生。"

剩下最后几阶。

"来，回头。"

是机场。一条深灰色的跑道笔直朝向远方。那儿就是列城了，屋宅与绿树错落，我试着辨认出旅馆的位置——我有些想念那曾让我感觉熟悉的一切。"达瓦，我好像没特意和你提过，明天一大早，我就要搭飞机回去了。"

"是吗？"达瓦停在我身旁。

"先飞德里，晚上转机回台湾，结束我九天的旅程。"

"你确实没提过。我想，我已经说过太多这里的事，也该是时候了。你呢？"

"嗯？"

"你怎么想，来到这个地方？"

"嗯，刚来到这里时，我非常困惑，关于这个地方，关于我自己。"

"那么，现在？"

"我还是觉得我有太多太多不知道，还是有那么多疑惑，但……那很好。"

他点个头："是很好。"

视线跨越机场的另一侧，对面山坡上有人似乎用白色石头拼出两行字。"'以荣耀触摸天空'？"我念出来。

"你说那些字？"达瓦也看过去，"那是印度空军的格言。"

"触摸天空……"

"或许你明天上飞机时就可以试试。"

"你是说把手伸出飞机的玻璃窗外吗？"

"或许，呵呵。"达瓦手轻轻一挥，"我们继续往上吧。"

一阵微风吹来，栏杆上的风马旗飘浮起来，旗穗像是树叶在摩擦，发出细微的声响。

"我想，你也会喜欢上面的。"他说。

山顶到了。

满天的风马旗像是好几株古榕合抱，从任何角度、任何高度不断分生出新的枝叶，将平台中央那间三层楼高的白色寺院几乎完全淹没。风一吹，整片五色旗海纷飞着沙沙作响。

"好美。"我随他走进那底下，仰起头，天空时有时无地从飘扬的风马旗间露出来。"一路上我见过许多风马旗，似乎……没有哪个地方能比得上这里。"

"哦？你这么觉得？"

我忍不住停下来："怎么说，这里的风马旗，好像会呼吸一样？"

"是啊，它们就是飘在空中的浪，能飞向无穷的远方。"

我感觉自己像是随着头顶的旗海一起摇荡，一起呼吸。

达瓦轻轻笑了两声："别停在这儿了，伯鑫。前面还有更多值得你好奇的呢。"

"哦？"

"来吧，继续走。"

我和他穿过风马旗海，有几次还得弯下腰前行。一绕过白色寺院，阳光几乎是水平地照射过来。

我回过头。

"你真的很喜欢这里。"达瓦发现我又停下脚步，跟着转过身。

我点点头。白色寺院的这一整面没有风马旗海覆盖，被照成了金黄色。"真的……好美。"

"你又说一次了。"

"不行吗？"我看了达瓦一眼。

"当然可以。"他笑着说。

我继续感觉自己跟着那片五色旗海呼吸，背脊迎着光，像是连胸腔也暖了起来。

达瓦在我旁边等着。

"走吧。"这次是我先说。

我转过身，达瓦点点头。我们迎光往山顶平台的尽头继续走。

"嗯？那个是……"我看见远处的大地出现一条闪闪发光的金色长蛇。我们走到栏杆边，达瓦双手靠上去。

"你终于发现了。那是印度河。"他的袈裟也被染成橙红色。

"那也是印度河？"

"当然。"

躺在绿色的原野上，那条金色长蛇缓缓闪动波光，像是随时都在向外散逸，并逐渐往夕阳的方向延伸，直到消失在极远处的山谷间。

"我们到了。"达瓦说。

"这里，就是尽头了？"

达瓦看我一眼，又转回望向远方。"稍早我说过，曼陀罗会从明天开始，连续展示四天。"

"嗯，我记得。"

"到第五天，我们就会带着那个曼陀罗，到河边。"

"到……河边？"

"那一天，会有个仪式，我们会将曼陀罗的彩砂全部混在一起，撒到印度河里——"

"什么？我有听错吗？辛辛苦苦制作了一周的曼陀罗，就这样没了？"

"它并不会没了。"

"我知道，可是……你们怎么……怎么可以——"

"我们为什么不可以？当那个曼陀罗流入河水，它将会流向更远的地方，将会有更多的人持续加入它的完成。别忘了，曼陀罗，就是我们。你不能只看到你所看到的。"

"我不是不能了解，只是……舍不得，"我边摇头边说，"真的舍不得。光用想的就觉得舍不得了。"

"呵呵，我相信你会，你确实会。那可是最好的地方，不是吗？"

"对啊。"我苦笑着说。太阳越来越落在山边，靠西方的一段长蛇正逐渐失去光芒。"如果仪式进行的那天，我还能在这里，在现场观看一切，或许，现在的我会觉得好过一点吧。"

"或许吧。"

"但想得再多也是白想。到那时候，我人也不可能在这里了。"天空开始出现由黄橙转往蓝紫的渐层色调。"而且，那一天，那一刻，都会来临的是吧？无论我再怎么舍不得。"

"是的。"

我有些感伤，低下头两三秒："所以，在这个曼陀罗被撒入河水之后，你们……"

"等下一个月，我们会开始制作下一个曼陀罗，一样用上七天的时间。"

"……然后呢？"

"制作完毕，一样展示四天，并在第五天撒入河水。"

"然后？"

"再下一个月，继续制作，直到夏季结束。"

金色长蛇只剩不到三分之一的长度，吹来的风渐渐有了凉意。"然后？"

"等明年夏季来临，这一切会再度展开。"

"所以，你们就这样制作着曼陀罗，月复一月，年复一年，没有停止的一天？"

"伯鑫，你让我想起上次你那个不像问题的问题呢。"

"嗯？哪个问题？我问过太多蠢问题了。"

"'那是个没有停止的移动吗？'"

"……噢。"

"噢。"达瓦模仿我，"就这样？"

"不然咧？"

他轻轻笑了几声："也对，也对。"

我感觉周边的光线有些暗下来。

"是时候了。"他说。

"嗯？"

达瓦指向远处。

没有几秒，太阳落到山的背后，眼前瞬间失去光亮，像是坠入海里，天色连同地景一起渲染开来，连成一体。

"伯鑫，你变得不一样了，与上次问那个问题时的你不一样。"

"……是吗？"

"你不再怕了。"

我笑着摇头："我还是怕啊，就像，我还是觉得舍不得。可能是……都带着了吧，所有的一切，好的或坏的，真的或假的。或许也没有所谓好坏真假。就像你上次说的——我是匹风马吧。"

"我们都是啊。"

我回过头，寺院的墙面恢复为白色，风马旗海依旧随风飘扬，从这个方位望过去，像是变成一座桥，只要顺着它就能走上天空，甚至，触摸天空。

"月亮。"达瓦说。

我在东方的天空中搜寻，干净的靛青色像是失去了距离感。"在哪？我没看见月亮啊？"

"哈哈，当然，那是我的名字。达瓦，意指月亮。"他停顿一下，"你呢？伯鑫的意思，是什么？"

"嗯，我不知道。"

"你又不知道了。"

"反正我一直都这样，不是吗？"

"也好，那我就继续把你认作是好奇的旅人吧。"

"那有什么问题。"

我想起迷路的那一天，牧羊阿嬷在每个山头目送我前行。想起拉姆拿着手电筒伴我走过漆黑，来到星空底下。想起德吉，想起我们的那块石头，想起那一堵嘛呢墙。阳旦村的田里，小女孩躲在母亲背后偷瞄我，祖母在一旁微笑。我在雪松村的草原上奔跑，好多孩子追着我，水花不断被踏起。玉石项链跟着飞起来，卓玛哼着歌现身了。一个人、一个人、一个人……

"但如果，真的要说我的名字有什么意义，那也是直到一路上我遇到了你们吧。我想，那也是曼陀罗。"

"是的，它是。"

"所以我哪里有办法回答你的问题呢？我的名字的意义，还持续等待着被完成呢。"

"你啊，学得挺快的嘛。有趣，真的有趣，哈哈。"

我与达瓦一起在山顶上笑起来。

"达瓦，我得走了。"我说，"天快要黑了。"

"是的。欢迎再回来，任何时候。"

"你明知我明天一大早就要搭飞机回去，没时间了。"

"谁说的？任何时候，任何地点，只要你记起曼陀罗，那个当下你就在这里了，你就在——最好的地方了。"

"啧，没喝到酥油茶，怎么能算数！"

40 /

"来来来！再靠近一点。"凯恩父亲在我面前几公尺说。我已经应要求一手搭上凯恩肩膀。如盈跨步过来调整凯恩别在衬衫上的胸花，边后退边露出满意的笑容。"好，来，笑一个哦。"凯恩父亲连按好几次快门，忽然暂停动作："欸？凯凯啊，这是怎样？"

凯恩跑过去，靠在比他也比我更高的父亲身边，一起盯向荧幕。那个相机被凯恩父亲拿在手里小得像是玩具一样。凯恩伸手在上头按一按："酱就好了啦。"

"真的呢。"凯恩父亲瞪着荧幕又几秒，"喔，这么聪明谁生的？"他一手抓进凯恩的头发乱拨。

凯恩兴奋地摇晃身体，胸前的"毕业生"三个烫金字样像是真的在发光。如盈笑着走进办公室。

我们重新照了几张合照，凯恩站得比刚才更挺，像是想要显得比我还高一样。

"凯恩爸爸，那就确定下周一过来办出院啰。"我说。刚好与欣瑜在同一天。

"哈？一定要哦？"凯恩像在抗议什么。

"哪有人在舍不得的啦。"如盈拿着笔记本电脑又出来，笑笑地继续往会议室过去。我和凯恩父亲跟着笑了——大教室前方传来桌椅摩擦地面的声响。

"黄凯恩！"雅慧远远喊着，"工作还没完。"

"好——！"凯恩跑回去。

朋城、哲崴一人各在长桌一边往我们这看过来。他们身后的落地窗再度挂上一条条彩带，金色、银色、宝蓝色、洋红色，像藤蔓一样从顶端垂下来，反射出缤纷亮光，讲台侧缘也贴满好几排彩色气球。凯恩父亲向我点个头，追上去。果然，只有像凯恩这样过于激动的孩子才会发生家长提早冲来现场这种事。

雅慧指挥病人们继续往右搬动桌椅，凯恩的父亲一路跟拍。净空的大教室中央，芳美姐集合了另一群病人，每人手里都拿着一小叠黄色 A4 纸。宇睿站得离芳美姐最近，欣瑜和其他人不时点头。他们是接待组的孩子。看起来场布组已经搞定讲台正前方与左侧的两区座位。

一股浓郁的坚果与奶油的香气从烹饪教室的方向飘过来。

"鑫哥，来帮忙一下。"丁大说完就消失在转角后方。

启闳端了一大盘饼干出来，姵琪跟在他后面手上也是一盘。他们两人胸前也都别上了胸花。一盘盘深浅不一的小蛋糕与三明治从我面前晃过去。

"你到底准备了多少东西啊？丁大。"我向走道尽头的烹饪教室里说。

丁大向我咧嘴笑："快来。"他打开冰箱用背挡住门，"拿着。"

好重的玻璃缸。半透明的珊瑚色液体上漂着大量苹果丁、柠檬片与一颗颗水晶般的冰块。

"丁大还有什么要拿吗？"启闳空着手回来。考完基测的他最近似乎更没有顾忌地狂打电动了。

"那个……小盘子。"丁大从冰箱里再抱出一大盘翠绿色的茶冻，往后一踢关上冰箱门，"出去吧。"

我跟在丁大后面，一颗颗苏打气泡浮上来，酸甜的柑橘气味像是同时刺激我的嗅觉和味觉。好几个孩子围在长桌四周调整茶点摆放的位置，姵琪呆站一旁，有些紧张地盯向丁大。

"姵琪别发呆，"丁大说，"叉子还有汤匙也帮我拿出来。"

姵琪点个头。我忽然发觉她今天换了副新眼镜，装饰在镜框外缘上的蝴蝶结从一朵变成两朵——那是 Hello Kitty 的蝴蝶结？

"——学长我来帮忙。"

我转过头。"欸？大雄？"我笑出来。

他伸手将我怀里的玻璃缸直接抱过去。"丁大这要放哪儿？"

丁大把那盘茶冻放下来："这。那个那个，这两盘对调一下。"

丁大继续指示大家把东西放好。

"学弟你怎么来了?"我问。

"就想来啊。"大雄搔搔头,头上又出现那个像是快要坏掉的鸡毛掸子。

我笑着摇摇头。启闳和姵琪拿着东西回来,丁大叫大家可以先休息喝口水去,姵琪比其他人慢了半拍才离开。

"大家今天都好忙噢。"大雄说。

"对啊,一年一度的大日子。"我说。

三区座位都排好了,雅慧喊着要场布组的确认自己的座位在哪。芳美姐带着接待组的孩子到放满花篮的大门旁继续说话。如盈还一个人在会议室里操作电脑。

"就除了你学长啊。"丁大说。

"喂,"我看向丁大,"刚才不知道是谁在使唤我?机动组也很忙的好吗?"丁大笑开来,顺手再度挪动纸巾与夹子的位置。

"叶医师你回来了!""叶医师好!"场布组的孩子们也解散了,好几个人向我们这喊着。大雄向他们挥挥手,朋城也远远向我点头。

"真的,好怀念哦。这里感觉都没什么变化。"大雄说。

"是吗?"我笑笑地说,同时稍微想起郁璇。听说她仍在外院住院,不确定症状是否有了改善。

大雄很认真地点头。如盈走出会议室,一脸惊喜地向大雄挥手,随即被跑过去的哲崴缠上。身为典礼总召的她从今天一早就没闲下来过。隔着窗我看见投影幕上似乎放起影片。

"大雄你现在还 R2 啊?"丁大问。

"对啊,下个月……"大雄皱起脸,"就变 R3。"

"干吗这个语气?"我说。

"就很心虚啊,要变 senior R(资深住院医师)咧。"

"哎哟，你没问题的啦。"丁大说。

"欸——是说，学长啊，"大雄更加吞吞吐吐，"你会推荐……来这当一年 fellow 吗？"

"蛮好的啊。怎么？你该不会……"

"还在……还在想啦，但有可能，会考虑看看吧。"

"呵呵，那就到时候再说吧。"

"哈？学长只有这样的建议而已哦？"大雄困惑地看看我，看看丁大。丁大耸肩摊个手。

"当初开会最后袁 P 问你，你也没说什么啊。这么早烦恼干吗。是想提前紧张哦？"我说。

大雄又搔搔头："……也是噢。"

丁大和我互看一眼，同时笑出来。"总之，"我继续说，"记住自己现在的样子就对啦。"

大雄喉音更重地哦一声。那也是我希望自己能一直记住的样子吧？什么都不确定，但也什么都保持好奇。不知道一年前杨医师交班给我时是不是也是类似的心情呢？很快，我也要成为和她一样、但也不一样的主治医师了。

"你好！"宇睿的大嗓门从大门附近传来，"请这边签名，这是今天的时间表。"是姵琪的阿嬷，一手牵着姵琪还在念幼儿园的小妹妹——小妹妹另一手里抓着一只戴了学士帽的小熊玩偶。欣瑜接力指引她们往左侧的座位区入座。忽然病人们一整群拥上大门口，雅慧边喊着"做什么做什么"边走过去，芳美姐微笑看向那一群骚动的中心，我也看过去……

"学……学长？"大雄说。

是筱雯。她依然是那样胖胖的，脸上的笑容看起来开朗许多。我想起她今年也是从初中毕业，学校那边应该开始放暑假了。

"哈哈，真不错。"丁大说，"我去叫餐饮组的同学们也准备出来啦。"

大雄还是一脸搞不清楚状况的样子。

我轻轻笑了一下："我也去跟如盈说一声。"

没反应。

"如盈？"我又叫一次。

她站在病历柜前，低头似乎在看手机。一个有些熟悉的女生说话声模糊地传出来。我走过去。

"……在这边祝各位同学，不论今天要毕业，或者还没有要毕业的，都越来越能成为更好的自己，好吗？祝福大家。"

画面定格在穿着白色长袍的杨医师身上。

"这是？"我说。

如盈手机差点掉下来："被你吓死了。怎么了啦？"

"刚在门边叫你好几次了。"

"真的？"

我笑了笑。这应该是如盈今天难得静下来的时候。"筱雯回来了。"我指向窗外。

如盈更惊讶地"啊"了一声，转头看出去。他们一群人移动到讲台前方，手机拿远了在自拍。筱雯双手比起大拇指，包含哲崴在内的几个男生在后排做着像被谁揍了一样的鬼脸。

"哇，"如盈笑了好几声，"天哪，感觉她出院，好像才不久前的事而已。"

"是啊，没想到就这样快一年了。"

如盈继续望向窗外，眼里充满笑意。陆续从大门外又进来几个人，穿着 T 恤的、蓝色短袖衬衫配领带的，我认出其中一位抱着花束的是启闳的姑姑。雅慧挥着手要大家继续做本来各自的工作。

"对了，"我说，"刚才那个影片是……"

"哦，今天一早我过来医院路上，刚好想到，就和以璐医师发信息聊了一下，说今天这里毕业典礼。她就回我说上次吃饭怎么没跟她说，临时录了一段影片过来。"她笑着摇摇头，"整个很突然啊，还在想等一下要怎么安插进 schedule。"

"这不算问题吧？"

"也是啦。"如盈有些不好意思地笑了。

筱雯看到窗户这侧的我和如盈，向我们挥挥手，但立刻又被其他人拉着往大教室右边走。我想回到学校的这段时间她肯定继续进步了更多。

"伯鑫医师你呢？"如盈转头看我，"之后的工作，也确定了吗？"

"差不多。目前还是在跑手续，不过就只是固定的行政程序而已，不会有什么变量。"

如盈微笑着点点头。

几周前的那次面试进行得相当顺利。那边的主任说我七月或八月再到职都可以，我自己决定就好。

朋城拿着一张纸停在窗户对侧，朝我和如盈指向电脑教室。如盈点头要他自己过去。他经过筱雯一群人旁边走进电脑教室，拉上窗帘。光看他的样子我都有些为他紧张起来了。姵琪也走过窗外，手里拎了个粉红色的小纸袋，上头有个爱心。

如盈说："你后来还真的没和他讨论等会儿的致辞啊？"

"嗯？"我转回头，"没有啊。"

"真是的。本来我是想他一定会和你聊的，想说那就没关系了。谁知道你哦。"如盈摇着头。

"嘿，不能怪我。你都那样说不给他意见了，我只是比照办理嘛。"

"你是吃到丁大口水哦？变得这么油嘴滑舌。"

"对，对。"

我们笑起来。我注意到姵琪停在丁大旁边，双手向丁大送出那个纸袋，丁大好像笑得有些尴尬。大雄饮料装到一半，一脸呆样地看过去。丁大收下后要姵琪继续帮忙送茶点，然后注意到我的眼神，向我显然更尴尬地笑了一下。

"这些孩子啊。"如盈笑笑地说。

我看回来，她应该同样注意到了。

"呵呵，但你知道吗？其实你刚来那一两个月，我犹豫了好久，在想……到底要不要继续拜托你帮朋城做治疗。"

"哦？"

"因为那时候觉得，自己很了解朋城吧，知道对他来说以璐医师的离开，很伤。所以当知道你又只在这里一年，虽然以璐医师有跟我说她会特意向你交托朋城，要我放心，但就觉得……"

"治疗……可能只是又一次的受伤？"

她笑着点点头："傻傻的我，差点又要后悔了。"

我回想去年八月那次会议后她特意留下来和我的对话。

"啊，时间真的过得好快，连朋城都要毕业了。真的是永远都不永远了啦。"

"本来不就都这样的吗？"

"是啦，这我也知道，但就——嗳，可能我只是希望，就算离开了，但如果能知道对方仍然记得你，仍然把你放在心里某个位子，那也就足够了吧。"

我看向如盈。

她保持笑容，看向越来越热闹的窗外。

我想起另外一些事情。"但很多时候，就真的无从得知了，即使我们再怎么努力。"

如盈转头看向我，眼神有一点讶异。她稍微垂下视线。"伯鑫医师，你觉得当年……她为什么会想打那通电话过来？"

"你是指……"

她停顿一下，点了下头。

我尝试去回想如盈向我描述过那些她和那位女同学互动的经过。"我想，她应该是真的很在乎，也很感谢你的陪伴吧？"

如盈像在思考什么："我觉得我不够……"

外头的嘈杂声开始更大地传了进来。"我们……永远都不够。"我说完，注意到站在大门附近的芳美姐刚好往我们这儿望过来。如盈跟着我的视线看过去。

"……有点感伤呢。"她说。

"是啊。"

她叹口气，然后笑了笑："那么或许我能做的，就是让每次说再见，都当成相遇最美好的一刻吧。"

"你是啊。"我停顿一下，"总召大人。"

"什么啦？烂死了。"如盈笑得比较开心了。

芳美姐拉开大门，袁 P 到了，穿着西装外套的一男一女跟在后方进来。

"——报告！"哲崴站在办公室门口，"老师，筱雯等一下可以一起上台吗？颁毕业证书的时候。"

"可以啊，不过我没做她的毕业证书——"

"筱雯说没关系。"

"好，那就……"如盈指向打卡钟旁边，"你拿一下胸花给她，柜子上有看到吗？"

"有。谢谢老师！"哲崴手长脚长地一抓就跑出去。

"好啦，我们也该出去了。"如盈看向我，"偷懒太久啦。"

我笑着点头。

"——蔡医师！"宇睿的大嗓门压过来。

我转过身，宇睿咧嘴看向我，双手稍微晃动。一对看起来是他父母的中年人跟在他背后过来，两人都向我一脸歉疚地笑着。我朝如盈示意她自己先去找筱雯就好。

"你跟他们说我现在是不是很乖？"宇睿说。

"是宇睿的爸妈吗？"我说。

他们点点头。之前只有电话上联络过，这还是我第一次见到他们本人。瘦小的母亲拉拉宇睿的手肘，似乎是想要让他后退半步，拉不动，换同样比宇睿瘦小的父亲低声讲着"宇睿要有礼貌"。

我微笑看向宇睿，他哦一声，稍微后退一点。

"宇睿最近，是真的表现还不错。"我说。

宇睿转向他的父母："你们听到了啊？就说我没骗人。"

"知道啦，不用这么大声。"宇睿父亲还是像在压低音量地说，"你没再给医生添麻烦就好。"

"我哪有——"

"乖，乖，"母亲钩上宇睿的手臂，"不要再缠着医生了。你不是说要带我们去看回顾影片，是在哪边？"母亲勉强带动宇睿的脚步。

"欸，你们怎么都不听医生说我好话。"

母亲回头向我再度歉疚地笑，父亲也是。他们一左一右像是努力哄着一个大小孩离开。"在会议室那边啦。"宇睿边走边没好气地说。

不远处又有人在叫我——是芳美姐。她在大教室前方向我微笑，身旁的袁 P 和那两名穿着正式的陌生人正在交谈。我边沿路与其他人打招呼边走过去。

芳美姐用手指向我："这是刚说到的蔡医师。"

"你们好。"我说。

他们面带和蔼的笑容向我点头。袁P站在芳美姐右手边,一脸严肃地像是往外看。

"这位是教育局局长,还有我们特教学校的校长。"芳美姐说。

"是。"我再分别点头,然后看回芳美姐。我不确定是不是还有要说什么,芳美姐眯着眼向我微笑。

"局长,校长,我们这边请。"袁P说。

他们向我也点个头便跟着袁P往里边走。袁P继续在为他们介绍的样子,不时指向日间病房的各个角落。

我等到他们稍微走远一点。"芳美姐,刚才,你们是有说到我什么吗?"

"没什么,袁P只是跟他们说,以后有需要也可以找你。"

"呃,意思是……"

芳美姐笑了笑:"担心什么。就单纯推荐一下而已。"

"推荐?"我有些惊讶。

"你在这边都要一年了,每周门诊也都跟在袁P后边,他对你怎么会不了解。"

"可是……"可是我从来不觉得自己了解他。

"有什么疑问,等晚点典礼结束,自己找袁P问清楚啊。"

"啊?问这个不会很傻吗?"我有些笑出来。

芳美姐也笑了。"欸?"她往前走几步,是姵琪的阿嬷站在一旁,"阿嬷要找我吗?"姵琪阿嬷一样牵着那个小妹妹,她们似乎在旁边等了一小段时间。芳美姐回头向我比个手势,与她们谈起话。又有人推门进来了,一股热气夹带蝉鸣涌过来。

欣瑜从我面前跑过去。"老师好,这边签名谢谢。"她说。那好像是她的资源班老师，雅慧也朝她们走过去。欣瑜母亲今天说是因为工作忙碌无法过来，但我们暂时也不去特意揣测原因了。凯恩和他父亲继续四处找人拍照，一小群一小群的人聚在一起聊天、吃着东西。我像是有打不完的招呼，同时开始感觉室内有些热起来，有人拿起那张黄色的时间表在扇风。筱雯拿了一杯饮料过来要给我，她的胸前已经别上胸花，脸上笑出我很久没见到的可爱酒窝。如盈来回在大教室与办公室间跑来跑去，丁大走到袁 P 旁边似乎和特教学校的校长在说什么。我的视线穿过人群，落到会议室窗外。那个背影是……

"朋城妈妈？"我轻声说。

她转过身，胸前抱着一大束鲜花，底下是一身素净的橄榄色连身裙。"啊，蔡医师，不好意思刚看您一直在忙就没过去——"

"不会，是我没注意到。妈妈过来一段时间了吗？"

"还好。"她笑了一下，怀里紫色、粉色的满天星将好几朵向日葵包围起来，周遭闹哄哄的。"真的，好久不见了。上次过来拿诊断书的时候，刚好您不在。"

"是啊。"我说。她还真的如当初所说几乎没再过来了，听芳美姐说，这一年她连打电话过来的频率也减少许多。

窗户对侧，投影幕上刚好出现一张朋城在里头的照片。那张面孔比现在稚嫩许多，没有笑容，也没看向镜头，胸前同样别着红色胸花。那应该是他初三时的毕业典礼。影片切换到下一张照片是袁 P 在颁奖。

"哦对，"我突然想到，"妈妈见到朋城了吗？他应该还在电脑教室，在准备等会儿的毕业生代表致辞。"

"嗯，我知道。刚才……"母亲以视线往大教室前方找了一下，"那位女同学有跟我说。"

我转过头，是欣瑜。朋城母亲不晓得知道多少了。又有好一些人到场，雅慧叫场布组的病人从小教室搬更多椅子出来，大雄也过去帮忙。我笑了笑："今天这里，到处都乱七八糟的。"

"好像……都是这样啊。"

"啊，不晓得妈妈这几年毕业典礼，是都有过来吗？"

她微笑点了下头。

我也点点头，旁边又听到凯恩父亲喊起三、二、一的倒数。"不过今年，比较不一样啊。"

"是。"她保持微笑，抿了抿嘴，像是有些什么想说的样子。

我看向她。

她轻轻嗳一声，低下了头："真的，蔡医师，要特别谢谢您。虽然朋城和我说得还是不多，不过从他偶尔提到几次，我知道，他很重视，也很珍惜与您的会谈，虽然只有短短一年。"

"……嗯。"我点了点头，心里有些说不出的感受。我向电脑教室望了一眼，窗帘还是拉着。"谢谢妈妈告诉我这些。"

她笑得比刚才放松一些。

"嗯，这样说好了，虽然我也不敢说自己完全了解朋城，就像妈妈刚说的，我真的也只和他认识一年而已，他也不可能真的所有东西都跟我说。但我可以感觉到，他其实，还是很在乎妈妈你的。"

母亲似乎比较用力握住花束，满天星稍微晃动起来，玻璃纸反射着不知道是哪里的灯光，她的眼角也是。她又抿了抿嘴："……要是没有你们，我早就……放弃了。"

我沉默好几秒，感觉自己也有些要泛泪。"但是你没有。"

"我就是……一直不敢放手啊。"她像是努力让声音不要失去控制。

"麦克风试音、试音。"如盈的声音从喇叭传出来。丁大蹲在讲台侧边，如盈在舞台中央朝丁大比 OK 的手势。大部分人都入座了。我看回朋城母亲。

她按了按眼角，笑了一下："让蔡医师您见笑了。"

我摇了摇头。

"典礼好像要开始了，我先就座，蔡医师您也……"

"是。"我看见病人们陆续往右侧的座位区移动。

母亲向我躬身时满天星又晃动起来。她往左侧的座位区走。

"朋城妈妈。"我叫住她。

"嗯？"她转过身。

"那个，花很漂亮。"

她停顿两三秒："这是……朋城父亲订的，他说，他不好意思过来。"

"……噢，是这样啊。"

她微笑，点头，再次向我鞠躬。

她走进去时稍微擦到坐在前排的姵琪阿嬷，她向姵琪阿嬷比手势致歉。启闳的姑姑侧坐，她将花束举高着进去，那里还有两个空位。大门附近只剩芳美姐一人留守，雅慧站在小教室门口叫还待在里头的病人们赶快出来。

"学长，"大雄在舞台前方的座位区向我招手，"这边，留给你的。"

我走过去，第二排靠左。袁Ｐ和那两位长官坐在我右前方，第一排还留有几个空位。我在大雄旁边坐下，同时看到电脑教室的门打开。

院长匆匆进来，和两位长官与袁Ｐ握手后坐下。芳美姐向站在窗边的如盈和丁大点个头，与雅慧一起在第一排最左侧入座。如盈拿着麦克风走到讲台前方。大教室里渐渐安静下来……

"欢迎来到我们青少年日间病房，一〇一学年度，毕业典礼！"

如盈双手将麦克风握在胸前，微笑环看全场。病人们在丁大带头下从右侧座位区响起掌声与欢呼声，很快左侧与我这一区跟着拍手。落地窗上的彩带被爬高的太阳照得更加闪闪发亮。

"大家今天都过得好吗？"如盈很有精神地说。

四周不整齐地回应着"好"。

"应该很多人还忙着在吃我们孩子们做的点心啊？"底下好多人笑了，"好的，今天，是这里每年最特别的一个日子。我们这么多人，在这边齐聚一堂，为的就是一起欢庆即将来的告别。今年，我们这里又有好多孩子毕业啰。"

丁大再度鼓动大家欢呼——这次响应的人更多了。我发现所有毕业生都被安排坐在那区的第一排，朋城、宇睿、凯恩、启闳、姵琪，还有筱雯。朋城手里抓着那张讲稿，脸上没有笑容。欣瑜坐在他正后方。

"要谢谢今天能拨空前来的每一个人，爸爸、妈妈、阿公、阿嬷、家人、学校的老师、主任，还有许多协助、指导我们的长官，你们每一个人，都是今天的贵宾。我是今天典礼的主持人，谢如盈老师。你们可以不认识我是谁没关系，但你们一定都认得这里的大家长，袁震宗医师！"

袁 P 站起来向各个方向点头，院长也举高手向他鼓掌。我注意到大门被推开，一个女人探头探脑地要进来，芳美姐很快起身过去指引她签名，雅慧跟着起身。

"不过呢，今天最重要、最重要的主人翁，还是我们所有的孩子。请大家给他们最最热烈的掌声！"

丁大指挥病人们全体站起来，向大家一鞠躬。朋城还是没放下那张讲稿。家长们拿高了相机、手机在拍。刚才迟到的那个女人被芳美姐引导到朋城母亲旁边坐下，朋城母亲与她说起话，似乎是本来就熟识的样子。

"一般学校的毕业典礼，都是由校长或者长官致辞开始。我们这边呢，跟别人不大一样……"

芳美姐坐回来，我往左前方伸手点了一下她的肩膀。"那是谁啊？"

我小声问。

"朋城高中的辅导老师。"芳美姐回头说。

我点了点头，坐直了。

"……今天开场第一个活动，就交给我们今年的毕业生代表。让我们欢迎，张朋城同学。"如盈拿着麦克风指向朋城，拍拍手。

全场又响起一阵掌声。

朋城没有动作，直愣愣盯着某处。欣瑜似乎从背后轻推他一下。朋城站起来，把讲稿塞进裤子口袋，过了半秒才僵硬地走向前。他从如盈手里接下麦克风。

站定。

他稍微抬起眼神，飘向芳美姐那儿，然后与我非常短暂地眼神接触。他看向正前方，像是看进空无一人的办公室里。

如盈与丁大一起站在讲台右侧。大教室里只听见纸张扇风的声音和一些细琐声响，我感到心跳快了起来。

"大家——"喇叭传出尖锐的回音。朋城立刻把麦克风拿远，脸皱了一下。如盈往前踏几步，丁大蹲下来调整音响。朋城回头向如盈比手势示意没事。

他重新把麦克风拿起来。

镇定。

他再次看回正前方："大家好。我是，张朋城。"

麦克风没有再出现回音。

他的说话声和平常完全不一样，左手也一起上来抓住麦克风。我感觉自己整个喉咙也绷紧了。

"我是今年的，"他咽了一下口水，"毕业生代表，也是，五月天的粉丝。"

底下传出稀疏的笑声与疑惑声。

朋城抽动一下嘴角，双手像在麦克风上扭绞。

"我在日间病房，已经待很多年了，久到我在这里，还有另外一个，其实有点好笑的称号……永远的班长。"他自己干笑一下，"虽然我并不是真的班长，就像这里，也不是真的学校。但和你们现在看到的一样，这里，也不太像医院不是吗？"他似乎放松一点，再度露出笑容。观众间又发出一些笑声。

"但这里……是什么地方呢？"

他停下来。全场跟着也安静下来。

他低下头，做了一次深呼吸。

"我开始来到这里的那年，是我初二。刚进来的头一两个月，几乎每天我都会听到五月天的一首歌，因为那时候他们刚好发新专辑吧。那首歌叫——《你不是真正的快乐》。歌词从一开始就唱，呃，为了大家耳朵着想，我还是用念的就好。'人群中哭着／你只想变成透明的颜色／你再也不会梦或痛或心动了'。那时候我感觉，像是立刻被这首歌一击 KO 那样。我不知道什么叫作真正的快乐。我唯一知道，却也一直不知道答案的，是每个人都在问我，我也不断问我自己的一个问题，"他抬起头，像是看向正前方的我们，"我有……想要回学校吗？"

他横向移动眼神，这次很确定地，他看向我。他又稍微低头，抿嘴微笑一下。

"很多人都觉得，来到这里的我们，只是在逃，逃避外面的压力，逃避真实的世界。讽刺的是，我也真的这么觉得。我们就是一群病人，一群被这个社会淘汰的瑕疵品。我从没想过我会在这里参加一次又一次的毕业典礼，更不用说有一天，我会站在这里。但可能我在这里真的待得够久了，看过太多来到这里的同学，尽管每个人都为了不一样的原因过来，在这里停留的时间也有长有短，但常常，我们都一样，是那么讨厌只能来到这里的自己，讨厌什么都没办法做的自己，讨厌……被恐惧困住的自己。快乐，就像学校一样，变成一种，好像在那里，却不再真实的东西了。"

全场像是屏住呼吸，没有一点动静——直到他喘口气。他调整双手握住麦克风的位置。

"这几年有那么多人告诉过我，你必须克服恐惧，必须让自己快乐起来。但就像我刚说的，也许真的是因为我在这里待得够久了，我逐渐领悟到，恐惧是不会消失的，永远不会。就像现在站在这里讲话的我，心里其实还是紧张得要死。但如果……如果没办法好好拥抱恐惧，怎么可能感受到真正的快乐呢？

"现在的我，站在这里，站在这个无论如何都不可能继续躲在青少年日间病房的时间点。我还是再问了自己一次同样的问题。

"我有想要回学校吗？

"我还是不知道。

"但有一件事，现在我知道了：**我想要去学校**。即使我还是那么害怕。但至少，我能确实感受到害怕，说出我害怕。

"说实在的，站在这里致辞，我不可能真的代表谁。每个在这里的人都带着不同的恐惧，也渴望不同的快乐。但或许正因为这样，我们才会在这个什么都不是的地方相遇。

"所以，要谢谢在座的每一个人，同学、老师、医师、护理师、家长等。如果没有来到这里的你们，我也不会听见自己的声音。

"我想现在的我，值得真正的快乐。

"在此同样祝福各位毕业生与同学。

"我是五月天的粉丝，也是今年的毕业生代表。

"我是，张朋城。"

他在台上深深一鞠躬——同时我深吸一口气。

整个空间爆出巨大的掌声。右前方传来孩子们的尖叫与口哨声，周围与左前方的大人不甘示弱地更用力鼓掌，像是突如其来的一场午后雷阵雨，将这座盆地里所有郁闷的湿气与悬浮微粒冲刷到一点儿不剩。我从芳美姐的侧脸看见她骄傲的神情，可能是被那么一些眼泪模糊了我的视线，再望过去，坐在那里的朋城母亲像是与芳美姐重叠在一起了。朋城的辅导老师靠向朋城母亲说些什么，母亲松开抓着花束的双手，用力鼓掌。

朋城似乎有些不知所措，眼神与我对上时，我向他笑了一下。他再度鞠躬。

掌声缓慢地退去，朋城往右后方走，将麦克风交还给如盈。他没有在原位坐下，包含他在内的所有病人起身往大教室后方移动，一部分人走进会议室，拉上窗帘。

"谢谢朋城为我们今天毕业典礼带来最棒的开场。"如盈站在讲台前说。我发现另外约莫一半的人继续往小教室走，同样把门带上。"相信大家接下来，一定更期待今天的典礼还有什么活动对不对？请各位嘉宾们少安毋躁，准备好你的照相机、手机，还有你们的热情。但有件事拜托大家，等一下，请先不要太快离开你们的座位好吗？谢谢你们的配合。接下来……"

如盈转头看向丁大，丁大点头，侧身按下音响。喇叭放出渐强的重低音节奏——是《江南 Style》！

大家回过头，病人们从会议室与小教室门口一左一右出场了。凯恩蹦蹦跳跳地像只开心的猴子，另一边的欣瑜跳着玛卡莲娜的动作，启闳跟在后面像个机器人在移动，哲崴甩动手脚倒有几分像是家将出巡，宇睿直接跳起标准的骑马舞，姵琪摆头的频率完全不在鼓点上，每一个人都用自己的 style 一路往前，筱雯、朋城各在两列队伍的最后出来。全场跟着节奏拍手，队伍在舞台中央交会跳起群舞，如盈和丁大也加入了。凯恩父亲忍不住站起来拍照，其他人也纷纷离开座位，四处亮出闪光灯。跳吧，脚步跳得越高越好，最好像是要能碰到天空一样。进入第二遍副歌，凯恩跑过来拉 P 袁上台，然后是芳美姐、雅慧、大雄，接着我也被朋城拉上台了。

今天这里是俱乐部，也是属于我们的俱乐部……

41 /

烛火下，久违了的特制汤面。"好吃！真的好吃。"我大口大口吞下。卓玛站在我面前，笑笑地看着我，偶尔点点头。我把最后一口汤喝光。她说："回来就好，回来就好。回来了，才能再离开。"我趁着还有一点时间去了网吧，主任的信是大前天傍晚寄出的，职缺的事确定被院方否决，回去后得另外再找地方面试了。我有些失望，但在列城的最后这晚，我睡得非常香甜。

隔天不到清晨五点我就起床了。往德里的班机预计六点五十五分起飞。落地窗外的天空刚露出鱼肚白，遥远的列城宫殿像是也才睡醒，还伏在山峦里。我背起背包，抓了钥匙，下楼时踩踏阶梯的每一步，发出同样古老的声响。

卓玛已经在柜台等我。她身上仍是那条蓬得像花一般的青色长裙。

"伯鑫，"她以目光一路迎接，"背包，还重吗？"

我三步并作两步，跳到她面前："一点也不。"

"真是个孩子。"她边笑边摇头。

我手持钥匙一端，准备再一次、也是最后一次交还给她。"谢谢你，卓玛。"

"谢谢。谢谢你的谢谢。"卓玛接过钥匙。她像是想到什么，打开抽屉在找东西。"啊，你在这。"她拿出一张卡片。

我发现那个图样非常眼熟。"卓玛，那张卡片……你给过我了？是你请一位老先生转交给我的。"

"哦？我忘了。对，对，我给过你。还留着吗？"

"当然。"

"好。真好。你，带着它，继续上路吧。"她定眼看着我，"只要记得。"她额头上的皱纹变得更深了，直到我也持续注视她几秒才又笑开。

我搭上出租车，四周的天光逐渐明亮起来，朝阳从后车窗轻轻按上我的后脑勺与脖子。回过头，街道逆着光我看不清楚，只知道那些景物不断向后离我远去。朱雷，我在心里默念。

"伯鑫，蔡？"

"是的。"

"只有一件托运行李吗？"

"是。"

机场的地勤人员贴上行李贴条，将我的背包叠上后方推车。我轻装通过好几关安检，进入候机室。我将护照与登机证拿在手里。

真的，要回去了。

排队登机，地勤人员照我的要求安排了窗边的座位。"借过一下。"我向坐在走道侧的中年男子示意。他急忙解开安全带，起身。他是藏人面孔，衬衫与西装裤烫出了清晰的线条。我坐下来，把护照与登机证收进随身背包内侧，摸到一张硬卡纸——是那张卡片。

我拿在手上，再次阅读卓玛那时的提醒。"好好休息。稳稳地走。"真的没有地图了。我自己笑了笑，一合上，又见到封底那圈天书般的文字。

"不好意思，"我向隔壁那名男子转头，"请问您会讲英文吗？"

他点个头。

"可以麻烦您帮我翻译，这上面写的是什么？"

他将卡片拿过去，顺着文字转了一圈。"这是一句本地的俗谚，意思是，'最伟大的勇气，就是快乐的勇气。'"

我向他道谢，然后把卡片收得好好的，连同背包塞进前方座位底下。我系上安全带。

飞机开始移动。我侧头看出去，远处还能见到列城的屋宅，背景是连绵的雪山。忽然机身逆时针大转弯，窗外晃过航厦，晃过跑道，晃过荒芜的山岭，停在远处一座丘陵上。那里是贝图寺。我仿佛直接看见那几面白色的墙，红色的木门，展示曼陀罗的大殿，以及风马旗海飘扬的山顶。他们应该正在做早课吧。祷念声悬浮在半空，引擎从两侧轰隆轰隆响起，我感觉整个机舱都在剧烈震动。我正加速前冲，继续加速。害怕得很哪，同时又那么期待。轮胎拉离地面。我往椅背一贴，贝图寺消失在窗外……

42 /

呼吸声此起彼落地传出来，病人们都趴在桌上午睡。

芳美姐和一名我没见过的男孩在小教室里，其他人都在办公室。落地窗上的彩带还挂着。我想起两周前音乐忽然被切断的那一刻，雅慧指挥大家开始复原桌椅的位置，姵琪的阿嬷还在台前和如盈说话，小女孩站在一旁，往半空拍着气球……

"回精神楼，我们边走边说。"袁 P 说。

"是。"我说。

我在办公室门口停下。如盈站在丁大旁边讨论期末成绩计算的事，丁大桌上堆放的纸张满了出来，像是随时会掉进他搁在椅子上的粗呢包。

"蔡医师，借过一下。"

芳美姐在我身后。跟在她后方的男孩瞄我一眼。芳美姐向他介绍如何使用打卡钟——是昨天通知今天过来见习的新病人。男孩不发一语。

"欸，鑫哥，"丁大指向我的桌面，"留了一份给你。"

如盈印给我的 IEP 记录旁多了一盘珍珠丸子。

"谢啦。"我说。

丁大手一挥，如盈也向我笑一下。前几天她私下告诉我，她决定去考咨商所了，最快明年初会从这里离职。我惊讶地回说真的吗，她笑着点头。

我走往墙边取下钥匙。芳美姐叫那个男孩先回大教室了。我察觉雅慧的眼神持续投过来。

她板着一张脸："下一年的新医师……"

"哦，我和学妹约好明天下午过来交班，Off Service Note 也写好了。"

她点点头："那药物你记得——"

"都开好了，到下礼拜的份。"

她又注视我几秒，"嗯"了一声。她埋头回病历继续书写。

我笑了一下。芳美姐朝我走来。也有些事是不大会变的呢。

"我去带环山啰。"丁大椅子往后滑，站起来，"对了，八月以后我会在这边多待一年。"

"哈？"我们都看向他。

他继续往外走："就这样。"

他叫大家起床的声音从外头传进来。我们转向芳美姐，她笑笑地耸肩。雅慧追问这样真的可以吗，芳美姐说袁P和特教学校的校长好像也都同意了，说反正还没招到新人。雅慧说不是这样的吧。窗外病人们陆续坐起来，站起来。丁大一手拉开大门，高高矮矮的孩子们一个一个通过。有人急忙从厕所的方向跑出来。那名刚来见习的男孩左右张望，丁大招手要他一起跟上。

我想，我会一直记住这个画面。

我轻轻握住钥匙。

"那，我也先去晤谈室了。"我说。

芳美姐刚坐下，向我微笑，点头。如盈也看向我。

我绕到座位旁，弯身从抽屉拿出那本书。

我把书放在沙发侧边，伸手拨亮立灯。

手里的笔记本快被我写满了。我从后面打开，以左手拇指按住飞快前翻到第一页，吹出一阵微弱的风。椅背像是将我整个身体包覆起来，同时耳边响起来时一路的蝉鸣……

我和袁P同时踏下第一阶。

"所以，你找到自己的样子了吗？"他说。

前方的蝉鸣将木板的踩踏声掩盖了，头顶浓荫蔽天。"嗯，我不确定。"

"是吗？你不确定？"

"⋯⋯对。"

袁P浅浅笑了。我们继续并肩往下。

那是一年前我从拉达克回来，六月下旬，第一次到这家医院面试时，他的提问与我的回复。你期待什么。我说，我希望能在这里用一年的时间，找到自己可以成为的样子。

"但那，似乎不再是你最在意的事了？"

"应该⋯⋯可以这么说吧。"

他点头微笑。有些日光从头顶照射下来。这是我第一次直视袁P这么久一段时间。

我们从阶梯踏回坡道。"至少我能确定的是，我真的很开心，过去一年能来到这。要谢谢教授当初愿意给我这个机会，特别在那么仓促的状况之下。"我想现在的我，应该确实成为一个更好的精神科医师了。

"嗯，嗯。"

两旁的蝉鸣围成厚实的音墙，就像刚才毕业典礼现场那般热闹、拥挤。

"那么，那句话，你还想问吗？"袁P说。

"那句话？"

"是。"

"⋯⋯教授是指，'太勇敢的人，或者太害怕的人，是不会来到这里的'？"

他点点头。

我回想一个多小时前朋城的致辞。"我在想，或许，我们每个人都是又勇敢、又害怕的人吧。我是指，我们每一个人。"

"嗯哼，很好。要记得，"袁P转头看我，"我们，都是一样的。"

我对上他的眼神："好的。"

袁P看回前方。小径向左转，继续微幅下坡。路面变宽了，也透下更多阳光。"但你忽略了下半句，'来到这里'。"

"这里？"

四层楼的精神楼出现在高耸的树木后方。"你觉得，什么是这里？"

"嗯，"我沉默了好几步的距离，"我会说是……过渡的地方？"

"也可以，可以。只要，不被时间限制你的理解。"

"像是？"

"你知道的。"

我迟疑地点头。

"偶然，才是恒常。"

"……嗯。"

精神楼的后门离我们越来越近。"你如何来，便会如何去。这也回到你一开始的期待。"

"是？"我不确定地问。

炙热的阳光洒下，袁P再次转头看我——

门被打开。朋城来了，提早一分多钟。

"原来你真的先过来了。"他似乎有一点惊讶。

"怎么？"我把笔记本翻回后方的空白页。

"没有。"他坐下来，"就，看你不在办公室，想说你该不会又被卡在急性病房了。"

我笑着摇摇头。

"最近，应该很忙吗？"他问。

"是有一点。就是些……杂七杂八的事，毕竟快要……"

"嗯。"

我们沉默了一会儿。

"你呢？这两周，又继续发生了些什么？"我问。

"啊？也是……杂七杂八的吧。"

"是哦。在毕业典礼结束之后，就这样？"

"日子还是一样过啊。"他露出苦笑，"顶多是，嗯，大学的资料寄到家里了，什么报到、选课须知还有宿舍规定一类的，好几叠，有点懒得看。然后，是也有点在想，只是在想啦，之后要不要辅系。前几天有和如盈老师讨论，但又觉得，先不要想这么多好了，能适应再说。大概……就这些吧，没什么太特别的。"

我点着头："九月开学？"

"对，但也可能，八月就下去了。有新生校园参观什么的，加上还要搞定住宿的事，所以……"

我笑了笑："确实是些很平常的事啊。"

"对啊。"朋城点点头。又安静了一会儿。"医生，那，你的新医院？"

"嗯？"

"你不是也要……"

"噢，我确定会去基隆了。"

"基隆？"他很快说。

"嗯哼。"手续办好，我签好约，预定八月到职。"你好像很惊讶的样子？"

"就，没想到还有更北边的医院。"

"呵呵，还好你不是说更靠北。"

"哈？"朋城愣了一下，"什么啦。"他笑出来。

是啊，很快我们都要换成新的身份了，就像是……不，我也真的是会换上一件新的医师服了——虽然，也就只是又一件衣服。

朋城呼口长气："说真的，好像越是平常的事，越让人害怕。"

"好像是呢。"我低下头，回想一年前刚来到这家医院时的自己。"你还记得，我第一次找你说话的时候吗？"

"是在……向日葵团体结束的时候？你要和我约会谈时间什么的。"

"对。然后你回我，为什么又要找你谈。"

"好像是。"他笑了一下，然后开始摇头。

"怎么了？"

"其实，很多以前的事都记不太清楚了，就算还记得起来的，可能也只是我记忆中的样子而已。但回头一想，好像很多当时觉得四周没有任何人在的黑夜，也都莫名其妙地黎明了。"

"莫名其妙？"

"对啊，就是……莫名其妙。"他平淡地说。

"也蛮好的。"

朋城点点头，想了一会儿。"或许，当你觉得身边都是黑暗的时候，是因为正面对阳光，所以睁不开眼吧。"

我轻轻 wow 一声。

"干吗？"

"如果可能，真想让初中时候的你，也能听到你说这些。"

"算啦。就算初中的我听到，应该也只会说你讲这什么话，自以为文青哦。"

我笑了出来："我开始觉得，这一年你应该在心里骂过我不少次。"

"没那么夸张好吗？顶多——"

"顶多几次而已是吗？"

"嘿。"他也笑出来。"但说真的，如果能遇到初中时候的我，我可能会告诉他——不要找啦。"

"不要找了？"

"就那个本子啊。"

"你是指，你最一开始没去学校的那天？"

"对啊。就……不找了。"

"就这样？"

他简洁地"嗯"了一声。

"OK。"我点着头，笑了一下，"你让我想起一句话呢。"

"啊？什么话？"

蝉鸣声仿佛从我身后传来，伴随阳光的热度从头顶逐渐加温。我像是又看见袁 P 直直注视着我。**"在你不断寻找你是谁的过程中，那就已经是你了。"**

"这是……"

"袁医师说的，两个礼拜前。"

"是哦？嗯，嗯。"朋城点着头，一副认真思索的模样。"……袁医师啊。"他轻轻叹口气。

"嗯？怎么了？"

他笑着摇头："谢谢你和我说这些。"

"不用谢。毕竟，如果没有坐在这里的你，我也不会听见所有的这些声音。"

"嗯，嗯。"他又点了几下头，"等等，你刚那句话，是不是参考我在毕业典礼上的——"

"哈哈，被你发现了。"

"欸，你都这样偷别人的话啊？"

"我们每个人都带着别人的话在身上啊。没有人，能是孤单一个人的，只要有那么一点机会能被听见的话。"

朋城看着我好几秒，转开视线，也笑了。

我想他也听见了。

应该吧。

"何况你那天的致辞，真的，说得太好了。我在底下听得都快哭了。"

"哈？"他忽然慌张起来，"也没有啦，就是，呃，就只是——"

"欸，这种时候跟刚一样说谢谢就可以了，知道吗？"

"……哦。谢谢。"他稍嫌别扭地说。

但也都还不是真的大人呢。

我瞄一眼手表。差不多了。

"朋城，这个……"我从侧边拿出那本书，"送你的。"

他接过手："《没有摩托车的南美日记》……就这本哦，你写的？"

"嗯哼。"

"也太厚了吧。"他翻开封面内页，应该是看到我的签名笑了一声。他很快往后翻过去。"你们，去年杨医师送钢笔，今年换这个，都很那个欸。"

"对不起啊，暗示得太明显了。"

"好啦好啦，"他把我的书放到一边，"我会想办法写出来的啦。"

"认真的哦？"我的语调上扬，点点头，"我很期待。"

他也带着微笑点头："其实，我已经想好结局了。"

"你是说，你的小说？"

"嗯。"他更笃定地点头。"结局的舞台，就设在那个世界的边缘，是一座通往另一个世界的桥，一座……飘浮在半空的桥。"

"半空的……桥？"

"对，但那也是一个极其危险的地方，重力场非常不稳定。而且凡是能力者到了那里，就会失去对自己能力的掌控，稍有不慎，可能就会一辈子被困在那。"

"OK。然后？"

"上次不是说，男主角发现自己就是伤害女主角最大的因？他人生第一次，决定放下他一直想要解开锁链的执念。他想保护女主角，而唯一的办法，就是他得一个人通过那座桥，逃到另一个世界，越远越好。沉默寡言的他当然什么都没说，就在某个晚上悄悄离开。女主角隔天发现他不见了，她说不出心里是什么感觉，只知道，好像少了什么。她从没有过这种感觉。她说服自己，就单纯是为了要弄清楚那个感觉是什么，毅然决然追上男主角的脚步。

最后，他们终于相遇了，就在那座桥上。

但男主角已经失去自主意识。他陷入因果业力的无尽循环，眼睛张着，却像是困在一个醒不过来的噩梦里。女主角抱着他，慌了。她喊着你给我醒来，谁准你就这样走的，然后开始暴哭。她已经好多年没再流过眼泪了。就在泪水碰到男主角身体的那一瞬间，那个把男主角困住的像是恶念一般的东西，被封印进女主角的眼睛里。男主角清醒过来，他发现体内的锁链解开了，还有，依然抱着他的女主角。男主角不自觉叫出她的名字，然后才发现，自己终究还是伤害了她。她失明了。那是封印的代价。男主角说你为什么要这样做，为什么。他也哭了。女主角却露出微笑说，我终于看见了，我自己心中的祈愿。"

我越听身体越往前倾："祈愿？"

"嗯。"

"她的……祈愿是？"

朋城侧头想了一下，嘴角上扬。

"不是说结局想好了？都说到这，不整个说完很难受欸。"

"嗯哼。"他模仿我先前的音调。

"欸，来这招？"我往后靠上椅背，"啊算了，我看哪……我也来写好了。"

"哈？你有要写第二本——"

"对啊，刚突然想到，干脆来把我们这一年在这里的对话，还有我来这家医院之前的那趟旅程串在一起写。"

"串……串在一起？"

"就突然想到啊。"换我露出得意的笑容，"倒是，你同意吗？"

"同意……什么？"

"把我和你的对话写成书啊。"

"是可以啦。"他的语气还是有些困惑，"反正好东西，就应该跟更多人分享。"

我笑了笑："这样也行？"

"不然咧？但至少，你说清楚一点嘛，像那个……你那趟旅行是又去了什么地方啊？"

"嗯……"我看向窗帘，仿佛看见风马就飞在上头，"不要。不想说。"

"不要？"他瞪大眼。

"你也没告诉我你真正的结局啊。"

"会不会太幼稚啊你？我那是开放式结局又不像你是——"

"好啦，随便啦，随便。"

"喂喂喂。"

我笑开了。

我们都是。

我注意一下手表，稍微收起笑容。

"但下一站会是怎样，"我说，"真的，不知道呢。"

朋城似乎注意到我看手表的动作。"是啊。"他眼神垂下，沉默几秒，"蔡医师，你的新医院，能看得到海吗？"

我摇了一下头："还要穿过一个隧道。"

"隧道吗？"

"嗯。"

他点点头，低声又重复一遍"隧道啊"。

分针往前跳动一格。我放下笔，笔记本合上。"时间……到了。最后，还有什么想说的吗？"

他想了一下，笑出来。

"怎样？"

"我又不是李白，告别还要写一首诗。"